Cristina Caboni

Die Glücksmalerin

AF202822

Cristina Caboni

DIE GLÜCKS MALERIN

Roman

Deutsch von Ingrid Ickler

blanvalet

Die Originalausgabe erschien 2021 unter dem Titel
»La Ragazza dei Colori« bei Garzanti S.r.l.,
Gruppo editoriale Mauri Spagnol, Milano.

Penguin Random House Verlagsgruppe FSC® N001967

2. Auflage 2022
Copyright der Originalausgabe © 2021 by Cristina Caboni
License agreement made through Laura Ceccacci Agency S.R.L
Copyright der deutschsprachigen Ausgabe © 2022
by Blanvalet in der Penguin Random House Verlagsgruppe GmbH,
Neumarkter Straße 28, 81673 München
Redaktion: Angela Kuepper
Umschlaggestaltung: © www.buerosued.de
Umschlagmotive: © mauritius images/Daniel Kieslinger Photo;
Die auf dem Cover abgebildete Villa zeigt
Villa Emma di Nonantola (Modena) IT – www.villaemma.com;
www.buerosued.de
JA · Herstellung: sam
Satz: Uhl + Massopust, Aalen
Druck und Bindung: GGP Media GmbH, Pößneck
Printed in Germany
ISBN 978-3-7341-1153-2
www.blanvalet.de

Für die Mutigen,
für diejenigen,
die keine Ungerechtigkeiten akzeptieren,
für all die, die mit einem Lächeln
und einer Blume in der Hand
die Zukunft verändern und Hoffnung geben.
Dieses Buch ist für euch.

Was wird mit der Farbe der Welt verglichen?
Die Farbe der Welt ist größer
als das menschliche Gefühl.

Juan Ramón Jiménez

Prolog

Den Sonnenuntergang hat Orlando Morosini schon immer gemocht. Und auch jetzt, in seinen letzten Stunden, findet er ihn herrlich.

Aber was ihn wirklich fasziniert, ist die Energie, die er spürt, das Versprechen, das in ihm liegt. Es könnte auch gar nicht anders sein, das Ende des Tages muss großartig sein.

Sein Herz stolpert, er hält den Atem an, presst die Hand auf diesen Schmerz, als wolle er ihn besänftigen.

Er weiß, dass es keinen Sinn hat.

Er hasst das Zittern seiner Hände, die früher so kraftvoll und entschlossen waren, er verachtet seine Schwäche.

Aber Wunsch und Realität liegen oft weit auseinander. Er schließt für einen Moment die Augen.

Was wird er auf der anderen Seite vorfinden? Wird es eine Auferstehung für ihn geben? Wird ihm vergeben werden? Seine Hände sind blutbefleckt. Er war Soldat, kämpfte im Krieg. Er war Richter und Henker.

Wird es für ihn einen Platz im Paradies geben?

Er lächelt, wenn er an dieses Wort denkt.

Er hat das Paradies auf Erden kennengelernt. Seine Frau, seine große Liebe.

Ein Schauder bringt ihn in die Realität zurück, in das Leben, das unabänderlich zu Ende geht. Er hat keine Angst, eher ist er neugierig. Wenn sie nicht wäre, wäre er längst gegangen, so erschöpft ist er. Aber er hat ihr etwas versprochen, und dieses Versprechen hat er gehalten. Doch die Zeit ist abgelaufen, und er weiß, dass er einen Fehler gemacht hat. Er hätte stärker sein müssen, hätte widerstehen müssen, aber er hat ihr nie etwas abschlagen können.

Sie ist seine große Liebe, seine Seelenverwandte. Alles andere ist unwichtig.

Er hat nie vergessen, wie sie sich kennengelernt haben.

Er hat nie ihren Duft nach Veilchen und Regen vergessen. Dieser Duft liegt süß auf seinen Lippen, wie ihr erster Kuss, voller Lachen und Tränen.

Der Schmerz reißt ihn aus den Erinnerungen, wieder presst er die Hand auf sein Herz, das Pochen überrascht ihn. Wie ein Countdown, denkt er. Wie viele Schläge bleiben ihm noch?

Unwichtig, er hat getan, was er tun musste. Wenn sie erfahren wird, dass er ihren Wunsch ignoriert hat, wird er schon nicht mehr da sein.

»Was machst du hier draußen?«

Er dreht sich langsam um. Trotz ihrer weißen Haare und des vom Alter gezeichneten Gesichts ist sie für ihn auch jetzt noch die schönste Frau der Welt.

»Komm zu mir.«

Er geht schweigend auf sie zu. Er lächelt sie an, möchte ihr die Sorge nehmen. Aber das würde nichts nutzen. Er spürt, dass sie Bescheid weiß. Er spürt es an ihren zitternden Fingern, die sich um die seinen schließen. An ihren Armen, die ihn umschlingen, als wolle sie ihn festhalten.

»Du solltest dich ausruhen.«

Er lacht, der Schmerz ist kaum noch zu ertragen. »Dazu werde ich bald alle Zeit der Welt haben.«

»Hör auf mit dem Blödsinn, das ist nur ein kleiner Schwächeanfall, morgen wird es dir besser gehen.«

Morgen. Das Wort, das Hoffnung schenkt.

Er streichelt ihr Gesicht, fährt zärtlich durch ihr Haar. »Danke.«

Sie reißt die Augen auf, und während sie sich mit Tränen füllen, wird ihm erneut bewusst, was das Leben ihm geschenkt hat. »Ich habe Stella geschrieben.« Als er die Überraschung in ihrem Blick erkennt, fährt er fort: »Wenn sie kommt, musst du ihr zuhören.«

Sie schüttelt alarmiert den Kopf. »Was hast du getan, du dummer Mann?«

Er lächelt. *Das, was ich schon längst hätte tun sollen.* Aber das behält er für sich und sagt: »Ich liebe dich, Letizia.«

»Für immer, Orlando. Für immer, mein Liebster.«

1

Orange. Die Farbe des Sonnenaufgangs und des Sonnen-
untergangs. Symbol für Heiterkeit, Wärme, Lebensfreude und
Tatkraft. Die Farbe der Weisheit und des Bewusstseins.

Der kleine Junge hatte schwarze Locken und große Augen,
er trug kurze rote Hosen, und seine grüne Jacke hatte
schon bessere Tage gesehen.

Suchend blickte er sich im Bahnhof um. Die Nase in die
Luft gestreckt, die Arme auf Schulterhöhe ausgebreitet,
als wäre er ein Flugzeug.

Stella Marcovaldi erinnerte er an einen Kolibri. Sie
hatte schon welche gesehen, damals in Brasilien, als sie
ihren Vater besucht hatte. Irisierendes Gefieder in schim-
merndem Grün, leuchtend blauviolette Flügel, ein langer
schmaler Schnabel.

Die Kolibris hatten ihr gefallen, wie alles, was sie dort
gesehen hatte.

Danach hatte sie nach Italien zurückkehren müssen. So
war es besser gewesen. Sie schob den Gedanken beiseite
und konzentrierte sich wieder auf den Jungen.

War er tatsächlich allein? Sie wartete eine Weile und sah
zu dem verwaisten Eingang. Da war niemand. Sie legte

den Zeichenblock auf den Schoß und schaute dem Jungen hinterher. Er bemerkte ihren Blick, lächelte und winkte ihr zu, bis er hinter dem Springbrunnen verschwand.

Plötzlich hörte sie einen Schrei.

Stella lief rasch zu der Stelle, wo sie ihn zuletzt gesehen hatte. Als sie ein Lachen hörte, blieb sie stehen. Der schwarze Lockenkopf tauchte hinter der Begrenzungsmauer zu den Schienen auf.

»Du Spitzbub«, murmelte sie, lächelte erleichtert und ging zur Bank zurück.

Als sie den Zeichenblock wieder aufklappte, ließ sie den Blick umherschweifen. Noch immer raste ihr Herz, der Schreck steckte ihr in allen Gliedern. Um sich zu beruhigen, konzentrierte sie sich einen Moment auf das glänzende rote Leder ihrer heiß geliebten hochhackigen Schuhe, bevor sie den Blick wieder nach oben richtete.

Ein flacher Sonnenstrahl brach sich in den Scheiben des Oberlichts, es sah aus wie ein Prisma, was ihre Aufmerksamkeit weckte.

Während sie das in allen Regenbogenfarben schillernde Licht wie ein Wasserfall umhüllte, seufzte sie zufrieden. Sie streckte den Arm aus, als wolle sie das irisierende Licht berühren.

Wie gerne hätte sie die Essenz dieser Schönheit eingefangen! Wie gerne hätte sie ihr Geheimnis gelüftet und es nachgebildet. Aber stattdessen blieb ihr nur die Bewunderung. Die Finger reglos, die Hand leer.

Ihr Leben war wie das weiße Blatt des Zeichenblocks auf ihrem Schoß.

Ein Windstoß, der ihr durch den weiten Rock fuhr,

brachte sie in die Realität zurück. Sie hatte noch Zeit, ihr Anschlusszug würde erst in einer halben Stunde kommen.

Wieder hielt sie Ausschau nach dem Jungen. Er war zu klein, um allein zu bleiben, wo wohl seine Eltern waren? Sie hoffte, sie waren nicht ohne ihn abgefahren. Sie hatte schon von solchen Fällen gelesen: *Gestresste Eltern steigen ohne ihr Kind in den Zug.* Aber so etwas geschah an großen und stark frequentierten Bahnhöfen; hier gab es gerade mal zwei Bahnsteige, und die Fahrgäste ließen sich an einer Hand abzählen.

Schließlich steckte sie den Block in die Tasche und ging auf den Jungen zu.

»Ciao, ich bin Stella, wie heißt du?«

Er hatte große schwarze Augen und eine Zahnlücke. Er lächelte schüchtern.

»Karim.«

Der Name war das Einzige, was sie aus seinem französischen Wortschwall heraushörte. Sie konnte gerade mal *bonjour* und *merci* sagen, bei ihm verstand sie kein Wort.

»Wo sind deine Eltern?«, versuchte sie es noch einmal.

Er deutete auf den Eingang der Bahnhofshalle.

Jenseits der Scheibe sah Stella eine Gruppe Menschen stehen. Vielleicht war Karim ungeduldig geworden und hatte nicht länger warten wollen, vielleicht beobachteten ihn seine Eltern und fragten sich gerade, was die unbekannte Frau von ihm wollte.

»Pass auf die Gleise auf, das ist gefährlich.«

Karim schien zu verstehen und nickte.

Sie setzte sich wieder und schlug den Block auf, doch

obwohl sie sich auf das weiße Blatt konzentrierte, hatte sie den Jungen im Blick.

»Er könnte sich verletzen, das ist Ihnen klar?«

Die Stimme war tief und voll. Stella hob den Blick, ein hochgewachsener Mann stand vor ihr.

Der Unbekannte war elegant gekleidet. Er war ganz auf den Jungen konzentriert, als könne er jeden Moment eingreifen, falls es nötig wäre.

»Ich glaube, wichtig ist, gut auf ihn aufzupassen.«

»Das sehe ich anders.«

Sie meinte, in seinem Ton ein gewisses Missfallen zu erkennen. Oder bildete sie sich das nur ein?

Natürlich machte auch sie sich Sorgen, dass er der herannahenden Lokomotive zu nahe kommen könnte.

»Sie sollten etwas tun«, insistierte der Unbekannte.

Stella musterte ihn aufmerksamer. Er hatte kein Gepäck und war an diesem Mittwoch im Oktober wahrscheinlich der einzige Passagier, der außer ihr nach Bardolino fahren würde. Zu ihrem Ziel.

»Was schlagen Sie vor?«

»Es würde schon reichen, wenn er in Ihrer Nähe bliebe.«

Karim hatte aufgehört herumzuflattern und malte jetzt Figuren in die Luft. Stella lächelte in sich hinein. Wenn sie sich doch auch von der Fantasie leiten lassen könnte! Es war so einfach. Man musste nur einen Finger heben, ihn auf das Papier setzen und die Vorstellung lebendig werden lassen. So einfach... jedenfalls auf den ersten Blick. Und nicht für sie, eine Erkenntnis, die sie traurig machte.

»Das geht nicht«, antwortete sie, obwohl sie am liebsten die Hand des Jungen gegriffen und ihn an sich gezogen hätte.

Nein, das durfte sie nicht.

Sie hatte in der Vergangenheit oft genug die Grenzen der gesellschaftlichen Normen überschritten, und die Konsequenzen hatten sie geradewegs in diesen Wartesaal des kleinen Regionalbahnhofs gebracht. Sie hatte alles verloren, ihre Wohnung, ihre Arbeit und die Chance, eine andere zu finden, zumindest in der näheren Umgebung. Aber was ihr am meisten leidtat, war die Tatsache, dass die Enkel von Flaminia Valenti, ihrer alten Arbeitgeberin, ihre Absichten so gründlich missverstanden hatten.

Noch bevor der Mann etwas entgegnen konnte, warf sie einen Blick auf die Uhr und suchte nach ihrem Zug, der soeben eingefahren war. Gerade mal ein Waggon hinter der Lokomotive. Welch ein Unterschied zu den Schnellzügen, mit denen sie früher unterwegs gewesen war. Aber an diesem beschaulichen Ort war ohnehin alles anders.

Das in die Jahre gekommene Bahnhofsgebäude machte trotz allem einen gepflegten Eindruck. Auf den massiven hohen Mauern ruhte eine rot und gelb gestrichene Gewölbedecke. Dazu schmiedeeiserne Leuchten und Tontöpfe mit Geranien, um die sich offensichtlich jemand kümmerte, denn die Blätter waren leuchtend grün, die Blütenknospen kurz vor dem Aufbrechen. Die Fenster mit den dekorativen Holzrahmen zeigten zur Straße. Und es roch gut. Nach Most, wenn sie sich nicht irrte. Stella erinnerte sich an die mit Weinstöcken bewachsenen Hügel, die sie auf der Fahrt hierher gesehen hatte.

»Wissen Sie zufällig, ob es noch andere Züge nach Bardolino gibt?«, fragte sie.

»Das ist der letzte. Der nächste Zug geht erst morgen früh.«

Viel Zeit hatte sie nicht mehr.

»Ist es hier immer so leer?«

»Nein, normalerweise ist hier mehr los, aber wir befinden uns in der Nebensaison.«

Es waren noch ein paar Passagiere gekommen, die auf dem gegenüberliegenden Bahnsteig warteten, den man durch eine Unterführung erreichen konnte.

Der Unbekannte stand nach wie vor immer neben ihr, die Augen auf Karim gerichtet.

Stella blickte sich um, sie spürte, wie erschöpft sie war. Aber es war nicht allein die beschwerliche Reise, die auf ihr lastete.

Es war etwas tief in ihr drin.

Die Gleise verließen den Bahnhof und verloren sich in der Ferne, reichten bis zum Horizont. Sie wirkten endlos lang, seit Stunden schien hier niemand mehr unterwegs gewesen zu sein. Auf den umliegenden Feldern lag sanfter Nebel. Eine Grenze oder ein Übergang, je nachdem, was man suchte. Einsam stehende Bäume ähnelten schattenhaften Scherenschnitten. Eine monotone Szenerie, als hätte das milchige Grau alle Farben verschluckt. Eine melancholische Landschaft und im scharfen Kontrast dazu der wie aus einem Märchenbuch entsprungene, zauberhafte kleine Bahnhof.

Sein und Schein, dachte sie, eines spiegelte sich im anderen, sie waren sich ähnlich und doch verschieden.

Dieser Gedanke bereitete ihr Sorgen, und sie konzentrierte sich auf die Umgebung, um ihn zu verscheuchen.

Sie war das erste Mal hier.

Sonst fuhr sie mit dem Auto zu ihrer Großtante Letizia, aber dieses Mal hatte ihr Besuch einen anderen Hintergrund. Vor einigen Monaten hatte sie den Zeichenblock und eine Fahrkarte geschickt bekommen. Ein merkwürdiges Geschenk ihres Onkels Orlando, Letizias Ehemann, der vor Kurzem gestorben war. Ein Erbe, das sie noch vor seinem Tod erhalten hatte.

Sie hatte sich spontan entschieden und vor ein paar Wochen ihren Citroën verkauft. Ein Schatten huschte über ihr Gesicht. Sie strich die Falten des Rockes glatt, atmete tief durch und richtete sich auf. Dann warf sie dem Mann neben sich einen Blick zu.

Ein merkwürdiger Typ, dachte Stella. Einer von denen, die man in öffentlichen Verkehrsmitteln nicht erwartet.

Das war der letzte Zug. Sie lotete ihre Optionen aus, viele waren es nicht. Sie durfte ihn nicht verpassen, aber gleichzeitig machte sie sich Sorgen, den Jungen allein zu lassen.

Das geht dich nichts an.

Wie oft hatte sie sich diesen Satz schon gesagt? Unzählige Male.

Aber er ging sie doch etwas an.

So war sie eben. Ständig interagierte sie mit der Welt, die sie umgab. Dagegen konnte sie nichts tun, und wenn sie ehrlich mit sich war, *wollte* sie das auch nicht.

In diesem Moment blieb ihr Blick am Stoff ihres Rockes hängen. Schmale gelbe Streifen wechselten sich mit breiteren in Rosa und Blau ab. Gelb für die Heiterkeit, Rosa für den Trost, Blau für die Seelenruhe.

Die Farben waren ihre Wegweiser, sie spürte ihre Essenz, erkannte sie in anderen Menschen. Farben waren ihre Welt.

So war es jedenfalls früher gewesen. Aber jetzt? Sie wusste es nicht genau, deshalb versuchte sie, nicht darüber nachzudenken.

Mit der Fingerspitze fuhr sie nachdenklich über das Streifenmuster.

Der Mann war immer noch da, nur wenige Schritte entfernt.

Allein.

Genau wie sie.

»Die Touristen wissen nicht, was sie versäumen«, flüsterte sie und hob den Blick, als wolle sie das Gespräch wieder aufnehmen. »Im Herbst verändert sich der See, er zeigt sich ganz anders als zu den übrigen Jahreszeiten. Man kann so viel Überraschendes finden, dort, wo niemand hinschaut. Die Farben wirken wärmer, die Sonne zeigt ein liebenswürdiges Gesicht.«

Der Unbekannte sah sie überrascht an. »*Liebenswürdig*... ein seltsames Adjektiv in diesem Zusammenhang.«

In seiner tiefen Stimme lag etwas, das sie nicht recht einordnen konnte. Sie betrachtete ihn genauer. Von diesem Mann ging etwas Besonderes aus, sein ernster Blick wirkte irgendwie abwesend. In der Hand hielt er eine abgewetzte Ledertasche, den Griff hatte er fest umklammert. Sie musste ihm sehr wichtig sein.

Sie stand auf und rieb sich die steif gewordenen Arme,

andere Kinder rannten auf Karim zu. »Endlich«, jubelte er und lachte, »ich dachte schon, ihr kämt nicht mehr!«

Kurze Zeit später verließ Karim den Bahnhof, an der Hand eines Paares, wohl seine Eltern, die Ähnlichkeit war unverkennbar.

Der Unbekannte drehte sich zu ihr um. »Das war gar nicht Ihr Kind?«

»Offensichtlich nicht.«

»Warum haben Sie das nicht gesagt?«

»Weil Sie mich nicht gefragt haben. Und warum sollte ich mit Ihnen über ein fremdes Kind sprechen?«

Er blickte sie an, als habe sie den Verstand verloren.

Ihr war klar, dass ihre Worte irgendwie merkwürdig klangen, aber sie wollte ihn aus der Reserve locken und zum Lachen bringen. Das schien er schon länger nicht mehr getan zu haben.

Ein scharfer Pfiff riss sie auf ihren Gedanken. Sie sah sich um und bemerkte auf dem gegenüberliegenden Bahnsteig einige Nachzügler, die im letzten Moment in den Wagen stiegen.

»Du meine Güte, der Zug fährt ab!«

»Wir müssen uns beeilen, geben Sie mir Ihren Koffer!«

Stella rannte durch die Unterführung, sie wollte sich nicht mal vorstellen, die Nacht hier zu verbringen.

Sie hatte es fast geschafft, nur noch ein paar Meter, hoffentlich hatte sie Glück. Sie rannte weiter, dann blieb sie keuchend stehen.

Der Zug setzte sich langsam in Bewegung. Sie sah ihm nach, während er immer schneller wurde.

»Nicht zu glauben!«, rief sie.

Sie hatte ihn um einen Wimpernschlag verpasst.

Verzweifelt ließ sie die Arme sinken, eine Geste zwischen Resignation und Galgenhumor. Die Tasche rutschte ihr aus der Hand und fiel zu Boden.

»Alles in Ordnung?«

»Wie bitte?«, sie hob den Blick.

»Versuchen Sie, tief zu atmen, Sie sehen aus, als würden Sie gleich in Ohnmacht fallen.«

Stella war in der Tat schwindlig. Sie wollte gerade nach der Tasche greifen, doch der Fremde kam ihr zuvor.

»Lassen Sie, ich mache das.« Er beugte sich nach unten. »Sie hätten sich wehtun können, bei dem Tempo, mit dem Sie die Treppe hinuntergerast sind«, sagte er, während er ihre Sachen auflas.

»Das gilt auch für Sie.«

»Ich musste Ihnen folgen, ich hatte keine Wahl, Sie hätten sich umbringen können.«

»Sie sind ein Held.«

Der Mann zögerte. »Na ja, eher der übliche Durchschnitt, würde ich sagen.«

»Das glaube ich nicht. Sonst säßen Sie jetzt im Zug und würden gemütlich Ihrem Ziel entgegenfahren.«

»Ich halte es für meine Pflicht, Sie nicht im Stich zu lassen.«

»Das ging mir mit dem Jungen genauso.«

Er schüttelte den Kopf. »Bei mir ist das etwas anderes. Ich bin darauf geeicht, das hat mit meiner Arbeit zu tun.«

»Aber haben wir dieses Gefühl nicht alle, wenn wir ein Kind sehen, das offensichtlich ohne Eltern unterwegs ist?«

»Sie hätten sich an jemanden wenden können.«

»Ich habe Karim gefragt, so heißt er übrigens, wo seine Eltern sind, aber er wirkte ganz entspannt und schien nur den Bahnhof erkunden zu wollen.«

Der Mann war mit der Antwort offensichtlich unzufrieden.

»Das hättest du mir wirklich sagen können.«

Unvermittelt war er ins Du gewechselt, seine Anspannung war gewichen und hatte einer gewissen Verlegenheit Platz gemacht. Stella lächelte ihn an.

»Du wirktest so besorgt... es hat mir Spaß gemacht, mir deine Gedanken auszumalen.«

»Das kann ich mir gut vorstellen. Ich habe mich wie ein Idiot benommen.«

»Da irrst du dich. Ich finde es gut, wenn sich jemand kümmert. Die meisten Leute hätten weggeschaut und sich nicht um Karim geschert.«

Er schwieg eine Weile, dann stand er auf und hielt ihr die Tasche hin. »Bitte.«

»Danke.«

»Wir sollten etwas essen und dabei überlegen, wie es weitergeht, oder?«

Etwas anderes blieb ihnen ohnehin nicht übrig, dachte Stella und sah sich um.

Er deutete auf den Ausgang. »Gehen wir?«

»Ja. Aber warum hast du dich so aufgeregt? In meiner Welt lacht man höchstens darüber, wenn man als Held bezeichnet wird.«

»Ich lebe aber nicht in deiner Welt, ich bin kein Held und hasse dieses Wort.«

Eine so schroffe Reaktion hatte Stella nicht erwartet, sie ging langsamer. »Es tut mir leid.«

»Das ist kompliziert«, erwiderte er nach einer Weile. »Auf den ersten Blick wirktest du so sorglos, als wäre die Situation für dich ganz normal.«

War das eine Entschuldigung? Daran war sie nicht gewöhnt.

»Es hat mit dem Rock zu tun... diesen Effekt hat er auf alle.« Sie sagte das ganz spontan, denn es stimmte. Die Kleidung war ihre Rüstung, der Panzer, hinter dem sie sich versteckte. Bunt, heiter, fast ein wenig frivol.

»Der Rock?«, fragte er verwundert.

Stella senkte den Blick. »Menschen haben für alles feste Maßstäbe, Kleidung eingeschlossen. Entweder gehörst du dazu oder bist draußen. Ich bin im Allgemeinen draußen.« Sie winkte ab. »Aber das fällt mir schon gar nicht mehr auf.«

Einen Augenblick lang schien er nach einem Ausweg zu suchen, aber statt zu gehen, wie es in dieser Situation andere getan hätten, blieb er.

Stella war erleichtert. Äußerlichkeiten schienen ihm nicht so wichtig zu sein, stattdessen wirkte er entschlossen. Jetzt war es gar nicht mehr so schlimm, den Zug verpasst zu haben.

»Ich verstehe nicht.«

Nein, sicher nicht. Wie könnte er auch...

»Ich... ich habe oft Schwierigkeiten, die Grenzen zu erkennen.«

»Ich nehme an, das geht vielen so. Aber ist die Meinung der anderen wirklich so wichtig?«

Stella nickte schweigend. Es kam nicht so sehr darauf an, was die Leute sagten, sondern *wie* sie es sagten. Wie vertrauenerweckend seine Stimme klang!

Sie hatte das Gefühl, ihn schon ewig zu kennen. Ihn zu verstehen, eine Erkenntnis, die ihr Angst machte. Denn im Grunde war er ein Fremder. Sie kannte nicht mal seinen Namen.

Sie standen jetzt auf dem Bahnhofsvorplatz. Stella fröstelte.

Die Laternen warfen mattes Licht auf das Kopfsteinpflaster, keine Menschenseele weit und breit.

»Es ist bestimmt zu spät, ein Auto zu leihen«, murmelte sie.

»Ganz sicher.«

»Ein Taxi?«, fragte sie hoffnungsvoll.

Er schüttelte den Kopf. »Um diese Uhrzeit kommt niemand mehr, auch nicht aus Verona. Die Hotels sind in der Nebensaison geschlossen.«

»So ein Mist.«

Was sollte sie jetzt tun?, fragte sie sich besorgt. Welche Optionen blieben ihr? Es gab niemanden, den sie anrufen, niemanden, der ihr helfen konnte. Nach einer Weile straffte sie die Schultern. Sie würde es schon schaffen, wie immer. Außerdem war sie nicht allein. Sie sah ihren Begleiter an, und ihre Blicke trafen sich.

Sie schwiegen, zwischen ihnen standen viele unausgesprochene Worte. Und noch mehr Fragen. Stella hasste solche Situationen. Aber heute nicht.

»Warum magst du keine Helden?«

Er hob den Blick und seufzte. »Wenn du mir versprichst,

das Thema zu wechseln, lade ich dich zum Abendessen ein. Dann schauen wir mal, wo wir die Nacht verbringen können. Was meinst du?«

Es hätte schlimmer kommen können, dachte sie.

»In Ordnung. Aber ich mag Helden, die Welt hat nicht genug davon.«

2

Elfenbein. Eine Beimischung zu Weiß, ein Hauch Gelb, das es strahlen lässt. Elegant, einladend, beruhigend. Die Farbe der Gastfreundschaft.

»Ich bin Arzt.«

Ah, das erklärte einiges. Stella begann sein Verhalten besser zu verstehen und entspannte sich.

»Ich heiße Alexander, und du?«

»Stella.«

»Und was machst du, Stella?«

Sie lächelte erleichtert, zum Glück hatte er sich eine Bemerkung über ihren Namen verkniffen und ihr auch nichts über Sterne erzählt.

»Was mache ich ... was habe ich gemacht, oder besser, was werde ich machen ...«

Sie dachte nach. Die Frage war auf den ersten Blick einfach. Aber sie zu beantworten? Das warf weitere schmerzhafte Fragen auf.

»Ich ... Das ist kompliziert.«

»Du musst mir nicht antworten.«

»Nein, das ist es nicht, versteh mich nicht falsch, ich bin gerade in einer Krise, mit der ich nicht gerechnet hatte.«

Sie vergrub das Gesicht in den Händen und blickte ihn durch die Finger hindurch an. Alexander nickte verständnisvoll und hörte konzentriert zu.

»Ich habe noch nie mit jemandem über diese schwierige Zeit gesprochen.«

Auch nicht mit ihrer Mutter, schon gar nicht mit ihrem Vater. Sie hatte alles für sich behalten, die Vorwürfe, sogar die Beleidigungen stillschweigend hinuntergeschluckt. Dabei hatte sie auf eine Versöhnung mit den Enkeln von Flaminia gehofft, darauf, dass sich alles klären würde. Doch vergebens, jegliche Versuche waren gescheitert.

Er lächelte aufmunternd.

Stella entspannte sich: »Ich war die persönliche Assistentin der Besitzerin eines Kunstgewerbegeschäfts... Sie hieß Flaminia, ein schöner Name, nicht wahr?« Sie hielt inne. »Ich habe auch die Finanzen geregelt, sie hat mir blind vertraut.« Ihr wurde bewusst, wie verworren das für ihn klingen musste. Aber alles war unvermittelt auf sie eingestürzt, sie hatte es immer noch nicht verarbeiten können, so sehr hatte sie ihre Arbeit geschätzt und Flaminia verehrt. Sie machte sich Sorgen um sie. »Ich weiß nicht, wie ich es beschreiben soll...«, sie hob den Blick und versank in seinen aufmerksamen, ernsten Augen.

»Du erzählst in der Vergangenheitsform.«

»Sie haben mich entlassen.«

Die beiden waren so lange herumgelaufen, bis der Hunger, die Kälte und ein plötzlicher Regenschauer sie dazu gedrängt hatten, sich ein Dach über dem Kopf zu suchen. In einem bescheidenen Lokal hatten sie gegrilltes Gemüse und Pommes gegessen, außer ihnen war fast niemand mehr da. Hin und wieder schaute der Kellner vorbei, es war offensichtlich, dass er gerne schließen würde. Lange würden sie nicht mehr bleiben können.

»Am Anfang war ich Verkäuferin, habe Gemälde und Kunstpostkarten verkauft sowie Events geplant. Später habe ich auch Anregungen zu Techniken und Farben gegeben.«

»Und was ist dann passiert?«

Stella blickte traurig, ihre Finger umklammerten die Papierserviette. »Ich bin zu weit gegangen, habe mich in Dinge eingemischt, die mich nichts angingen.«

Ich habe mich für jemanden gehalten, der ich nicht war. Ich habe etwas missverstanden.

Aber das sagte sie nicht. Der Schmerz saß tief in ihrem Hals, sie schluckte ihn mit ihrer Limonade herunter. Sie schmeckte vorzüglich, der Kellner hatte sie frisch zubereitet.

»Das verstehe ich nicht.«

Sie auch nicht. Sie verstand nicht, warum alles kaputtgegangen war.

»Meine ehemalige Arbeitgeberin ist eine Künstlerin. Sie ist um die Welt gereist und hat alle möglichen Menschen kennengelernt, vor allem Frauen.« Die Erinnerungen und mit ihnen die Gefühle überfluteten sie. »Für sie war Kreativität ein Lebenselixier, das hat mich von Anfang an fasziniert. Ich habe selbst gemalt und sogar Unterricht gegeben, nichts allzu Schwieriges, da konnte jeder mitmachen.«

»Du bist Malerin?«

Sie riss überrascht die Augen auf. »Wie bitte? Nein!

Wie kommst du darauf! Ich ... nein. Ich bin keine Malerin.« Sie bemerkte, dass sie laut geworden war, senkte den Blick, ihre Hände zitterten. Sie musste sich beherrschen.

Peinliche Stille machte sich zwischen ihnen breit. Stella rutschte nervös auf ihrem Stuhl herum, den Blick in die Ferne gerichtet, sie war angespannt.

»Habe ich etwas Falsches gesagt?«, fragte Alexander leise.

»Wie? Nein, sicher nicht.«

Er sah sie verwirrt an. »Wir können gerne das Thema wechseln, wenn du möchtest.«

Stella brauchte noch einen Moment, bis sie weitersprach. »Von einem Tag auf den anderen war alles vorbei. Flaminias Enkel haben ... meine Kompetenzen für nicht ausreichend gehalten, das Geschäft geschlossen und mich entlassen. Dann haben sie alles selbst in die Hand genommen und sind bei ihr eingezogen. Ich wohnte neben ihr und musste rasch die Wohnung räumen. Sie haben nur darauf gewartet, bis ich endlich weg war.«

»Und die Signora selbst hatte dazu nichts zu sagen?«

Stella spürte, wie ihr die Tränen in die Augen stiegen, und zwang sich zu einem Lächeln. »Sie ist eine alte Frau. Ihre Familie trifft jetzt die Entscheidungen. Vielleicht ist das auch gut so.«

»Aber dir geht es schlecht damit.«

Wenn es nur das wäre, dachte Stella.

»Und deshalb bist du auf Reisen?«

War das der wirkliche Grund?, fragte sich Stella. »Nicht nur. Ich suche nach etwas anderem, nach einer neuen Herausforderung. »Ich bin auf dem Weg.«

»Und wohin?«

Sie schwieg einen Moment und erwiderte dann: »Der Zug, den ich verpasst habe, hätte mich zum Ziel der ersten Etappe meiner Reise gebracht. Danach möchte ich ins Ausland, wohin genau, weiß ich noch nicht. Ich war schon immer gerne unterwegs.«

Alexander strich ihr über die Hand, das half ihr, die Fassung wiederzugewinnen.

Sie war überrascht, wie warm und rau seine Finger waren.

»Alle Probleme hinter sich zu lassen wirkt auf den ersten Blick wie eine gute Lösung«, sagte er leise.

Die Worte waren nicht einfach so dahingesagt. Das bewiesen die Färbung seiner Stimme, sein Blick, seine Anspannung. Sie fragte sich, wovor ein Mann wie er weglaufen sollte.

»Aber nicht immer, oder?«

Alexander zuckte mit den Schultern, auch das wirkte kontrolliert, wie alles an ihm.

Sie wusste nicht, woher sie diese Erkenntnis nahm, immerhin hatten sie sich heute das erste Mal gesehen. Und doch wurde sie das Gefühl nicht los, ihn gut einschätzen zu können, zu wissen, was er fühlte.

»Es hängt davon ab, ob man sich selbst belügen kann. Einige können das besser als andere.«

Wie zynisch. »Warum bist du so hart?«

»Weil ich die Dinge sehe, wie sie sind. In meinem Fall funktioniert das mit dem Regenbogen nicht. Tut mir leid, ich will dir nicht zu nahe treten.«

Stella errötete. »Manchmal kann ein Regenbogen dir

Kraft geben, damit du weitermachen kannst. Er ist für jeden erreichbar. Eine neue Farbe, eine andere Farbe, die dir Licht schenkt, und der Tag wandelt sich.«

Sie schwieg, von sich selbst überrascht.

Was redete sie denn da?

Das war vielleicht einmal so gewesen, aber es war vorbei. Schon lange.

Alexander lächelte gequält, ein kaum wahrnehmbares Verziehen der Lippen. Sein Gesichtsausdruck hatte nichts Heiteres.

»Nicht für alle. Nicht für mich.«

Er wirkte traurig, fast verzweifelt. Sie streckte den Arm aus, und jetzt war sie es, die ihre Hand auf seine legte. Als er den Blick hob, zog sie sie zurück.

Die Spannung zwischen ihnen war mit Händen zu greifen.

»Möchtest du darüber sprechen?«

Sie spürte, wie er erstarrte, sich von ihr entfernte. Auch den Blick, der bis zu diesem Moment auf ihr geruht hatte, wandte er ab und schaute verloren auf einen Punkt hinter ihr.

Vielleicht war sie zu weit gegangen, überlegte Stella. Vielleicht hätte sie weiter über Belanglosigkeiten sprechen sollen. Aber sie verschwendete nicht gerne ihre Worte. Banalitäten waren ihr ein Graus.

Alexander wirkte noch immer abwesend. Plötzlich gab er sich einen Ruck und fuhr sich mit den Händen über die Augen, als ob er sich von etwas befreien wollte.

»In meinem Beruf musst du oft Entscheidungen fällen,

die das Leben eines anderen Menschen betreffen. Da gibt es keinen Raum für Fantasie.«

Seine Stimme klang unbeteiligt, die Augen waren jetzt kalt und hart.

Stella hielt den Atem an. Ihre Finger verschränkten sich, als ob sie Trost suchten.

In seinen Worten lag etwas von fundamentaler Bedeutung.

Ein großer Schmerz.

Das Gefühl, er könnte aufstehen und weggehen, lähmte sie. Sie wartete und hoffte, er würde bleiben.

Er drückte den Rücken gegen die Stuhllehne, sein Blick verlor sich in der Dunkelheit der Nacht. »Ein einziger Fehler kann fatal sein. Plötzlich bekommt das Wort ›endgültig‹ eine existenzielle Bedeutung, der du dich nicht entziehen kannst.«

Es gab nichts, was sie sagen konnte, um die Schwere dieser Aussage zu entkräften, deshalb schwieg sie.

»Das ist kein gutes Gesprächsthema. Tut mir leid, ich weiß auch nicht, warum ich dir das erzähle.« Er fühlte sich offensichtlich unbehaglich.

»Wir kennen uns kaum, haben gerade mal unsere Namen ausgetauscht, wahrscheinlich werden wir uns nie wiedersehen. Vor diesem Hintergrund ist es einfacher, sich zu öffnen, findest du nicht? Es ist sogar befreiend. Wir haben keine Urteile und auch keine Vorwürfe zu erwarten. Zwischen uns muss nichts geklärt werden.«

Sie fragte sich, ob sie das zu ihm oder vielmehr zu sich selbst sagte. Das Schweigen zwischen ihnen vibrierte wie eine gespannte Saite.

»Das fände ich schade«, sagte er nach einer Weile.

»Was?«, fragte sie verwirrt.

»Dich nicht wiederzusehen.«

Stella wollte gerade etwas erwidern, als er ihr eine Locke hinters Ohr strich. Dann erstarrte er, als ob ihm gerade klar geworden wäre, was er da getan hatte. »Ich bin unmöglich, entschuldige.«

Sie antwortete nicht, noch immer spürte sie seine Wärme, das Gefühl seiner Finger in ihren Haaren. Sie wollte keine Entschuldigung. Sie wollte … etwas anderes.

»Glaubst du an Schicksal?«, fragte sie.

Alexander schüttelte den Kopf. »Nein, wir bestimmen unsere Zukunft selbst.«

»Das ist traurig, findest du nicht? Ich meine, es ist traurig zu denken, dass alles Schlimme, was passiert, allein unsere Schuld ist, dass wir dafür verantwortlich sind. Das ist ungerecht.«

»Gerechtigkeit ist eine Utopie.«

»Das klingt sehr hart.«

Er verzog das Gesicht. »Nicht hart genug, das kannst du mir glauben.« Er blickte wieder nach draußen in die Nacht, durch das Fenster fiel ein wenig Licht auf die Straße. »Ein schöner Abend«, sagte er.

»Wir haben den Zug verpasst, der Oktober glaubt, er wäre der Januar, und wir haben kein Zimmer für die Nacht. *Schön* scheint mir da nicht das richtige Wort zu sein.«

»Es hat aufgehört zu regnen, der Wind ist abgeflaut, wir könnten unser Gespräch draußen fortsetzen, was meinst du?« Alexander legte den Kopf schief und lächelte.

Stella wäre lieber noch eine Weile im Warmen geblieben, doch ihr war klar, dass der Kellner bald die Geduld verlieren und sie vor die Tür setzen würde. Die Küche hatte schon vor geraumer Zeit geschlossen.

»Wenn es sein muss ...«

Er sah sie amüsiert an, wirkte jetzt ruhiger.

Draußen war es gar nicht so kalt. Stella atmete tief durch und sah sich um. Der Regen schien die Kälte vertrieben zu haben, das Straßenpflaster, die Sterne und sogar die Luft wirkten wie blank geputzt. Alexander hatten den Knoten der Krawatte gelöst und wirkte gelöster.

Stella sinnierte über das, was er ihr anvertraut hatte. Was bedeutete es, die Verantwortung für das Leben eines anderen Menschen zu tragen?

Allein die Vorstellung machte ihr Angst.

Etwas veränderte sich in ihr, schuf neue Verbindungen. Sie betrachtete Alexander, der neben ihr ging, die Hände in den Taschen vergraben. Er war Arzt, hatte er gesagt. Aber sie erkannte auch den fürsorglichen und liebenswerten Menschen, der sich hinter einer Fassade versteckte.

Ein Mann, der sich um andere kümmerte und bereit war, Verantwortung zu übernehmen.

»Dein Name klingt außergewöhnlich«, sagte sie plötzlich.

Alexander hob den Blick und lächelte sie an. »Meine Großeltern leben hier in der Nähe, aber ich bin in England geboren und aufgewachsen.«

Obwohl sie sich schon lange unterhalten hatten, wusste sie kaum etwas über ihn.

»Machst du Ferien?«

»Wie bitte? Nein. Ich arbeite hier in der Nähe im Krankenhaus. Ich vertrete einen Kollegen, der sich für eine gewisse Zeit hat beurlauben lassen. Wenn es spät wird, nehme ich den Zug.« Er hielt inne. »Da trifft man interessante Leute.«

Stella lachte, und er stimmte mit ein.

»Ich probiere … etwas aus«, sagte er wieder ernst, »ich liebe den See, er lässt mich zur Ruhe kommen, das ist schön.«

Wenngleich sie gerne mehr gewusst hätte, stellte Stella keine Fragen. Beim Gehen dachte sie darüber nach, wie schön die hell erleuchteten Straßen waren, wie traurig seine Stimme geklungen hatte.

Er bemerkte ihren Blick.

»Komm, gehen wir da lang«, sagte er.

Auf dem Platz vor ihnen stand ein Kinderkarussell, das mit einer Plane abgedeckt war. Ein Relikt aus der Vergangenheit mit Pferden, Einhörnern und einem Glockenspiel – wie die Spieluhr aus ihrer Kinderzeit.

»Hier lang«, sagte er.

Eine Kirchenglocke läutete, Stella zählte.

»Drück uns die Daumen«, sagte er und lächelte.

»Kennst du ein Lokal, das jetzt noch offen hat?«, fragte sie perplex.

»Ich bin Arzt im Schichtdienst, da ist ein heißer Kaffee lebenswichtig. Dafür ist kein Weg zu weit.«

Das Licht einer Leuchtreklame durchbrach die Dunkelheit: Caffetteria Pasticceria Rinaldi. Als sie eintraten, wunderte sich Stella über die vielen Gäste. Einige nickten Alexander zu, ein Mann stand auf und drückte ihm die Hand. Auch der Besitzer wirkte vertraut mit ihm und schien ihn sehr zu schätzen. Ihr ging es genauso. Ob man ihr das wohl ansah?

»Möchtest du etwas Süßes?«

Gesund war das nicht, aber das Abendessen lag eine gefühlte Ewigkeit zurück. Sie waren lange spazieren gegangen und hatten geredet, was sie selbst überraschte, denn sonst sprach sie nicht viel über sich, schon gar nicht mit einem Fremden, den sie gerade erst kennengelernt hatte. Aber bei Alexander war es ihr leichtgefallen, vielleicht sogar zu leicht.

Die Stunden waren verflogen, eine ganze Nacht war vergangen, ohne dass sie es gemerkt hatte.

»Ja, danke. Ein Croissant mit Marmelade.«

»Nehme ich auch.«

Ein müde wirkender junger Mann servierte ihnen lächelnd den Kaffee, dazu einige Kekse, die, wenn sie nur halb so lecker schmeckten, wie sie aussahen, den Erfolg des Lokals erklärten.

Stella sog den köstlichen Duft ein, ein beruhigendes Gefühl.

Sie saßen in der Nähe des Fensters, und während die Morgendämmerung den Himmel rosa färbte, füllte sich der Gastraum.

»Für ein kleines Dorf ist hier einiges los.«

»Das Krankenhaus ist nicht weit, und hier kann man gut frühstücken.«

»Was genau ist dein Fachgebiet?«, fragte sie nach kurzem Zögern.

Alexander spielte mit seinem Löffel. »Ich bin Chirurg.«

Sie hätte nicht so direkt fragen sollen, er sprach offensichtlich nicht gerne über seine Arbeit.

»Hast du schon eine Idee, was du zukünftig machen möchtest?«, wechselte er das Thema.

Ein wenig überrascht schüttelte sie den Kopf. »Nein, viele Kompetenzen habe ich ohnehin nicht.« Wenn sie ehrlich zu sich selbst war, musste sie zugeben, dass sie gar nichts Konkretes vorzuweisen hatte. Und Ehrgeiz hatte sie auch keinen. Sie fühlte sich leer und verloren.

»In gewissem Sinne ist das sogar besser. Dann kannst du dich umsehen und frei entscheiden. Ich wusste immer schon, dass ich Arzt werden würde: mein Großvater, meine Eltern, alles Ärzte.«

»Beide Eltern?«

»Ja, meine Schwester auch. Unsere Familie fühlt sich irgendwie dazu berufen.«

»Irgendwie?«

»Eine Tradition, ein Bedürfnis ... sagen wir es lieber so.«

Ein Bedürfnis. Dieses Gefühl war ihr nicht fremd. Ihr Bedürfnis drängte sie dazu, alles zu tun, damit die Dinge an ihrem Platz waren. Aber da musste doch noch mehr sein. Und vielleicht würde sie es finden. Vielleicht. »Das Leben erfordert Kompromisse, unsere Bedürfnisse müssen wir beiseitestellen.« Ihre Stimme klang dünn, selbst in ihren Ohren war sie nicht überzeugend. Aber das war die Realität, sie konnte nichts dagegen tun.

»Merkwürdig, dass gerade du das sagst«, meinte Alexander nach kurzem Schweigen.

»Das verstehe ich nicht.«

»So bist du gar nicht.«

»Und wie bin ich?«

»Stark, großzügig, lebensfroh. Das andere klingt so resignierend und passiv.«

Betroffen schlug sie die Augen nieder.

Er hatte den Nagel auf den Kopf getroffen, dachte Stella. In den wenigen Stunden, die sie miteinander verbracht hatten, hatte er mehr von ihr begriffen als jeder zuvor. Aber jetzt war alles anders, sie war nicht länger die alte Stella, voller Vertrauen in die Welt, die immer das Positive im Leben sah. Die Realität hatte sie eingeholt. Auf die bitterste Art und Weise.

»Du hast mir gar nicht gesagt, dass du Gedanken lesen kannst«, gab sie härter als beabsichtigt zurück.

Alexander zog die Augenbrauen hoch, schwieg aber.

»Zeit zu gehen, der erste Zug fährt um sieben«, sagte er nach einer Weile und stand auf.

Stella nickte. »Du hast recht.«

Schweigend und jeder in seine eigenen Gedanken versunken, gingen sie zum Bahnhof.

Als sie in die Eingangshalle kamen, wurden sie von Begrüßungen, Lachen und Ankündigungen aus dem Lautsprecher empfangen. Die Realität schien wieder eine Grenze zwischen ihnen zu ziehen.

Es war laut und hektisch, ganz anders als am Vorabend. Stella versuchte, sich auf die anderen Fahrgäste zu konzentrieren, aber trotzdem spürte sie Alexander an ihrer Seite, seine Wärme, seinen Duft, sein Bedauern.

Sie blieben auf dem Bahnsteig stehen, die Motoren der Lokomotive fuhren hoch.

Sie hob den Blick und sah ihm in die Augen.

»Wir könnten uns wiedersehen, wenn du magst. Ich wohne in Sirmione, das ist nicht weit«, sagte er.

Stella war verblüfft über diesen Vorschlag, sie antwortete ausweichend: »Du bist sehr freundlich.«

»Freundlich? Meinst du, das ist der Grund? Nein, das bin ich nicht, Stella. Ich mache nichts, was ich nicht wirklich will, ich sage immer, was ich denke.«

Dann lächelte er sie an. Sein Interesse war klar und deutlich, genau wie sein Blick. Er war von Anfang an offen gewesen; natürlich war er auch jetzt aufrichtig.

»Ich habe mich sehr gerne mit dir unterhalten.«

»Auch als du mich für eine Rabenmutter gehalten hast?«

Er lachte, und Stella stimmte ein. Es war alles ganz einfach.

»Danke, ich habe es auch genossen.« Mehr sagte sie nicht. Wie lange hatte sie sich nicht so verstanden gefühlt? Vielleicht noch nie. Aber war der Gedanke nicht lächerlich? Gestern Morgen hatte sie ihn noch nicht mal gekannt.

Konnte man in so kurzer Zeit wirklich eine Verbindung zu jemandem herstellen? Oder war dieses Gefühl kaum mehr als ein Funke, irrational und völlig unlogisch?

»Das meine ich ernst, Alexander.«

Er wartete, dass sie weitersprechen würde, und seufzte dann. »Aber ...«

Er wollte ihr aus dieser peinlichen Situation heraushelfen, begriff Stella. Sie fuhr sich mit der Zunge über die Lippen. »Unser Gespräch war wichtig für mich, ein guter Anfang für meine Reise.« Sie zwang sich zu einem Lächeln. »Ich werde Italien verlassen, hier habe ich keine Perspektive.«

Er blickte sich um, die Hände in den Taschen vergraben. »Verstehe.«

Stella deutete auf den Zug. »Steigen wir ein?« Diesen wollte sie auf keinen Fall verpassen. Sie war müde und brauchte eine ausgiebige heiße Dusche, bei Letizia würde sie sich erholen können.

Alexander nickte. »Entschuldige meine Offenheit, ich wollte dich nicht in Verlegenheit bringen.« Er hob ihren Trolley in den Zug.

»Das hast du nicht, das wollte ich damit nicht sagen. Es ist ziemlich kompliziert.«

»Ich würde gerne mehr darüber erfahren, das interessiert mich sehr. Aber es geht nicht.« Er stieg wieder aus dem Zug. Zwar lächelte er, aber in seinem Blick lag ein Schatten, den Stella zuvor nicht bemerkt hatte. Sie fragte überrascht: »Ich dachte, wir hätten den gleichen Weg?«

»Gestern ja. Heute habe ich etwas anderes vor. Das ist dein Zug, ich muss einen anderen nehmen.«

Stella war wie vor den Kopf geschlagen. Plötzlich wurde ihr bewusst, dass dies ein Abschied war.

Alexander lächelte sie an. Sie lächelte zurück.

Dann reichte er ihr die Hand, sie ergriff sie, und er zog sie an sich.

Seine Haut war warm, sein Kuss sanft, seine Lippen berührten kaum ihre Wange.

Sie hätte ihre Pläne ändern, den Kuss erwidern können, andere taten das ständig. Aber sie schaffte es nicht. Stella zitterte. Da war sie wieder, diese alte, starke Angst.

Die schreckliche Erinnerung. Eine Warnung.

Plötzlich packte sie Panik, sie wich einen Schritt zurück, dann einen zweiten.

Das, was passiert war, war schön gewesen. Was gerade erst begonnen hatte, wäre zu Ende, ohne wirklich zu enden. Eine ganz besondere Begegnung. Einfach perfekt. Wie Alexanders Blick, sein Lächeln, seine Finger, die sich mit ihren verschränkt hatten, während sie nebeneinanderher spaziert waren oder er ihr etwas erzählt hatte. Der Ausdruck seiner Augen, bevor er sie geküsst hatte.

»Ich beeile mich besser«, sagte sie und stieg ein, er rief ihr nach.

»Meine Nummer, wenn du gerne plaudern möchtest…«

Überrascht griff sie nach dem Stück Papier, das er ihr hinhielt. Er hatte seine Handynummer auf die Croissanttüte gekritzelt, Stella konnte die Ziffern kaum lesen.

Sie antwortete nicht, blieb aber am Fenster stehen und blickte ihm nach, als der Zug anfuhr. Und auch später noch, als er gar nicht mehr zu sehen war.

Sie suchte sich einen Platz, und ihre Gedanken gingen nur in eine Richtung. Sie wusste, wie das enden würde. Wie immer… Sie schloss die Augen und umklammerte den Papierfetzen. Dann öffnete sie die Hand, strich ihn glatt und steckte ihn in die Tasche.

3

Weiß. Die Farbe der strahlenden Helligkeit. Sie entsteht aus dem Gemisch der drei Grundfarben. Weiß symbolisiert Reinheit, Kraft und Beständigkeit. Es ist die ideale Farbe, sie tröstet, schenkt Entspannung, lädt zur Reflexion und zur Suche nach der inneren Balance ein.

Die Oberfläche des Sees lag wie ein türkisfarbenes Bettlaken vor ihr, spiegelglatt und friedlich. Stella stand am Ufer und bewunderte die Sonnenstrahlen, die wie goldfarbene Kondensstreifen auf dem Wasser zu tanzen schienen.

Als sie klein gewesen war, hatte sie immer gedacht, dass unter der Oberfläche ein Drache lebte, das war eine der Geschichten, die ihr Vater immer erzählt hatte.

Auch ihr Onkel Orlando hatte davon gesprochen.

Orlando hatte ihre kindlichen Fantasien nie belächelt, im Gegenteil, er hatte sie bestärkt. Der Legende nach wohnte im Gardasee eine uralte Kreatur, die die Menschen am Ufer beschützte und die tosenden Sturmwellen bändigte.

Ein Wächter.

Stella war fasziniert von dieser Geschichte, wenngleich sie mit der Zeit bemerkt hatte, dass ihr Onkel sie immer wieder abgewandelt hatte. Aber gerade das war es, was ihn so liebenswert gemacht hatte.

Er hatte sie verstanden. Er hatte sie schon immer geliebt wie eine eigene Tochter und nicht wie eine angeheiratete Großnichte. Auch als es mit ihm zu Ende gegangen und er immer tiefer in seine Fantasiewelt abgetaucht war, hatte er sie noch erkannt.

Er hatte ihr häufig Geschenke gemacht, meist Kleinigkeiten ohne großen Wert. Wie der Zeichenblock, den sie immer bei sich trug, oder der Gutschein für die Fahrkarte, mit der sie gerade nach Bardolino gereist war. Eines Tages würde er ihr nützlich sein, hatte er mit schleppender Stimme gesagt. Sie hatte das Gefühl, als sei es erst gestern gewesen, obwohl Orlando schon seit fast einem Jahr tot war.

Stella hatte nicht ahnen können, dass dieser Gutschein einmal so wichtig für sie werden würde. Mit der Fahrkarte hatte Orlando ihr einen Traum geschenkt. Eine unvergessliche Nacht, einen sanften Kuss, der sie mit starken Gefühlen erfüllt hatte.

Sie fragte sich, ob Alexander schon wieder im Krankenhaus war. Sie fragte sich ... wie es hätte sein können. Dann hob sie die Hand, spreizte die Finger und ließ den Wind hindurchwehen.

Sie ging weiter, bis zum Haus ihrer Tante war es noch ein gutes Stück, daran war sie nicht unschuldig, weil sie den Umweg genommen hatte. Aber das war gut so, sie musste nachdenken.

Sie beschleunigte die Schritte, Alexanders letzter Satz ging ihr nicht aus dem Kopf.

An einer flüchtigen Beziehung war sie nicht interessiert. Im Grunde war es immer eine Frage der Entscheidung. Sie dachte an ihre Eltern und an ihre turbulente Beziehung. Beide hatten nach der Trennung ein neues Leben begonnen, an entgegengesetzten Orten der Welt, und alle Verbindungen abgebrochen.

Nur zu ihr nicht.

Bald würde ihr Bruder zur Welt kommen. Immer wenn sie daran dachte, spürte Stella eine tiefe Freude, Wärme breitete sich in ihr aus wie eine sanfte Hand, die sich auf ihr Herz legte.

Als sie das letzte Mal telefoniert hatten, war ihr Vater außer sich vor Freude gewesen.

So war Alberto Marcovaldi eben. In ihm loderten die Gefühle. Er war ein berühmter Maler, ein Mann, der von sich und seinem Genie überzeugt war. Seit sie sich erinnern konnte, war er immer verliebt gewesen.

In etwas.

In jemanden.

Sie hoffte, dass er sich mit dem Alter ändern würde, sie hoffte es zum Wohl ihres Bruders. Ohne Vater aufzuwachsen war nicht einfach gewesen. Sie und erst recht ihre Mutter hatten im Leben ihres Vaters schon lange keine Rolle mehr gespielt. Früh hatte sie gelernt, dies zu akzeptieren, bereits als Kind hatte sie gespürt, dass sie der einzige Grund dafür war, dass zwei Menschen zusammenlebten, die sich im Grunde hassten.

Sie hatte gelernt, diesen Schmerz zu beherrschen, aber es gab Tage, an denen es ihr nicht gelang. Und heute war einer dieser Tage.

Wie gerne hätte sie gerade jetzt die Sorgen über Bord geworfen und ihre Gefühle mutig ausgelebt. Den Moment genossen, Alexanders Kuss erwidert, ihrem Verlangen Raum gegeben, das er in ihrem Inneren entfacht hatte.

Wunsch und Handeln waren allerdings zwei völlig verschiedene Dinge.

Es hatte wenig Sinn, darüber nachzugrübeln, was passiert war. Oder besser, was eben nicht passiert war. Und doch konnte sie das Bedauern nicht unterdrücken, das Gefühl der Leere im Brustkorb, leicht wie der Duft, der noch in der Luft gelegen hatte, nachdem er schon gegangen war.

Wie Alexander selbst.

Plötzlich frischte der Wind auf, die Oberfläche des Sees kräuselte sich. Obwohl der Himmel heiter war, konnte man den Regen der vergangenen Nacht noch erahnen. Sie blieb stehen und betrachtete die Straßen, die sich entlang der Hügel in die Höhe erstreckten und die Natur in mehr oder minder gleichmäßige Rechtecke zerschnitten.

Sie ging weiter. Schon lange hatte sie ihre Großtante nicht mehr gesehen, sie war zu beschäftigt gewesen, alles war kompliziert gewesen. Doch jetzt hatte sie alle Zeit der Welt.

Hinter der hohen Einfriedungsmauer erhob sich die dreistöckige Villa der Marcovaldis. Die Balkone lockerten die strenge Linienführung des Gebäudes auf und gaben ihm einen altehrwürdigen Charme. Die Fenster waren wie immer geschlossen. Und wie immer saßen auf den im Laufe der Jahre nachgedunkelten Dachbalken dicke aufgeplusterte Tauben.

Das schmiedeeiserne Tor war von Efeu überwuchert.

Das war neu, dachte Stella.

Letizia hatte immer darauf geachtet, den Efeu im Zaum zu halten, und ihn sorgfältig gestutzt. Seitdem Stella das letzte Mal hier gewesen war, hatte es die Oberhand gewonnen, das Tor war kaum noch zu sehen.

Sie hielt inne, ein unbehagliches Gefühl überkam sie, das sie nicht richtig einordnen konnte. Die Villa war immer eine Zuflucht für sie gewesen, ein Ort der Freude und des Lachens.

Vielleicht hatte es mit dem zu tun, was Luciana beim letzten Telefonat erwähnt hatte; die Freundin ihrer Tante war sehr besorgt gewesen.

»Ganz schön vernachlässigt«, sagte sie zu sich, als sie die Villa betrachtete, die ihr wie eine alte Bekannte erschien. Vielleicht war es ja auch so, denn hier hatte sich Stella immer wohlgefühlt.

Die Fassade war rissig geworden, der Verputz blätterte ab, darunter zeigte sich der dunkle, mit Moos bewachsene Stein.

Der Garten, früher Letizia Marcovaldis ganzer Stolz, war verwildert. Der Rosengarten ungepflegt, das Tor ließ sich nur mit Mühe öffnen, sie musste kräftig drücken. Der Efeu sollte unbedingt gestutzt werden.

Mühsam zog sie den Trolley über den Hof, auf dem Weg zum Haus fiel ihr auf, dass der Fischteich mit Algen überwuchert war. Als sie an die Tür klopfte, musste sie wieder an das Telefonat mit Luciana denken.

Sie wartete einen Moment, dann suchte sie in der Tasche nach dem Schlüssel. Sie wollte ihn gerade ins Schloss stecken, als die Tür geöffnet wurde.

»Stella? Was zum Teufel machst du hier?«

»Ähm … hallo, Tante Letizia.«

»Wenn du mich das nächste Mal überraschen willst, sag besser vorher Bescheid.«

Stella schlug die Augen nieder. »Ich freue mich auch, dich zu sehen. Aber wenn es gerade nicht passt, dann gehe ich wieder. Ich möchte nur schauen, wie es dir geht, ich bleibe nicht lange.«

Die Morgensonne erwärmte allmählich die Luft. Stella spürte sie durch den Stoff ihrer Jacke auf dem Rücken, während sie auf das runzlige Gesicht ihrer Großtante blickte, die ihre Augen mit einer Hand abschirmte. Die andere Hand ruhte auf ihrem Gehstock.

»Rede nicht so einen Blödsinn und komm rein. Wenn du beleidigt sein willst, verschiebe das bitte auf später.« Sie ließ sie herein. »Heute bin ich nicht in Stimmung. Und du?«, sie wandte sich an den großen Hund zu ihren Füßen. »Hör auf zu bellen, siehst du nicht, dass das unsere Stella ist?«

Mit ihrer Tante stimmte etwas nicht, das war offensichtlich. Von dem Empfang einmal abgesehen, ging ihr Atem keuchend, als hätten die wenigen Sätze ihre ganze Kraft aufgebraucht.

»Tante Letizia …«

Die alte Dame strich ihr über das Gesicht.

»Du musst Geduld mit Aristide haben. Ich weiß, dass es nicht gerade freundlich von ihm ist, dich anzubellen, aber seine Augen werden immer schlechter, und eine Brille kann er ja wohl kaum tragen, oder?«

Das hätte diesem armen Hund gerade noch gefehlt! Stella lachte.

»Mach die Tür zu, es zieht«, sagte Letizia.

»Sofort.« Stella schloss die Tür und folgte ihrer Tante in den Flur. Letizia hatte schon immer leicht gehumpelt, aber jetzt wirkte ihr Gang sehr unsicher. Als junges Mädchen hatte sie einen Unfall gehabt, von dem sie sich nie ganz erholt hatte. Stella wusste nicht, was damals passiert war, ihre Eltern hatten niemals laut darüber gesprochen. Letizia und Orlando hatten keine eigenen Kinder und Alberto bei sich aufgenommen, mit dem sie auch heute noch ein inniges Verhältnis verband. Obwohl sie mittlerweile ein Ozean trennte, telefonierten Letizia und Alberto noch regelmäßig miteinander.

»Du musst halb erfroren sein, komm ans Feuer.«

»Ich bin am See entlanggegangen, die Sonne hat mich aufgewärmt. Es war wunderschön.«

Letizia musterte sie, dann trat ein Lächeln auf ihre Lippen.

»Du hast schon immer das sehen können, was andere nicht wahrnehmen. Du hast mir gefehlt, mein Schatz. Ich kann dir gar nicht sagen, wie sehr.«

»Du mir auch.«

Letizia schloss die Augen, Stella bemerkte, dass sie zitterte.

»Geht es dir gut, Tante?«

»Wie? Oh ja. Was hat es damit auf sich?«, sie deutete auf den Koffer.

»Ich gehe ins Ausland. Ich möchte mich von dir verabschieden.«

Letizia sah sie nachdenklich an. »Das heißt, du hast die Situation mit Flaminias Familie nicht klären können?«

Stella schüttelte den Kopf. »Ich brauche einen Neu-anfang.«

»Dann bleib bei mir. Das ist dein Zuhause, das weißt du. Du kannst bleiben, so lange du willst. Und wenn es für immer ist, wäre ich sehr glücklich.«

In ihrer Stimme lag eine flehende Dringlichkeit, eine in-ständige Bitte. Stella war alarmiert. Hier stimmte defini-tiv etwas nicht, ihre Tante war sonst nicht so sentimental.

Aber auf den ersten Blick sah alles ganz normal aus.

Das weitläufige Wohnzimmer wurde durch mehrere Sprossenfenster erhellt, die Spitzenvorhänge waren bei-seitegezogen, um die Sonne hereinzulassen. Das Kamin-feuer spendete wohlige Wärme, auf dem Tisch herrschte die typische Unordnung.

Sie wandte den Blick zu ihrer Tante.

Letizia saß nun auf ihren Lieblingssessel, eine Wollde-cke auf den Knien. Aristide lag neben ihr. Sie streichelte ihn und schaute ins Leere, als hätte sie ihre Besucherin völlig vergessen.

Stella lehnte am Türrahmen, die Hände in den Jacken-taschen vergraben, der Koffer stand in einer Ecke, ihr Schal lag auf einem Stuhl.

»Was ist los, Tante Letizia?«, fragte sie behutsam.

Letizia zuckte mit den Schultern. »Er ist alt ... er braucht Aufmerksamkeit.«

»Du weißt, dass ich nicht den Hund meine. Sprich mit mir, sag mir, was los ist.«

Die sonst so gepflegten silbergrauen Haare fielen ihrer Tante strähnig über die Schultern, sie hatte eine alte Strick-jacke ihres Mannes über eine violette Seidenbluse gezogen.

Sie hatte noch ihre Schlafanzughose an und trug eine Perlenkette, die sie sonst nur bei besonderen Anlässen anlegte.

»Wenn ich gewusst hätte, dass du kommst, hätte ich mich richtig angezogen.« Sie fuhr sich mit den Fingern durch die Haare, dann vergrub sie das Gesicht in den Händen.

Stella ging auf sie zu. »Ich bin hier, Tante, alles wird gut.«

Sie streichelte ihr über den Rücken und erschrak. Letizia hatte abgenommen, sie wirkte geschrumpft, als hätte sie sich in sich zurückgezogen.

Ihre Tante hob den Blick. »Ich bin froh, dass du da bist, mein Schatz, wirklich. Ich bin einsam, das macht mich traurig. Aber bevor du auf dumme Gedanken kommst, es ist alles wie immer. Du musst dir keine Sorgen machen, und jetzt lass dich anschauen.«

Ihre Augen trafen sich, und Stella spürte, dass die Spannung, die seit ihrer Ankunft in der Luft gelegen hatte, allmählich wich.

»Entschuldige, dass ich nicht angerufen habe.«

»Kein Problem, du hast dein eigenes Leben, deine eigenen Probleme. Du solltest mich gut genug kennen, um mich nicht so ernst zu nehmen. Du weißt ja, wenn ich schlecht gelaunt bin, dramatisiere ich alles ein bisschen.«

Stella kniete sich neben sie. Letizia duftete nach Veilchen und nach liebevollen Umarmungen, seufzend legte sie den Kopf auf ihren Schoß. Aristide leckte ihr übers Bein, die alte Dame strich ihr durchs Haar.

»Ich bin froh, dass du hier bist, meine Kleine, wirklich.«

»Ich weiß, Tante.«

Das Schweigen zwischen ihnen tat gut, beide entspannten sich und blieben eine Weile so sitzen. Dann seufzte Letizia auf.

»Ich bin müde, unendlich müde. Er fehlt mir so sehr, das kann ich gar nicht beschreiben. Natürlich geht das Leben weiter, aber es ist nicht mehr das Gleiche. Ich bin innerlich leer. Die Luft, die Erholung, das Essen – nichts kann diese Leere füllen, seine Abwesenheit ersetzen. Ich vermisse ihn. Nichts wird jemals wieder so sein, wie es mal war, damit muss ich mich abfinden.«

Stella drückte ihr die Hand. Sie hätte sie gerne getröstet, aber wie sollte das gehen? Wenn das Herz gebrochen war, gab es keinen Satz, keine Worte, die wirklich helfen konnten.

»Ich sollte mich nicht beklagen, wir hatten so viele gemeinsame Jahre.« Letizia räusperte sich und lächelte, dann atmete sie tief durch und fragte: »Wo ist das Auto?«

»Ich bin mit dem Zug gekommen. Onkel Orlando hat mir einen Gutschein geschenkt, den ich für die Reise genutzt habe.«

»Eines seiner seltsamen Geschenke?«

»Ja.« Stella erwiderte ihr Lächeln. Sie hatten in den letzten Monaten oft über Orlandos Leidenschaft gesprochen, Stella etwas schenken zu wollen. Hatte das mit dem nahenden Tod zu tun gehabt? An seinem Verhalten war nichts Logisches gewesen, zumindest hatte sie es nicht erkennen können.

»Es liegen noch etliche Päckchen im Haus, er hat alle in alte Gebäckverpackungen gewickelt. Überall steht dein Name drauf. Wenn ihm etwas ins Auge fiel, sagte er immer: ›Letizia, das ist für Stella.‹« Sie hielt inne und schüttelte den Kopf. »Das habe ich dir schon so oft erzählt.«

»Ich höre dir gerne zu, erzähl ruhig weiter.«

Letizia ließ den Kopf in den Sessel sinken und schaute hinauf zur Decke. »Als du das letzte Mal hier warst, bei seiner Beerdigung, habe ich vergessen, dir die Geschenke zu geben. Sie liegen immer noch dort, wo er sie hingelegt hat. Er war sicher, dass du kommen wirst, weißt du? Er war seltsam geworden und erzählte immer wieder, dass alles gut werden würde. In den letzten Monaten war er nicht mehr richtig bei sich.«

»So habe ich das gar nicht wahrgenommen. Natürlich war er manchmal komisch, aber irgendwie auch speziell, als ob er mehr sehen könnte, mehr wissen würde als die anderen. Er fehlt mir sehr.« Der Schmerz bohrte sich in ihre Brust, der Tod hatte etwas so Endgültiges. Für alles andere gab es ein Gegenmittel …

»Mir fehlt er auch.«

Letizias Blick war jetzt verträumt, Erinnerungen überwältigten sie. Dann wandte sie sich wieder Stella zu und deutete in den Flur. »Du bist nach der langen Reise sicher erschöpft. Ein heißes Bad und ein gutes Mittagessen sind jetzt genau das Richtige. Dann ruhst du dich aus. Nimm das Rosenzimmer, das mit dem Balkon. Es ist vorbereitet.«

»Ich kann auch in meinem alten Zimmer schlafen, ich will keine Umstände machen.«

»Papperlapapp, da schlafe ich, keine Widerrede! Wenn mir jemand keine Umstände macht, dann du.«

Ihre Tante schlief im Hinterzimmer?

»Aber das Zimmer hast du noch nie gemocht.«

Letizia wischte den Einwand weg. »Da ist es nicht so kalt.«

»Aber ...«

»Keine Diskussion, mein Schatz. Bitte, tu, was ich dir sage, wir sehen uns dann in der Küche.«

»Gut.«

Stella stieg gedankenverloren die Treppe hoch.

Letizia Marcovaldi war schon immer unberechenbar gewesen, manchmal sogar anmaßend. Aber jetzt wirkte sie zerbrechlich und erschöpft. Wenn sie seit Neuestem im Erdgeschoss schlief, in einem ungemütlichen Zimmer, dann konnte es dafür nur einen Grund geben.

Stella kam das Gespräch mit Alexander wieder in den Sinn. Er hatte sie gefragt, ob die Vorfälle bei Flaminia der Grund für ihre Reise seien.

Sie hatte es verneint, kategorisch ausgeschlossen.

Sie war zu Letizia gefahren, weil sie der einzige Mensch war, mit dem sie offen reden konnte, der sie nie verurteilt hätte. Im Gegenteil, ihre Tante würde sie verstehen, sie unterstützen und ihr die Kraft geben, die sie brauchte.

Letizia und Orlando waren immer schon ein Fixpunkt in ihrem Leben gewesen, vielleicht der einzige. Die Lebenskraft ihrer Tante würde ihr guttun, an ihrer Persönlichkeit würde sie Halt finden.

Flucht ist sinnlos.

*Die Probleme begleiten dich, du kannst sie nicht ab-
schütteln.*

Sie erinnerte sich allzu gut an Alexanders Worte, die er
im Lauf der Nacht gesagt hatte, und war verunsichert. Sie
hatte doch einen Plan für die Zukunft gehabt. Warum geriet jetzt alles ins Wanken?

Weil sie gar keinen Plan hatte.

Sie war auf der Flucht.

4

Blau. Eine der Grundfarben, die für die Unendlichkeit steht.
Die Farbe der Seelentiefe, der Ruhe und der Entspannung.
Vielfältige Schattierungen bilden den Himmel und das Meer
ab und beschwören die unendliche Weite.

Stella hatte die Villa schon immer geliebt.

Erbaut worden war sie vor zwei Jahrhunderten von
Zeno Marcovaldi, der dem Vernehmen nach ein Künstler
und ein Träumer gewesen war. Seine schillernde Persönlichkeit zeigte sich in den vielen Details, die das Haus so
einzigartig machten. Jeder Raum war anders eingerichtet.
Das Rosenzimmer verdankte seinen Namen dem Decken-
gemälde, das die üppige Pracht des Rosengartens abbildete.

Es war ihr Lieblingszimmer.

Vielleicht, weil es einen Balkon hatte, vielleicht, weil
man von hier an klaren Tagen den See sehen konnte. Oder
vielleicht gab es auch gar keinen besonderen Grund, denn
die Schönheit brauchte keine Erklärung.

Sie stellte den Koffer in eine Ecke und setzte sich aufs
Bett, dann blickte sie zum Fenster hinaus und betrachtete
die Dächer der anderen Häuser.

Die Decke unter ihren Fingern fühlte sich weich an, ihre

Gedanken beruhigten sich nach und nach. Sie fragte sich, warum ihr Vater ihr nicht erzählt hatte, dass es Letizia so schlecht ging. Aber warum wunderte sie das? Er war nun mal das Zentrum seiner eigenen Welt, die anderen waren Beiwerk, die nur interessant waren, wenn er sie brauchte, ansonsten spielten sie keine Rolle. Da war er wie ein Kind. Sie kannte ihn nur zu gut. Sie hätte es wissen müssen. Und sie fragte sich, von wem sie mehr enttäuscht war: von ihrem Vater oder von sich selbst, weil sie ihre Tante so selten besucht hatte. Es war offensichtlich, wie schwer sie der Tod ihres Mannes getroffen hatte.

Letizia und Orlando hatten mehr als siebzig Jahre gemeinsam verbracht, fast dreimal so lang, wie sie überhaupt am Leben war, sinnierte sie, während sie sich auszog. Die Kleidung warf sie in den Wäschekorb und ging dann ins Bad, duschte heiß und zog sich etwas Frisches an. Auf der Kommode entdeckte sie ein großes Paket, das in Pergamentpapier eingewickelt war. Behutsam fuhr sie mit den Fingern über die glatte Oberfläche. Ihr Name war klar und deutlich zu lesen, sie erkannte die Handschrift ihres Onkels und lächelte. Eine der Hinterlassenschaften, von denen Letizia gesprochen hatte. Sie wunderte sich, dass ihr das Paket nicht gleich aufgefallen war. Langsam wickelte sie es aus und faltete das Papier zusammen. Als sie den Spiegel erkannte, vertiefte sich ihr Lächeln.

Sie suchte nach dem Platz an der Wand, wo er immer gewesen war, und hängte ihn wieder auf.

Schau immer in dein Inneres, Stella, dort wirst du die Antworten auf deine Fragen finden.

Sie hatte das Gefühl, als stünde Orlando neben ihr.

Wie oft hatte er das zu ihr gesagt?

Ihr Onkel war ihr Vorbild gewesen, besonders in den zurückliegenden schrecklichen Monaten. Er hatte immer weitergemacht, sie bestärkt und ihr geraten, nicht auf Äußerlichkeiten zu achten, selbst als er schon erschöpft und zittrig gewesen war. Und sie hatte ihm versprochen, seinen Ratschlägen zu folgen.

Mit den Fingerspitzen fuhr sie über den wunderschönen Silberrahmen. Der Spiegel war sehr alt, das Glas schon etwas trüb. Sie hatte ihn immer so schön gefunden. Jetzt betrachtete sie ihr Gesicht darin. Im Sonnenlicht wirkten ihre Locken eher rötlich als kastanienbraun, mit ihren grünen Augen, den Sommersprossen, der olivfarbenen Haut und dem entschlossenen Gesichtsausdruck war sie das Abbild ihrer Vorfahren. Das Nordische der Marcovaldis mischte sich mit dem Mediterranen der Usais.

Die Familie ihrer Mutter hatte ihren Vater nie akzeptiert und nach der Trennung ihre Genugtuung nicht verheimlicht.

Immer wenn sie dort zu Besuch gewesen war, hatte sie das Gefühl gehabt, unter Beobachtung zu stehen.

Eine Schande, dass das Mädchen die Haarfarbe dieses Nichtsnutzes geerbt hat.

Plötzlich war die Erinnerung wieder da. Ihre Mutter hatte ihr die Haare gekämmt, wie jeden Abend vor dem Schlafengehen. Dieser Moment hatte nur ihnen beiden gehört. Es war ganz still gewesen, lediglich die Geräusche der Bürste waren an ihr Ohr gedrungen, und Stella hatte Robertas ganze Liebe gespürt. Da hatte plötzlich ihre Großmutter in der Tür gestanden.

Assuntas Gesichtsausdruck war unergründlich gewesen. Stella hatte diese stets in Schwarz gekleidete Frau nie verstanden.

»In unserer Familie gibt es normale Haarfarben, schwarz, vielleicht noch kastanienbraun. Nicht auszudenken, dass eine Usai einmal rote Haare haben könnte. So etwas Unanständiges!«

»Für mich ist sie perfekt!«, hatte ihre Mutter spontan geantwortet.

Assunta hatte ihr einen durchdringenden Blick zugeworfen und sie dann allein gelassen.

Stella hatte sich im Spiegel betrachtet und war sich falsch vorgekommen. In den aufeinandergepressten Lippen ihrer Großmutter hatte so viel Abneigung, so viel Verachtung gelegen. Und auch der Gutenachtkuss und die tröstlichen Worte ihrer Mutter hatten den Eindruck nicht vertreiben können.

Ihre Mutter hatte ihr versichert, dass sich Erwachsene oft irrten.

Aber in ihrem Inneren wusste sie, dass ihre Großmutter recht hatte. Denn sie war genau wie ihr Vater. Und daran war nichts zu ändern.

Als Stella nach unten kam, hatte ihre Tante schon den Tisch gedeckt und sich umgezogen. Sie trug ein elegantes rotes Wollkleid, das ihr sehr gut stand.

»Du siehst wunderbar aus.«

»Danke, mein Schatz. Luciana ist vorbeigekommen. Seid ihr euch heute etwa schon begegnet?«, fragte sie misstrauisch.

Stella freute sich, von der alten Freundin der Familie zu hören und sie endlich wiederzusehen.

»Nein, warum fragst du?«

Sie setzten sich, das Essen duftete köstlich.

»Ach nichts, einfach so. Und um das klarzustellen, ich kann sehr wohl die Treppe hinaufgehen. Gut, im Moment habe ich gewisse Schwierigkeiten, aber das wird sich bald geben.«

»Verstehe.« Stella tat unbeteiligt, dabei wuchs ihre Unruhe mit jedem Satz. »Und was meint der Arzt? Was hat es mit diesen... *Schwierigkeiten* auf sich?«

Letizia zuckte mit den Schultern, Stella wusste genau, dass diese Geste zwar zufällig wirkte, aber sorgfältig kalkuliert war.

»Wenn es wirklich nötig sein sollte, werde ich ihn anrufen.«

Stella fühlte sich in ihrer Sorge bestätigt. »Die Minestrone ist wunderbar.«

»Ich weiß, deine Lieblingssuppe. Ich habe es nicht vergessen. Sieh mal, ich brauche keinen Arzt, der mir sagt, dass ich alt werde. Das passiert allen, die das Glück haben, so alt zu werden wie ich.«

Stella warf ihr einen skeptischen Blick zu, und als Letizia ihr zuzwinkerte, musste sie gegen ihren Willen lachen.

»Du sagtest, du wärst dir mit Flaminias Enkeln nicht einig geworden...« Ihre Tante wechselte das Thema.

»Nein, sie ließen absolut nicht mit sich reden.« Stella legte den Löffel neben den Teller.

»Was soll das?« Letizia ignorierte ihren Protest und schöpfte noch eine Kelle Suppe in ihren Teller. »Meinst du nicht, dass es mehr braucht als eine Entlassung, um alles stehen und liegen zu lassen und ins Ausland zu flüchten?«

»Ich bin jung und muss Erfahrungen sammeln.«

Letizia schnaubte. »Da ist doch noch etwas. Du verschweigst mir was, oder?«

Stella lächelte gegen ihren Willen. Sie würde ihr nicht erzählen, dass Flaminias Enkel ihr ein Zeugnis verweigert und damit die Chance genommen hatten, in der Gegend einen Job zu finden. Sie hatten sie in Misskredit gebracht, und niemand würde ihr mehr Vertrauen schenken. Aber warum? Mit diesem Problem musste sie alleine klarkommen, Letizia konnte ihr da nicht helfen.

»Kannst du nicht verstehen, dass ich die Nase voll habe und woanders neu anfangen will?«

»Doch, natürlich! Aber es ist ein Unterschied, ob man etwas wünscht oder keine andere Wahl hat. Ich möchte nicht, dass du so darüber denkst.«

»Beklagst du dich etwa darüber, dass ich mich vernünftig verhalte?«

Letizia zuckte mit den Schultern. »Natürlich, du gehst zu hart mit dir ins Gericht.«

Stella musste wieder lächeln.

»Schon besser, du bist wunderschön, wenn du lächelst. Du bist etwas ganz Besonderes.«

»Das sagst du nur, weil du mich liebst.«

Letizias Lächeln erlosch. »Du bist immer so kontrolliert, das macht mir Sorgen. Hast du nie den Wunsch, einfach mal laut zu schreien?«

Und wie! Aber das würde sie nie zulassen. »Schreien löst keine Probleme, aber dir zuliebe könnte ich es probieren.«

Letizia machte eine wegwerfende Geste. »Daran ist deine Mutter schuld. Sie hat dir lange genug eingeredet, was richtig und was falsch ist. Das ist doch deprimierend, oder?«

»Hör auf, meiner Mutter die Schuld zu geben. Du weißt, dass ich das nicht hören will. Manchmal verstehe ich dich wirklich nicht.«

»Pah! Ich glaube, du weißt ganz genau, was ich meine. Deiner Mutter ist sehr wohl bewusst, was ich von ihren Erziehungsmethoden halte, wir haben mehr als einmal darüber diskutiert.«

»*Diskutiert?* So würdest du eure Streiterei beschreiben?«

Letizia zuckte mit den Schultern. »Streit, na ja, übertreiben wir mal nicht.«

Als sie Letizias schelmisches Lächeln sah, musste Stella an ihre Kindheit denken. Diesen Gesichtsausdruck hatte ihre Tante gehabt, als sie beide sich so lange im Garten versteckt hatten, dass alle sich Sorgen gemacht hatten. Und danach waren sie hochzufrieden wieder aufgetaucht.

»Es wird dir guttun, einige Tage bei mir zu bleiben. Vielleicht eine oder zwei Wochen?«, fragte sie hoffnungsvoll.

Ihre Tante ließ nicht locker, dachte Stella. »Wir werden sehen. Ich habe mich noch nicht entschieden.«

»Aber du weißt, dass das hier auch dein Zuhause ist?«

Darüber hatten sie schon oft gesprochen. Ihr war durchaus bewusst, dass ihre Tante ihr zwar gerade gehörig den Kopf zurechtgerückt hatte, ihr damit aber gleichzeitig half, sich klarzumachen, dass sie selbst über ihre Zukunft entscheiden musste.

Das war ganz allein ihr Problem.

»Orlando hat den Spiegel von der Wand genommen und als Geschenk verpackt auf die Kommode gelegt. Ich habe ihn wieder an seinen Platz gehängt.«

Nach einem Moment der Verblüffung brach Letizia in Lachen aus.

»Der Mann war immer für eine Überraschung gut, du kannst dir gar nicht vorstellen, was er sich alles ausgedacht hat.«

»Ich frage mich, was dahintersteckt. Ob es eine spontane Idee war? Was meinst du?«

»Ich weiß nicht, welche Geschenke hast du bis jetzt bekommen?«

»Einen Zeichenblock mit Farben und Stiften, ein paar alte Fotos von euch beiden, einen Stadtplan von Zürich aus den 1950er-Jahren. Und natürlich den Gutschein für die Fahrkarte.«

Letizia dachte nach. »Es sollte eine Erinnerung sein, ein sanfter Hinweis, uns öfter zu besuchen, das ist offensichtlich. Aber was sonst dahinterstecken könnte... keine Ahnung. Wie gesagt, er war nicht mehr ganz bei sich.«

Stella fragte sich, warum ihre Tante plötzlich so nervös wirkte. »Vielleicht hast du recht.«

Da steckte garantiert noch mehr dahinter. Orlando wollte ihr mit diesen Geschenken eine Geschichte erzählen. Aber welche? Warum hatte er nicht einfach mit ihr gesprochen? Oder ihr einen Brief geschrieben? Sie schüttelte den Kopf. Vielleicht hatte Letizia recht, und seine Fantasie hatte ihm einen Streich gespielt.

»Was hältst du davon, wenn ich hier ein wenig umräume, solange ich da bin?«

»Und was?«, wollte Letizia wissen.

»Ich könnte die Wohnung umgestalten, dass deine Wege so kurz wie möglich sind. Dann müsstest du keine Treppen steigen, im Erdgeschoss ist genug Platz.«

»Das würdest du für mich tun, mein Schatz?«

»Mit Vergnügen. Du weißt doch, wie gerne ich umräume und Zimmer neu einrichte.«

Stella liebte es, ihre Umgebung immer wieder neu zu gestalten. »Am besten fangen wir gleich morgen an, das macht sicher Spaß.«

»Ich bin wirklich sehr froh, dass du hier bist.«

Den nächsten Morgen verbrachte Letizia im Garten, und Stella nutzte die Gelegenheit, den Raum neben dem Wohnzimmer auszuräumen. Dort standen alte Möbel, Lampen, Bücher, ein alter Globus und eine Leiter. Schon als Kind hatte sie in dem Raum die merkwürdigsten Dinge gefunden, und auch heute strahlte er eine gewisse Faszination aus, wenngleich alles voller Staub war. Sie sah sich prüfend um und war hin- und hergerissen. Für den Müll waren die Sachen zu gut, aber was sollte sie damit anfangen? Sie waren Wächter der Erinnerungen.

Oder einfach nur schön.

Für Stella war Schönheit ein hohes Gut. Wichtiger als vieles andere, weil sie ihre Seele mit Freude erfüllte. Die Gegenstände in Orlandos Zimmer waren unpraktisch, aber wunderschön und außergewöhnlich. Funktionalität stand bei ihm nicht im Vordergrund, sondern Ästhetik, Stil.

Für sie waren sie unentbehrlich.

»Unglaublich, was man im Laufe eines Lebens alles ansammelt, nicht wahr, Aristide?«

Der Hund kroch aus einem der alten Schränke und trottete auf sie zu.

»Komm, fangen wir an«, sagte Stella und streichelte ihn.

Sie brachte die Stühle ins Wohnzimmer und fand einen Platz für das alte Grammofon, das immer noch funktionierte. Die restlichen Möbel schob sie in die ehemalige Dunkelkammer ihres Onkels.

Zufrieden blickte sie sich um.

Endlich sah man freie Wände.

Einmal streichen, und der Raum wäre perfekt, dachte sie. Sie würde heitere Bilder aufhängen, dazu einen leichten Spitzenvorhang ans Fenster. Im Wäscheschrank im ersten Stock würde sie sicher etwas Geeignetes finden. Jetzt mussten nur noch die wertvollen Bücher aus den Schränken geräumt und Letizias Sachen hierhergebracht werden. Mit Tränen in den Augen und einem Kloß im Hals trug sie Orlandos geliebte Bücher die Treppe hinauf nach oben, was eine ganze Weile dauerte, so viele waren es.

Das erste Mal, als er ihr voller Stolz seine Schätze gezeigt hatte, war sie noch ein Kind gewesen. Stella hatte sich ziemlich wichtig gefühlt. Ihr Onkel hatte Wert auf ihre Meinung gelegt, immer hatte er voller Respekt und Hochachtung mit ihr gesprochen.

Sie strich lächelnd über einen Buchrücken und stellte den Band ins Regal im Rosenzimmer. Wie viele unvergessliche Momente hatte sie mit diesem Mann verbracht? Sie vermisste ihn so sehr. Ihr fehlte die Sicherheit, die er

ihr gegeben hatte, wenn sie Hand in Hand ihre Spaziergänge entlang der Schilfwälder und Sümpfe rund um Bardolino gemacht und er Ausschau nach Fotomotiven gehalten hatte. Sie hatten viel Zeit schweigend hinter einem
Busch sitzend verbracht und die Natur beobachtet.

Ihr fehlte seine Stimme.

Ihr fehlte der Moment, wenn er Letizia die Hand reichte
und sie zum Tanz aufforderte.

Stella wischte sich die Tränen aus den Augen und entdeckte ein weiteres Geschenk. Neugierig, was es dieses Mal
war, strich sie über die Hülle und zog den Inhalt heraus.
Es war eine Schallplatte, *Csárdás* von Vittorio Monti. Behutsam legte sie die Platte auf. Als die anrührende Melodie
zu hören war, ließ Stella sich vom Rhythmus tragen und
drehte sich tanzend durchs Zimmer.

»Ein wunderbares Stück.«

Mit strahlenden Augen und etwas außer Atem arbeitete sie weiter.

»So wird es gehen«, sagte sie nach einer Weile und sah
sich zufrieden um.

Sie war fast fertig.

Rasch warf sie einen Blick durchs Fenster, doch von
ihrer Tante war nichts zu sehen. Als sie nachschauen
wollte, hörte sie Töpfe in der Küche klappern. Was sie
wohl heute Gutes zauberte? Stella war hungrig wie ein
Wolf.

»Meinst du, wir werden vor dem Mittagessen fertig?«,
fragte sie den Hund.

Aristide warf ihr einen Blick zu und zwängte sich dann
zwischen den Schrank und die Beine einer alten Kom-

mode. Bevor er sich richtig verkeilte, zog Stella ihn wieder heraus.

»So geht das nicht, mein Lieber. Du bist nicht mehr der Jüngste, weißt du?« Sie untersuchte seine Pfoten. Hoffentlich hatte er sich nicht verletzt.

Aristide war beleidigt und rollte sich neben einem Lederkoffer zusammen. Aber schon einen Moment später begann er, daran herumzukratzen.

»So machst du ihn kaputt«, schimpfte sie, aber er wollte sich nicht vertreiben lassen.

Stella betrachtete den Koffer. »Gut, ich habe verstanden, ich mache ihn auf.«

Der Koffer war aus braunem Leder, die Ecken waren abgestoßen, das Schloss verrostet.

»Schauen wir mal, was drin ist.«

Das Schloss klemmte, aber mithilfe eines Messers schnappte es schließlich auf.

»Das ist doch verrückt!«, rief sie, als sie ihren Namen auf dem Päckchen las, wieder ein Geschenk ihres Onkels. Neugierig strich sie darüber, dann wickelte sie es vorsichtig aus.

»Wie wunderschön!«

Ein stabiler Pappkarton kam zum Vorschein, ein Relikt aus längst vergangenen Zeiten, der von einem zur Schlaufe gebundenen schwarzen Band zusammengehalten wurde. Stella löste vorsichtig die Schlaufe und legte das Band beiseite, dann hob sie den Deckel ab. Sie war sprachlos.

»Mein Gott!«

Vor ihren Augen explodierten die Farben. Sattgrün, Gelb und Orange, tiefes Blau, herrschaftliches Rot, Lila und Himmelblau. So etwas hatte sie noch nie gesehen. Tief berührt strich sie mit den Fingerspitzen über die Bilder.

»Wer hat sie nur gemalt?«, flüsterte sie hingerissen. Ihr Herz klopfte wie wild. Landschaften, Häuser, Bäche, Seen und Blumen, dazu Spuren von kleinen Fingern.

Die Farben waren so intensiv, so faszinierend, dass sie einen Moment lang alles um sich herum vergaß. Die Farben zogen sie an, hießen sie willkommen und wurden ein Teil von ihr, genau wie früher.

Sie erzählten eine Geschichte.

Die Farben der Welt.

5

Cyan. Eine der Grundfarben im Vierfarbdruck, lebendig
und stimulierend, die Farbe der Kreativität. Cyan ist je nach
Farbenlehre eine Komplementärfarbe zu Rot. Es erhöht die
Konzentration und lässt den Betrachter gleichzeitig zur Ruhe
kommen.

Stella wusste alles über Farben.

Ihr war natürlich klar, dass Farben durch Lichtbre-
chung und Reflexionen entstehen. Aber selbst die präzi-
seste wissenschaftliche Erklärung war nicht imstande, das
Phänomen Farbe zu beschreiben.

Denn Farbe war auch und vor allem Wahrnehmung.

Wie ein Wunsch, wie ein Geist: Er kam nur, wenn man
ihn rief.

Die Farbe wurde Realität, wenn man sie mit dem Auge
wahrnahm.

Stella kam sich vor, als sähe sie nach Jahren des Grau
wieder Licht und Farben.

Sie kniete am Boden und konnte den Blick nicht von den
Bildern in ihrem Schoß abwenden. Jedes einzelne hatte ein
Gefühl in ihr ausgelöst, sie hatte gespürt, was der Maler
oder die Malerin dabei empfunden hatte: Fröhlichkeit,

Vergnügen, Unruhe. Aber da war noch mehr. Ein Schatten, eine unterdrückte Erinnerung, eine im Zaum gehaltene Angst. Unter ihren Fingern hatte es geprickelt, etwas hatte sie verwirrt, das sie instinktiv von sich gewiesen hatte.

Nein, da war noch mehr, noch viel mehr.

Sie sah sich erneut die Bilder an, folgte den Linien und lauschte, was sie ihr zu sagen hatten. Da waren Angst und Wut, aber auch Hoffnung. Und vor allem Freude. Sie konnte ganz deutlich die widerstreitenden Gefühle wahrnehmen. Aber warum? Das Ganze war ihr ein Rätsel.

»Wer weiß, wer sie gemalt hat?«, fragte sie sich zum wiederholten Male.

Einige Zeichnungen waren ganz einfach, der Ausdruck von Gefühlen und Wünschen, andere bildeten die Realität ab, Fragmente einer komplexeren Vorstellung. Auch die Dicke der Striche, der Auftrag der Farben und die Maltechnik unterschieden sich.

»Da waren mehrere Hände am Werk, das hat etwas Naives, wahrscheinlich waren es Kinder«, sagte sie sich.

Sie war sich sicher, es gab zu viele Ungereimtheiten, zu viele Unterschiede.

Waren die Motive der Realität oder der Fantasie entsprungen? Wollten die kleinen Künstler etwas festhalten, das ihre Aufmerksamkeit geweckt hatte, oder waren sie einfach vom Spiel der Farben und des Lichts fasziniert gewesen?

Alle Bilder erzählten eine Geschichte, jedes auf seine Weise. Es gab eine Beziehung, ein Zusammenspiel von Sehen und Fühlen, ausgelöst durch den ursprünglichen Eindruck.

Stella kannte das nur zu gut.

Etwas rührte sich in ihr, eine ferne Erinnerung, ein Wunsch, eine Dringlichkeit, ein Bedauern.

Während sie sich zu konzentrieren versuchte, spürte sie ein Zittern, eine Art innere Rebellion, sie versuchte den Faden ihrer Überlegungen wiederzufinden, aber die Wirkung der Bilder war übermächtig, und es dauerte lange, bis sie sich wieder beruhigt hatte.

Sie drehte die Bilder um, aber es gab keine Hinweise auf die Künstler, keine Namen, keine Kürzel und auch keine Daten.

Aristide legte den Kopf auf ihre Knie und jaulte. Stella sah ihn liebevoll an. »Du bist ein guter Hund, ohne dich hätte ich die Kiste nie gefunden! Wer weiß, warum Orlando sie in diesem Koffer aufbewahrt hat.«

Sie kraulte seinen Bauch. »Ich frage mich, ob Letizia etwas darüber weiß. Sind sie nicht herrlich?«

»Was meinst du, mein Schatz?«

Stella hob den Kopf, Letizia hatte den Raum betreten, hinter ihr stand Luciana, die sie überrascht ansah.

»Hallo, meine Liebe, deine Tante hat mir erzählt, dass du gestern gekommen bist, da wollte ich dich gerne willkommen heißen.«

»Wie schön, dich wiederzusehen, Luci!« Stella legte die Bilder beiseite, ging auf sie zu und umarmte sie.

»Ich habe etwas Süßes mitgebracht, überzogen mit deiner Lieblingsschokolade.«

Stella verkniff sich ein Lächeln, die beiden behandelten sie, als wäre sie immer noch ein Kind. Aber sie ließ sich gerne verwöhnen.

»Du siehst deiner Tante immer ähnlicher!«

Letizia hob den Blick. »War ich auch so hübsch? Meinst du das ernst?«

Stella lächelte jetzt doch, dann schaute sie auf die Hände ihrer Tante, sie zitterten. Das war kein gutes Zeichen.

»Schau mal, Luciana. Stella will diesen Raum zu meinem Schlafzimmer machen, was meinst du?«

»Eine gute Idee, er wirkt ganz verändert!«

»Ich muss noch ein paar Möbel umstellen, damit Letizia sich besser bewegen kann.«

»Wie lange bleibst du dieses Mal?«, fragte Luciana.

»Ich hoffe für immer, aber sie ist so was von dickköpfig«, platzte Letizia dazwischen.

In diesem Moment wurde Stella bewusst, dass sie in der Patsche saß. Alleine waren Letizia und Luciana schon großartig, aber als Team konnten sie einen gehörig unter Druck setzen. Sie würde sich nicht beeinflussen lassen, aber enttäuschen wollte sie die beiden auch nicht. Nach allem, was bei Flaminia passiert war, schien ihr Entschluss, Italien zu verlassen und woanders ein neues Leben zu beginnen, die einzig mögliche Lösung. Sie hatte nur diese eine Idee und musste an ihr festhalten.

»Wir werden sehen.«

In der Hoffnung, sie damit abzulenken, begann sie, ihren Plan darzulegen. Ohne die sperrigen Möbel wirkte der Raum heller und größer. Morgen würde sie die Wände streichen und das Zimmer neu einrichten.

Im ersten Stock hatte sie einen Sessel entdeckt, der perfekt vor das Fenster passen würde. Das Bett würde sie an seinen alten Platz an der Wand stellen. Eine neue Matratze und ein paar gemütliche Kissen, das genügte.

»Das war Orlandos Büro.«

»Ja, ich erinnere mich«, erwiderte Luciana mit einem traurigen Lächeln.

»Von jeder Reise brachte er etwas mit. Das würde ihm helfen, das Erlebte nicht zu vergessen, sagte er immer. Hier war sein Reich der Erinnerungen.«

Stella dachte gerührt an die Bilder, die Orlando ihr hinterlassen hatte. Wo er sie wohl gekauft hatte?

»Hast du etwas Interessantes gefunden?«, fragte Letizia.

»Oh ja. Schau mal!«

Sie holte die Schachtel und zeigte ihr die Bilder. »Sind sie nicht wunderschön? Ich könnte einige rahmen ...«

Letizia riss entsetzt die Augen auf. »Oh Gott! Aber ... wo hast du sie gefunden?«

Stella sah sie verwundert an. »Eigentlich war es Aristide. Die Schachtel war in das übliche Pergamentpapier gewickelt, mein Name stand darauf. Vielleicht hast du sie nicht bemerkt, weil Orlando sie in diesem alten Koffer aufbewahrt hat.« Sie deutete darauf und suchte dann einige Bilder aus: »Schau nur.« Das größte zeigte die Rückseite eines herrschaftlich wirkenden Anwesens. »Die Detailtreue ist beeindruckend, und erst die Farben!« Sie griff nach einem zweiten Bild: »Ist das nicht fantastisch?«

Darauf war ein etwa zehnjähriger Junge zu sehen. Das schüchterne Lächeln, der unbeschwerte, klare Blick. Er hatte blonde Haare, große blaue Augen und ein typisches rundes Kindergesicht.

»Kennst du ihn?«, fragte sie, ohne den Blick von dem Bild abzuwenden.

Letizia brauchte einen Moment, um zu antworten, und weckte damit Stellas Neugier.

»Ja. Ich … ich dachte, die Bilder seien verloren gegangen. Orlando sagte, er hätte sie verbrannt.«

Verbrannt? Stella sah abwechselnd zu den Bildern und zu ihrer Tante. »Aber weshalb?«

Das wäre ihr nie in den Sinn gekommen. Warum auch? Etwas rührte sich in ihr, eine Erinnerung, die sie rasch beiseiteschob.

»Ich verstehe das nicht, so schöne Bilder!«, sagte sie leise.

»Sie sind mehr als das, sie sind zauberhaft, genau wie …«

Stella wartete, dass Letizia den Satz beendete, aber sie senkte den Blick. Plötzlich wirkte sie traurig, in sich gekehrt.

»Das ist alles, was mir von ihnen geblieben ist«, flüsterte sie.

Plötzlich rutschte ihr der Stock aus der Hand, sie griff danach, aber vergebens. Sie schwankte.

Stella konnte gerade noch verhindern, dass sie stürzte. Die Bilder segelten zu Boden, wie Blütenblätter einer Blume im Wind.

»Tante, was ist los? Stütz dich auf mich.«

»Die ganze Zeit über waren sie … hier«, murmelte Letizia mit geschlossenen Augen, ihr Atem ging hektisch. »Sie waren hier, und ich wusste nichts davon«, fügte sie hinzu, als hätte sie Stella gar nicht gehört. Ihre brechende Stimme klang wie eine Klage.

Auch Luciana starrte Letizia verständnislos an. Stella riss sie aus ihrer Erstarrung.

»Wir bringen sie ins Wohnzimmer, da ist es wärmer.«

»Natürlich, warte, ich helfe dir.«

Stella dankte dem Himmel für Lucianas Anwesenheit. Mit vereinten Kräften brachten sie Letizia zum Sessel, Luciana holte ein Glas Wasser, Stella rieb ihr die Hände.

»Tief durchatmen, alles ist gut, ich bin bei dir.«

Letizia schüttelte den Kopf, sie war leichenblass und zitterte. Stella bemerkte, dass sie weinte. Sie hatte ihre Tante noch nie weinen sehen, nicht mal während der Beerdigung ihres Mannes.

Was war hier los?

»Er hat mir gesagt, er hätte sie verbrannt. Warum tut er mir das an? Warum hat er mich belogen?«, stammelte sie.

»Das wird sich alles aufklären, das verspreche ich dir. Du musst dich beruhigen.« So verstört hatte Stella ihre Tante noch nie erlebt. »Das sind doch nur Bilder, bitte reg dich nicht so auf. Was auch immer geschehen ist, wir finden es heraus.«

Endlich versiegten Letizias Tränen, mit gesenktem Kopf starrte sie auf ihre knotigen Finger.

»Hast du gehört? Was auch immer geschehen ist, es ist nicht wichtig.«

Langsam hob Letizia den Blick.

Stella fixierte sie und zuckte zusammen. Die Augen ihrer Tante waren glanzlos, in ihnen lag etwas, das sie nicht definieren konnte.

»Du irrst dich. Ich war nie wichtig, nur das dort«, sie zeigte auf das Arbeitszimmer, »hatte Bedeutung.«

Was sollte das heißen? Stella drehte sich um und blickte auf die Zeichnungen am Boden. Sie spürte die Magie, die von ihnen ausging, aber da war noch etwas anderes, das mit Letizias Vergangenheit zu tun haben musste. Etwas Dunkles und Schmerzhaftes. Unerklärlich und faszinierend zugleich.

Warum hatte Orlando die Bilder gerade ihr hinterlassen?

Er war für sie immer ein Sinnbild von Sonne, Wärme, Licht und Fürsorge gewesen. Aber da gab es offensichtlich noch etwas anderes, von dem sie nichts wusste.

Luciana kam zurück. »Der Arzt macht gerade Hausbesuche, er schaut vorbei, so bald er kann. Allerdings kann das noch dauern. Fahren wir mit ihr ins Krankenhaus?«

»Ja, eine Untersuchung würde sicher Klarheit bringen. Kannst du aufstehen?«

»Nein, lass mich in Frieden. Ich möchte allein sein.«

Letizia war noch immer außer sich, ihr Atem ging schwer. Stella legte ihr die Hand auf die Stirn, sie war eiskalt. Sie wollte ihre Tante nicht weiter bedrängen, das würde alles noch schlimmer machen. Aber einfach zusehen konnte sie auch nicht.

Es gab jemanden, der vielleicht helfen könnte.

»Bleib bei ihr«, sagte sie zu Luciana, »ich rufe einen Freund an.«

»Ist er Arzt?«, fragte Luciana und setzte sich neben Letizia, die wieder zu schluchzen begonnen hatte.

»Ja, ich bin gleich zurück.«

Stella rannte die Treppe hoch in ihr Zimmer und durchwühlte ihre Tasche. »Wo habe ich ihn… ah, hier!« Sie hielt den Zettel mit Alexanders Nummer in die Höhe und tippte sie ein.

»Geh ran, komm schon, geh ran.«

»Hallo?«

Im Hintergrund war es laut, man hörte Stimmen, aber er war dran. Erleichtert ließ Stella den Atem entweichen, den sie die ganze Zeit angehalten hatte.

»Alexander?«

Sie hörte eine zuschlagende Tür, dann wurde es still.

»Hallo, Stella.«

»Gott sei Dank!«

»Was ist los? Geht's dir gut?«

»Ja, mir geht es gut, deshalb rufe ich nicht an. Kannst du nach meiner Tante sehen?«

»Beruhige dich. Was ist passiert?«

»Sie ist… schon sehr alt. Wir haben Bilder angesehen, sie hat sich furchtbar aufgeregt, hatte einen Schwächeanfall, und jetzt hört sie nicht mehr auf zu weinen.«

»Schreib mir eine Nachricht mit der Adresse, ich hole meine Tasche, in einer halben Stunde bin ich da. Wenn es schlimmer werden sollte, ruf den Notarzt.«

Sie schickte ihm eine SMS, ihr Herz raste, die Angst ließ sie nicht los. Sie setzte sich auf den Rand des Bettes und atmete tief durch. Sie durfte der Angst nicht nachgeben, Letizia brauchte sie jetzt. Als sie sich wieder unter Kontrolle hatte, kehrte sie ins Wohnzimmer zurück.

»Wie geht es ihr?«

»Sie hört einfach nicht auf zu weinen.«

Stella kniete sich neben ihre Tante und schaute ihr in die Augen.

»Ich bin hier, sprich mit mir, bitte. Du machst mir Angst.«

Letizia schüttelte den Kopf. »Sie haben ihn weggebracht. Es war meine Schuld, verstehst du, Stella? Alles meine Schuld. Ich wollte ihn für mich haben. Es ist nichts von ihm geblieben, nur die Bilder.«

Stella lief es eiskalt über den Rücken.

»Es ist vorbei, beruhige dich. Wir reden später ganz in Ruhe darüber, es gibt für alles eine Lösung.«

Aber Letizia hörte gar nicht zu, sondern schaukelte vor und zurück.

Stella sah sich verzweifelt um, was konnte sie nur tun? Ihr Blick fiel auf ein Kinderfoto von ihr, und sie kam auf die Idee, von dem Baby zu erzählen, das bald geboren werden würde. Wie sehr sie sich über ihren Bruder freute, sich aber auch ein wenig fürchtete. Würde der Junge sie bei diesem Altersunterschied überhaupt mögen? Sie redete und redete, bis ihr Mund ganz trocken war. Das Telefonat mit Alexander schien eine Ewigkeit her zu sein. Sie flehte, dass er bald kommen würde.

Es läutete, und Luciana eilte zur Tür. Das musste er sein. »Alles wird gut, Tante.« Sie zog ihr die Decke auf den Knien zurecht und umfasste ihre Hände.

»Geh nicht, bleib bei mir.«

Sie hatte nur geflüstert, aber Stella hatte es trotzdem gehört. Sie wusste nicht, ob Letizia mit ihr, mit Luciana oder mit jemand anderem sprach. Vielleicht mit Orlando, in einer Art Selbstgespräch?

Aber sie war hier und er nicht mehr.

»Ganz ruhig, wir sind bei dir.«

Letizia hörte sie nicht. Die Vergangenheit war wiederauferstanden, vor ihren Augen, lebendig und klar. Sie rief nach ihr, erinnerte sie an ihre Verantwortung, an ihre Schuld.

Sie versuchte, sie abzuschütteln, aber sie war eine alte, schwache Frau. Die Erinnerungen drängten mit Macht an die Oberfläche, sie hatte nicht die Kraft, sie abzuwehren, sie versuchte, sie zu ignorieren, aber die Bilder liefen vor ihrem inneren Auge ab, und es blieb ihr nichts anderes übrig, als sie anzusehen.

6

Grau. Eine neutrale, konventionelle, kalte Farbe.
Sie erleichtert die Konzentration auf das Wesentliche.
Dank ihrer Anpassungsfähigkeit unterstützt sie
Wandlungsprozesse.

Letizia, Verona 1934

Es gab Momente, in denen Letizia Marcovaldi den Eindruck hatte, alles um sie herum würde langsamer werden, um schließlich ganz stehen zu bleiben.

In diesen Momenten veränderte sich alles: Form, Farbe, Struktur und sogar die Konsistenz der Dinge. Und sie konnte endlich verstehen.

Das erste Mal war ihr das am Meer passiert. Schwester Fiammetta hatte sie mitgenommen. Sie nannte sie Tante, obwohl sie nicht mit ihr verwandt war.

Bis zu diesem Moment war die Unendlichkeit für sie etwas gewesen, von dem sie schon gehört, das sie aber nicht verstanden hatte. Im Angesicht des Meeres hatte dieser Begriff für sie Gestalt angenommen, er war zum Inbegriff für Weite, für Blau bis zum Horizont geworden.

Jetzt saß sie unter den Bäumen vor dem Haus, mit

einem Schraubglas auf dem Schoß, in dem sie ihre Glücksmomente gesammelt hatte, und wartete.

Sie wartete darauf, dass die Zeit wieder stehen bleiben würde.

Sie wartete darauf zu verstehen.

Schnüre hingen von den Zweigen herab und pendelten in der sanften Brise hin und her. Sie hatte sie mit ihren Eltern noch am Morgen aufgehängt.

Sie atmete den Duft ein, der von den Bergen kam, sie sah die grünen Wiesen und Hasen und Rehe vor sich, sie roch die zarten Weißdornblüten, die sich gerade geöffnet hatten.

Bald würde es Frühling werden, wie jedes Jahr. Das wusste sie, doch alles andere verstand sie nicht.

Ein Rascheln machte ihr bewusst, dass sie nicht mehr allein war. Sie stand auf und strich sich den Rock glatt. Das Glas kam ins Rollen. Normalerweise wäre sie hinterhergerannt und hätte versucht, es aufzuhalten, jetzt sah sie zu, wie es zerbrach. Ein Schillern breitete sich auf dem Boden aus, es waren die glänzenden Perlen der Kette, die sie wie einen Schatz in dem Glas aufbewahrt hatte. Sie war wie gelähmt. Aber statt Trauer über den Verlust war da ein anderes Gefühl, etwas Neues und Ungewohntes.

»Weinen nutzt nichts.«

Fiammettas Stimme, streng und hart wie ihr Gesichtsausdruck.

»Ich weine nie!«

Das stimmte natürlich nicht. Manchmal kamen auch ihr die Tränen, wenn keiner es sah. Vor allem wenn es gewitterte und die Berge zu explodieren schienen, die Nacht von Blitzen erhellt wurde und der Wind an den Rollläden rüttelte. Aber das konnte Fiammetta nicht wissen.

»In meiner Schule wirst du dich wohlfühlen, es gibt dort viele andere Mädchen in deinem Alter, und du wirst gute Freundinnen finden.«

Letizias Lippen zitterten. »Warum kann ich nicht bei meiner Mama bleiben?«

»Du weißt selbst, dass das nicht geht.«

Ein Seufzen, ein Rascheln. Schwester Fiammetta zeigte auf die Bank.

»Komm, wir machen es uns bequem.« Sie saßen nebeneinander auf der Bank wie schon so oft. Aber dieses Mal war es anders. Vorher war ihre Tante ein Ruhepol in ihrem Leben gewesen. Einer von vielen. Aber jetzt bedrohte sie die gewohnte Ordnung, sie im Mittelpunkt und ihre Eltern rechts und links von ihr, so wie es in einer Familie sein sollte.

»Hat deine Mutter dir erzählt, wie wir uns kennengelernt haben?«

Letizia hatte die Geschichte schon so oft gehört, dass sie sie auswendig konnte. Sie waren drei Busenfreundinnen gewesen: ihre Mutter Anna, die fleißige Maria und Fiammetta, die jüngste. Eine Lehrerin, eine Ärztin und eine Nonne. Sie hatten zusammen studiert. Anlässlich ihrer unerwarteten Geburt hatten sie sich nach einigen Jahren Brieffreundschaft erstmals wiedergetroffen. Maria und Fiammetta hatten keine Kinder, deshalb war dieser Tag etwas Besonderes. Wann immer es ging, trafen sie sich jedes Jahr zu diesem Anlass.

»Jeder von uns hat eine Aufgabe in der Welt, Letizia«, sagte Fiammetta. »Jetzt bist du groß und kannst deine Zukunft gestalten.«

»Gestalten?«

Sie kannte die Bedeutung des Wortes, sie »gestaltete« vieles gemeinsam mit ihrer Mutter. Die Vorstellung, es allein machen zu müssen, erfüllte sie mit Angst.

Letizia konnte den Blick nicht von den Resten ihres Glücksglases abwenden. Sie hatte Puppen nie gemocht, aber sie liebte es, Wasser zu betrachten, wie es durch ihre Hände floss. Das und die Perlen der Kette ihrer Mutter, die das Licht reflektierten. Sie kam sich vor, als wäre sie auf dem Weg in den Himmel.

»Genau, im Guten wie im Schlechten, würde ich hinzufügen.«

Schwester Fiammetta, so musste sie sie ab jetzt nennen, suchte in den Taschen ihres weiten Rockes und zog ein Päckchen heraus. Das angerissene Streichholz flackerte auf, dann zündete sie sich eine Zigarette an.

Letizia betrachtete den beseelten und zufriedenen Ausdruck auf dem vertrauten Gesicht.

Fiammetta sog den Rauch tief ein, dann blickte sie den aufsteigenden Rauchwölkchen nach und sagte: »Die Entscheidung ist gefallen. Deine Sachen sind gepackt, du kannst aber gerne noch etwas Persönliches mitnehmen. Du wirst zwar eine Uniform tragen, aber was du darunter anziehst, liegt an dir. Es kommt auch auf Äußerlichkeiten an, das weißt du ja.«

Oh ja, das wusste sie. Die Uniform war wichtig, damit sie aussah wie alle anderen und zwischen ihnen unsichtbar wurde. Wie in einer der Erzählungen ihrer Mutter. Zum Beispiel der Helm des Hades.

Wenn man unsichtbar war, wurde man nicht beachtet, man konnte machen, was man wollte.

Ihr Blick fiel wieder auf die Glasscherben am Boden, sie musste sie aufsammeln. In der Dämmerung kämen die Tiere aus dem Wald, auf der Suche nach Nahrung, sie könnten sich verletzen. Fiammetta legte ihr eine Hand auf die Schulter.

»Es ist nicht leicht, etwas loszulassen, was für einen wichtig ist. Aber weißt du, was das Schöne daran ist, wenn man etwas verliert, mein Kind?«

Letizia schüttelte verwirrt den Kopf.

»Man verändert sich. Der Verlust ist die *Ouvertüre* der Veränderung. Und das ist oft ein Weg zum Besseren. Jetzt verabschiede dich von deiner Mama.«

Letizia kuschelte sich auf Annas Schoß. Während ihre Mutter ihr übers Haar strich, sog sie tief ihren Duft ein, um ihn stets in ihrem Herzen zu bewahren.

»Du wirst für immer mein Schatz bleiben, vergiss das nie. Deine Mama hat dich lieb.«

Das war ihr Abschiedssatz. »Deine Mama hat dich lieb.«

Wie oft hatte sie diese Worte schon gehört? In den letzten Tagen waren sie immer eindringlicher geworden. Instinktiv klammerte sie sich an sie.

»Ich liebe dich auch, Mama.«

»Ich bin sehr stolz auf dich, mein Augenstern. Und jetzt geh.«

Sie nickte und musste schlucken, aber sie ging.

Ihr Vater brachte sie nach draußen zum Wagen und umarmte sie innig. Letizia musste sich zwingen, die sicheren Arme loszulassen, die bis zu diesem Zeitpunkt die Grenzen ihrer Welt gewesen waren.

Die Schule, die Schwester Fiammetta leitete, war in einem Gebäude untergebracht, das sich an die Ausläufer eines Berges schmiegte. Letizia hatte während der Fahrt aus dem Fenster gesehen, je näher sie gekommen waren, desto größer war das Gebäude geworden, jetzt war es riesig. Beim Anblick der Türme und Zinnen riss sie überrascht die Augen auf.

»Ist das ein Schloss?«

Fiammetta hob die Augen von dem Büchlein, in das sie in der letzten halben Stunde Notizen gemacht hatte. »In der Vergangenheit war es eins. Aber jetzt ist es eine Schule, wie du weißt.«

Oh ja, das wusste sie. Aber dieses Gebäude ähnelte so überhaupt nicht den Schulen, die sie bis jetzt kennengelernt hatte. Und sie hatte schon einige besucht.

Ihre Mutter war Lehrerin und hatte sie überallhin mitgenommen. Auch Regen oder Schnee hatte sie nicht davon abgehalten, sie sagte immer, mit der richtigen Ausrüstung stärke das die Widerstandskräfte des Körpers. Letizia war, in einem Weidenkorb sitzend, mit dem Fahrrad kreuz und quer durch die Provinz gefahren worden. Ihr Vater Filippo hatte den Korb konstruiert, damit Anna ihre Tochter immer bei sich haben konnte.

Anna bereitete den Unterricht zu Hause in der Küche vor. Mathematik, Geografie, Italienisch und Geschichte, aber auch Zeichnen und Musik. Sie wollte ihre Stunden interessant gestalten, damit die Schüler gerne in die Schule gingen. Letizia war immer ihr Versuchskaninchen gewesen; wenn sie das Grundprinzip der Lektion verstanden hatte, dann würden es auch die anderen tun. Zwischen Kartoffelauflauf, Lasagne und Eintopf hatte Letizia die Namen römischer Kaiser gelernt, erfahren, wie man Eier trennte, dass Weiß die Summe aller Farben sei, im Gegensatz zu Schwarz, dass die Erde sich um sich selbst und um die Sonne drehte. Anna war überzeugt, dass Latein gut zu Tonleitern passte und Geometrie und Mathematik besser verständlich waren, wenn man sie mit Händen greifen konnte. Inspiriert von der Maria-Montessori-Methode, hatte sie kleine Papierpüppchen gebastelt sowie Rechenbretter und Lineale gebaut.

»Und wenn es mir da nicht gefällt?«, fragte Letizia plötzlich und gab der Angst Raum, die sie begleitete, seitdem sie ihr Elternhaus verlassen hatte.

Fiammetta antwortete nicht, sondern beließ es bei einem warnenden Blick.

Der Wagen hielt auf einem Platz vor dem weit geöffneten Tor, an dem zwei Ordensschwestern warteten. Fiammetta winkte ihnen zum Gruß zu.

Letizia erinnerte sich gerade noch rechtzeitig daran, dass sie sie nicht mehr Tante nennen durfte. Ihre Lippen zitterten. »Und wenn es mir da nicht gefällt?«, ihre Stimme war jetzt ein Flüstern.

Fiammetta sammelte ihre Akten ein und steckte sie sorgfältig in die Tasche zu ihren Füßen. Dann richtete sie sich auf.

»Du weißt, warum deine Eltern dazu gezwungen sind, dich auf meine Schule zu schicken. Sie hätten sich nie von dir getrennt, aber Anna braucht ihre ganze Kraft für den Kampf gegen ihre Krankheit, und dein Vater muss an ihrer Seite sein. Du bist natürlich frei in deiner Entscheidung, aber wenn du wieder nach Hause willst, muss deine Mutter das Krankenhaus verlassen, um sich um dich kümmern zu können. Die Entscheidung liegt bei dir.«

Ihr Gesicht wurde heiß, sie schämte sich so sehr, dass ihr die Stimme versagte. Sie flüchtete aus dem Auto, ohne darauf zu warten, bis der Fahrer ihr die Tür öffnete, und erstarrte, als sie die strengen Blicke der beiden Ordensschwestern neben dem Eingangstor auf sich spürte. Statt ihren Gruß zu erwidern, senkte sie den Kopf, Tränen standen ihr in den Augen. Sie zwang sich weiterzugehen, als sich eine Hand auf ihre Schulter legte.

»Jedes Problem wird durch den richtigen Umgang damit zu einer Möglichkeit.«

Sie riss die Augen auf. Wie konnte das sein?

Sie war nicht gut darin, den Dingen Namen zu geben, aber Gefühle konnte sie sehr wohl erkennen. Fiammettas Worte kamen ihr in den Sinn. Sie fühlte sich, als ginge sie durch den Wald und hätte ein Vogelnest mit Jungen gefunden. Sie fürchtete, gesehen zu werden, aber sie musste bleiben.

Sie richtete sich auf, hob das Kinn. Trotz ihrer Angst und des Heimwehs nach ihren Eltern ging sie weiter. Sie musste einfach nur einen Fuß vor den anderen setzen.

Die Halle war riesig, die gewölbte Decke wurde von mächtigen Säulen gestützt, in der Mitte hing ein schwerer Kristalllüster. In den Tropfen brach sich das Licht und erzeugte einen Regenbogen. Aber was Letizia besonders faszinierte, waren die bunt schillernden Fenster, auf denen grüne Hügel, verschwimmende Gesichter, große Augen, rote Kleider und gefaltete Hände abgebildet waren.

Sie wusste aus ihren Büchern, dass Kathedralen und Schlösser solche Schätze bargen, aber auf diese Pracht war sie nicht vorbereitet gewesen.

Sie drehte sich um sich selbst, und wohin auch immer sie blickte, entdeckte sie etwas Überraschendes. Doch dann verharrte ihr Blick gebannt auf dem Fuß der Treppe. Dort stand ein Mädchen, das etwa in ihrem Alter war. Als ihre Blicke sich trafen, kam sie auf sie zu.

»Hallo, du musst die Neue sein.«

Die Neue?, dachte Letizia enttäuscht und gab ihr die Hand. Das Mädchen war dünn, ihre blasse Haut wirkte fast durchscheinend, die hervortretenden himmelblauen Augen erinnerten Letizia an die Puppe, die ihr Vater ihr zum Geburtstag geschenkt hatte und die jetzt zu Hause auf ihrem Bett saß. Die blonden Haare umrahmten ihr Gesicht wie eine Wolke.

»Signorina Hoffmann, warum sind Sie nicht in der Klasse?«

Das Mädchen zuckte zusammen und blickte über Letizias Schulter.

»Guten Morgen, Schwester Oberin, schön heute?«

Sie hatte einen harten, rauen Akzent, als beiße sie auf jedes Wort. Merkwürdig, dachte Letizia, aber auch nett.

Sie hatte ihre Hand nicht losgelassen, es tat gut, ihre Wärme zu spüren.

»Danke, ja. Heute ist ein schöner Tag, Teresa. Aber trotzdem haben Sie mir noch immer nicht erklärt, warum Sie in der Halle herumstromern, statt in Ihrer Italienischstunde zu sein.«

Letizia wusste, dass Fiammetta sehr streng sein konnte. Aber sie wusste auch, dass das nur der äußere Eindruck war. Doch auch der war wichtig, darüber hatten sie auf der Fahrt gesprochen.

»Das neue Mädchen ist meine Freundin«, sagte Teresa, »nicht wahr?«

Letizia konnte spüren, wie die Hand des Mädchens zitterte, und drückte sie fest.

Sie lächelten sich verschwörerisch an, in ihrem Blick lagen mehr als tausend Worte.

»Gewiss werdet ihr gute Freundinnen werden, Signorina Hoffmann.«

Fiammetta warf Letizia einen Blick zu, und sie hatte einen Moment lang das Gefühl, als hätte sie ihr zugezwinkert. Teresa beugte sich zu ihr: »Hunger? Durst? Ich gehe in die Küche und hole was, wenn du willst.«

Fiammetta schlug die Augen zum Himmel, aber dann lächelte sie.

»Zeigen Sie Signorina Marcovaldi ihr Zimmer, und gehen Sie dann in den Unterricht, Signorina Hoffmann. Dieses Mal gibt es keine Entschuldigung.«

»Danke, Fräulein«, sagte Teresa auf Deutsch, knickste linkisch und zog Letizia hinter sich her. Während sie gemeinsam die Treppe hochstiegen, ließ Letizia den Blick umherschweifen. Sie fragte sich, wie alt dieses Bauwerk wohl sein mochte. Sie konnte die wechselvolle Geschichte mit jedem Schritt unter ihren Füßen spüren. Wer vermochte schon zu sagen, wie viele Menschen über die ausgetretenen Steinstufen gegangen waren.

»Schauen sie noch?«, fragte ihre neue Freundin.

Sie drehte sich um, ihre Tante stand mit zwei anderen Schwestern in der Halle, sie unterhielten sich, eine hatte ihr die Hand auf die Schulter gelegt, was Letizia wunderte. Fiammetta war eine starke Frau, warum musste sie getröstet werden?

»Nein, sie unterhalten sich.«

»Gut. Komm, dann rennen wir.«

Teresa ließ die Hand los und raste wie ein Blitz die Stufen hinauf. Letizia bemerkte, wie anmutig sie war, sie wirkte in diesem Augenblick wie eine Libelle. Ihre Arme waren wie aufgeklappte Flügel, wenn die Sonne auf den Kristallleuchter fiel, wurden sie vom Regenbogen beleuchtet. Sie wollte ihr gerade hinterhereilen, als sie sich noch einmal umdrehte.

Ihre Tante und die beiden anderen Schwestern standen jetzt am Fuß der Treppe. Sie flüsterten immer noch miteinander, leider waren sie nicht zu verstehen. Teresa rief nach ihr, und sie wollte ihr gerade folgen, als sie eine weitere Schwester bemerkte, die in einer dunklen Ecke stand. Etwas an dieser Frau war seltsam, aber sie konnte das unangenehme Gefühl nicht benennen, das sie in ihr auslöste. Als ihre Blicke sich trafen, zuckte sie zusammen. Die Schwester ging einen Schritt nach vorne, ließ sie aber nicht aus den Augen.

Letizia wich instinktiv zurück.

»Was ist los? Kommst du nicht?«

Teresas Stimme riss sie aus ihrer Beklemmung.

»Ich komme!«

Sie fragte sich, wer die Frau im Schatten wohl war. Sie war anders als die anderen, hatte nicht gelächelt. Sie wirkte nicht glücklich.

»Ich gewinne!«, rief Teresa.

Letizia kam ihr kaum hinterher, die langen, dünnen Beine schienen über den glänzenden Marmorboden zu fliegen. Unwillkürlich musste sie an die Rehe in den Bergen denken.

»Ich krieg dich!«

Sie raste hinterher, ihre Angst verschwand. Als sie keuchend vor dem Zimmer stehen blieb, das sie mit diesem Mädchen teilen würde, welches so gerne ihre Freundin werden wollte, spürte sie etwas Neues in sich. Es ersetzte das unangenehme Gefühl, das sie nicht hatte benennen können. Es war wie ein Versprechen.

7

Gelb. Eine der subtraktiven Grundfarben. Kraftvoll und strahlend, symbolisiert Gelb die Sonne und das Leben. Die Farbe der Handlung und des Konkreten. Sie führt zu guter Laune und einer positiven Lebenseinstellung.

»Alexander, danke, dass du gekommen bist!«

»Hat sich ihr Zustand nach deinem Anruf verändert?«

»Nein. Sie weint ununterbrochen und reagiert nicht.«

Er warf ihr einen raschen Blick zu und drückte ihr beruhigend die Hand. »Ich kümmere mich um sie. Aber bleib bitte in der Nähe, Stella.« Dann wandte er sich Letizia zu.

Stella trat zur Seite, ihr Herz klopfte.

»Guten Tag, Signora, können Sie mir sagen, wie Sie heißen?«, fragte er.

Ihre Tante sah ihn an, als bemerke sie ihn gerade erst. »Ich ... ich heiße Letizia«, antwortete sie mit schleppender Stimme.

»Oh, ein schöner Name, meine Mutter heißt auch so.« Ich bin Alexander, ich bin Arzt und hier, um Ihnen zu helfen. Wo tut es denn weh?«

Auch jetzt hatte Letizia Mühe zu antworten, aber er schien gar nicht darauf zu achten und sprach weiter.

»Können Sie den Kopf bewegen?«

»Ich ... ja.«

»Sehr gut, folgen Sie dem Licht mit den Augen«, sagte er und ließ eine kleine Taschenlampe aufleuchten.

»Das ist mühsam.«

»Ich weiß, es ist gleich vorbei, versprochen. Sehen Sie, schon erledigt. Das haben Sie sehr gut gemacht.«

Alexander blickte sich um und deutete auf das Sofa. »Sie legen sich bitte hierhin, das ist bequemer, in Ordnung?«

Stella hätte ihn am liebsten umarmt. Dass er ein freundlicher Mensch war, wusste sie, aber der fürsorgliche Umgang mit ihrer Tante rührte sie zutiefst.

»Es ist weit«, presste Letizia hervor, ihre Schultern zuckten noch immer.

Immerhin weinte sie nicht mehr.

»Vertrauen Sie mir?«, fragte Alexander.

Letizia hob den Blick. »Sollte ich?«

Er lächelte. »Ich lasse Sie nicht fallen, versprochen.«

»Besser wäre es.«

Alexander führte sie zum Sofa und half ihr, sich hinzulegen, Stella griff nach ihrer Hand und streichelte sie.

Alexander hatte das Stethoskop aus seiner Tasche genommen und hörte ihre Tante ab. Nach einigen Minuten legte er es zurück.

»Nichts Schlimmes. Ich werde Ihnen einen Tee machen, aber Sie müssen die ganze Tasse trinken, versprochen?«

»Kommt drauf an«, krächzte Letizia.

»Bitte, Tante«, Stella verlor allmählich die Geduld.

Alexander lächelte. »Entspannen Sie sich. Darf ich Sie Letizia nennen?«

»Vielleicht…«

Wieder ein Lächeln. »Sie sind sehr aufgeregt, das belastet Ihr Herz. Ich kann Ihnen auch eine Spritze geben, aber eine Tasse Tee ist doch besser, oder?«

»Spritze? Um Himmels willen. Dann lieber Tee.«

Alexander stand auf und sprach kurz mit Luciana, die in die Küche ging. Stella zupfte ihrer Tante den Kragen ihrer Bluse zurecht. »Das hast du gut gemacht.«

Letizia sah sie an. »Das stimmt nicht, ich habe mich furchtbar aufgeführt, entschuldige bitte.«

»Rede keinen Unsinn«, erwiderte Stella und machte Alexander Platz, der nach den Händen ihrer Tante griff.

»Letizia, bitte hören Sie mir aufmerksam zu. Sie müssen sich schonen, ja? Keine Aufregung, keine Grübeleien, keine wilden Partys bis zum Morgengrauen.« Er zwinkerte ihr zu, und sie kicherte.

»Ich stelle Ihnen eine Überweisung für weitere Untersuchungen aus. Wenn Sie möchten, können Sie zu mir ins Krankenhaus kommen, wir können das ambulant machen.«

Letizia musterte ihn eindringlich. »Wie war noch gleich Ihr Name?«

»Alexander Zoller.«

»Sie kommen mir bekannt vor, aber einen Zoller habe ich nicht unterrichtet.«

»Sie waren Lehrerin?«

»Ja, mehr als fünfzig Jahre lang.«

»Das ist ein ehrenwerter Beruf.«

»Genau wie Ihrer.«

Alexanders Lächeln erlosch. »Stimmt. Gut, dann sind

wir uns einig, ich rechne mit Ihnen, warten Sie nicht länger als eine Woche.« Er zog einen Rezeptblock aus der Tasche, füllte das oberste Blatt aus und reichte es Stella.

»Sie müssen sich ausruhen, Letizia. Wenn Sie Fragen haben, rufen Sie mich an. Haben Sie noch einen guten Tag.«

»Danke, Herr Doktor.«

Alexander lächelte, zog die Jacke an und griff nach der Tasche.

»Ich bringe dich raus«, sagte Stella. »Luciana, bleibst du bei ihr?«

»Natürlich.«

Als sie draußen waren, sagte sie: »Entschuldige, dass ich dich angerufen habe, aber der Arzt meiner Tante war nicht erreichbar, und sie wollte nicht ins Krankenhaus. Du warst der Erste, der mir eingefallen ist. Danke, dass du sofort gekommen bist.«

Alexander legte den Kopf schief. »Das war gut so, auch wenn ich mir unser Wiedersehen ... anders vorgestellt hatte.«

Stella hörte ein gewisses Bedauern aus seiner Stimme heraus.

»Ich ... Es tut mir leid.«

»Aber warum?« Alexander blieb stehen, sein Gesichtsausdruck war unergründlich. »Pass auf, dass sie sich nicht aufregt. Sie muss gründlicher untersucht werden, damit ich eine präzise Diagnose stellen kann. Wenn sie wieder einen Anfall hat, ruf mich sofort an, dann lasse ich sie ins Krankenhaus bringen.«

»Danke.«

»Das ist meine Pflicht. Pass auf dich auf, und alles Gute für deine Zukunft, Stella.«

Sie schaute ihm nach, dann ging sie ins Haus zurück.

Der Garten der Villa war für Stella schon immer ein Quell des Friedens gewesen, ein wie aus der Zeit gefallener Zufluchtsort. Hier fand sie zu sich selbst. So war es auch jetzt. Während sie über die Ereignisse der letzten Stunde nachdachte, genoss sie das Alleinsein in der beruhigenden Atmosphäre.

Sie fühlte sich besser, und auch mit Letizia schien es aufwärtszugehen, sie hielt sich an die verordnete Ruhe, was zusätzlich zu ihrem Wohlbefinden beitrug.

Aber bei dem Gedanken, was hätte passieren können, schauderte es Stella immer noch.

Sie blickte zum wolkenlosen blauen Himmel empor, der sich langsam rosa zu färben begann. Der Abend folgte dem Tag, verlässlich wie immer.

Alexander war vor einigen Stunden gegangen, sie hatte nicht versucht, ihn aufzuhalten, nicht einmal mehr angerufen.

Ein Windstoß fuhr durch einen Haufen trockener Blätter und wehte sie gegen den Stamm einer Pappel. Als hätte die Brise sie zum Leben erweckt, ein Bild, das sie tief berührte.

Genauso fühlte sie sich auch, wie ein Blatt, das vom Wind nach hier und da und wieder zurück geweht wurde.

Das war ihr Leben… genau so.

Stella vergrub ihr Gesicht in den Händen, plötzlich hatte sie das Gefühl, in der Falle zu sitzen, ohne jeden

Ausweg. Sie atmete ein paarmal tief durch, bis sich der Kloß in ihrem Hals löste. Langsam gewann sie wieder die Kontrolle zurück, ihr Atem ging regelmäßig, das Zittern der Hände ließ nach. Sie wischte sich die Tränen aus dem Gesicht, gerade noch rechtzeitig, bevor das Gartentor aufging und Luciana erschien.

»Ach, hier bist du. Soll ich über Nacht bleiben?« Sie legte Stella einen Schal um die Schultern und setzte sich neben sie auf die Bank.

Stella schüttelte den Kopf. »Nein, geh ruhig nach Hause. Ich bin ja da.«

»Aber es macht mir wirklich nichts aus.«

»Ich weiß, aber ich ... Es ist alles so kompliziert.«

Luciana umfasste ihre Hände. Eine fürsorgliche Geste, die ihren Widerstand brach. Sie spürte, dass sie am Ende ihrer Kräfte war. Und das nicht erst seit heute.

»Was ist los, Stellina? Da ist doch noch mehr als deine Tante, oder?«

Wie konnte es sein, dass Menschen die Gefühle anderer lesen konnten? Sie war kurz davor, ihr alles zu erzählen, alles, was sich in den letzten Monaten angesammelt hatte. Aber sie wollte sie damit nicht belasten. Mit Alexander war es etwas anderes gewesen, da war es ihr leichtgefallen. Aber er war gegangen, und sie hatte ihn nicht aufgehalten. Warum musste alles so kompliziert sein?

Sie musste reagieren, aufstehen und nach vorne sehen. Aber nichts konnte sie davon abhalten, noch eine Weile die Wärme dieser liebevollen Hände zu genießen. Sie blieb sitzen, bis sie sicher war, dass sie es alleine schaffen würde und sich der Realität stellen konnte.

»Hast du verstanden, was Letizia mit ihren Andeutungen über die Zeichnungen sagen wollte?«

Luciana schüttelte den Kopf. »Nein.«

»Wie lange kennt ihr euch eigentlich?«

»Schon ewig. Sie ist nach ihrer Heirat nach Bardolino gekommen, hat die Villa übernommen und restauriert. Sie stammte aus der Nähe von Verona, als junge Frau hat sie in Bologna und Umgebung als Lehrerin gearbeitet.«

Das wusste Stella alles.

»Ich frage mich, was diese Zeichnungen bedeuten und warum sie so verstört war. Warum hätte Orlando sie vernichten sollen? Warum hat er ihr das versprochen? Was steckt dahinter?« Stella hasste Geheimnisse. Dass Letizia offenbar in etwas Dramatisches verwickelt war, was sehr schmerzhaft sein musste, missfiel ihr. Mit einem Mal geriet die Welt aus den Angeln, und sie fühlte sich noch verlorener.

»Bist du sicher, dass sie von Orlando gesprochen hat?«

Lucianas Frage überraschte sie.

»Er liebte sie, er hätte sie nie betrogen oder etwas getan, was sie nicht wollte. Ich weiß nicht... Da stimmt etwas nicht.«

Niemand war unfehlbar. Stella fragte sich, welche Fehler Orlando oder Letizia gemacht hatten. Dabei wurde ihr klar, dass Luciana noch gar nichts von Orlandos seltsamen Geschenken wusste. Sie hätte es ihr vorher sagen müssen.

»Als sein Zustand schon kritisch war, hat mein Onkel mir merkwürdige Geschenke gemacht, Dinge aus der Villa, ohne offensichtlichen Wert. Heute habe ich auch eins gefunden.«

»Was meinst du damit?«

»Die Zeichnungen waren ein solches Geschenk. Sie befanden sich in einem alten Koffer, der auf der Kommode lag.«

»Was hat das zu bedeuten? Woher sollte er wissen, dass du den Koffer öffnen würdest?«

Stella zuckte mit den Schultern. »Keine Ahnung. Ich komme mir vor wie ein Kind auf einer Schatzsuche. Er liebte solche Spiele, erinnerst du dich?«

»Wie könnte ich das vergessen. Er brachte die ganze Villa durcheinander, vom Garten ganz zu schweigen.«

Ein wehmütiges Lächeln trat auf Stellas Gesicht. Orlando war ein außergewöhnlicher Mensch gewesen. Letizia hatte ihr Fotos von ihm als junger Mann gezeigt. In Galauniform oder im Smoking auf Festen in den Salons venezianischer Palazzi sah er aus wie ein Filmstar. Auch sie war äußerst attraktiv, die beiden waren ein schönes Paar, und das weit mehr als ein halbes Jahrhundert lang.

Sie suchte in ihren Erinnerungen, aber es gab nichts, was zur Lösung des Rätsels beitragen konnte. Doch eines wusste sie genau: Ihr Onkel hatte seine Frau von Herzen geliebt.

»Warum hat er mir diese Bilder hinterlassen?«

Luciana zuckte die Schultern. »Ich glaube, du musst dir eine andere Frage stellen, Stellina. Warum hat Letizia so große Angst? Alles andere ist nicht mehr wichtig. Es sind so viele Jahre vergangen, und die Zeit heilt bekanntlich alle Wunden.«

»Du hast recht.« Und doch wurde Stella den Eindruck nicht los, dass in Letizias Vergangenheit etwas Schwerwiegendes geschehen sein musste. Sie war die mutigste Frau, die Stella kannte, von ihrer Mutter einmal abgesehen.

»Sie war völlig aufgelöst, warum nur?«

»Das musst du sie fragen.«

»Alexander hat gesagt, dass sie sich nicht aufregen darf.«

Luciana warf ihr einen prüfenden Blick zu. »Kennst du deinen Doktor schon länger?«

Stella fuhr herum. »Das ist nicht mein Doktor.«

»Ach, nicht?«

»Keine Ahnung, was du meinst.«

Luciana kicherte. »Du warst noch nie eine gute Lügnerin.«

»Es ist kompliziert.«

»Wann ist es das in Herzensdingen nicht?«

Diese Antwort kam unerwartet, und Stella warf ihr einen verwunderten Blick zu.

»Auch ich war mal jung und verliebt, was glaubst du denn? Aber es sollte nicht sein. Der Mann, den ich liebte, war mit einer anderen Frau verheiratet. Vielleicht habe ich im nächsten Leben mehr Glück. Hoffe ich jedenfalls. Dieses war jedoch auch nicht schlecht, weißt du? Aber er ... ich weiß nicht, wie ich dir das erklären soll.« Sie hielt inne und blickte verträumt in die Ferne. Dann schaute sie wieder zu Stella. »Er hat mich zum Lachen gebracht.«

»Hat er dich auch geliebt?«

Luciana zuckte mit den Schultern, sie sah traurig aus. »Vielleicht. Aber weißt du, es gibt zwei Sorten Menschen auf der Welt. Die einen, die etwas aufbauen, und die anderen, die zerstören. Ich gehöre zur ersten Sorte. Ich wäre nie glücklich geworden, wenn etwas anderes dafür zerstört worden wäre.«

Stella fühlte mit ihr und streichelte ihr die Hand.

Luciana stand seufzend auf. »Es wird frisch, lass uns hineingehen.«

Die Küche empfing sie mit ihren vertrauten Düften. Hier kannten sie sich aus, hier fühlten sie sich wohl.

»Was wirst du mit den Zeichnungen machen?«, fragte Luciana, nachdem sie den Tisch gedeckt hatte.

Stella stand immer noch neben dem Kamin und streckte die Hände in Richtung der Flammen. Sie zitterte, was mit der feuchten Abendkälte aber nichts zu tun hatte.

»Ich weiß nicht...«

Sie musste wieder an Letizias Worte denken. »Ich werde mit meiner Tante darüber sprechen. Wenn sie die Bilder wirklich so schlimm findet, dann werde ich sie verbrennen. Ich möchte nicht, dass es ihr schlecht geht.«

Luciana schaute sie an. »Wenn das so ist... vielleicht ist das die beste Lösung. Tun wir so, als gebe es sie gar nicht.«

»Genau.«

Schweigend aßen sie zu Abend, jede in ihre eigenen Gedanken versunken. Sie wussten insgeheim, dass es kein Zurück mehr gab, auch wenn sie es sich noch so sehr wünschten.

Nachdem sie die Freundin ihrer Tante zur Tür gebracht hatte, räumte Stella die Küche auf und warf hin und wieder einen Blick ins Arbeitszimmer. Sie hatte die Zeichnungen an ihren Platz zurückgelegt, jetzt waren sie wieder sicher verwahrt, von einem Stoffband zusammengehalten in der Pappschachtel, wie all die vielen Jahre zuvor. Wie lange sie dort gelegen hatten, wusste sie nicht.

Sie wusch ab und trocknete sich dann die Hände, schickte ihrer Mutter eine Nachricht und kontrollierte ihre E-Mails. Bevor sie ins Bett ging, wollte sie noch einmal nach ihrer Tante sehen. Auf Zehenspitzen schlich sie in Letizias Schlafzimmer und setzte sich an ihr Bett. Das Mondlicht drang durch die Klappläden und hüllte ihr Gesicht in einen silbernen Schimmer. Im Schlaf sah sie ruhig und friedlich aus. Stella küsste sie auf das weiße Haar und schlich sich wieder nach draußen, die Tür ließ sie angelehnt. So könnte sie ihre Tante hören, wenn sie Hilfe brauchte.

Sie war todmüde, wie schon lange nicht mehr. Doch einmal im Bett, konnte sie nicht einschlafen. Es war so viel geschehen, ihre Gedanken drehten sich wie ein Strudel im Kreis und ließen sie nicht zur Ruhe kommen. Sie knipste das Licht an und griff nach Zeichenblock und Bleistift. Ohne weiter darüber nachzudenken, begann sie zu zeichnen. Wie lange schon hatte sie das nicht mehr gemacht? Aber mit dieser Frage wollte sie sich nicht auch noch belasten, sonst würde sie der Mut verlassen. Sie ließ sich von dem Teil in ihr treiben, den sie sonst vor anderen verbarg. Sie umfasste den Stift, der Geruch nach Grafit war ihr sogleich vertraut. Ihre Hand fand die ideale Position. Würde sie es schaffen? Wie von selbst entstand die erste unsichere Linie auf dem Papier, sie umfasste den Stift fester und zeichnete weiter.

Sie spürte, wie die Anspannung in ihrem Innern wich. Die Ereignisse der letzten Stunden hatten sie erschüttert, alles war anders gekommen als gedacht. Sie zeichnete weiter, bis ihr klar wurde, dass es Alexander war, der ihr vom Papier entgegenblickte.

Sie verfeinerte die Lippen, die Nase, die Augen und die Brauen, dann betrachtete sie die Skizze.

Er war es. Und er wirkte traurig.

Sie fühlte mit ihm und hatte den Eindruck, ihren Teil dazu beigetragen zu haben. Bei ihm und bei ihr. Denn sie war mit Sicherheit traurig. Auch dieses Mal war sie am Rand geblieben. Sie hatte zugesehen, warum, wusste sie nicht. Warum vermied sie es, den nächsten Schritt zu gehen? Warum ließ sie das Leben an sich vorbeirauschen, anstatt es selbst zu gestalten? Dabei wollte sie es doch.

Sie starrte an die Decke, ihr Herz war schwer. Hoffentlich würde sie trotz allem ein paar Stunden Schlaf finden. Sie versuchte, sich zu entspannen, aber es gelang ihr nicht. Eine Frage ließ sie einfach nicht los: Was war zwischen ihrer Tante und ihrem Onkel vorgefallen? Welches Geheimnis steckte in diesen Zeichnungen? Warum hatte Orlando sie ausgerechnet ihr hinterlassen?

Was wusste sie eigentlich über die Vergangenheit der beiden?

Wenig – oder besser gesagt, nichts.

Ein beunruhigender Gedanke.

Sie schloss die Augen. Sie musste sich entspannen und aufhören, sich das Hirn zu zermartern. Nach ein paar tiefen Atemzügen fand sie endlich ein wenig Ruhe. Und dann sah sie Farben vor ihrem inneren Auge wie damals als Kind, begleitet von dem alten Reim über die Grundfarben.

Eins, zwei, drei.
Blau ist der Himmel,
Gelb die Sonne,
Rot das Herz.

Sie stellte sich den Farbkreis vor, je mehr Farben dazukamen, desto mehr Licht wurde absorbiert, daher stammte der Begriff »subtraktive Farbmischung«. Sie sah genauer hin.

Nach Blau, Gelb, Rot kamen die Sekundärfarben, die aus der Mischung der Primärfarben entstanden, Orange, Grün und Violett. Dann die Komplementärfarben, die im Farbkreis direkt gegenüberlagen. Man brauchte nur wenig, um die Brillanz der Farben zu dämpfen, musste aber aufpassen, dass dabei kein Grau herauskam.

Der Farbkreis reinigte ihren Geist und ordnete ihre Gedanken. Sie tauchten in eine Welt aus Schattierungen und Frieden ein. Ihr Herz schlug kraftvoll, alles kam ins Gleichgewicht. Die Farben umfingen sie, sogen sie ein und erfüllten sie. Sie waren wieder Freunde und Gefährten wie früher, als sie sie in einem kleinen Zylinder betrachtete und mit ihnen spielte. Sie hatten nach ihr gerufen und sie verzaubert. Langsam schlief Stella ein.

8

Indigo. Die Farbe der Spiritualität hilft bei der Meditation. Schon seit der Antike wird sie zur Entspannung verwendet. Sie führt zu Ruhe und Seelenfrieden.

Etwas hatte sich verändert. Stella spürte es auf ihrer Haut, in ihrem Innern. Sie las es in den Augen ihrer Tante, in Lucianas fürsorglichem Verhalten. Diese war seit dem Anfall ihrer Tante fast ständig in der Villa zu Gast. Stella fand das gut, aber es veränderte ihren Gemütszustand nicht.

Und noch etwas verwirrte sie. Sie hatte ein weiteres Geschenk ihres Onkels gefunden.

Das Päckchen war in das übliche Papier gewickelt und mit ihrem Namen beschriftet, sie hatte es beim Aufräumen von Letizias Zimmer entdeckt.

Stella fragte sich, was ihn zu diesem Geschenk bewogen hatte. Die Schachfiguren waren einzigartig, er hatte sie auf einer seiner Reisen in Schottland gekauft. Sie stammten von einem einheimischen Kunsthandwerker und waren den Original-Lewis-Figuren aus dem zwölften Jahrhundert nachgebildet, die auf der gleichnamigen Insel entdeckt worden waren. Sie waren nicht schwarz und weiß, sondern rot und weiß. Die bestürzt dreinblickende Königin, der König mit dem Schwert, die Springer auf Pferden. Die Bauern ähnelten Grenzsteinen. Sie hatte die Geschichte der Figuren so oft gehört, dass sie sie auswendig konnte, doch jedes Mal hatte sie ihrem Onkel fasziniert zugehört.

Sie hatte mit diesen Figuren das »königliche Spiel« gelernt.

An den langen, heißen Sommernachmittagen hatte Orlando ihr die Regeln beigebracht und auch manche Strategie, die sie nicht nur beim Schach, sondern auch im Leben anwenden konnte.

Alles folgt einem Schema. Um zu einer Lösung zu kommen, musst du die Strukturen verstehen. Kein Problem ist unlösbar, auch wenn es so scheint. Vergiss das nicht, Stella.

Jedes Geschenk brachte eine Erinnerung zurück. Zum hundertsten Mal fragte sie sich nach Orlandos Hintergedanken.

Sie warf ihrer Tante einen Blick zu. Sie saß im Sessel und schaute durch das breite Fenster in den Garten. Einen Moment lang überlegte sie, ob sie zu ihr gehen und sie fragen sollte, ob sie einen Spaziergang machen wollte. Aber sie hatte es schon einmal versucht, und Letizia hatte nur gemeint, sie sei zu müde und wolle schlafen.

»Was hast du da nur angerichtet, Onkel«, murmelte sie. Aber sie konnte ihm nicht wirklich böse sein.

Wie aber ließe sich Letizia aus ihrer Lethargie reißen? Außer mit Luciana konnte sie nur mit Alexander darüber sprechen.

Was er wohl gerade machte?

Wahrscheinlich war er im Krankenhaus bei seinen Patienten.

Sie würde ihn nicht anrufen. Als sie ihre Tante zu den Untersuchungen begleitet hatte, waren sie sich nicht begegnet. Sie hatte eine Schwester nach ihm gefragt. Doktor Zoller sei im OP, hatte sie zur Antwort bekommen.

Stella konzentrierte sich wieder auf ihre Tante. Nur sie war wichtig, denn ihre Gesundheit und ihr seelischer Zustand schienen von Tag zu Tag schlechter zu werden.

Aber es gab nichts, was sie für sie tun konnte, außer ihr Zimmer so schön wie möglich zu machen, gemütlich, farbenfroh und einladend. Sie wollte die Arbeit, die sie begonnen hatte, zu Ende führen. Das war ihre Art, Nähe zu vermitteln, ihr Liebe und Dankbarkeit zu zeigen.

Sie zog die Jacke über und ging über den Flur.

»Brauchst du etwas, Luciana?«, rief sie in die Küche.

»Nein, meine Liebe, ich war heute Morgen einkaufen. Dein Kleid sieht ja schick aus, so ein schönes Muster. Triffst du dich mit jemandem?«

Sie fuhr mit den Fingerspitzen über den Stoff. Das Kleid hatte sie mit einem neuen Bewusstsein ausgesucht, sie fühlte sich wie befreit und voller Energie.

»Nein, ich gehe in den Baumarkt.«

Sie hatte Jadegrün gewählt, die Farbe der Hoffnung, weil sie die Traurigkeit nicht länger ertragen konnte. Sie trug die Haare offen, sie fielen ihr fließend über die Schultern, das gab ihr Leichtigkeit. Heute Morgen schien die Sonne, und das wollte sie ausnutzen.

»Ich brauche noch ein paar Sachen, ich möchte Letizias

Zimmer fertig gestalten. Ich dachte, dass ich die Wände elfenbeinfarben streiche.«

Bei den Vorhängen hatte sie sich für Lavendel, bei den Kissen für Apricot entschieden.

»Bei der Bettdecke schwanke ich zwischen Melonenrot und Apfelgrün.« All diese Farben hatten sich vor ihrem inneren Auge gezeigt und ihr ein Wohlgefühl beschert. Sie wusste, dass sie auch für ihre Tante passen würden. Denn jeder Mensch hatte seine Farben.

»Meinst du, das passt zusammen?« Luciana war nicht überzeugt.

»Es sind heitere Töne, die an den Frühling erinnern und Energie schenken. Manchmal entsteht die Schönheit gerade aus dem Kontrast. Komplementärfarben sorgen für Lebendigkeit.«

Sie sagte das, als handle es sich um ungeschriebene Gesetze, und wunderte sich, wie leicht ihr das fiel, welch ein Unterschied zur Unsicherheit der letzten Zeit. »Ich liebe Farben«, sagte sie leise, »wir werden von ihnen bestimmt, sie sind überall. In der Kleidung, in der Nahrung, in allen Dingen. Die Farben umgeben uns, wir sind in sie eingetaucht. Die beliebtesten Nahrungsmittel sind rot, am wenigsten appetitlich wirkt Grün.«

Sie wirkte wie ausgewechselt, die Sätze sprudelten regelrecht aus ihr hervor.

»Darüber habe ich noch nie nachgedacht«, sagte Luciana.

»Weil es auf der Hand liegt, Farben fallen uns nicht auf, weil sie immer da sind. Wir achten nicht darauf. Aber trotzdem bestimmen sie unser Leben.«

»Das klingt überzeugend, ich bin gespannt auf das Ergebnis.«

»Danke«, Stella lächelte, »ich habe viele Ideen.«

»Hast du schon gefrühstückt?«

Stella schüttelte den Kopf.

»Setz dich einen Moment.« Luciana stellte ein Glas frisch gepressten Saft vor sie ihn. Sie wusste, dass Stella Zitrusfrüchte liebte. Der Garten hinter dem Haus war windgeschützt, ein idealer Standort für Mandarinen, Orangen und Zitronen. Einige Früchte lagen vor ihr in der Obstschale.

»Hast du jemals das Gefühl gehabt, vor einer Weggabelung zu stehen und dich entscheiden zu müssen?«, fragte sie Luciana, bevor sie das Glas an die Lippen führte. Sie nahm einen Schluck und genoss den säuerlichen Geschmack, dabei beobachtete sie die Freundin ihrer Tante, die gerade die Teller abtrocknete und in den Schrank zurückstellte.

»Früher oft, das sind die Kollateralschäden der Jugend. Aber das geht vorbei, später hilft dir die Erfahrung. Hab keine Angst, Fehler zu machen! Fehler sind wichtig, sie helfen dir, den richtigen Weg zum Ziel zu finden. Vertrau dir!«

Die Angst, Fehler zu machen, hatte Stella seit ihrer Kindheit begleitet, deshalb plante sie jedes Handeln bis ins kleinste Detail. Diese Gewohnheit aufzugeben und einfach loszulassen fiel ihr schwer.

»Ich habe es nicht geschafft, die Zeichnungen zu verbrennen.«

Luciana sah sie schweigend an, dann fragte sie lächelnd: »Warum sagst du mir das?«

Tja, warum? Vielleicht, weil sie die Last dieser Entscheidung nicht alleine tragen wollte. Sie hatte gegen den Willen ihrer Tante gehandelt, genau wie damals Orlando. Er hat ihr die Bilder ganz bewusst hinterlassen, und sie wollte ihn nicht enttäuschen, sie konnte einfach nicht.

Warum hatte Letizia eine Aversion gegen diese Bilder? Auch aus den merkwürdigen und oft widersprüchlichen Aussagen zwischen den langen Phasen ihres Schweigens wurde Stella nicht schlau.

Obwohl sie es mehrmals versucht hatte, wollte ihre Tante nicht über das Thema sprechen. Im Anschluss an ihre Bitte, die Bilder zu vernichten, hatte sie sich in hartnäckiges Schweigen gehüllt.

Selbst ihr Vater wusste nichts von den Zeichnungen. Stella hatte ihn angerufen, um ihm alles zu erzählen … in den wenigen Pausen, in denen er nicht über sich selbst gesprochen hatte.

Auch ihre Mutter hatte nichts zu einer Klärung beigesteuert, Stella hatte wie jede Woche mit ihr telefoniert und sich ihr anvertraut. Sie war allerdings nicht überrascht gewesen und hatte ihr geraten, die Finger von der Sache zu lassen und sich um ihre eigene Zukunft zu kümmern. Sie unterstützte Stella bei der Idee, ins Ausland zu gehen. Ihrer Meinung nach war das der beste Weg, sich neue Ziele zu setzen und Erfahrungen fürs Leben zu sammeln.

Im Vorjahr war ihre Mutter nach Sardinien gezogen, wo sie ursprünglich herkam, und lebte zusammen mit einem pensionierten Staatsanwalt, ihrem früheren Chef, in einem kleinen Dorf am Meer. Damals war sie seine Sekretärin gewesen, jetzt war sie seine Assistentin.

Stella war überzeugt, dass da mehr war als alte Verbundenheit, aber immer, wenn sie ihre Mutter darauf ansprach, so wie bei ihrem letzten gemeinsamen Mittagessen, warf sie ihr einen ihrer tödlichen Blicke zu. Damit war das Thema beendet.

Luciana stellte einen Teller Kekse vor sie hin. Stella griff nach einem und biss hinein.

»Orlando hat die Bilder nicht verbrannt, und ich werde es auch nicht tun. Sie sind herrlich und gehören allen, es wäre ungerecht, sie zu vernichten, ganz egal welche Geschichte dahintersteckt«, sagte sie, als ob sie sich rechtfertigen wollte.

Wie sollte etwas so Schönes einen schrecklichen Hintergrund haben?

Luciana sah sie eindringlich an. »Warum?«

»Weil sie richtige Kunstwerke sind, das habe ich dir doch schon gesagt.«

»Das ist offensichtlich, aber was bedeuten sie *für dich?* Ich weiß, wie sehr du deine Tante liebst und wie schwer es dir fällt, ihr einen Wunsch abzuschlagen.«

In Stellas Glas war noch ein orangefarbener Rest Saft. Sie schwenkte es hin und her und war fasziniert von dem Farbspiel der Flüssigkeit, dann trank sie den Saft aus.

»Nichts, da ist nichts.« Sie stand auf, winkte zum Abschied und ging. Sie beeilte sich, als hätte sie Angst, dass Luciana nachhaken und ihre Seele erforschen könnte, die Gefühle, die in ihr brodelten. Sie waren wie ein Fluss, den man lange im Zaum gehalten hatte und der nach einem heftigen Regenguss über die Ufer zu treten drohte. Sie hatte keine Lust, darüber zu sprechen, sie wollte die Vergangenheit ruhen lassen und versuchte, an etwas anderes zu denken. Aber je mehr sie sich bemühte, desto deutlicher erschienen Bilder vor ihrem inneren Auge. Flammen, die sich ins Papier fraßen und es verschlangen.

Funken, die der Wind mit sich trug.

Ihre Mutter, die schrie.

Sie zuckte zusammen und rieb sich über die Arme. Seitdem ihre Tante verlangt hatte, die Bilder zu verbrennen, war die Erinnerung zurück, mächtig und Furcht einflößend. Und damit das Bedauern. Bitter und grau. Und das Schlimmste: Die Farben waren weg, einfach verschwunden, ein Sinnbild für den Verzicht auf Leben. Sie schauderte und dachte an die Hitze der Flammen und den Schmerz auf der Haut.

Denn sie wusste, was ihre Tante da von ihr verlangte, welches Opfer sie bringen sollte.

Sie wusste es nur zu genau, denn sie hatte in der Vergangenheit den gleichen Fehler gemacht. Als Erinnerung an diesen Tag trug sie noch immer die Narbe an dem Handgelenk. Nichts Schlimmes, aber eine Mahnung. Sie ertrug den Gedanken daran nicht und würde auch heute Morgen nicht darüber nachsinnen.

Bei Problemen sollte man sich nicht bedauern, daraus erwuchs nie etwas Gutes. Sie würde sich beim Einkaufen ablenken, alles andere würde sich von selbst ergeben.

Obwohl Nebensaison war, waren die Straßen von Bardolino vollgestopft mit Autos, Fahrrädern und Fußgängern, die das gute Wetter für einen Spaziergang nutzen wollten. Nachdem sie alles gekauft hatte, was sie für Letizias Zimmer noch brauchte, war Stella in ein Café gegangen, um einen Tee zu trinken und ihre Gedanken zu ordnen. Sie saß draußen und blickte auf den See, die Oberfläche war glatt und sah aus wie flüssiges Quecksilber. Nur wenn der Wind etwas auffrischte, war ein leichtes Kräuseln zu erkennen. Sie zog die Jacke enger, und ihre Gedanken flogen davon wie Vögel in der Luft.

Sie betrachtete den Horizont, der nach ihr zu rufen schien. Er war vage, konturlos und doch verführerisch. Sie spürte, wie der Drang, den nächsten Schritt zu tun, übermächtig wurde. Sie brauchte Raum, Platz für Neues und Schönes.

Aber sich etwas zu wünschen und es auch zu finden waren zwei verschiedene Dinge. Dazwischen, das wusste sie, war Leere, in der sie sich verlieren konnte. Sie wäre gerne hineingeschlüpft, ohne sich Gedanken über die Risiken zu machen.

»Wenn nur nicht alles Folgen hätte …«, murmelte sie leise.

»Darf ich dir noch etwas bringen?«

Stella hob überrascht den Blick zur Kellnerin und lächelte dann. »Barbara? Bist du es wirklich?«

»Hallo, Stella, das ist ewig her, was? Ich habe dich schon eine Weile beobachtet, ich dachte, ich täusche mich vielleicht, aber dann habe ich das Kleid gesehen. Ich kenne niemanden, der sich so kleidet wie du. Du hast einen außergewöhnlichen Geschmack.«

»Wie schön, dich zu sehen! Wie geht es dir?« Stella lächelte und drückte ihr glücklich die Hand.

»Gut, davon mal abgesehen«, Barbara deutete auf ihren gewölbten Bauch und lachte.

»Wie wunderbar! Wann ist es so weit?«

»Es dauert noch ein bisschen. Ich weiß, er wirkt schon riesig, aber es heißt, beim zweiten Kind wäre das normal.«

Bevor sich Stella von der Überraschung erholt hatte, goss Barbara ihr noch etwas Tee ein. »Hast du Kinder?«

Sie schüttelte den Kopf. »Nein, so weit ist es nie gekommen.«

»Gräm dich nicht, ich bin ziemlich früh dran, weißt du? Nach den beiden hier höre ich auch auf, versprochen.«

»Zwillinge?« Sie verschluckte sich fast an ihrem Tee, dann lachten sie beide.

»Besuchst du deine Großtante?«

»Ja.«

Barbara seufzte. »Du siehst so gut aus! Elegant und wunderschön. Ich habe oft an dich gedacht, ich wollte immer schon sein wie du, aber am Ende habe ich aufgegeben. Ich male auch nicht mehr.«

Stella war sprachlos, Barbara lächelte einem großgewachsenen Mann hinter der Theke zu, der sie liebevoll ansah.

»Das ist Nicola, mein Mann. Das hier gehört uns.« Aus ihren Worten sprachen Stolz und Zufriedenheit. »Mir geht es gut, und ich bin glücklich.«

»Das sieht man.«

»Aber das Malen fehlt mir, weißt du?«

»Die Malerei verlässt dich nie ganz«, erwiderte Stella mit leiser Stimme.

Barbara drückte ihr wieder die Hand. »Wahrscheinlich

bist du die Einzige, die versteht, wie es mir wirklich geht. Beim Malen habe ich mich lebendig gefühlt.«

Sie war so authentisch, so aufrichtig, dachte Stella. So reflektiert, so mutig und verantwortungsbewusst.

»Es kommt mir so vor, als hätten wir uns erst gestern unterhalten. Du warst immer in meinem Herzen«, fügte Barbara hinzu.

Tränen stiegen Stella in die Augen, die Gefühle überwältigten sie. Früher waren sie beste Freundinnen gewesen, sie hatten sich sehr nahegestanden.

»Ich hätte anrufen sollen, entschuldige.«

»Wer weiß, was du alles zu tun hattest.«

»Stimmt«, murmelte Stella, und ihr Blick schweifte zum See, der jetzt von der Sonne beschienen wurde und noch blauer leuchtete.

»Es tut mir leid wegen deines Onkels, er war ein so guter Mensch.«

»Danke«, antwortete Stella.

Barbara reichte ihr ein Päckchen Taschentücher, und Stella wischte die Tränen ab. Dann lächelte sie und tätschelte ihrer Freundin die Hand.

»Tut mir leid, ich habe die Fassung verloren.«

»Du warst schon immer mitfühlend und fürsorglich, deshalb konnte man so gut mit dir reden. Du hast mich nie verurteilt oder mir Vorwürfe gemacht.«

»Warum hätte ich das tun sollen?«

»Weil ich dich immer wieder in Schwierigkeiten gebracht habe.«

»Die Tage, die wir miteinander verbracht haben, waren die schönsten meiner Kindheit, Barbi«, sagte Stella und erinnerte sich gerührt an den Spitznamen, den sie ihr gegeben hatte.

Sie lachten, dann trafen sich ihre Blicke wieder.

»Meinst du«, begann Barbara, »es ist egoistisch, sich etwas zu wünschen, das einem ganz allein gehört? Versteh mich nicht falsch, ich bin glücklich, aber so etwas hätte ich gerne.«

Etwas, das einem ganz allein gehört ... Es brauchte nur wenige Worte, um etwas so Existenzielles auszudrücken. »Ich denke, es ist nur gerecht.«

Es war nicht nur gerecht, es war lebenswichtig. Stella verstand ihre Freundin nur zu gut, sie waren sich sehr ähnlich.

Schade, dass Barbara sich mit allem anderen irrte.

Sie hätte es ihr sagen müssen. Es gab wirklich nichts Beneidenswertes an dem, was sie tat, oder an ihrer Persönlichkeit. Verglichen mit Barbara, die Teil einer Familie war, hatte Stella nichts Besonderes vorzuweisen. Aber sie schwieg, stand auf und trat ein paar Schritte zurück. »Glaub mir, die mit dem aufregenden Leben bist du.«

»Das verstehe ich nicht.«

»Das kann ich mir gut vorstellen.« Stella schenkte ihr ein offenes Lächeln. »Es hat mich sehr gefreut, dich wiederzusehen.«

»Kommst du noch mal vorbei, bevor du wieder abreist?«

»Natürlich.« Stella nickte.

Barbaras enttäuschter Blick sorgte dafür, dass sie sich noch schlechter fühlte. Sie war schon immer eine miserable Lügnerin gewesen.

Sie ging rasch weg, es wirkte fast wie eine Flucht. Ihr Herz raste. Barbara war da mutig gewesen, wo es ihr an Entschlossenheit gefehlt hatte. Alexander war nur der jüngste Beweis, der Rest war in der Vergangenheit vergraben.

Auch sie hatte aufgehört zu malen, sie war sogar noch weiter gegangen: Sie hatte ihre Bilder verbrannt, eines nach dem anderen.

Eines Abends hatte sie alles zerstört, was sie geschaffen hatte, selbst die besten Arbeiten, mit denen sie die Akademie abgeschlossen und sogar ein Stipendium gewonnen hatte, das sie dringend gebraucht hatte, um sich zu spezialisieren.

Aber das konnte Barbara natürlich nicht wissen.

Damals hatte Stella Bardolino verlassen und war zu ihrer Mutter nach Genua gezogen. Barbara wusste auch nicht, dass es dafür gar keinen wirklichen Grund gegeben hatte. Sie war einfach erwachsen geworden.

Eines Tages hatte sie ihre Mutter zu ihrer Großmutter sagen hören, dass es sicher einen guten Grund gebe, warum Stella auf die Welt gekommen war. Etwas, das all das Leid rechtfertigen würde, das sie hatte durchstehen müssen, und auch ihre Einsamkeit. In ihrer Stimme hatte die Enttäuschung mitgeschwungen, dass sie deswegen auf die Erfüllung eigener Träume hatte verzichten müssen. Stella hatte gedacht, auf der Stelle sterben zu müssen. Jedes Wort dieses Gesprächs hatte sich tief in ihr eingebrannt. Aber die Liebe ihrer Mutter hatte sie trotzdem nie infrage gestellt.

Der Kern des Problems war ein anderer.

Mit einem unzuverlässigen Ehemann, der nur für seine Kunst lebte und kaum etwas zum Einkommen beigesteuert hatte, war sie es gewesen, die die Ärmel hatte hochkrempeln und für die Familie sorgen, ein Kind großziehen müssen. Das war Stella in diesem Augenblick schmerzlich klar geworden. Sie war der Grund für das Unglück ihrer Mutter, sie trug die Schuld. Diese Last hatte sie nicht ertragen können. Sie hatte den erstbesten Job angenommen, und als sie Flaminia kennengelernt hatte, war sie überzeugt gewesen, das Richtige gefunden zu haben.

Die Kunst war wieder in ihr Leben getreten, auch wenn sie nicht den Mut gehabt hatte, vorbehaltlos das zu leben, was in ihr brodelte.

Sie blieb am Fußgängerüberweg stehen und wartete, bis sie die Straße überqueren konnte. Die Vergangenheit war Vergangenheit, alles, was sie hatte, war die Zukunft. Warum verstand sie das einfach nicht?

»Warum jetzt?« Warum?

Sie wusste es. Sie wusste genau, was diese Gedanken ausgelöst hatte. Die Bilder, die ihr Onkel ihr vermacht, und die Erschütterung, die sie bei ihrer Tante und bei sich selbst verursacht hatten.

Was bei Letizia dahintersteckte, wusste sie nicht. Aber ihre eigenen Gründe kannte sie.

Ihr größtes Geheimnis, ihre Scham.

Aber es war auch das Kostbarste, was sie besaß und was dafür sorgte, dass sie sich lebendig fühlte.

Seitdem sie denken konnte, waren Farben für sie Heiterkeit, Lächeln, das größte Glück. Nachdem sie die Bilder gesehen hatte, waren die Farben in ihr Leben zurückgekehrt. Und sie hatten noch etwas anderes ausgelöst: die Erinnerung, wer sie gewesen war.

Sie hatten ihr den Zauber ins Gedächtnis zurückgerufen, der der Malerei innewohnte, ihr das zurückgegeben, was sie beiseitegeschoben und doch herbeigesehnt hatte, ein Stück von sich selbst.

Malen war für Stella wie Atmen.

9

Magenta. Die Komplementärfarbe zu Grün entsteht aus der Mischung von Rot und Blau. Sie ist anpassungsfähig und verändert je nach Umgebung ihre Schattierung. Sie ist stark und mächtig, eine mystische Farbe, hilfreich für die innere Kraft.

Letizia bemerkte, dass Stella auf der Türschwelle stand und sie beobachtete. Sie hielt den Blick auf den Gedichtband gesenkt, den Luciana ihr gegeben hatte, aber es half nichts. Sie seufzte und legte das Buch beiseite.

»Hattest du einen schönen Spaziergang?«

Stella lächelte. »Ja, ich habe eine Freundin getroffen, es war schön, mit ihr zu plaudern.«

»Was ist mit der Tasche passiert?«, fragte Luciana. Sie reichte Letizia eine Tasse Tee und Aristide einen Keks.

Stella sah auf die Tasche, deutlich war ein großer blauer Fleck auf dem Muster zu erkennen.

»Oh nein!« Es war ihre Lieblingstasche.

»Eine Farbtube muss aufgegangen sein, so ein Mist! Alles ist blau.«

»Reg dich nicht auf, das kriegen wir mit ein bisschen Soda und kaltem Wasser schon wieder hin. Hinterher ist sie wie neu.«

Stella räumte die Tasche aus. »Das hoffe ich.«

»Warum hast du Farbtuben in der Tasche?« Luciana griff nach der Tasche und begann vorsichtig, sie abzureiben.

»Ich war im Baumarkt.«

»Sind die Tuben nicht dicht?«

»Es ist ein besonderer Farbton, ich habe ihn extra mischen lassen. Der Verschluss muss nicht richtig gesessen haben.«

»Ein besonderer Farbton? Aber das ist Blau!«

Stella lächelte. Es gab so viele Schattierungen von Blau, alle hatten unterschiedliche Charakteristika. Wie bei Wörtern und ihren Synonymen. Was Luciana wohl gedacht hätte, wenn sie ihr erzählt hätte, dass es mindestens hundert Schattierungen von Blau gab, von Nachtblau über Ägyptisch Blau, Französisch Blau und Kadettenblau bis hin zu Tiffany Blau. Alle hatten ihre ganz spezielle Wirkung auf den Betrachter und lösten verschiedene Empfindungen aus. Jetzt, da die Farben in ihr Leben zurückgekehrt waren, schien sie alles klarer und deutlicher zu sehen. Farben konnten unterschiedliche visuelle Temperaturen haben. Blau, das allgemein mit Kühle assoziiert wurde, war lichtintensiv und konnte durch geringfügige Modifizierungen eine warme Note bekommen. Blau war eine wunderbare Farbe, die Wohlbefinden förderte und eine spezielle Vibration aussandte, eine unsichtbare Frequenz.

»Das Blau, das ich wollte, gab es dort nicht.«

»Für mein Zimmer?«, fragte Letizia und stellte die Teetasse neben sich ab.

Stella nickte.

»Willst du ein Bild malen?«

Luciana wechselte einen Blick mit Letizia und ließ die beiden allein.

»Ich weiß noch nicht... aber diese Farbe brauche ich.«

»Du hast mir nie erzählt, warum du mit der Malerei aufgehört hast.«

Stella sah sie flüchtig an, dann begann sie, im Zimmer auf und ab zu gehen.

»So werde ich seekrank«, scherzte Letizia.

»Dir wird schlecht?«

»Egal, komm schon, sag mir, was dich davon abhält, mir in die Augen zu schauen. Geht es um die Untersuchungsergebnisse?«

Stella schüttelte den Kopf. »Nein, nein, die kommen erst Ende der Woche.«

»Was ist es dann?«

»Ich muss mit dir reden, aber du darfst dich nicht aufregen, versprochen?«

Letizia lachte. »Versprochen. Bist du jetzt zufrieden?«

Stella musterte sie kritisch, dann deutete sie mit dem Zeigefinger auf sie. »Vergiss das nicht, du hast es mir versprochen.«

Dann setzte sie sich neben ihre Tante und atmete tief durch. »Ich habe die Bilder behalten, sie sind in meinem Zimmer.«

Letizia schwieg eine Weile, dann hob sie den Blick. In ihren Augen stand flammende Wut. »Ich habe dir gesagt, du sollst sie vernichten.«

Stella hielt ihrem Blick stand. »Als ich damals beschlossen hatte, nicht mehr zu malen, habe ich alle meine Bilder verbrannt, sogar die Arbeiten für die Akademie. Ich habe nicht ein einziges behalten.«

Letizia erbleichte, griff nach Stellas Händen und blickte sie eindringlich an. »Du dummes Kind, all die wunderbaren Bilder, sie waren ein Teil von dir, warum hast du das getan? So etwas Endgültiges?«

»Endgültig... ja, genau das war es. Orlando war ein kluger Mann, und das weißt du. Warum hat er mir all diese Geschenke gemacht? Es muss einen Grund geben, die Bilder sind bestimmt ein Fingerzeig. Hilf mir bitte, das zu verstehen.«

Einen Moment lang dachte Stella, ihre Tante würde aufstehen und gehen, das konnte sie an ihrem Gesichtsausdruck und den angespannten Schultern sehen. Sie hörte sie mehrmals tief durchatmen, dann hob sie den Kopf.

»Ich... ich möchte nicht darüber sprechen.«

Stella wollte nachhaken und weitere Fragen stellen, aber stattdessen nickte sie. »Verstehe.« Sie strich ihr über die Hand. »Ich werde immer an deiner Seite sein, egal was passiert.« Sie nahm sie in den Arm.

Letizia war wie erstarrt und kniff die Augen zusammen, dann sah sie ihrer Nichte nach, die langsam zur Tür ging, und vergrub das Gesicht in den Händen.

Mühsam presste sie hervor: »Ich war jung und dumm. Ich habe etwas getan, was ich nicht hätte tun sollen. Ein schwerer Fehler.« Ihre Worte waren wie Steine, die aus ihr herauspolterten.

Stella stand an der Tür. In ihrem Kopf hallte ein Wort wider. *Jung.*

»Du lieber Gott, wie lange ist das schon her?«

Der Gedanke, dass ihre Tante sich seit so vielen Jahren damit quälte und die Vergangenheit nicht abstreifen konnte, ließ ihr das Blut in den Adern gefrieren. »Was auch immer passiert ist, es ist zu viel Zeit vergangen, dass du dich immer noch so quälen musst. Meinst du nicht auch?«

Letizia starrte sie an, als sehe sie Stella zum ersten Mal, die Augen weit aufgerissen, in ihnen lag so etwas wie Hoffnung. Sie senkte den Blick.

»Knete deine Finger nicht so, du tust dir weh«, Stella ging auf sie zu und griff nach ihren Händen.

Sie schwiegen. Nur Lucianas Trällern, die sich in der Waschküche um Stellas Tasche kümmerte, war zu hören.

»Was auch immer geschehen ist, wir finden eine Lösung.«

Die Spannung im Raum wuchs.

»Ich... ich weiß nicht, ob ich das schaffe.«

»Versuch's, dann sage ich dir meine Meinung dazu.«

»Du könntest mich verachten.«

Stella riss die Augen auf. »Niemals, hörst du? Niemals. Ich bin immer an deiner Seite.«

Letizia musterte sie kritisch, als müsse sie über diesen Satz nachdenken. »Ich bin noch nicht bereit, ich kann noch nicht darüber reden.«

»Das verstehe ich. Aber warum versuchst du nicht, über etwas Schönes aus dieser Zeit zu sprechen?«

»Du verstehst das nicht... du weißt nichts.« Wieder vergrub sie das Gesicht in den Händen.

Stella war alarmiert und legte ihr eine Hand auf die

Schulter. »Ganz ruhig, reg dich nicht auf, das schadet dir nur. Soll ich dir etwas zu trinken bringen?«

Letizia schüttelte den Kopf. »Ich will keinen Tee.«

»Saft?«

»Schokolade.«

Stella musste unwillkürlich lächeln. »Gut, aber ich leiste dir dabei Gesellschaft.«

Sie versuchte, ihre Tante aufzuheitern, aber ohne Erfolg. Letizia hatte sich wieder in ihr Schweigen zurückgezogen. Eine Weile darauf verließ sie den Raum, sie brauchte frische Luft.

Nach ihrem Spaziergang stieg sie nachdenklich die Treppe hinauf und ging in ihr Zimmer. Wenn sie ihrer Tante helfen wollte, musste sie verstehen, was passiert war. Und der Schlüssel dazu waren die Bilder.

Sie nahm sie aus der Schachtel und betrachtete sie aufmerksam, dann wählte sie einige aus und klappte den Laptop auf. Im Internet fand man alles, man musste nur die richtigen Stichwörter in die Suchmaschine eingeben.

Wo soll ich anfangen?, überlegte sie.

Stella nahm an, dass es um den Zweiten Weltkrieg ging, damals war ihre Tante eine junge Frau gewesen. Die Bilder waren mit ihrer Jugend verbunden. Was hatte sie noch? Zeichnungen... das war zu vage. »Kinderzeichnungen« würde die Suche präzisieren. Das war ihr spontaner Eindruck von den Bildern gewesen. Die Farben, die Menschen, die Umgebung, die Auswahl der Sujets. Vielleicht irrte sie sich, aber sie ließ sich von ihrer Intuition leiten.

Kinder, Villa, Zeichnungen, Zug tippte sie ein, das würde

die Suche weiter eingrenzen. Vielleicht könnte sie auch noch ein ungefähres Datum hinzufügen.

Sie scrollte durch die Seiten, auf der Suche nach Bildern, als ihr plötzlich ein Ergebnis auffiel: Sie griff nach Papier und Stift. *Theresienstadt, Kinderkonzentrationslager.* Beim Lesen lief es ihr eiskalt den Rücken hinunter, allein der Gedanke an ein Kinderkonzentrationslager ließ sie erstarren.

Hunderte von Bildern wurden entdeckt, Kunsttherapie in Hitlers Konzentrationslager. Vorzeigelager des Regimes, um der Welt etwas vorzugaukeln.

Sie las weitere Artikel, suchte nach Bildern. Schmetterlinge, blauer Himmel, dann aber auch Skelette, Exekutionen, Prügel. Stella schloss die Augen und atmete tief durch. Dass ihre Tante damit zu tun haben könnte, war unvorstellbar. Die Fantasie musste ihr einen Streich spielen. Sie warf einen Blick auf ihre eigenen Bilder, dann wieder auf die aus dem Internet über Theresienstadt.

Sie hatte sofort begriffen, dass eine Verbindung bestand. Es waren nicht die Bilder an sich, die sie zu dieser Erkenntnis führten, es waren die Perspektiven und die Auswahl der Farben. Fast überall Grundfarben, das instinktive Bedürfnis nach Kommunikation, das Technik, Ausführung und alles andere überdeckte.

»Kinder«, flüsterte sie.

Daran hatte sie keinen Zweifel mehr.

Und es war auch ziemlich offensichtlich, dass die Kinder vor irgendetwas auf der Flucht waren. *Theresienstadt und die Kunsttherapie.* Sie las weiter: *Als Ausdruck von Gefühlen und Emotionen erlaubt es die Kunsttherapie,*

auch in die tiefsten Empfindungen der Seele vorzudrin-
gen, unerlässlich, um wieder zu sich selbst zu finden und
die Gefühle zu einer scheinbaren Realität werden zu las-
sen.

Eine Künstlerin aus dem Ghetto hatte die Bilder gesammelt und vor der Zerstörung bewahrt, eine unerschrockene und mutige Frau namens Friedl Dicker-Brandeis. Sie hatte den Kindern, laut Berichten von Überlebenden, den Anschein von Normalität geschenkt und sie bis zum Ende begleitet, bis sie selbst in die Gaskammer gekommen war wie viele ihrer Schüler.

Stella hatte Tränen in den Augen, als sie den Computer zuklappte. Sie blickte wieder auf die Zeichnungen. »Welche Zusammenhänge bestehen zwischen all den Bildern?«, flüsterte sie. Und was hatten sie mit ihrer Tante zu tun? Auch sie war Lehrerin gewesen, hatte Schüler gehabt. Was auch immer geschehen war, die Ereignisse hatten sich so tief in ihr festgesetzt, dass selbst die lange Zeit ihren Schmerz nicht lindern konnte.

Sie dachte noch eine Weile darüber nach. Sie musste dieser Geschichte auf den Grund gehen. Und sie wollte es auch.

Schließlich ging sie wieder nach unten.

Luciana hatte die Tasche gesäubert, alles schien wie immer zu sein. Normal. Im Vergleich zu dem, was Stella entdeckt hatte, bedeutungslos. Um in die Realität zurückzukehren, musste sie sich gedanklich von der Recherche distanzieren und wieder zu Atem kommen. Aber das fiel ihr nicht leicht.

»Die Tasche ist wieder sauber, bitte schön.«

Sie zwang sich zu einem Lächeln und einem Dankeschön.

»Wie wunderbar!«

»Alles in Ordnung?«, fragte Luciana misstrauisch.

»Ja, danke. Die Tasche ist wie neu.«

»Das habe ich dir doch versprochen. Pass das nächste Mal besser auf das gute Stück auf. Übrigens, ich bin jetzt mal ein paar Stunden weg. Ist das in Ordnung?«

»Natürlich, ich kümmere mich um Letizia.«

An der Tür drehte sich Luciana noch einmal um. »Im Innenfutter klebte übrigens ein Zettel mit einer Telefonnummer, ich habe ihn auf den Tisch gelegt.«

Stella lief es eiskalt den Rücken hinunter. Sie wusste genau, was Luciana meinte. Es war Alexanders Nummer.

Sie fand den Zettel auf dem Tisch.

Er war noch feucht und voller blauer Farbflecke. Sie strich mit den Fingerspitzen darüber. Nachdem sie mit ihm telefoniert hatte, hatte sie den Zettel zurück in die Tasche gesteckt. Verrückt, denn sie hatte die Nummer ja im Handy gespeichert.

Und wenn…? Sie dachte nicht weiter nach, die Vernunft hätte ihr die Idee sicher ausgeredet. Aus einem Impuls heraus griff sie nach dem Handy, eilte die Treppe hinauf und trat auf die Terrasse. Sie setzte sich in einen Sessel und suchte nach der Nummer in ihren Kontakten. Seit ihrer ersten Begegnung waren zwei Wochen vergangen.

Sie wollte seine Stimme hören. Sie wollte… sie wusste es selbst nicht.

»Hallo?«

Stella wurde von einer Frauenstimme überrascht.

»Hallo? Wer ist da, bitte?«, hakte die Frau nach.

»Ich … hallo. Ich möchte mit Doktor Zoller sprechen.«

»Natürlich, einen Moment, bitte.«

Stella hörte, wie die Frau nach Alexander rief.

»*Darling*, es ist für dich.« Stille, dann ein Lachen. »Entschuldigung, worum geht es?«

»Ich … nicht so wichtig. Entschuldigen Sie die Störung.«

Sie beendete das Gespräch.

Mit dem Gefühl eines Déjà-vus legte sie das Telefon neben sich auf den Tisch.

»Was hast du denn erwartet? Du hast ihm doch gesagt, dass du nicht interessiert bist, weißt du noch?«, sagte sie zu sich selbst.

Ihr Blick fiel auf ihre Hand. Ihre Finger waren blau, eine Farbe, die sie immer schon gemocht hatte.

In diesem Augenblick wurde ihr klar, dass Alexander das Blau war. Sie zerriss den Zettel, warf die Fetzen in die Luft und sah ihnen nach, wie sie sich im Wind drehten und davonflogen.

Sie ging wieder hinein.

Alexander war … Sie wollte nicht weiterdenken, das war jetzt nicht mehr wichtig.

Wenn Luciana sich um Letizia kümmerte, gab es nichts, was sie noch in Bardolino halten würde. Sie konnte ein neues Leben beginnen. Genug Geld für den Anfang hatte sie. Sobald es ihrer Tante besser ging, würde sie aufbrechen, als Erstes nach Venedig. Ein paar Tage dort waren genau das, was sie brauchte, um sich auf die nächste Etappe vorzubereiten.

Sie räumte ihr Zimmer auf, nur mit den Zeichnungen wusste sie nicht, wohin. Sie legte sie in die Schachtel zurück und band die Schnur wieder darum. Dann umhüllte sie die Schachtel mit einem seidenen Kopfkissenbezug und legte sie in ihren Trolley. Bevor sie den Raum verließ, warf sie noch einen prüfenden Blick auf ihr Gepäck.

Alles war verstaut.

Ihre Vergangenheit, ihr bisheriges Leben.

Die Zukunft lag noch vor ihr.

Während sie die Treppe hinunterstieg, dachte sie darüber nach, was sie bisher herausgefunden hatte.

Welche Beziehung gab es zwischen den Bildern aus Theresienstadt und denen, die ihr Onkel ihr hinterlassen hatte?

Vorausgesetzt, sie irrte sich nicht... Aber sie war überzeugt, dass es diese Verbindung gab. Noch wusste sie nichts über die Hintergründe, aber wenn sich ihr Verdacht bestätigte, verstand sie die Feindseligkeit ihrer Tante gegenüber den Bildern nur zu gut. Niemand erinnerte sich gerne an Grausamkeiten, so etwas wollte man vergessen, das war normal. Man wollte sich schützen.

Wieder kam ihr Alexander in den Sinn, sein Blick, die selbstverständliche Fürsorge, mit der er sich um Letizia gekümmert hatte. Sie senkte den Kopf. Chancen sind wie Züge, entweder man steigt ein, oder man lässt sie vorbeifahren. Sie seufzte und ging in den Garten.

Mitten in der Nacht schreckte Letizia aus dem Schlaf. Sie presste die Augen wieder zusammen, das Herz drohte zu zerspringen, sie hatte das Gefühl, ersticken zu müssen. Sie setzte sich auf, doch nach ein paar Atemzügen spürte sie, wie die Panik in ihr aufwallte. Sie griff nach ihrem Stock und stand mühsam auf.

Sie hasste das Alter, das sie gebrechlich gemacht und ihr Orlando genommen hatte. Sie war allein in einer Welt, die sie nicht mehr wiedererkannte, die so anders, manchmal so feindselig war.

Was konnten all die Errungenschaften der Technik ihr schon bieten? Nichts, was ihr wichtig war. Wichtig waren andere Dinge.

»Still, du verrückter Hund«, flüsterte sie Aristide zu, der zu wimmern begonnen hatte, »sonst weckst du sie noch auf. Und das arme Mädchen braucht seinen Schlaf.«

Sie blickte die Treppe hinauf und hatte ein schlechtes Gewissen. »Was zum Teufel hast du dir dabei gedacht, Orlando? Du hättest sie da nicht mit reinziehen dürfen. Was passiert ist, hat nichts mit ihr zu tun. Ich habe dir tausendmal gesagt, dass es einzig und allein meine Schuld war, weder du noch irgendjemand anders kann etwas daran ändern.«

Sie ging in die Küche und füllte Trockenfutter in Aristides Schüssel, dann begab sie sich ins Wohnzimmer und ließ sich in den Sessel fallen. Und starrte an die Decke.

Als sie das Gefühl hatte, ihrem Mann ganz nahe zu sein, lächelte sie.

»Dauert es noch lang? Ich habe in dieser Welt nichts mehr verloren. Ich denke, ich bin bereit zu gehen.«

Aristide lief auf sie zu und hielt ihr eine Pfote hin. Letizia streichelte ihm über den Rücken. »Sie wird sich um dich kümmern, mach dir keine Gedanken.«

Er rollte sich vor ihren Füßen auf seiner Wolldecke zusammen.

Die Stille legte sich wie eine warme Decke über sie. Letizia ließ den Kopf gegen die Sessellehne sinken und schloss die Augen. »Bleib bei mir«, flüsterte sie. Aber sie bekam keine Antwort, und ihr Lächeln verblasste.

Sie hatte immer Angst davor gehabt, allein zu sein, schon als Kind. Und die Erinnerungen stiegen in ihr auf, quälend langsam und unerbittlich.

10

Rosa. Mischung der Grundfarbe Rot mit Weiß. Für Jahrhunderte das Symbol der Männlichkeit, bis es zum Sinnbild der Unschuld und des Weiblichen wurde. Die Farbe wirkt entspannend und regt die Kreativität an. Und sie vermittelt Freude.

Letizia, Verona 1942

Der Sonnenaufgang war wie immer: großartig, feierlich, unabänderlich.

Doch Letizia wusste, dass dies kein Tag wie jeder andere war. Sie spürte es mit jeder Faser ihres Herzens.

Es würde ein Vorher und ein Nachher geben.

Wie der Tag, an dem Fiammetta sie ins Schloss geholt hatte. Auch damals hatte sie dieses Gefühl gehabt, auch damals hatte die Stille ihr geholfen zu verstehen.

Die Nacht war unendlich langsam vergangen, ihre Besorgnis immer größer geworden. Dieser Ort war acht Jahre lang ihr Zuhause gewesen, auch wenn sie ihn nie geliebt oder geschätzt hatte, so hatte er ihr doch Stabilität gegeben.

Sie hatte Angst, sich zu verlieren. Dieses Gefühl weckte aber auch Ungeduld in ihr.

»Warum bist du schon so früh auf?«, fragte Teresa mürrisch und zog sich die Decke über das Gesicht.

Letizia zuckte zusammen und sah zu ihrer Freundin. Das Zimmer lag im Halbdunkel, aber sie konnte sie deutlich erkennen.

»Entschuldige, ich wollte dich nicht wecken.«

»Hast du aber, du weißt doch, wie empfindlich ich bin.«

Letizia musste lächeln. Teresa war wie eine Katze, sie fauchte und schnurrte gleichzeitig.

»Schlaf weiter, es ist noch früh.«

»Es ist nicht früh, es ist mitten in der Nacht. Das ist ein Unterschied.«

»Soll ich dir ein Schlaflied singen?«

»Um Himmels willen!«

Letizia kicherte, dann schaute sie wieder durchs Fenster. Jenseits der gezackten Hügelkette schlich sich schwaches Licht in die Dunkelheit.

Sie würde Teresa nicht sagen, dass sie gar nicht geschlafen hatte. Sie wollte sie mit ihren Sorgen nicht belasten. Sie waren zwar beste Freundinnen, aber das würde sie nicht verstehen. Das war nicht ihre Schuld, kein Egoismus oder fehlendes Bemühen. Teresa hatte Halt in ihrer Familie und würde nicht begreifen können, wie grausam es war, ganz allein auf der Welt zu sein. So wie sie nach dem Tod ihrer Eltern. Sie konnte sich nur schwach an sie erinnern, nur mithilfe eines Fotos, das sie immer bei sich trug. Ihre Mutter hatte ihre Krankheit besiegt, aber kurz darauf waren beide bei einem Unfall gestorben, ein Lastwagen hatte sie überfahren, als sie fast zu Hause gewesen waren. Letizia hätte sie am nächsten Tag besuchen sollen. Und das hatte sie auch, um an der Beerdigung teilzunehmen. Mit ihren Eltern hatte sie ein Stück von sich selbst verloren.

Was würde die Zukunft wohl bringen?

Fiammetta hatte ihr angeboten, als Lehrerin im Schloss zu bleiben, aber sie wusste, dass die anderen Ordensschwestern damit nicht einverstanden wären.

Denn sie war keine von ihnen.

Sie musste weg. Wohin und wie, wusste sie nicht. Sie wusste nur, dass sie diesen Ort verlassen musste. Ihre Koffer waren gepackt. Am folgenden Tag würden Teresa und sie ihr Zeugnis bekommen. Die meisten Schülerinnen waren schon nach Hause zu ihren Familien gefahren. Nur die Internen waren noch da, darunter sie beide.

Sie würde sich später von den anderen verabschieden und ihnen Glück wünschen.

Sich um andere kümmern und helfen, das konnte sie am besten.

Teresa schien das nicht zu verstehen, aber sie war von dem Gedanken beseelt, ihr Wissen weiterzugeben und darüber zu diskutieren. In einer der wenigen Momente der Nähe hatte Fiammetta gesagt, dass sie genau wie ihre Mutter sei. Wie Anna. Eine Lehrerin aus ganzem Herzen. Sie hatte lange darüber nachgedacht, und es hatte ihr gefallen.

Das war das Einzige, was sie wirklich wollte.

Sie legte sich die Decke um die Schultern. Es war bereits Juni, aber die Kälte malte immer noch Eisblumen ans

Fenster, hauchfein wie Spitze. Sie fuhr sie mit den Fingerspitzen nach, fasziniert von all der Schönheit.

»Geh vom Fenster weg, sonst erkältest du dich noch.«

»Das geht nicht, ich denke nach.«

»Und was hält dich davon ab, das gemütlich in deinem Bett zu tun?«

Letizia musste lächeln. Und doch war sie angespannt. Wie sollte sie ihrer Freundin begreiflich machen, dass sie dazu in den Himmel sehen musste? Sich in etwas Unendliches, Grenzenloses verlieren musste?

Es gab so vieles, das sie mit niemandem teilte. Sie hätte es gerne anders gehabt, aber in ihrem Innern hatte sich ein undurchdringliches Dunkel eingenistet.

Ein Ort, der nur ihr gehörte, dort war das Unglück, das Leid. Die Wut.

Ein Ort, an dem sie immer allein war. Für andere war dort kein Platz.

Teresa gähnte und wälzte sich im Bett herum, dann murmelte sie etwas von Dickköpfigkeit und Wahnsinn, stand auf und stellte sich neben sie. Sie legte die Arme um sie und küsste sie auf die Wange. »Einen schönen Namenstag, Nervensäge.«

»Danke. Ich mag dich auch.«

Seite an Seite, wie in all diesen Jahren. Unzertrennlich in Freud und Leid, mehr Schwestern als Freundinnen, auf diesen Tag hatten sie lange gewartet.

Nach und nach gewann die Helligkeit die Oberhand, und der Berghang, auf dem noch der letzte Schnee lag, explodierte in gleißendem Licht.

»Das wird mir fehlen«, seufzte Letizia.

»Du mir auch, der Rest kann sich von mir aus zum Teufel scheren.«

Letizia war überrascht. »Na komm, so schlimm war es nun auch nicht.«

»Für dich vielleicht, *Schwesterchen*…«, Teresa zuckte mit den Schultern, aber ihre Augen waren so voller Kälte, dass Letizia erschrak. »Ich werde nie wieder eine Zehe in diesen schrecklichen Ort setzen.« Ihre schlechte Laune war zurück, sie löste die Umarmung. Letizia betrachtete sie, wie sie nach ihrem luxuriösen Beautycase griff, ein Geschenk ihrer Mutter Berenike, und im Badezimmer verschwand.

Während sie das Wasser laufen hörte, dachte Letizia daran, dass das vielleicht ihr letzter gemeinsamer Morgen sein würde. Plötzlich packte sie Panik.

»Du wirst mir schreiben, nicht wahr?«, rief sie ängstlich.

Teresa tauchte in der Tür auf, den Mund voll mit Letizias Minze-Zahnpasta.

»Warum kommst du nicht zu mir? Zürich ist wunderbar um diese Jahreszeit.«

»Dein Vater wäre bestimmt nicht einverstanden.«

»Mein Vater liebt dich wie wir alle. Rede nicht so einen Unfug.«

»Ich möchte euch nicht zur Last fallen.«

Als sie das letzte Mal bei den Hoffmanns zu Gast gewesen war, hatte Friedrich, Teresas Vater, einen Empfang zu Ehren Hermann Görings gegeben. Letizia wusste, dass er ein enger Mitarbeiter Hitlers war, man sagte sogar, er würde einmal sein Nachfolger werden. Doch dieser auf den ersten Blick so freundliche Mann hatte ihr eiskalte Schauer den Rücken hinunterlaufen lassen, sein Blick und seine Reden machten ihr Angst. Sie hatte nicht am Fest teilgenommen und sich am nächsten Morgen beim Hausherrn entschuldigen müssen. Friedrich oder »Onkel Freddy«, wie sie ihn nannte, war verstimmt gewesen.

»Versteh mich nicht falsch, ich liebe deinen Vater, aber seine Freunde sind schrecklich.«

»Nicht alle. Der junge Philip und sein Bruder sind doch gar nicht übel, findest du nicht?«

Letizia wurde rot. Ihr Blick war verträumt. »Nun ja, das stimmt.«

Teresa warf den Morgenmantel auf den Boden und suchte in den Schränken. »Hast du mein gelbes Wollkleid gesehen? Mir ist eiskalt ...«

Letizia hob seufzend den Morgenmantel auf, faltete ihn sorgfältig und legte ihn in Teresas offenen Koffer. Dann nahm sie das Wollkleid aus dem Schrank und reichte es ihr. »Ich habe ein paarmal mit ihm getanzt.«

»Und? Wie war's?«

»Interessant.«

Teresa sah sie an, als hätte sie den Verstand verloren. »Sag das noch mal. Er sieht gut aus, ist intelligent und adlig, was übersetzt bedeutet: Familienschmuck, Schlösser, ein paar Villen, vielleicht sogar eine an der Côte d'Azur. Mutti hat mir gesagt, dass er auch zu Papas Empfang kommt. Sei doch ein einziges Mal keine Spielverderberin. Ich verstehe dich wirklich nicht. Spring über deinen Schatten und komm mit mir nach Zürich!« Sie tastete nach dem Reißverschluss. »Hilfst du mir bitte?«

»Gerne.«

»Ach, ehe ich es vergesse. Dein Geschenk liegt unter dem Bett.«

»Noch eins?«, fragte Letizia überrascht.

»Das gestern war von meinen Eltern. Das hier ist von mir.«

Teresa holte das Päckchen hervor und reichte es ihr mit einem Lächeln. Letizia barg es eine Weile in den Händen. Ihr Herz klopfte. Sie liebte Geschenke, und die Hoffmanns waren sehr großzügig.

»Danke«, sagte sie und setzte sich auf den Teppich. Behutsam wickelte sie das Päckchen aus und strich das Papier glatt.

»Oh, wie wunderschön! Wo hast du die denn gefunden?«

Sie hielt ein Paar hauchdünne Seidenstrümpfe in der Hand, ein Hauch von Nichts.

»In Paris natürlich!«

Teresa hob den Rocksaum und zeigte ihre eigenen Strümpfe.

»Was sagst du zu Zürich? Das solltest du dir nicht entgehen lassen, wir werden eine Menge Spaß haben. Und wenn du dich wirklich als Lehrerin in irgendeinem verschlafenen Nest vergraben willst, kannst du das danach auch noch machen.«

»Ich weiß nicht, verlockend ist es schon.« Sie hatte es Teresa nicht erzählt, aber sie überlegte, weiter zu studieren, an einer Universität in der Nähe, in Venedig oder Bologna. Im Grunde war das eine so gut wie das andere.

Sie schob sich gedankenverloren ein Praliné in den

Mund, ebenfalls ein Geschenk von Teresa. Dann stellte sie die Schachtel beiseite. »Die sind göttlich.«

»Ich weiß. Du hast nichts zu verlieren, oder?«, bohrte Teresa weiter.

»Nein.«

Sie brachen in Lachen aus, Teresa griff nach Letizias Hand. »Na gut.«

»Na gut – was?«

»Ich komme mit nach Zürich.«

Teresa strahlte. »Ich wusste, am Ende würde ich dich überzeugen!«

Letizia packte zu Ende und sah sich noch einmal um.

»Zeit zu gehen«, flüsterte sie. Bevor sie in die Schweiz fuhr, musste sie sich noch um einiges kümmern, deshalb würde sie einige Tage in Verona bleiben, um den Anwalt ihrer Eltern zu treffen. Wer weiß, vielleicht würde sie etwas von ihrem Erbe verkaufen, um ihr Studium finanzieren zu können. Sie entspannte sich, dieser Gedanke gefiel ihr immer besser.

Während sie durch die Flure ging, dachte sie darüber nach, was sie erwarten würde. Auf jeden Fall würde sie neue Erfahrungen machen, bevor sie ihr Leben als Lehrerin begann. Als sie die Treppe hinunterging, hörte sie Musik.

Jemand spielte Klavier, brach ab und begann von vorne. Sie lächelte. In dieser Wiederholung lag etwas Beruhigendes. Es war, als ob die Schule ihr sagen würde, dass all die Fehler, die sie begangen hatte, nicht schlimm waren, sie war hier, um zu lernen, und zwar so lange, bis sie es richtig machte.

Über ihr wölbte sich dieselbe Decke wie bei ihrer Ankunft, aber sie hatte sich in ihren Augen trotzdem verändert. Bewundernd blickte sie nach oben. Das Gepäck der abreisenden Schülerinnen und auch einiger Nonnen wurde nach draußen gebracht, es herrschte reges Treiben.

Als sie Schwester Tommasina sah, erstarrte sie.

Ihre Blicke trafen sich, die Schwester neigte den Kopf, eine graziöse Geste für diese harte Frau, für die Disziplin über allem stand. Der Geschmack der Praline lag ihr noch auf der Zunge und erinnerte sie an etwas. Ein Geschenk, das sie ihren Klassenkameradinnen hatte machen wollen. Doch die Schwester hatte sie ausgelacht und ihre Mitschülerinnen dazu aufgefordert, das auch zu tun. Sie hatte sich gewehrt und zur Strafe hinter der Tafel stehen müssen. Doch in ihren Augen hatte sie nichts Schlechtes getan, und so hatte sie die Tränen hinuntergeschluckt und den Blick auch nicht gesenkt, so wie ihre Mutter es ihr beigebracht hatte: »Tu nichts Schlechtes und hab keine Angst.«

Hinterher hatte Letizia herausgefunden, dass es gar nicht um sie persönlich gegangen war. Sie hatte lediglich dafür büßen müssen, dass zwischen Tommasina und Fiammetta eine tiefe Feindschaft herrschte. Doch ihr Vertrauen in Erwachsene war nachhaltig erschüttert. Ab diesem Moment hatte sich Letizia nicht mehr sicher gefühlt.

Schwester Tommasina wartete auf ihre Reaktion. Sie legte größten Wert auf gute Manieren. Letizia sah sie an und neigte schließlich ebenfalls den Kopf, automatisch, ohne dabei etwas zu empfinden, aber wie Fiammetta immer sagte, der äußere Schein blieb gewahrt. So waren eben die Konventionen. Sie blickte zu Fiammettas Büro. Sie war zu spät, wie immer, das war nichts Neues. Aber niemand hatte das Recht, der Oberin etwas vorzuschreiben.

»Nur noch ein paar Stunden«, sagte sie sich.

Dann wäre sie frei. Teresa, Zürich, Empfänge, inspirierende Begegnungen, ein neues Leben.

Die massive Holztür mit den aufwendigen Intarsien, das Portal zu Fiammettas Reich, war nur angelehnt. Sie wollte gerade klopfen, als sie von drinnen Berenike Hoffmanns Stimme hörte.

Sie entspannte sich, Teresas Mutter mochte sie sehr. Sie war eine attraktive, elegante und stets gut gelaunte Frau. Sie wollte gerade hineingehen, um sie zu begrüßen, hielt dann aber inne. Etwas stimmte nicht. Die Spannung im Raum war mit Händen zu greifen, die Luft schien zu knistern. Sie verlagerte das Gewicht von einem Fuß auf den anderen. Sollte sie klopfen? Erst mal abwarten. Behutsam drückte sie die Tür ein Stückchen weiter auf, sodass sie hineinsehen konnte.

Fiammetta blätterte durch die Papiere auf ihrem Schreibtisch, Berenike, oder Nike, wie ihre Familie sie nannte, stand mit vor der Brust verschränkten Armen vor ihr. Sie ging auf und ab, ihre Stimme war nur ein Flüstern.

»Wir haben alles für sie getan. Aber ohne diese Frau hätten wir sie nicht aus Deutschland herausbekommen. Unsere Kontaktperson ist aufgeflogen und verhaftet worden. Vielleicht hat sie geredet, dann sind wir alle in Gefahr.«

»Deshalb soll Teresa nach Zürich?«

»Du weißt, was die SS mit den Kindern von Verrätern macht, oder?«

»So schlimm?« Fiammetta starrte sie an.

Berenike fuhr sich mit den Fingern durchs Haar. »Menschen sind verschwunden, die Polizei hat unsere Hausangestellten verhört. Ich hatte Angst, wahnsinnige Angst, dass sie meine Tochter schnappen könnten.«

Fiammetta fuhr mit der Hand durch die Luft. »Versuche, objektiv zu bleiben. Trotz aller Ängste solltest du würdigen, wie viele Menschen wir durch deine Hilfe retten konnten. Sonst hätte es ein Blutbad gegeben, das Blut Unschuldiger wäre vergossen worden.«

»Da irrst du dich. Das ist nicht mein Verdienst, sie hat die Kinder in Jugoslawien aufgenommen, sie hat die Reise organisiert. Und das Blutbad hat es längst gegeben.«

Letizia hielt den Atem an, ihr Herz klopfte wie wild. Was passierte hier? Wovon sprachen Fiammetta und Berenike überhaupt?

Die Schwester Oberin ließ sich seufzend auf einen Stuhl sinken. »Du bist seit Jahren dabei, Berenike, du weißt, wie die Dinge im Widerstand laufen. Du kannst sie nicht alle retten.«

»Meinst du, das hilft mir? Ich muss jede Nacht an meine Tochter denken. Ich frage mich, wie es wäre, wenn sie auf der Flucht wäre und halb Europa durchqueren müsste nur wegen dieses Größenwahnsinnigen und seiner Komplizen.«

»Sie ist in Sicherheit, ihr wird nichts geschehen. Du musst Abstand gewinnen, sonst verlierst du den klaren Blick.«

Berenike fuhr sich über die Augen, dann lachte sie bitter. Ein Lachen, das Letizia erschauern ließ. Sie musste sich wieder beruhigen. Sie entschied sich zu gehen, aber etwas hielt sie davon ab. Sie lauschte weiter.

»Die Eltern dieser Kinder sind tot, umgebracht worden in diesen sogenannten Arbeitslagern. Das hat man uns bestätigt, wir haben verlässliche Informanten dort«, fuhr Berenike fort.

Fiammetta bekreuzigte sich. »Dann stimmt es? Es gibt sie wirklich?«

»Sie haben eine Strategie, weißt du?«, Berenike war außer sich. »Sie wollen alle töten, die nicht ihrem Idealbild entsprechen. Jeden Juden, jeden, der sich gegen ihren Wahnsinn stellt. Alter, Funktion, Status, Beruf, das alles spielt keine Rolle. Es ist abscheulich, Fiammetta. Die einzige Chance ist, dieses Ungeheuer zu töten, diesen Mann zu eliminieren.«

Die Oberin zuckte zusammen. »Du weißt, wie ich über Mord denke. Gewalt führt immer nur zu Schmerz und noch mehr Grausamkeit.«

Berenike seufzte. »Manchmal möchte ich so gelassen sein wie du. Ich frage mich, ob es der Glaube ist, der dir diese Kraft gibt.«

»Darüber haben wir doch schon gesprochen«, erwiderte Fiammetta.

Berenike legte ihr bestätigend eine Hand auf die Schulter. »Entschuldige, ich bin so aufgewühlt.«

»Ich weiß. Mach dir keine Sorgen. Du bringst Teresa nach Zürich, ich kümmere mich um alles andere, auch um den Transport.«

»Auf keinen Fall, du bist unersetzbar für die Organisation. Genau wie unsere Kontaktperson.«

»Das Risiko muss ich eingehen, wir haben keine Zeit, die Kinder sind unterwegs, es gibt sonst niemanden, dem wir vertrauen können. Und wir müssen wissen, ob alles nach Plan läuft. Wir müssen die Kinder schützen. Wenn wir es schaffen, sie auf das Schiff zu bringen, ist unsere Aufgabe erfüllt. Der Weg nach Palästina ist frei.«

Letizia wurde schwindlig, sie lehnte sich gegen die Wand. Berenikes Worte hallten in ihrem Kopf wider. Blut, Mord, internierte Menschen. Dann stimmte es wirklich! Die Gerüchte über die Lager entsprachen der Wahrheit. Sie dachte an ihr Gespräch mit Onkel Freddy zurück, seine Art, wie er und seine Freunde ihre Fragen als lächerlich abgetan hatten. Das sei alles Propaganda, um den Mann, der Deutschland retten und zu altem Glanz führen würde, in Misskredit zu bringen.

Sie zitterte. Sie kannte Friedrich Hoffmann und seine Freunde, war auf ihren Festen gewesen. Wie konnten sie eine solche Barbarei decken? Sie wollte einfach nicht glauben, dass sie davon wussten. Sie lachten, scherzten, küssten Frauen und Kinder. Sie waren sogar freundlich zu ihr, einer Fremden. Stella dachte an Teresa, sie musste mit ihr reden. Sie rannte davon, wohin, wusste sie selbst nicht, nur weg von diesem Grauen.

Eine Nachtigall sang und riss sie aus ihren Gedanken. Sie setzte sich auf eine Bank, drückte ihren Rücken gegen die Lehne und wandte ihr Gesicht der Sonne entgegen. Was konnte sie tun?

»Ich habe dich überall gesucht!«, Teresa ließ sich auf den Platz neben ihr sinken, sie war offensichtlich wütend.

»Meine Mutter ist immer noch bei der Oberin, als ich mit ihr reden wollte, hat sie mich fast rausgeschmissen. Weißt du, worum es geht?«

Letizia schaute sie an und öffnete die Lippen. Berenike hatte gesagt, dass Teresa nichts davon erfahren durfte. Einen Moment lang dachte sie an Zürich, an die Feste, an das Gefühl, in Philips Armen zu liegen. Das alles war plötzlich so weit weg.

Hätte sie doch bloß nicht gelauscht! Dann wüsste sie nichts von all den Grausamkeiten, dieser Konflikt wäre ihr erspart geblieben. Aber es war nun mal passiert und hatte alles verändert.

»Ich bin nicht sicher, ob ich mit dir in die Schweiz kommen kann. Jedenfalls nicht gleich.«

»Was redest du denn da?«, fragte Teresa aufgebracht.

Jetzt war sie wirklich beleidigt, dachte Letizia. Aber sie konnte nichts dagegen tun. Sie hatte eine Grenze überschritten. Auf der einen Seite stand sie und auf der anderen Seite das Leben, das sie bis jetzt geführt hatte und das mit einem Mal so weit weg war. Letizia spürte Panik in sich aufsteigen, plötzlich wusste sie, dass alles anders werden würde. Sie zitterte, aber sie blieb standhaft. Es gab keinen anderen Weg.

Sie richtete sich auf. »Ich habe es dir doch gesagt, ich muss noch überlegen.«

»Wenn es um die Studiengebühren geht, musst du dir keine Sorgen machen, ich habe Geld beiseitegelegt, ich kann dir helfen, Tisha. Für irgendwas muss ich es ja ausgeben.«

Diese Arroganz ärgerte Letizia. Da waren Kinder, die

vor dem Tod auf der Flucht waren, gehetzt wie Tiere. Menschen, die alles verloren hatten, die Hoffnung auf die Zukunft eingeschlossen. Alles andere war unwichtig. Letizia spürte Teresas Hand auf ihrer und sah sie an, sie war so schön, so zart, so gedankenlos. Sie fragte sich, ob sie beide wirklich jemals echte Freundinnen gewesen waren. Nein. Sie hatte versucht, es Teresa gleichzutun, genauso leichtlebig und oberflächlich zu sein wie sie. Aber es war ihr nie gelungen. Sie hatte immer nur so getan, als ob.

Sie schob die Hand beiseite. »Noch einmal, nein.«

»Kannst du mir vielleicht sagen, was mit dir los ist? Du gehst mir langsam auf die Nerven.« Teresa verzog beleidigt den Mund.

Verwöhnt und kindisch, so war sie immer gewesen, aber bis zu diesem Moment hatte Stella damit kein Problem gehabt. »Nichts, ich habe mich anders entschieden, das ist alles. Das machst du doch auch oft genug?«, erwiderte sie und vermied es, ihrer Freundin in die Augen zu sehen.

»Ich kenne dich, irgendetwas muss passiert sein. War es Schwester Tommasina? Du musst ihr nicht mehr gehorchen, du bist frei.«

»Sie hat nichts damit zu tun. Ich muss jetzt gehen.«

»Aber ... sag doch bitte, was los ist!«

»Ich habe mich entschlossen, etwas Sinnvolles zu tun.«

»Was redest du denn da? Sinnvoll? Hörst du dir eigentlich selbst zu? Arbeiter tun etwas Sinnvolles, dafür werden sie geboren, zu etwas anderem sind sie nicht fähig.«

Der gesellschaftliche Unterschied zwischen ihnen wurde nun überdeutlich. Letizias Vater Filippo war Ingenieur und sich nicht zu schade gewesen, mit anzupacken, wenn es nötig gewesen war. Letizia hob den Blick. »Wie mein Vater. Wie ich.« Sie streckte die Hände aus, ihre Augen loderten vor Wut.

»Weißt du was? Du bist und bleibst eine Provinzlerin!«

Teresas Satz verletzte sie, ihre Wut wurde stärker. »Und du ein verwöhntes Balg, das gar nicht merkt, was um es herum geschieht.«

Es war nicht das erste Mal, dass sie stritten, aber dieses Mal suchte Letizia nicht die Versöhnung, sondern drehte sich um und ging.

Als Teresa ihr etwas Beleidigendes hinterherrief, reagierte sie nicht einmal.

Sie wusste, was sie tun musste.

Sie stürmte die Treppe hinunter, nahm zwei Stufen auf einmal, trat ins Gebäude, eilte durch die menschenleere Halle und klopfte an Fiammettas Tür. Ohne eine Antwort abzuwarten, betrat sie den Raum.

»Guten Tag«, grüßte sie und achtete gar nicht auf die erstaunten Gesichter. Sie küsste Berenike auf die Wange und setzte sich neben sie.

»Ich werde die Kinder in Empfang nehmen«, sagte sie. Sie war fest entschlossen und zu allem bereit. Sie wollte sich nützlich machen und helfen. Sie brauchte eine Aufgabe, um ihrem Leben einen Sinn zu geben. Etwas anderes tun, als entscheiden zu müssen, welches Kleid sie bei einem Empfang tragen sollte. »Ich werde eure Vermittlerin sein.«

Die Frauen schauten sich entgeistert an. »Wie lange hast du schon gelauscht?«, fragte Fiammetta vorwurfsvoll.

»Lang genug, um zu wissen, dass ihr mich braucht.«

Berenike sprang auf. »Du weißt nicht, was du sagst.«

»Oh doch. Ich habe euer Gespräch gehört, und keine Sorge, Teresa weiß nichts davon.«

Berenike seufzte erleichtert, und einen Moment lang beneidete Letizia ihre Freundin um die Fürsorge ihrer Mutter. Trotz ihrer plötzlichen Traurigkeit zwang sie sich zu einem Lächeln.

»Das ist kein Spiel, sondern bitterer Ernst.« Berenike schaute zu Fiammetta. »Sag ihr, dass das verrückt ist.«

Die Oberin dachte nach, das Kinn auf die Hände gestützt, ihre Augen hinter den dicken Brillengläsern wurden zu schmalen Schlitzen. »Bei näherer Betrachtung hat sie nicht unrecht. Sie ist jung, hat gerade ihren Abschluss gemacht, und sie spricht perfekt Deutsch. Wer sollte sie verdächtigen?«

Schweigen machte sich breit.

»Weißt du, was sie mit ihr machen, wenn sie erwischt wird?« Berenikes Stimme war jetzt eiskalt. »Letizia darf da nicht mit hineingezogen werden.«

Fiammetta presste die Lippen aufeinander. »Wir sind nicht in Deutschland, Nike, beruhige dich. Hier bei uns liegen die Dinge anders.« Sie hielt inne und fuhr dann fort. »Sie wird nur beobachten und uns alles berichten.«

»Ich befinde mich übrigens direkt neben euch und bin sehr wohl in der Lage, zu verstehen und zu entscheiden.«

Berenike schaute Letizia so mitfühlend an, dass ihre Entschlossenheit fast ins Wanken geraten wäre. »Ich möchte, dass du das alles vergisst. Teresa braucht eine Freundin, der sie sich anvertrauen kann. Du wirst Italien mit ihr zusammen verlassen.«

Letizia liebte Berenike, aber sie war nicht ihre Mutter. Ein wenig schämte sie sich für ihre Widerspenstigkeit, denn sie war den Hoffmanns wirklich dankbar. Sie senkte den Blick, um die Kraft zu finden, die sie brauchte. Dann schaute sie wieder auf.

»Ich werde das tun, was wichtiger ist, Mutti, für dich und für mich« – sie gebrauchte die gleiche liebevolle Anrede auf Deutsch, mit der auch ihre Freundin ihre Mutter bedachte. »Teresa kommt gut ohne mich zurecht.«

»Du dummes Ding!«

»Ich habe es satt, nur zuzusehen. Ich … ich will etwas tun. Ich will helfen.«

»Du bist deiner Mutter so ähnlich, dass es manchmal beängstigend ist«, sagte Fiammetta.

Ganz kurz zeigte sich Rührung auf dem Gesicht der strengen Frau, sie verschwand aber so rasch wieder, dass Letizia sich fragte, ob es sie wirklich gegeben hatte.

»Sie wäre stolz auf dich.«

»Das kommt nicht infrage, du gehst mit Teresa in die Schweiz, Ende der Diskussion.« Berenikes Stimme war schneidend scharf, ihre Augen blitzten.

Letizia musste schlucken, dann stand sie auf, ging auf Teresas Mutter zu und nahm sie fest in den Arm.

»Es wird alles gut. Ich möchte helfen, und ich werde nicht wegsehen.«

Berenike hatte Tränen in den Augen und schüttelte den Kopf. Sie war so schön, dachte Letizia. Eines Tages würde Teresa ihr Ebenbild sein.

»Vertrau mir, Mutti.«

»Du bist ein junges Mädchen, du solltest mit den Grausamkeiten dieser Welt nichts zu tun haben müssen.«

»Aber die Kinder auch nicht, oder?«

Diese Kinder waren wie sie, sie konnte es spüren, Waisen, die sie brauchten. Und sie brauchte sie.

Als sie spürte, dass Berenike ihre Umarmung erwiderte, wusste sie, dass ihr Widerstand überwunden war. Sie legte den Kopf auf die Schulter der Frau.

»Du kannst dich auf mich verlassen, ich werde dich nicht enttäuschen.«

»Das weiß ich, mein Schatz, ich weiß.«

Fiammetta hatte die Szene beobachtet und warf ihrer Nichte einen anerkennenden Blick zu, was höchst selten war. Sie tippte auf ein gefaltetes Blatt Papier vor ihr auf dem Schreibtisch.

»Es gibt einen Zug mit jüdischen Kindern. Sie haben eine lange Reise gemacht und brauchen Hilfe. Wir versuchen, sie nach Italien zu bringen, in ein Dorf in der Nähe von Modena. Dort können sie in einem Landhaus unterkommen, so lange, bis ein Schiff sie nach Palästina bringen wird.«

Letizia faltete die Landkarte auf. »Und wie lange werde ich bei ihnen bleiben?«

»Du beobachtest nur, sie sind schon in Begleitung. Du wirst unsere Stellvertreterin vor Ort sein. Und wenn irgendetwas passieren sollte, dann gibst du uns sofort Bescheid.«

Beobachten? Mehr nicht?

»Mach kein so enttäuschtes Gesicht. Die Situation ist gefährlich und wird von Tag zu Tag schlimmer. Ich würde dich nicht einem solchen Risiko aussetzen, wenn es nicht wirklich nötig wäre.«

»Du kannst da nicht einfach auftauchen, das ist zu gefährlich«, bekräftigte Berenike.

»Niemand kann etwas dagegen haben, wenn eine junge Lehrerin eine Gruppe von Kindern besucht«, widersprach Fiammetta.

»Und wie soll das gehen?«, fragte Letizia.

»In dieser Region gibt es viele kleine Dörfer und sicher nicht genug Lehrpersonal. Es dürfte nicht schwer sein, eine Schule zu finden, die eine Lehrerin braucht.«

11

Grün. Entsteht aus der Mischung von Blau und Gelb. Die Komplementärfarbe ist Rot. Grün ist das Symbol der Natur. Es regelt den Fluss der Gedanken, beruhigt und fördert den Geist. Die Farbe der Hoffnung und der Erneuerung.

Die Einsamkeit machte Stella keine Angst.

Sie gefiel ihr zwar nicht, aber sie konnte damit umgehen. Einsamkeit bedeutete, man selbst zu sein, ohne sich um andere zu kümmern.

In solchen Momenten tröstete sie sich mit Träumen. Sie stellte sich vor, wie sie das, was in ihr brodelte, auf eine Leinwand bringen könnte. Die wunderbare Welt wiederzubeleben, die sie in jungen Jahren in sich verschlossen und seitdem immer geleugnet hatte. Die aber noch da war und sie nicht losließ. Sie waren untrennbar miteinander verbunden.

Der Drang zu malen war in einem Winkel ihrer Seele verborgen, als wäre er etwas Falsches, ein Ausdruck von Verzweiflung.

Antrieb und Seelenqual zugleich.

Manchmal war sie in Versuchung, doch wieder zu malen, verzaubert von diesem Gedanken.

Manchmal, wie gerade jetzt, verstand sie einfach nicht, warum sie nicht loslassen konnte.

Irgendwann schaltete sich die Vernunft ein, alles kam wieder an seinen Platz wie ein defektes Kaleidoskop, das immer das gleiche Bild zeigte, egal in welche Richtung man es drehte.

»Das Zimmer ist wunderschön geworden, mein Kompliment, Stella. Es herrscht jetzt eine ganz andere Atmosphäre.«

»Danke, Tante Letizia.«

Stella hatte die Wand fertig gestrichen und war sehr zufrieden. Ihr Herz klopfte ungestüm.

»Hast du eine Schablone verwendet?«

Diese Frage hatte Stella nicht erwartet. »Nein, so etwas gab es im Laden nicht.«

Letizia drehte sich überrascht zu ihr um. »Du hast das ohne Vorlage gemalt?«

Stella biss sich auf die Lippe. »Ähm... ja.« Sie hoffte, ihre Tante würde nicht weiterfragen. Wie hätte sie ihr erklären sollen, dass sie sich beim Streichen vorgekommen war, als stünde sie am Fuß eines Hügels, der mit violetten Glockenblumen und Rosen bedeckt gewesen war? Das alles hatte sich vor ihrem inneren Auge abgespielt und sie inspiriert. Während sie die taufeuchten Blütenblätter gemalt hatte, die prallen Knospen und sogar die Dornen, hatte sie ein Glücksgefühl empfunden. Das erste Mal seit Jahren.

»Du hast wirklich eine Gabe, ein großes Talent«, Letizia lächelte. »Dein Vater war nicht so begabt, und schau nur, wohin ihn seine Kunst gebracht hat.«

Stella erstarrte. Plötzlich war das Licht verblasst, das Glücksgefühl verschwunden. »Recht weit, denke ich.«

Sie zwang sich zu einem Lächeln. Wie oft hatte sie die Geschichten über die Erfolge der Marcovaldis gehört.

»Violante Marcovaldi zum Beispiel«, begann Letizia zu erzählen.

Stella war fasziniert von Violantes Werken, von ihren Miniaturen und vor allem von den Porträts. Sie hatte die Gabe gehabt, mit wenigen Strichen das Wesentliche aufs Papier zu bringen und den Bildern Leben einzuhauchen; man hatte das Gefühl, die Gesichter würden leben.

»Ihr Haus in Venedig war das pulsierende Herz ihrer Kunst. Sie war gebildet, brillant und hat ihre Unabhängigkeit nie aufgegeben. In ihrer Werkstatt beschäftigte sie nur Frauen, eine ganz bewusste Entscheidung. Natürlich half es, dass sie von den Adligen und den Ministern der Republik Venedig hochgeschätzt wurde.«

Stella konnte sich ein Grinsen nicht verkneifen. »Und ein oder zwei wichtige Freunde haben ihr sicher auch nicht geschadet.«

»Du hast die gleiche Gabe wie sie!«

Stella zuckte zusammen, sie sah ihre Tante erstaunt an. »Niemand ist wie Violante.«

Letizia machte eine abwehrende Geste. »Das ist Quatsch, und das weißt du auch. Ich frage mich, was aus dir werden könnte, wenn du nur deine Angst überwinden würdest. Natürlich kannst du das.«

»Angst?«

Stella wich zurück. Die Zeit schien stillzustehen, in ihren Ohren rauschte es, Hitze stieg in ihr hoch, bis über den Hals ins Gesicht. »Meinst du wirklich, das ist der Grund?«

Das war ungerecht, das würde sie sich nicht weiter anhören.

Letizia zuckte mit den Schultern. »Wenn es nicht Angst ist, dann erklär mir bitte, warum du dein Talent versteckst. Du solltest malen, durch die Welt reisen und deine Bilder ausstellen. Du hast eine Gabe, mein Kind, ein unglaubliches Talent. Du negierst es aber vor dir und damit vor allen anderen. Das ist der falsche Weg.«

Stella war mit ihrer Geduld am Ende. Sie hatte ihre Tante immer geschätzt, aber das war zu viel!

»Ich frage mich, ob du mich jemals so gesehen hast, wie ich wirklich bin«, erwiderte sie wütend. Und ihr wurde klar, dass alles, was sie so mühsam unter Kontrolle gehalten hatte, plötzlich aus ihr herausbrach. Die Worte strömten ihr über die Lippen, noch bevor sie sie zurückhalten konnte, trotz all ihrer Selbstbeherrschung.

»Wenn ich meinen Gefühlen freien Lauf lasse, wird es kein Zurück mehr geben. Die Malerei wird alles einnehmen, wird meine Luft zum Atmen sein, meine Dimension, meine Farbe. Lass mich bitte zu Ende sprechen. Für mich wird es nichts Wichtigeres geben. Alles andere wäre mir egal. Wie könnte ich das zulassen? Sag mir, Tante, wie könnte ich das?«

Letizia war blass geworden. Sie streckte die Arme nach ihr aus.

»Du bist nicht wie dein Vater. Er hat schwere Fehler gemacht, er konnte seiner Verantwortung dir gegenüber nie gerecht werden. Und das tut mir leid.«

»Nein, nein, du hörst mir nicht zu, du verstehst es nicht. Mein Vater ist nicht das Problem, ich bin es. Ich verstehe ihn, ich wünsche mir so sehr, das zu tun, was er getan hat, aber ich kann nicht. Es ist falsch. Ich weiß es, ich habe gesehen, was passiert.« Ihre Stimme war leise geworden, aber jedes Wort brannte in ihrer Kehle, verursachte Schmerzen. »Wer wie er nur für die Kunst lebt, hat keinen Platz für etwas anderes. Ich würde niemandem das antun, was er mit mir gemacht hat. Niemals.«

Sie stürzte zum Ausgang, auch wenn Letizia sie aufzuhalten versuchte. Tränen trübten ihr die Sicht, ihr Herz drohte vor Verzweiflung zu zerspringen, ihr Verlangen war übermächtig, und doch konnte sie ihm nicht nachgeben. Sie bekam keine Luft mehr. Sie brauchte Platz.

Sie riss die Tür auf und erstarrte.

»Entschuldige, meine Liebe, ich bin so schnell gekommen, wie ich konnte!«

Stella wusste nicht, was sie sagen sollte.

»Um Himmels willen, Flaminia, was machen Sie denn hier?«

Mit einer Tasse heißen Tees in der Hand, die Luciana ihr gereicht hatte, saß Stella mit Flaminia und Letizia im Wohnzimmer. Obwohl sie sich kaum kannten, plauderten die beiden betagten Damen miteinander, als wären sie alte Freundinnen.

»Sobald ich mich wieder erholt hatte, habe ich versucht, das Chaos, das meine Enkel angerichtet haben, wieder in Ordnung zu bringen. Aber du warst schon weg, Stella, du hast sogar die Wohnung aufgegeben.« Flaminia nahm einen Schluck Tee. »Ich dachte mir schon, dass du in Bardolino sein würdest. Du hast mir so oft von deiner Tante und diesem Haus erzählt, es war nicht schwer, dich zu finden. Ich bin schon lange nicht mehr mit dem Zug unterwegs gewesen, eine interessante Erfahrung.«

»Hat niemand Sie begleitet?«, fragte Stella erstaunt.

»Ich kann durchaus alleine Zug fahren.«

»Ich dachte, es ginge Ihnen schlecht, man hat mir gesagt, Sie würden keinen Besuch empfangen.«

»Du hättest nicht auf meine Enkel hören sollen. Luca und Rossella übertreiben es mit ihrer Fürsorge. Sie haben es nicht leicht gehabt, aber das rechtfertigt ihr Verhalten keineswegs. Ich kann dir versichern, dass die beiden keine schlechten Menschen sind.«

Stella ging nicht darauf ein. »Sie müssen erschöpft sein, die Reise war lang.«

Flaminia nickte. »Ich bin tatsächlich etwas müde, ich bin in Eile aufgebrochen, viel habe ich nicht dabei, ich denke, ich muss mir einiges besorgen.« Sie deutete auf eine kleine Tasche neben sich.

»Mach dir keine Gedanken, hier in Bardolino gibt es genug Geschäfte für alles, was du brauchst«, sagte Letizia lächelnd.

Flaminia warf Stella einen prüfenden Blick zu. »Du siehst schlecht aus, mein Kind, ist alles in Ordnung?«

»Ich ...«

»Ehrlich gesagt hatten Stella und ich eine hitzige Diskussion, kurz bevor du angekommen bist«, unterbrach sie Letizia.

Stella wurde rot. Eine Diskussion? Eher eine Anklage.

Sie war tief verletzt, und es fiel ihr schwer, ihrer Tante in die Augen zu sehen. Letizias Worte hatten sie bis ins Mark getroffen, sie fühlte sich ungerecht behandelt. Darüber konnte sie nicht einfach hinweggehen.

»Ein ehrlicher Meinungsaustausch löst alle Probleme. Ich würde gerne mehr darüber wissen, aber erst muss ich mir eine Unterkunft suchen. Gibt es ein Hotel, das ihr mir empfehlen könnt?«

Letizia stellte ihre Tasse ab. »Warum denn das? Hier in der Villa ist genug Platz.«

Flaminia lächelte, angenehm überrascht. »Das ist sehr großzügig.«

»Komm, ich zeige dir das Schlafzimmer im Erdgeschoss, alles andere besprechen wir später.«

»Danke, du bist sehr zuvorkommend, aber das habe ich nicht anders erwartet. Stella hat eine hohe Meinung von dir, und ich kann ihr nur zustimmen. Aber der Grund meines Besuchs ist ein anderer, Stella. Ich brauche deine Hilfe.«

»Wenn du morgen gekommen wärst, wäre sie schon weg gewesen. Sie ist nur geblieben, weil ich einen kleinen Schwächeanfall hatte«, erwiderte Letizia. »Und da alles wieder in Ordnung ist, wird sie Bardolino verlassen.«

Flaminia drehte sich überrascht um. »Gehst du zu deinem Vater nach Brasilien?«

Stella schüttelte den Kopf. »Nein … ich habe andere Pläne.«

»Gibt es etwas, das ich tun kann, damit du mit mir nach Genua zurückkehrst?«

»Das ist nicht so einfach, es ist so viel passiert.« Stellas Antwort war ausweichend.

»Wenn du noch nicht endgültig entschieden bist, dann besteht Hoffnung, oder?«

Stella beschloss, vage zu bleiben. »Wir werden sehen.«

Flaminia gähnte. »Entschuldigt, ich bin etwas müde.«

Letizia schob Aristide von ihrem Schoß. »Ich zeige dir dein Zimmer, dann kannst du dich vor dem Abendessen noch hinlegen.«

»Danke für deine Gastfreundschaft.«

»Du kannst bleiben, so lange du willst, wir freuen uns über deinen Besuch, nicht wahr, Stella?«

Die Freude ihrer Tante war echt, das wusste sie, aber trotzdem ärgerte sie sich, dass Letizia so gelassen war und so tat, als hätte es ihren Streit nie gegeben. Sie hingegen erinnerte sich nur zu gut daran, die Auseinandersetzung lastete auf ihr.

»Natürlich, wir sind froh, dass du da bist«, sagte Stella, dann stand sie auf.

»Und wie wirst du dich entscheiden?«

Lucianas Frage war unmissverständlich, aber die Antwort fiel ihr schwer.

»Ich weiß es nicht. Flaminias Besuch ändert alles. Ich glaube, ich werde noch ein paar Tage bleiben, bis sich alles geklärt hat.«

»Du wolltest doch nach draußen, bevor dein Besuch gekommen ist, oder?«

»Ja… ich… ich brauche frische Luft.« Sie war noch immer erschüttert, jetzt sogar noch mehr.

»Dann geh ruhig, das wird dir guttun. Auch ein Tapetenwechsel würde helfen, sonst organisieren die beiden rüstigen Damen noch dein ganzes Leben.«

»Wie es aussieht, sind Grenzen für sie kein Grund zur Zurückhaltung.«

Luciana rollte mit den Augen. »Wir sind in Italien, Stella. Hier geht es um Tradition. Der Punkt ist: Grenzen des Einzelnen werden hier nicht respektiert, die gibt es nur pro forma.«

Stella musste lächeln, Lucianas feine Ironie hatte sie schon immer gemocht. »Wir sehen uns später.« Sie streichelte Aristide, griff nach ihrer Jacke und verließ das Haus.

Dabei dachte sie an ihr letztes Gespräch mit Flaminias Enkeln. Sie hatten ihr vorgeworfen, am schlechten Gesundheitszustand ihrer Großmutter schuld zu sein, meinten, Stella habe sie vernachlässigt. Sie mussten maßlos übertrieben haben, wie sonst hätte eine Frau in ihrem Alter eine so lange Reise unternehmen können? Warum hatten ihr die beiden ein schlechtes Gewissen gemacht? Warum diese Vorwürfe? Sie hatte sich große Sorgen um Flaminia gemacht und sich wahre Horrorszenarien ausgemalt. Aber weiter darüber nachzudenken war müßig. Sie schob die Gedanken beiseite.

Die Geräuschkulisse am See war wie eine Symphonie, dachte sie. Sie lauschte fasziniert dem Rauschen der Wellen, wie sie gegen die Boote und die Mole klatschten und am Strand anrollten.

Hin und wieder war auch das Schreien einer Möwe oder der Gesang einer Mönchsgrasmücke zu hören.

Die Geräusche im Hintergrund halfen Stella, ihre Gedanken zu ordnen, beim Gehen verschwand ihre schlechte Laune, als ob sie weggepustet worden wäre.

Bald würde der Abend der Nacht weichen, die Farben würden sich im Mondlicht verändern, weicher werden, neue Schattierungen würden entstehen.

Sie konzentrierte sich auf die Farben der Umgebung und ihre Abstufungen, so wie sie es früher immer getan hatte, wenn sie sich hatte entspannen wollen. Weiß, Schwarz, Rot, Gelb, Grün. Sie suchte sie überall, in der Landschaft, bei den Menschen, in jedem Kleidungsstück, in jeder Schattierung, in ihren Haaren, in Autos und Fahrrädern. Farben halfen ihr, die Gedanken zu strukturieren, sich zu konzentrieren, zu atmen.

Als ihr Handy klingelte, zuckte sie zusammen. Wahrscheinlich wurde es ihrer Tante mit Flaminia langweilig, einen Moment war sie versucht, einfach nicht dranzugehen. Aber dann entschied sie sich anders.

»Hallo?«

»Hallo, Stella.«

Sie blieb stehen. Alexander? Ihr Herz begann schneller zu schlagen.

»Du hast angerufen?«

»Woher wusstest du, dass ich es war?«

»Ich habe deine Nummer gespeichert.«

Schweigen.

»Als du angerufen hast, war ich gerade unter der Dusche. Ich nehme an, meine Schwester hat abgenommen, aber sie hat mir nichts gesagt. Ich habe den Anruf gerade eben erst bemerkt.«

Sie hatte sich in ihm getäuscht, dachte sie verlegen.

»Du hast nicht wieder angerufen, deshalb habe ich mir gesagt, ich mache das jetzt.«

»Ich ... ich wollte nicht stören.«

»Ich habe mich gefreut, dass du dich gemeldet hast.«

»Danke.«

»Wie geht es dir?«

Wie ging es ihr? »Ich weiß es nicht. Und dir?«

»Ich weiß es auch nicht.«

Schweigen. Dann räusperte sich Alexander, es schien ihm peinlich.

Stella lächelte und sagte: »Ich freue mich, deine Stimme zu hören.« Das war die Wahrheit, sie freute sich wirklich.

»Wo bist du, Stella?«

»Jetzt?«

»Ja, jetzt.«

»Am See, in Bardolino.«

»Ich komme.«

Alexander legte auf.

Das war der Höhepunkt eines ohnehin schon ereignisreichen Tages, überlegte Stella. All ihre Wünsche schienen mit einem Mal in Erfüllung zu gehen. Flaminia bot an, sie wieder einzustellen, Alexander wollte sie wiedersehen.

Die Straße endete auf einem gepflasterten Platz, am Rand stand ein Kiosk, der auch Getränke servierte.

Von hier aus war der Sonnenuntergang ein flammendes Spektakel. Sie setzte sich an einen Tisch, von dem aus sie die Straße im Blick hatte.

»Was darf ich Ihnen bringen?«

Sie warf einen Blick in die Karte. »Einen Aperitif, bitte.«

Der Kellner nahm die Bestellung auf und lächelte. »Sind Sie allein?«

Sie schüttelte den Kopf. »Ich warte auf einen … Freund.«
»Natürlich, ich bringe Ihnen noch etwas zu knabbern.«
»Danke.«

Stella glaubte nicht, dass sie auch nur einen Bissen herunterbekommen würde. Sie war nervös, sogar mehr als das. Sie konnte nicht leugnen, dass sie Alexander unbedingt wiedersehen wollte, deshalb hatte sie ihn angerufen, aus einem Impuls heraus. Das tat sie sonst nie.

Der Wind fuhr ihr durch die Haare, sie fasste sie zu einem Knoten zusammen und schloss ihn mit einer Spange.

Sie hatte ihn angerufen, weil sie sich nach seiner Gesellschaft sehnte, weil sie mit jemandem sprechen wollte, der ihr einfach nur zuhörte, ohne irgendwelche Urteile oder Hintergedanken.

Als der Kellner zurückkam, bedankte sie sich lächelnd. Ihr Getränk schmeckte bitter, aber sie konnte auch einen Hauch Süße ausmachen.

Sie hätte sich gewünscht, dass die Sache zwischen ihr und Alexander von Anfang an anders gelaufen wäre.

»Pass auf, was du dir wünschst.«

Als sie mit Flaminia allein an der Tür gestanden hatte, bevor ihre Tante dazugekommen war, hatte die alte Dame ihr erzählt, dass sie die lange Reise nur ihretwegen gemacht hatte. Sie wollte sie nicht einfach so gehen lassen. Sie sei die beste Assistentin gewesen, die sie jemals gehabt hätte.

Sie würde ihren Job zurückbekommen, mit allem, was dazugehörte, eine offizielle Entschuldigung eingeschlossen.

Darauf hatte sie so sehr gehofft.

Und doch war ihr klar, dass sie letztendlich nicht nach Genua zurückwollte. Etwas in ihr hatte sich verändert.

Sie wollte mehr.

Und was Alexander betraf, wusste sie nicht weiter. Wusste nicht, was sie von der Geschichte halten sollte. Sie war davon ausgegangen, ihn nie wiederzusehen.

Sie trank ihr Glas aus und fühlte sich entspannter, heiterer. Dann hob sie den Blick und erkannte ihn. Alexander war noch weit entfernt, er ging mit federnden, raumgreifenden Schritten. Als er sie sah, trat ein Lächeln auf sein Gesicht. Er strahlte.

Sie winkte ihm zu.

»Hallo, Stella.«

Sie stand auf. »Hallo, Alexander.«

»Ich freue mich, dich wiederzusehen.«

Sie sich auch, sehr.

»Kein Regenbogen heute?«, fragte er.

»Nein … ich bin ziemlich schnell gegangen.«

»Warum?«

»Schnell zu gehen hilft mir beim Nachdenken. Das loszulassen, was mich belastet und was ich nicht brauche.«

»Was ist denn passiert?«

»Einiges.«

»Darüber würde ich gerne mehr hören.«

Sie schwiegen eine Weile. Der Knoten hatte sich gelöst, und die Haare fielen Stella ins Gesicht. Mit einer behutsamen Bewegung strich er sie ihr über die Schulter zurück.

Er sah sie unverwandt an, aber noch immer stand sie

einfach nur da, die Hände an der Stuhllehne, als ob sie auf etwas warten würde.

»Möchtest du etwas trinken?«, fragte sie.

»Ja, gerne.«

Er rückte ihr den Stuhl zurecht, und sie setzte sich. Ihr fiel auf, dass er anders aussah als das letzte Mal. Er hatte einen Dreitagebart, und statt Hemd und Jackett trug er ein Poloshirt unter der Lederjacke. Er wirkte jünger und weniger ernst.

»Du hast mir gefehlt.«

Obwohl sie wusste, wie direkt er sein konnte, zuckte sie zusammen.

»Ich … du mir auch. Ich habe mich noch gar nicht richtig dafür bedankt, dass du dich um meine Tante gekümmert hast. Ich war sehr verängstigt, und du warst so nett zu ihr. Und zu mir …«

Alexander fixierte sie. »Warum hast du mich angerufen?«

Sie ließ sich mit der Antwort etwas Zeit. »Ich könnte sagen, dass ich mich bedanken wollte, aber das würde nicht ganz stimmen. Die Wahrheit ist, dass ich Bescheid wissen wollte.«

»Erklär mir das.«

Stella sah ihn unverwandt an und fuhr sich mit der Zunge über die Lippen. »Ich wollte wissen, wie es ist, sich einfach treiben zu lassen, ohne an die Folgen zu denken. Das Leben auszukosten.«

Er hielt ihr seine kräftige Hand mit den langgliedrigen Fingern hin. Als er sie um die ihre schloss, wunderte sie sich, wie warm sie war. Wie angenehm ihr dieser Kontakt war.

Ein schönes Gefühl.

Sie lächelte und wählte ihre Worte mit Bedacht.

»Mit dir war von Anfang an alles so einfach. Ich…«, sie hielt inne und sah sich um, dann wieder zu ihm, »es fällt mir schwer, das auszudrücken, was ich fühle. Ich habe immer Angst, etwas falsch zu machen, deshalb plane ich alles und sichere mich ab. Aber mit dir habe ich mich von Anfang an frei gefühlt. Ich konnte ich selbst sein, es ging mir gut.«

»Habe ich dir Angst gemacht?«

Sie blickte ihm in die Augen. »In gewisser Hinsicht schon. Du warst aufrichtig, und Offenheit macht Angst, wusstest du das nicht?«

Er streichelte ihr über die Finger, sanft wie eine Feder. Stella konnte den Blick nicht von ihm abwenden.

»Und vor was genau hattest du Angst?«

Sie hörte jedes Wort, obwohl er jetzt ganz leise sprach. »Alles kaputtzumachen. Manchmal passiert mir das.«

Er riss überrascht die Augen auf. »Aber so ist das Leben nicht, immer nur zuschauen genügt nicht, oder?«

»Nein, tut es nicht.«

Alexander zog einen Geldschein heraus und legte ihn auf den Tisch. »Lass uns gehen.«

Sie standen auf, und er zog sie an sich. Stella ließ sich in seine Arme sinken, das hatte sie sich mehr gewünscht als alles andere. Sie war glücklich.

Auch als er ihr Gesicht in die Hände nahm und sie küsste, als gebe es nur sie beide und sonst nichts.

»Ja, lass uns gehen.«

Stella kam erst spät nach Hause, in den letzten Stunden war so viel auf einmal geschehen, sie war noch ganz benommen. Sie griff nach dem warmen Wollschal und ging nach draußen in die Kälte. Mit einer Tasse dampfend heißem Tee in der Hand und ungestüm klopfendem Herzen dachte sie an Alexander. Sie fühlte sich zu ihm hingezogen, das konnte sie nicht leugnen. Sie wollte ihn, und sie brauchte ihn. Nach dem Kuss hatten sie nur noch geredet. Stella wollte nicht mehr nachdenken, sie wollte sich einfach fallen lassen. Aber sie wusste nicht, ob sie vertrauen konnte.

Das lag nicht an ihm, sicher nicht.

Sondern am Leben.

An ihr selbst.

Ihr war bewusst, dass ein gebrochenes Herz nie mehr ganz heilte. Ihre Mutter war das beste Beispiel, wie eine gescheiterte Beziehung ein ganzes Leben prägen konnte. Deshalb hatte sie sich nie auf eine feste Bindung einlassen können und war immer in Wartestellung geblieben.

Und dann hatte sie es gar nicht mehr versucht.

Bis Alexander in ihr Leben trat.

Er war eine Ausnahme, nein, er war die Ausnahme.

Sie trank den Tee aus und rieb sich die eiskalte Nase. Alles hing von ihr ab, nur von ihr.

Sie war ihres eigenen Glückes Schmied.

Dieses eine Mal würde sie ihre selbst aufgestellten Regeln missachten. Sie wollte den Regenbogen sehen, ohne an die Folgen denken zu müssen. Ihre Zukunft.

Stella trat von der Terrasse ins Innere des Hauses, ihr Blick fiel auf den Koffer. Sie zog die Mappe heraus und umfasste die Bilder, als ob sie dort eine Antwort finden könnte.

Letizia ging es besser, Stella würde eine Erklärung von ihr verlangen. Sie konnte nicht ignorieren, was sie über Theresienstadt herausgefunden hatte. Sie wollte mehr über die Kinder und ihre Bilder wissen. Orlando hatte eine Brücke gebaut, sie in das Geheimnis einbezogen. Und sie wollte wissen, wie und warum.

12

Malve. Eine Abstufung von Violett, die Farbe der Stärke
und der Eleganz. Sie strahlt Behaglichkeit aus, vertreibt die
Sorgen und sorgt für innere Ruhe.

Letizia, Nonantola 1942

»Guten Tag, Signorina Letizia, sind Sie gut untergebracht?«

»Ja, danke, Signor Giustino. Es ist wirklich sehr freundlich, dass ich über der Schule wohnen darf.«

Der Mann, der sie am Bahnhof abgeholt hatte, lächelte
zufrieden. Wie er ihr auf der Fahrt mit einem Maultier-
wagen erklärt hatte, war er im Ort für alles Mögliche zu-
ständig. Letizia fühlte sich spontan zu ihm hingezogen.

Inzwischen war sie seit einer Woche in Nonantola. Sie
war später als geplant angekommen.

In dem von Sonnenblumenfeldern und Bewässerungs-
gräben umgebenen Städtchen war sie freundlich aufgenommen worden, und das hatte sie auch gebraucht.

Besonders nach dem Streit mit Teresa.

Sie hatte versucht, das zerrissene Band zwischen ihnen
wieder zu flicken, aber Teresa hatte nicht auf ihre Briefe

geantwortet. Wer weiß, vielleicht würde sie ihr eines Tages doch verzeihen können.

Sie war sicher, dass ihre Entscheidung richtig gewesen war, für Berenike, für Fiammetta und für sie selbst. Und vor allem für die Kinder, die bald ankommen würden. Aber das drohende Unheil überschattete ihr neues Glück.

Sie hatte das Gefühl, erst jetzt richtig zu leben, eine spannende Erkenntnis: Endlich eigene Entscheidungen treffen zu können machte sie glücklich.

Sie fühlte sich wohl in Nonantola, war anerkannt von ihren Schülern und wurde respektiert von den Erwachsenen, die sich verwundert fragten, ob die rothaarige junge Frau wirklich die neue Lehrerin war, die das Kloster geschickt hatte.

Es waren in der Tat andere Zeiten, hatten sie kopfschüttelnd kommentiert.

»Die Alternative wäre gewesen, in der Abtei bei den Schwestern zu wohnen«, sagte Giustino.

Schon wieder im Kloster unterkommen? Das wollte Letizia nun wirklich nicht. »Um Himmels willen, nein. Ich bin sehr zufrieden mit der Unterkunft.«

»Es hat ja auch Vorteile, über der Schule zu wohnen, zum Unterricht haben Sie jedenfalls keinen weiten Weg. Allerdings habe ich so meine Zweifel, ob es hier schöner ist…«, erwiderte er scherzhaft.

»Ach, darum geht es gar nicht. Es ist das erste Mal, dass ich allein lebe, und ich versichere Ihnen, dass ich mir genau das gewünscht habe.«

»Wenn ich noch etwas tun kann, sagen Sie mir bitte Bescheid.«

»Das werde ich, Signor Giustino.«

Letizia ging in Richtung Wald wie jeden Tag. Sie setzte sich unter einen Baum, lehnte sich mit dem Rücken gegen den Stamm und las. Sie sog den würzigen Duft ein und dachte an die Kinder, die bald ankommen würden.

Es hatte Wochen gedauert, bis Fiammettas Plan umgesetzt werden konnte. Bei ihrer Ankunft in Nonantola war das Schuljahr schon zu Ende gewesen, aber angesichts des Krieges mit all seinen sozialen und wirtschaftlichen Begleiterscheinungen hatte sich niemand darüber gewundert.

Letizia hatte Zeit zum Nachdenken gehabt, sich darüber bewusst zu werden, welche Folgen ihre Entscheidung haben würde. Wie wichtig es war, für andere da zu sein, auch wenn sie selbst dabei in Gefahr geriet. Genau wie Berenike, wie Fiammetta und die Frau es taten, die die Flucht der jüdischen Kinder organisiert hatte.

Das Schloss war nur noch eine ferne Erinnerung, und manchmal erschien ihr auch ihre neue Aufgabe ganz weit weg. Aber an die Kinder musste sie unentwegt denken.

Mitte Juli kamen sie mit ihren Begleitern in Nonantola an. Letizia war gerührt, sie hielt sich etwas abseits. Ihr Herz pochte in gespannter Erwartung.

Erst stiegen die Erwachsenen aus dem Zug, dann die älteren Kinder und schließlich die ganz kleinen. Auf dem Bahnsteig nahmen die Größeren die Kleineren an der Hand. Oft schon hatte Letizia sich im Stillen nach dem Sinn von Nähe und Familie gefragt, sie hatte ihre bereits als kleines Kind verloren. In diesem Moment begriff sie.

Er lag in diesen ineinander verschlungenen Händen. In der Sorge auf den Gesichtern der Erwachsenen.

Was hatten sie durchgemacht?

Welche Herausforderungen hatten sie überwinden müssen?

Es war so ungerecht, so unendlich grausam. Sie folgte mit den Augen der kleinen Prozession, die mit dem wenigen Gepäck den Bahnhof verließ. Der Anblick der schäbigen Koffer machte sie traurig. Darin steckte alles, was ihnen von ihrem Leben geblieben war. Sie fühlte sich daran erinnert, wie sie als Kind vor vielen Jahren ins Internat gekommen war.

Dann fiel ihr Blick auf das riesige Landhaus. Sie konnte sich ausmalen, wie viel Hoffnung die armen Menschen hatten, aber auch, welche Unsicherheit und Angst sie verspürten.

Einen Moment lang hatte sie das Gefühl, mitten unter ihnen zu sein. Aber Fiammettas Anweisungen waren deutlich gewesen, sie sollte nur beobachten.

Mehrere Male ging sie in die Nähe der Villa. Die größeren Kinder schienen verwirrt, aber die Kleinen, die noch nicht wussten, was vor sich ging, spielten und rannten durch den Garten. Dass ihnen jemand etwas Schlimmes antun könnte, lag außerhalb ihres Vorstellungsvermögens.

Und verzeihen konnte sie das auch nicht.

Sie hatte den dringenden Wunsch, sich den Kindern zu nähern, sie zu trösten und zu schützen. Aber das war unmöglich, sie musste dieses Bedürfnis unterdrücken, auch wenn es schwer war.

Berenike hatte ihr erklärt, dass die Spione überall waren. Sie durfte kein Aufsehen erregen. Und das Letzte, was sie wollte, war, die Kinder in Gefahr zu bringen.

In den nächsten Monaten musste sie besonders auf der Hut sein.

Die Rolle als Lehrerin fiel ihr nicht schwer. Schon in den ersten Wochen in der Grundschule von Nonantola war ihr klar geworden, dass ihr das Unterrichten Spaß machte. Es war das Natürlichste auf der Welt. Sie wusste, was zu tun war, wie sie sich zu verhalten hatte. Sie hatte ein gutes Rüstzeug und Fingerspitzengefühl, sie konnte trösten, loben, aber auch streng sein, wenn es nötig war. Schon bald hatte sie eine vertrauensvolle Beziehung zu ihren Schülern geknüpft, die über den reinen Unterricht hinausging.

Bei gutem Wetter trafen sich die einheimischen Kinder auf der Piazza zum Spielen. Einige waren aus ihrer Klasse, deshalb gesellte sie sich oft dazu, um ihnen Märchen und griechische Sagen vorzulesen, sie abzulenken und an Schönes zu erinnern, was in diesen dunklen Zeiten besonders wichtig war.

Nach und nach kamen auch andere Kinder dazu, die wie gebannt an ihren Lippen hingen.

Auf dem Weg zur Piazza bewunderte Letizia den hohen Turm der Abtei, der das Dorf überragte. Jedes Mal, wenn sie dort vorbeikam, musste sie an Ritter und Krieger denken.

Das mittelalterliche Gemäuer der Abtei umschloss Gemüsegärten, die vorbildlich gepflegt und deren Erträge unter der Bevölkerung verteilt wurden.

Letizia grüßte zwei Frauen, die stehen geblieben waren, um ein wenig zu plaudern, und setzte sich auf eine Steinbank. Es war mild, die Sonne schien, und die Regenfälle der letzten Tage hatten den Boden so weit gelockert, dass die Beete ohne große Mühe umgegraben werden konnten. Die Kinder spielten Ball.

Alles wirkt so ruhig und friedlich, dachte sie.

»Frau Lehrerin, Frau Lehrerin.«

»Hallo.«

Sobald die ersten Kinder vor ihr stehen geblieben waren, kamen auch die anderen näher.

»Bereit für eine neue Geschichte?«

»Liest du uns die Geschichte von dem Riesen mit nur einem Auge vor?«

»Aber ja! Könnt ihr euch noch an den Namen erinnern?«

Vanna, eines der aufgeweckteren Kinder, nickte und antwortete: »Zyklop.«

»Sehr gut.« Letizia bemerkte, dass sie ein etwas größeres Mädchen an der Hand hielt, das verunsichert wirkte. »Wie heißt du?«, fragte sie mit sanfter Stimme.

Vanna stellte sich schützend vor sie und flüsterte Letizia ins Ohr. »Sie spricht nicht gerne.«

»Warum?«

»Sie versteht uns nicht, so kommt aus einem anderen Land. Sie hat keine Eltern mehr, die sind beide tot. Aber das erzählt sie nicht, sonst muss sie weinen.«

»Aber dir hat sie das verraten?«

»Ja, nicht so genau, aber ich habe es trotzdem mitge-kriegt.«

Letizia wurde warm ums Herz. Kinder verstanden sich auch ohne Worte, sie sprachen mit dem Herzen.

Ihre Vermutung hatte sich bestätigt, ihr Herz begann wild zu klopfen. Das war ein Mädchen aus der Villa, da gab es keinen Zweifel. »Hallo, wie heißt du? Ich bin Letizia.« Das Mädchen riss erschrocken die Augen auf und wich zurück. »Hab keine Angst, wir sind alle Freunde hier, nicht wahr, Kinder?«

»Ja, Frau Lehrerin.«

»Komm doch näher.«

Das Mädchen bewegte sich nicht. Es hatte einen viel zu großen Pullover an, die blonden Haare waren zu Zöpfen geflochten, ihr verängstigtes Gesicht war leichenblass. »Weißt du, woher sie kommt?«, fragte sie Vanna vorsichtig.

»Nein.«

»Das ist auch nicht so wichtig. Gut, Kinder, dann fangen wir an. Es war einmal ein hoher Berg im Herzen von Griechenland, auf dessen Gipfel die Götter wohnten. Sein Name war Olymp.«

Das fremde Mädchen hob plötzlich den Kopf.

Letizia erzählte die Geschichte von Zeus, Poseidon und Hades und betrachtete dabei die Mienen ihrer Schüler.

Sie imitierte die Stimmen der einzelnen Götter und den Streit, den sie hatten. Die Kinder lachten und bettelten, sie möge weitererzählen.

»Und was ist dann passiert?«

»Das erzähle ich euch das nächste Mal.« Sie strich über

die Seite und schloss das Buch. Die Kinder wollten nicht gehen, die Magie der Geschichte hielt sie noch immer in ihrem Bann.

Letizia lächelte. »Morgen lese ich euch den Rest vor, versprochen. Aber jetzt müsst ihr nach Hause, es ist Abendessenszeit.«

Die Sonne verschwand hinter dem Horizont, der Abend brach herein. Man hörte die Mütter rufen, die Köpfe der Kinder schnellten herum, sie verabschiedeten sich von ihr und rannten davon.

Letizia strich sich den Rock glatt, öffnete die Tasche und legte das Buch hinein. Als sie aufblickte, stand das fremde Mädchen mit den traurigen Augen vor ihr. Die anderen hatten sie allein gelassen.

»Gehst du nicht nach Hause?«

Die Kleine schüttelte den Kopf. Dann blickte sie hoch.

»Vielen Dank«, sagte sie leise auf Deutsch.

Letizia erstarrte und erwiderte, ebenfalls auf Deutsch: »Bitte schön, mein Kind.«

Das Mädchen riss die blauen Augen auf, in ihnen las Letizia Entsetzen und Schmerz. Instinktiv breitete sie die Arme aus, und schluchzend warf sich das Kind an ihre Brust.

Letizia flüsterte dem von Weinkrämpfen geschüttelten Mädchen die gleichen Worte ins Ohr, die Berenike zu ihr gesagt hatte, um sie nach dem Tod ihrer Eltern zu trösten.

Langsam verebbte das Schluchzen, Letizia tupfte mit einem bestickten Taschentuch ihre Tränen ab. Sie hatte unzählige davon, sie hatte im Kloster mit ihren Schulkameradinnen gestickt. Sticken hatte sie eigentlich immer langweilig und unsinnig gefunden, aber als Sara, denn so hieß das Mädchen, fasziniert darüberstrich, wusste sie, dass der Unterricht doch einen Sinn gehabt hatte. Schönheit verlieh vielen belanglosen Dingen eine besondere Bedeutung. Sie hielt ihr das Taschentuch hin und sagte zwinkernd auf Deutsch: »Ein Fräulein kann immer ein hübsches Taschentuch brauchen. Du musst gehen, die anderen werden sich schon Sorgen machen.«

Auf dem Weg erzählte Letizia, wie langweilig sie das Sticken damals gefunden hatte. »Ich musste immer wieder alles auftrennen und von Neuem beginnen.«

Sara kicherte. »Wie Penelope?«

»Schlimmer, sie hatte immerhin einen Grund dafür, ich konnte es einfach nicht. Schwester Emilia hatte schon alle Hoffnung aufgegeben, aber dann habe ich es doch gelernt.«

Sie ließen das Dorf hinter sich und gingen an einem Pappelwäldchen vorbei, das zu einer Ebene führte, wo die beeindruckende Villa stand.

»Das Haus gehört uns nicht, aber wir dürfen hier wohnen. Der Lehrer sagt, es wäre vorübergehend, nur eine Etappe auf unserer Reise. Wir fahren ganz weit weg, weißt du? Dort scheint immer die Sonne.«

»Das klingt wunderbar.«

»Ich weiß nicht, vielleicht. Warum konnte ich nicht zu Hause bleiben? Dort war ich glücklich.«

Letizia spürte ihren Schmerz und versuchte, sie zu trösten: »Leider können wir nicht immer das machen, was wir uns wünschen.«

»Meine Mama konnte nicht mitkommen, sie ist bei

meinem kleinsten Bruder geblieben. Meinst du, sie wird mich vergessen?«

»Niemals, da bin ich ganz sicher.«

Sara dachte nach. »Hast du Kinder?«

»Nein, aber ich bin sicher, dass deine Mutter jeden Tag an dich denkt.«

Sara nickte, schien aber nicht ganz überzeugt. Was sollte Letizia ihr noch sagen? Sie waren am Eisentor angekommen. Sie zögerte. Was sollte sie tun? »Du gehst besser, es ist schon spät.«

»Kann ich morgen wiederkommen?«

Sie strich dem Mädchen übers Haar. »Natürlich, mein Schatz, immer gerne.« Sie rückte ihr Kleid zurecht. Sara deutete auf einen Mann im Hintergrund. »Das ist unser Lehrer.«

»Sara, um Himmels willen, wo warst du nur? Wir haben uns Sorgen gemacht!«

Letizia drehte sich um. Der Mann kam mit großen Schritten auf sie zu, er war mehr oder weniger in ihrem Alter. Sie hob die Hand und winkte.

»Es ist meine Schuld, wir haben uns unterhalten, ich habe nicht gemerkt, wie die Zeit verging, es tut mir leid.«

»Sie sind die neue Lehrerin, oder? Ich habe Sie im Dorf gesehen.«

Er war ein attraktiver junger Mann, seine abgewetzte Kleidung wirkte elegant. Letizia fragte sich, was er wohl alles hatte zurücklassen müssen. Sie dachte an Berenikes Worte und schauderte. »Genau, ich treffe mich mit den Kindern auf der Piazza und lese Märchen vor.«

»Märchen?«

Letizia lächelte. »Mythen, Legenden, was auch immer der Fantasie Flügel verleiht. Die Fantasie ist wichtig, besonders in Zeiten wie diesen. Sara hat sich mit einigen Kindern angefreundet.«

Der Mann fuhr sich mit einer Hand über das Gesicht. »Ich stimme Ihnen zu, die Fantasie gibt Kraft. Die können sie uns zum Glück nicht nehmen.« Er schüttelte den Kopf. »Entschuldigen Sie, das sind unsere Probleme, nicht Ihre.«

»Nein, das sind nicht allein Ihre Probleme. Früher oder später werden wir sie alle haben, das ist nur eine Frage der Zeit.« Letizia schwieg. Vielleicht hatte sie zu viel gesagt, aber sie hatte die Vorsicht satt. Als sie in Nonantola angekommen war, war sie sicher gewesen, dass die Herkunft der Kinder geheim wäre, aber zu ihrem großen Bedauern schienen viele Dorfbewohner zu wissen, wo sie herkamen und was mit ihnen los war. Die kleinen Gäste hatten ihren Beschützerinstinkt geweckt. Dass sie Juden waren, änderte nichts. Sie hatten sie aufgenommen, kümmerten sich fürsorglich um sie. In kürzester Zeit waren die Kinder und ihre Betreuer Teil der Dorfgemeinschaft geworden.

Der Mann war überrascht von ihrer Offenherzigkeit. »Die Leute schauen lieber weg, wollen das nicht wahrhaben. Mich wundert, dass eine junge Frau wie Sie die Situation so klar sieht. Irgendwie erinnern Sie mich an jemanden ...« Bevor Letizia etwas erwidern konnte, richtete der Mann seine Aufmerksamkeit wieder auf Sara. Das Mädchen verabschiedete sich und rannte dann auf ihre Freundinnen zu, das bestickte Taschentuch hielt sie fest umklammert.

»Ich wünschte, sie könnten in der Villa bleiben«, fuhr er fort. »Sie verstehen das alles nicht, sie haben Heimweh, sie haben Angst und brauchen ein Stück Normalität.«

Letizia fühlte sich mit ihm verbunden, dieser junge Mann trug eine große Verantwortung.

»Man hat mir gesagt, sie sind Waisen?«

»Fast alle ... und die anderen werden es werden.«

Sie schauten sich an, die Schwere dieser Aussage war im Blick des Mannes deutlich zu lesen, Letizia erschrak.

»Ich wünschte, das alles wäre zu Ende, sie würden endlich aufhören ...«

Der junge Mann lächelte zum allerersten Mal. »Es wird irgendwann aufhören, wir müssen nur daran glauben.«

Der Winter war hart für die Bewohner von Nonantola. Letizia war an vielen Gemeinschaftsaktionen im Dorf beteiligt. Die Schule wurde zum Zentrum, morgens kamen die Kinder, abends die Erwachsenen. Es gab kleine Öfen, die mit den Abfällen des Sägewerks beheizt wurden, die Frauen stopften und nähten und plauderten dabei. Sie unterrichtete und beteiligte sich häufig an ihren Gesprächen.

»Der Lehrer hat nach Decken gefragt.«

Letizia hob den Blick. »Sprichst du von Jakub?«

Die Frau nickte. »Natürlich, für seine Kinder. Vor einer Woche sind noch mehr gekommen. Ich frage mich, was die da machen.«

»Wie meinst du das?«

»Findest du nicht, dass es zu viele sind? Und dazu alles Ausländer.« Die Frau sah sich um und flüsterte dann: »Es sind Juden, weißt du?«

Letizia zuckte zusammen und reagierte schroff. Der Teil von ihr, den sie sonst immer unter Kontrolle hielt, brach aus ihr heraus. »Ist es wichtig, woher sie kommen oder zu welchem Gott sie beten? Es sind doch nur Kinder, und wir helfen ihnen!«

»Ich... Habe ich etwas Falsches gesagt?«, stammelte die Frau mit Tränen in den Augen. Letizia merkte erst jetzt, wie vehement sie gewesen war. Sie kannte Dolores, sie hatte ihren Verlobten im Krieg verloren, ihre Brüder wurden vermisst, und sie versuchte, sich allein durchzuschlagen. Einmal in der Woche ging Letizia gemeinsam mit den anderen Frauen zu ihr auf den Bauernhof, um zu helfen. Sie war nicht bösartig, nur verletzt und misstrauisch.

Letizia legte ihr eine Hand auf den Arm. »Und wenn es Mirko und Antonio wären? Stell dir vor, ein Mitglied deiner Familie bräuchte Hilfe, hätte Hunger oder Durst...« Sie hielt bewusst inne und wartete, bis Dolores ihre Gefühle wieder unter Kontrolle hatte. Als sie den Blick hob, waren ihre Augen gerötet. »Wir könnten ihnen warme Kleidung nähen, ich habe gehört, in diesem Haus wäre es eiskalt.«

Sie lächelten einander an. »Großartige Idee!«

Von diesem Zeitpunkt an wurden die Flüchtlinge aus der Villa zu Kindern des Dorfes. Mit ihrem über Generationen hinweg entwickelten Sinn für Gemeinschaft und Solidarität nahmen die Einwohner von Nonantola die Kinder auf, auch wenn sie ihnen anfangs mit einer Mischung aus Zögern und Neugier begegnet waren. Aber jetzt, seitdem die Frauen einen Beitrag leisteten, gehörten sie wirklich dazu.

Letizia informierte Fiammetta fortwährend über den Stand der Dinge, postwendend kamen Lebensmittel, Kleidung, sogar Schuhe nach Nonantola. Sie übergab alles dem Priester, der sich um die Verteilung an die Bedürftigen und die Villenbewohner kümmerte. Als jetzt ein großes Paket geliefert wurde, war das nichts Besonderes.

»Für die Schule, Frau Lehrerin, wohin kommt das?«

»Danke, tragen Sie es bitte hinein.« Sie öffnete dem jungen Priester die Tür. Die Kinder hoben neugierig den Blick von ihren Heften. Letizia trommelte mit den Fingern auf das Paket. »Was mag da wohl drin sein? Wer hilft mir beim Auspacken?«

»Ich, ich.«

»Ich auch.«

Letizia lächelte. »Dann an die Arbeit.« Sie schnitt die Paketschnur durch und hob den Deckel ab. Ein Lächeln breitete sich auf ihrem Gesicht aus. Ein Haufen Zeichenblöcke, lose Blätter, Buntstifte und Wasserfarben. »Möchtet ihr malen, Kinder?«

»Ja, ja.«

»Dann geht auf euren Platz zurück und macht eure Aufgaben zu Ende. Danach habe ich eine schöne Überraschung für jeden.« Letizia stapelte das Material auf ihrem Pult. Sie würde es am Ende der Stunde austeilen. Sie freute sich sehr über die Lieferung, fast hatte sie die Hoffnung schon aufgegeben, dass sie überhaupt ankommen würde. Weiße Blätter von guter Qualität, kostbare Farbtuben, Bleistifte, Buntstifte: alles, was man zum Malen brauchte. Sie war gerührt, jetzt konnte sie mit dem fortfahren, was sie mit den Märchen begonnen hatte, nämlich die Fantasie der Kinder zu wecken. Wie versprochen verteilte sie das Material an die Schüler, der Rest blieb auf dem Pult liegen. Sie konnte es kaum erwarten, es in die Villa zu bringen.

»Kannst du nach dem Unterricht noch bleiben?«, fragte Letizia. Mimma war eine ihrer engagiertesten Schülerinnen, verwitwet und sehr aktiv im Gemeinschaftsgarten, den die Frauen in der Abtei angelegt hatten. Außerdem stellte sie Letizia immer wieder kritische Fragen. Warum hatte sie einen Beruf und verdiente Geld, statt eine Familie zu gründen und selbst Kinder zu haben? Das konnte sie einfach nicht verstehen. Gleichzeitig fühlte sich Mimma aber für die junge Frau verantwortlich und unterstützte sie, wo sie nur konnte.

»Was hast du denn jetzt schon wieder vor? Eine deiner komischen Ideen?«

Nur Geduld, dachte sich Letizia. Mimma war offensichtlich schlechter Laune. »Ich muss zur Villa.«

»Schon wieder? So oft, wie du dort bist, kannst du gleich einziehen.«

Sie wollte gerade sagen, dass sie die Kinder besuchte, wie auch viele andere aus dem Dorf, als sie innehielt und fragte: »Und woher weißt du das?«

Mimma wandte den Blick ab, Letizia verkniff sich ein Lächeln. »Ach, ich habe dich gestern übrigens auch dort gesehen.«

»Ich habe nur einen Jungen zurückgebracht, du weißt, dass sie alleine nicht rausdürfen.«

»Komm schon, Mimma, niemand kümmert sich um diese Regeln, besonders jetzt nicht.«

»Dass uns die Kinder ans Herz gewachsen sind, heißt nicht, dass sie sich herumtreiben können, das ist zu gefährlich. Jemand muss auf sie aufpassen.«

Letizia seufzte. »Gut, ich werde Dolores fragen.«

Im nächsten Moment warf Mimma ihr einen wütenden Blick zu. »Ach was, die beschwert sich doch die ganze Zeit. Und jetzt hör auf, um den heißen Brei herumzureden, und sag, was du vorhast.«

Letizia war an ihre schroffe Art gewöhnt und ging nicht darauf ein. Sie deutete auf die Zeichenblöcke.

»Zeichnen.«

Mimma riss die Augen auf. »Was hast du dir dabei gedacht, für so was Geld aus dem Fenster zu werfen? Bist du verrückt geworden?«

Manchmal fiel es Letizia doch schwer, Verständnis für Mimma aufzubringen, obwohl sie in der Erwachsenenklasse die Beste war. Es war wichtig, dass alle lesen und schreiben konnten, vor allem für Frauen, die im Leben ohnehin benachteiligt waren.

»Überleg doch mal, wie es für die Kinder sein wird.«

»Wie meinst du das?«

»Sie können ihre Träume aufs Papier bringen, mit ihren Lieblingsfarben malen, Spaß haben.«

In Wahrheit steckte hinter Letizias Idee noch mehr. Sie glaubte an die Macht der Kunst, und diese Kinder brauchten ganz dringend eine Möglichkeit, sich in Bildern auszudrücken.

In den vorangegangenen Wochen hatte sie bei ihren »zufälligen« Besuchen in der Villa ihre Schultasche mit den griechischen Sagen, einem Zeichenblock und Buntstiften mitgebracht. Wie immer hatte sie draußen neben dem langen Tisch Platz genommen, an dem die Kinder saßen. Während sie vorgelesen hatte, hatten einige um ein Blatt gebeten. Letizia hatte beobachtet, wie sie einen Schmetterling oder einen Spatz betrachtet und dann aufs Papier zu bringen versucht hatten. Andere malten auch aus der Erinnerung – den blauen Himmel, Menschen, Wiesen und Berge.

»Willst du nicht malen?«, hatte sie Elijah gefragt, einen der Jüngsten, der ihr besonders ans Herz gewachsen war.

Er hatte den Kopf geschüttelt. »Ich habe alles vergessen.« Letizia hatte sofort begriffen, was er meinte. Sie hatte ebenfalls erlebt, wie die vertrauten Gesichter langsam verblasst waren und der Schmerz sich in Abwesenheit verwandelt hatte. So fühlte sich auch Elijah. Seine Antwort hatte sie aufgewühlt, und sie hatte ihm von ihrer Kindheit erzählt, von den Kaninchen auf den Wiesen, von den Gänseblümchen, aus denen ihre Mutter Kränze geflochten hatte. Danach hatte auch er malen wollen und sie sich weniger traurig gefühlt.

Sie wusste, dass man beim Malen Emotionen ausdrücken konnte, besonders bei Kindern funktionierte das gut. Man konnte seine Gefühle, Ängste, Wünsche und Träume festhalten und ihnen eine Stimme geben, sodass man besser mit ihnen umgehen konnte.

Mimma durchbrach die Stille. »Ich komme später vorbei, sieh zu, dass du fertig bist.«

Letizias Aktion war ein großer Erfolg. Sobald sie das Material an die Kinder verteilt hatte, senkten sie die Köpfe und begannen zu malen. Während sich die Blätter vor ihr auf dem Tisch häuften, hatte sie das Gefühl, sie auf ihrer Reise durch Europa zu begleiten, auf ihrer Flucht aus Deutschland oder Spanien: die Lokomotive vor dem Zug, die langen Fußmärsche über die Berge, die Jagdhütte, in der sie geschlafen hatten, der Krieg, der sie zur Flucht gezwungen hatte. Und auch ihre Familien, Eltern, Brüder und Schwestern, die sie zurückgelassen hatten und nie wiedersehen würden. Ihr Haus, Alltagsgegenstände, ein Hund, eine Katze, sogar ein Papagei.

Es waren Geschichten aus ihrem vergangenen Leben. Aber sie malten auch die Villa, eine Stadt am Meer, ihren Traum, das Ende ihrer Reise.

Letizia wusste, dass die Situation der Kinder von Tag zu Tag schwieriger wurde, auch wenn die Dorfgemeinschaft sie schützte. Ihr kam es vor, als würden sie in einer Seifenblase leben, die jeden Tag zu platzen drohte. In Nonantola, wie in vielen anderen Dörfern auch, akzeptierte man die Juden, man war an sie gewöhnt, sie gehörten einfach dazu, trotz der Rassegesetze. Niemand dachte mehr über die Kinder in der Villa nach.

Aber das konnte sich von einem Tag auf den anderen ändern, es mussten nur Fremde ins Dorf kommen, jemand, der etwas zu sagen hatte. Es musste nur einen Quertreiber geben, um alle in Gefahr zu bringen. An die Konsequenzen wollte sie lieber nicht denken.

13

Braun entsteht aus der Mischung von Rot, Gelb und Blau.
Die Farbe der Stärke und des Auf-den-Grund-Gehens,
ein Symbol für die Umsetzung von Plänen.

Es war einige Wochen her, seit Stella Alexander wiedergesehen hatte. Eine intensive Zeit, die wie im Flug vergangen war.

Sie hatten die Landschaft erkundet und waren über
den See gerudert. Stella genoss jeden Augenblick, ohne
sich Fragen zu stellen. Sie wusste nicht, ob das richtig
oder falsch war, aber darüber wollte sie nicht nachdenken.

Manchmal überfielen sie Zweifel, dann suchte sie Zuflucht im Zeichnen. Aber an das Malen hatte sie sich noch
nicht herangewagt, Orlandos wunderbare Farben hatte
sie nicht mal ausgepackt.

Doch zeichnen konnte sie.

Kreise, Blütenblätter, Blumen. Zu Beginn etwas Einfa-
ches. Alexanders Porträt war die Ausnahme gewesen. Sie
arbeitete weiter daran, verstärkte die Linien, glättete die
Übergänge, brachte mehr Intensität in den Blick.

Doch irgendetwas fehlte.

Aber sie hatte es nicht eilig. Sie wusste, dass er sich ihr irgendwann öffnen würde.

Und diese Gewissheit machte sie glücklich.

Noch nie zuvor war sie so sicher gewesen.

Sie hatte sogar ihrer Mutter von ihm erzählt. Sie schien sich darüber zu freuen, aber wahrscheinlich war ihre Sicht der Dinge ein wenig verklärt, denn wenn man selbst verliebt war, wirkte alles rosarot.

Es gefiel Stella, dass ihre Mutter, die geschworen hatte, eher auf eine einsame Insel zu ziehen, als sich noch einmal zu verlieben, diesen Zauber erlebte. Sie hatte fast nicht mehr daran geglaubt und freute sich für sie. Und für sich.

Mit Alexander zusammen zu sein war wunderbar.

Plötzlich schien der Teil in ihr, den sie immer abgelehnt hatte, obwohl sie sich in ihrem Inneren danach sehnte, wieder zum Leben erweckt worden zu sein. Stella blickte sich um, alles wirkte wie immer und doch ganz anders.

Wenn sie am Anfang einfach nur eine Sympathie gespürt hatte, waren ihre Gefühle immer tiefer geworden. Stella fühlte sich so lebendig wie nie zuvor. Sie machte Pläne, nichts schien unmöglich. Sie musste sie nur umsetzen.

Das Vertrauen in die Zukunft hatte ihre Sinne geschärft. Sie fühlte sich als Frau, liebte es, ihn zu berühren, seine Haut unter ihren Fingern zu spüren, sie liebte seine Küsse, die warm und einhüllend waren.

Sogar die Farben waren anders. Alexander war reinstes, strahlendes und kraftvolles Blau.

Stella saß an ihrem Schreibtisch und betrachtete ihr Werk. So oft es ging, hatte sie daran gearbeitet, dem fieberhaften Drang nachgegeben, der sie erfasste, wenn sie einen Bleistift in die Hand nahm. Sie spürte eine leichte Anspannung, aber nicht mehr. Als sie die Zeichnung ins Licht hielt, lächelte sie zufrieden. Alexanders Porträt würde bald fertig sein.

Sie schloss die Augen und genoss die Stille.

Letizia war mit Luciana unterwegs, sie hatte sie überzeugen können, ein wenig spazieren zu gehen. Sonst saß sie meist im Sessel. Nach dem Auftauchen der Bilder hatte sie sich immer mehr in ihre eigene Welt zurückgezogen. Natürlich musste sie durch Flaminias Anwesenheit als Gastgeberin präsent sein, aber neben diesen Momenten, in denen ihre gewohnte Vitalität aufflackerte, schien Letizia langsam in sich selbst zu verschwinden.

Der Gedanke machte ihr Angst.

Sie musste sich etwas einfallen lassen, etwas, das Letizia aus ihrer Lethargie reißen würde. Sie legte den Block auf den Tisch.

Jetzt war der richtige Moment gekommen, einer Sache nachzugehen, die sie schon seit einiger Zeit umtrieb. In den vergangenen Tagen war sie so glücklich gewesen, dass sie alles andere vergessen hatte. Sie hatte mit niemandem über ihre Gedanken gesprochen, oder besser gesagt über ihre Vermutungen. Sie hatte nicht mal den Mut gehabt, Letizia zu fragen, ob sie etwas mit Theresienstadt zu tun gehabt habe. Aber es gab etwas, das sie so schnell wie möglich klären wollte.

Sie legte die Geschenke ihres Onkels nebeneinander auf den Küchentisch.

»Ich möchte dieser Geschichte endlich einen Sinn geben.«

Sie hatte lange darüber nachgedacht. Dies war nicht das erste Mal, dass Orlando sie auf Schatzsuche schickte. In ihrer Kindheit hatte er sich immer etwas Spannendes einfallen lassen. Er war ein guter Schachspieler, mit einem Faible für Logik, Taktik und Strategien.

»Was wolltest du mir sagen?«, fragte sie laut.

»Sprichst du mit mir, meine Liebe?« Flaminia stand im Morgenmantel vor ihr. Stella lächelte, sie war froh, dass sie Letizias Einladung angenommen hatte und noch einige Wochen in Bardolino bleiben wollte, bevor sie wieder nach Genua zurückkehren würde, wo sie von ihren Enkeln erwartet wurde. Noch immer war deren Verhältnis angespannt. Aber Stella war sich sicher, dass sie sich versöhnen würden.

»Eine schlechte Nacht gehabt?«, fragte sie und schaute sie prüfend an. Sie wirkte erschöpft.

Flaminia zuckte mit den Schultern. »Nicht schlechter als die anderen.«

»Warum frühstücken Sie nicht, es ist alles fertig.«

»Setzt du dich zu mir?«

»Ja, sehr gerne.«

Stella deckte den kleinen Tisch, sie wusste, dass Flaminia so etwas schätzte. Aber dann bemerkte sie, dass ihre Aufmerksamkeit den Zeichnungen auf dem Küchentisch galt.

»Schön, nicht wahr?«

»Großartig, würde ich sagen, ausgesprochen aussagekräftig.«

Stella freute sich über ihr Interesse.

»Von wem sind sie?«

»Mein Onkel Orlando hat sie mir geschenkt.«

»Tatsächlich?«

Stella erzählte ihr alles. »Ja, das ist eine ziemlich kuriose Geschichte. Zuerst waren es ein Zeichenblock, Farben und eine Zugfahrkarte, großzügige Geschenke, die mich sehr berührt haben.«

»Und mit dieser Fahrkarte bist du nach Bardolino gekommen?«

»Ja, genau. Ich wäre gerne mit dem Auto gefahren, aber das hatte ich kurz zuvor verkauft.«

»Du hast gesagt, er hat dir noch andere Geschenke gemacht? Erzähl mal, diese Geschichte interessiert mich brennend.«

»Im Zimmer meiner Tante gibt es einen silbernen Spiegel, den ich schon immer faszinierend fand. Mein Onkel hat ihn mir als Geschenk verpackt.«

»Er wusste, wie sehr du an ihm hängst, und wollte dir eine Freude machen.«

»Das stimmt. Wir haben so oft miteinander gespielt, und dabei hat er mir gesagt, dass ich in diesem Spiegel die Antworten auf all meine Fragen finden würde.« Noch während sie erzählte, erinnerte sich Stella an etwas anderes. »Er sagte auch, dass im Inneren des Spiegels die Geschichten vieler Menschen steckten und ich sie nur finden müsste.«

»Seltsam.«

Stella überlegte. »Ich war ein einsames Kind, vielleicht wollte er meine Fantasie anregen und mich motivieren.«

»Möglich. Und dann?«

Stella deutete auf die Bilder. »Die habe ich in einem

Koffer in der Wunderkammer gefunden, dem früheren Büro meines Onkels.«

Flaminia sah sie lächelnd an. »Was für ein Mann!«

»Er hat mir auch eine Schallplatte hinterlassen, den *Csárdás* von Monti, bei diesem Musikstück hat er immer mit Letizia getanzt. Und das Schachbrett mit den Elfenbeinfiguren. Und die Temperafarben.«

Flaminia war begeistert. »Er muss ein ungewöhnlicher Mann gewesen sein.«

»Ja, er war großartig. Alle liebten ihn.«

Doch die alte Dame schien ihre Antwort gar nicht zu hören, so gefangen war sie vom Anblick der Bilder. Dann ordnete sie die Bilder in Gruppen.

»Was machen Sie da?«, fragte Stella neugierig.

»Ich lese sie. Kunst sie Kommunikation, wenn du richtig suchst, bekommst du auch Antworten. Aber das solltest du wissen, das habe ich dir selbst beigebracht.«

Ja, das wusste sie. Aber diese Bilder hatten mit ihrer Tante zu tun. Sie fürchtete sich vor der Wahrheit, das wurde ihr in diesem Augenblick schlagartig klar. Hatten die Geschehnisse in Theresienstadt und die ermordeten Kinder etwas mit Orlandos Geschenk zu tun? Sie wusste nicht, wohin sie ihre Nachforschungen führen würden, und Letizia, die ihre Fragen beantworten könnte, wollte nicht darüber sprechen. Wäre es nicht besser, die Dinge ruhen zu lassen? Aber was unter den Teppich gekehrt worden war, kam früher oder später doch ans Licht.

»Was liest du hier?« Flaminia deutete auf ein Bild, das hauptsächlich aus Rottönen bestand. In der Mitte waren leere Flächen wie Schluchten oder Momente des Innehaltens. Schwarz oder dunkellila umrandet. Etwas Bedrohliches. Stella zuckte zusammen. »Angst.«

»Genau. Und hier?«, ihr Zeigefinger wanderte zu einem anderen Bild, auf dem ein Junge mit einem Mann und einer Frau, wahrscheinlich seinen Eltern, zu sehen war. Und ein Haus, der Horizont war etwas geneigt, das Gebäude schien in einen Abgrund zu rutschen.

»Er hat alles verloren. Sein Zuhause, seine Eltern. Er ist verzweifelt.«

Flaminia zeigte auf ein Detail. »Ja, aber da ist noch etwas.«

Es sah aus wie Schmetterlinge, kleine rosafarbene und gelbe Flecken. Stella verstand, das war die Hoffnung.

»Eine Erinnerung.«

»Ja, trotz des düsteren Themas sind die Farben strahlend hell, orange, zitronengelb.«

Flaminia wählte weitere fünf Bilder aus.

»Siehst du, alle zeigen dasselbe Haus, aber von verschiedenen Kindern gemalt.«

Stella hatte einen ganz ähnlichen Eindruck.

Alle hatten eine Villa gezeichnet. Hatten die unbekannten Künstler dort gelebt? »Das muss nichts heißen.«

Flaminia dachte nach. »Vielleicht. Es könnte aber auch der Ort sein, an dem sie vorübergehend gelebt haben und der ihnen viel bedeutet hat.«

Stella beschloss, ihr von ihren Nachforschungen zu erzählen. Bevor sie ihre Tante damit konfrontierte, musste sie mit jemandem darüber sprechen. Flaminia schien die Richtige dafür zu sein.

»Da gibt es noch etwas …«

»Erzähl.«

»Ich habe im Internet recherchiert und etwas herausgefunden, was mich sehr bewegt. Auf dem besetzten Gebiet der Tschechoslowakei gab es im Zweiten Weltkrieg das Konzentrationslager Theresienstadt.«

»Ich kenne die Geschichte, das war ein Vorzeigelager, mit dem Hitler die Welt blenden wollte.«

Stella spürte, wie es in Flaminia arbeitete, und sie schwieg, bereit einzugreifen, wenn sie das Thema nicht weiter vertiefen wollte.

»Dort wurden Wissenschaftler, Musiker, Intellektuelle, Ärzte... und Künstler eingesperrt. Und Kinder, unendlich viele Kinder. Ein Völkermord von ungeheuerlichem Ausmaß. In Koffern hat man mehr als fünftausend Bilder gefunden, die von den Kindern im Lager gemalt worden sind.« Stella strich über die Bilder. »Ich habe den Eindruck, sie sehen diesen hier sehr ähnlich.«

Flaminia betrachtete die Bilder erneut und sagte dann nachdenklich: »Ich weiß nicht mehr, wo, aber ich habe mal gelesen, dass eine Gruppe jüdischer Kinder in Italien Zuflucht gefunden hatte. ›Juden auf der Flucht‹ wurden sie genannt. Sie haben auf dem Land gelebt, wenn ich mich nicht täusche.« Sie deutete auf die Bilder vor ihr. »In einem Haus wie diesem hier.«

Stella spürte, wie sich ihr Magen zusammenzog.

»Ich wollte mit meiner Tante darüber sprechen, aber sie möchte nichts davon hören.«

Flaminia sah sie lange an. »Bleibe dran, Stella. Gefühle sind gefährlich, wenn man die Wahrheit sucht. Das Risiko, dass man sich irrt und einen Fehler macht, ist hoch.«

Wie recht sie hatte. »Ich bekomme diese Bilder einfach nicht aus dem Kopf. Ich muss wissen, welches Geheimnis sich hinter ihnen verbirgt.«

»Geh der Sache auf den Grund, und frage diejenigen, die Bescheid wissen. Das ist das Beste.«

Ja, anders ging es nicht. Sie musste tiefer schürfen und das Geheimnis lüften. Für Orlando, für ihre Tante und für sich selbst.

Der Tee war noch warm, und Stella goss sich eine Tasse ein.

Während Flaminia einen Keks in ihre warme Milch tunkte, dachte Stella über etwas nach. »Haben Sie sich jemals mit Wandmalerei beschäftigt?«

»Ja, warum fragst du?«

»Ich habe eine Idee, weiß aber nicht, ob sie umsetzbar ist.«

»Was du sehen kannst, das kannst du auch realisieren.«

»Und das ist alles?«

»Reicht das nicht?«

Was sie umtrieb, konnte sie durchaus sehen. Zuerst nur unscharf, aber dann wurden die Konturen und die Farben klarer. Stella wusste genau, was sie gerne malen würde. »Würden Sie mir helfen?«

Flaminia zwinkerte ihr zu. »Deshalb bin ich da. Erzähl mir, was du vorhast!«

Stella strahlte. »Bei meinen Nachforschungen habe ich auch Pläne für dieses Haus gefunden, es muss wunderschön gewesen sein. Ich würde ihm gerne den alten Glanz zurückgeben. Es muss gepflegt werden.«

Und sie musste etwas Sinnvolles tun.

Aber das war es nicht allein. Sie wollte sich herausfordern, verstehen, ob sie bereit war, den nächsten Schritt zu gehen, ihre Ängste zu überwinden. So wie mit Alexander.

Hatte das nicht auch Barbara gewagt? Ihre alte Freundin aus Kindertagen, mit der sie so viel gemeinsam hatte. Sie hatte sie nicht wieder angerufen, aber immer an sie gedacht. An ihren Mut, das Leben anzunehmen. An ihre Freude.

»Und daran arbeitest du?«

»Ja.« Sie reichte Flaminia eine Mappe.

Sie waren so sehr in die Skizzen vertieft, dass sie gar nicht bemerkten, wie Luciana und Letizia zusammen mit dem bellenden Aristide das Haus betraten.

»Endlich, das ist vielleicht kalt draußen!«, sagte Luciana.

»Komm an den Kamin und wärme dich auf. Alles in Ordnung, Tante?«

Stella betrachtete die alte Dame, sie war blass und stützte sich auf ihren Stock. Sie schien Schmerzen zu haben. Nachdem sie ihr aus dem Mantel und den Handschuhen geholfen hatte, brachte sie sie zu ihrem Sessel.

»Ich bin müde.«

»Lass mich mal machen, du wirst sehen, gleich geht es dir besser.«

»Sicher«, erwiderte Letizia, ohne es wirklich zu glauben.

Stella brachte ihr eine Tasse Tee, während Letizia einen Blick auf die Skizzen warf. »Was macht ihr hier Schönes?«

Stella lächelte. »Es sind nur Ideen.«

Luciana griff nach den Skizzen und hielt sie Letizia hin.

»Schau mal, sind sie nicht herrlich?«

Letizia runzelte die Stirn, dann widmete sie sich den Bildern. Als sie wieder aufblickte, wirkte sie gerührt. Sie zitterte. Stella war klar, dass sie die ursprüngliche Form der Villa erkannt hatte und sich freute.

»Ist das dein Ernst?«

»Ja, unbedingt, aber es hängt von dir ab. Möchtest du es denn? Die Villa würde ganz anders aussehen.«

»Ich wäre dir sehr dankbar.« Mehr sagte sie nicht, das musste sie auch nicht.

Stella erinnerte sich noch gut an das Streitgespräch vor einigen Wochen. Seitdem war ihre Beziehung getrübt, und sie bedauerte es. Sie war überzeugt, dass es ihrer Tante genauso ging. Sie spürte es an ihren Blicken, an ihrem Bemühen, freundlicher zu sein als sonst. Sich um die Neugestaltung der Villa zu kümmern würde die Dinge zwischen ihnen wieder in Ordnung bringen.

Letizia hatte verstanden.

Die Marcovaldis waren seit Generationen Künstler gewesen, ihr besonderes Talent hatten sie jedoch ganz unterschiedlich ausgedrückt.

Danach nahm Flaminia das unterbrochene Gespräch wieder auf. »Was brauchst du, Stella?«

Stella kannte alle Maltechniken und wusste, dass ein Fehler in der Planung alles zunichtemachen konnte. Bis jetzt hatte sie nur Innenwände bemalt. Ob die Regeln auch für Außenfassaden galten?

»Als Erstes muss ich die Wände sorgfältig reinigen, dann einen Haftgrund auftragen, das Bild skizzieren und schließlich die Farben aufbringen.«

Flaminia lächelte. »Siehst du, du brauchst gar keine Hilfe.«

»Das ist der einfachste Teil.«

»Was du siehst, kannst du auch realisieren, vergiss das nicht.«

Stella legte die Skizzen in die Mappe zurück. »Danke, ich muss jetzt gehen.«

»Aber es ist noch früh...«

»Ich habe einen Termin.«

Flaminia zwinkerte ihr zu. »Der gleiche, weswegen du spätnachts nach Hause gekommen bist?«

»Spätnachts? Eher im Morgengrauen, würde ich sagen«, murmelte Letizia, und alle kicherten.

Stella hob drohend den Finger: »Ihr hört euch an wie alte Klatschbasen.«

»Das sind wir auch, mein Schatz«, antwortete Flaminia. »Und wenn du zufällig etwas mehr über deinen geheimnisvollen Begleiter verraten möchtest, dann wären wir glücklich, dir mit Rat und Tat zur Seite zu stehen. Immerhin haben wir drei zusammen mehr als zweihundert Jahre Erfahrung.«

An der Tür drehte Stella sich noch einmal um. »Danke für das Angebot, aber ich bin sicher, dass ich das auch alleine schaffe.«

Dann ging sie, gefolgt von schallendem Gelächter.

Alexander lehnte an seinem Land Rover und lächelte sie an. Stella gefiel der in die Jahre gekommene Defender. Er hatte ihn aus England mitgebracht. Und irgendwie ähnelten sich Auto und Fahrer.

Auch der Land Rover war blau.

»Hallo, wartest du schon lange?«

Er ging ihr entgegen, umarmte und küsste sie. »Ach was, ich hatte sowieso nichts Besseres zu tun.« Sie gab sich ganz ihrem Glücksgefühl hin.

»Was hältst du von Mittagessen in Sirmione?«

»Eine gute Idee.« Sie kannte den hübschen Ort am See gut. »Als Kind habe ich immer davon geträumt, dass ich eines Tages dort leben würde, direkt am Ufer. Ziemlich bescheiden, was?«

Alexander wartete, bis sie sich angeschnallt hatte, dann startete er den Motor. »Träume sind nun mal so.«

»Wie genau?«

Er sah sie an. »Groß.«

14

Schwarz. Die Abwesenheit von Licht, entsteht durch die Mischung aller drei Grundfarben und den weiteren Zusatz von Blau. Schwarz symbolisiert das Ende, die Verneinung, birgt gleichzeitig aber auch eine große innere Kraft in sich. Regt zum Nachdenken an. Schwarz ist die Farbe der Verantwortung.

Letizia, Nonantola 1943

Der Sommer verlief ruhig.

Letizia ging jeden Tag in die Villa und verbrachte viel Zeit mit den Kindern. Neben Sara, zu der sie eine besondere Beziehung hatte, widmete sie Elijah viel Zeit und brachte ihm Italienisch bei. Seit sie ihn das erste Mal gesehen hatte, spürte sie ihm gegenüber eine tiefe Zärtlichkeit. Er wirkte so zerbrechlich.

In seinen Augen las sie Freundlichkeit, aber auch die tiefe Einsamkeit seiner Seele.

Weil er so zart war, verbrachte der Junge viel Zeit allein. Mit seinen blonden Haaren und den blauen Augen sah er aus wie ein Engel; der Verhaftung war er nur entkommen, weil seine Eltern, beide Ärzte, ihn ins Haus einer Nachbarin gebracht hatten. Als die SS in ihre Wohnung eingedrungen war, war er nicht da gewesen, Ingrid, so hieß die Nachbarin, hatte ihn zum Direktor der jüdischen Schule gebracht, wo er unterrichtet worden war.

Die lange Reise hatte ihn geschwächt, trotz guter Versorgung und der Medikamente erholte er sich nur langsam. Letizia machte lange Spaziergänge mit ihm. Beide mochten Sonnenblumen, ein Motiv, das auf vielen seiner Bilder zu finden war. Diese Blume symbolisierte das neue Leben, das er in Palästina zu finden hoffte, denn das war das Ziel der Kinder.

»Was meinst du, sollen wir eine Ausstellung organisieren?«

Mimma hob den Blick von dem Buch, das Letizia ihr geliehen hatte. »Damit?«, sie deutete auf einen Stapel Bilder auf dem Pult. Die Kinder hatten sie gemalt und ihr geschenkt.

»Genau. Eine Ausstellung der Bilder der italienischen Kinder aus Nonantola und der jüdischen Kinder aus der Villa. Das wäre doch wunderbar.«

»Hast du nichts Besseres zu tun?«

Letizia war enttäuscht, aber dann zwinkerte Mimma ihr schelmisch zu. »Du lässt dich leicht beeindrucken und nimmst alles viel zu ernst, Frau Lehrerin. Du solltest in deinem Schloss bleiben, wie die Prinzessin im Märchen. Du bist zu weich, zu gut für diese Welt. Bei der erstbesten Gelegenheit wird sie dich verschlingen, und ich hoffe, dass ich das nicht erleben muss.«

Das war die seltsamste Freundschaftserklärung, die Letizia jemals gehört hatte. Sie lächelte.

»Wir werden den Beginn des neuen Schuljahrs mit einer Ausstellung feiern. Es wird ein Erfolg werden, ganz bestimmt. Du wirst sehen, Mimma, alles wird besser, wir müssen in die Zukunft vertrauen.«

Mimma zuckte mit den Schultern. »Wie kann man nur so leichtgläubig sein? Eines Tages wirst du es bitter bereuen.« Dann vertiefte sie sich wieder in die Lektüre. Letizia tat so, als hätte sie ihre Bemerkung gar nicht gehört.

Obwohl die Anspannung in der Bevölkerung sichtbar wuchs, ging alles seinen gewohnten Gang. Der Priester und der Arzt kümmerten sich um die Kinder in der Villa, inzwischen waren es mehr als sechzig. Die Frauen aus dem Dorf nahmen sich ihrer an, auch untereinander halfen sie sich. Bei der Getreideernte hatten sie fleißig mitgeholfen. Das hatte die Sympathie der Dorfbewohner für die jüdischen Kinder noch vertieft. Obwohl niemand in der Öffentlichkeit über sie sprach, wussten alle Bescheid, sogar die Soldaten, die in der Region patrouillierten.

Ein junger, gut aussehender Offizier war häufig in der Villa anzutreffen. Er war zwar ganz anders als Philip, aber Letizia gefielen seine galante Art, sein charmantes Lächeln, seine launigen Sprüche. Und seine Offenheit, die ihn manchmal in Schwierigkeiten brachte.

»Guten Tag, mein Fräulein, Sie sollten Geleitschutz haben, jemand könnte Sie rauben.«

»Und warum?«

»Ich denke, Sie kennen die Geschichte der Sabinerinnen ...?«

»Herr Leutnant, seitdem sind fast drei Jahrtausende vergangen, die Menschheit hat sich weiterentwickelt.«

»Da irren Sie. Wenn es um schöne Frauen geht, können Männer recht hässlich werden.«

»Außer Ihnen?«

Er brauchte eine Weile, um zu antworten, und Letizia musste lächeln.

»Wenn ich Ja sagen würde, wäre ich ein Lügner. Auch ich würde Sie gerne über die Schulter legen und an einen schönen Ort entführen, irgendwo am Meer vielleicht. Aber seitdem ich eine Kugel in die Schulter bekommen habe, ist sie nicht mehr ganz in Ordnung. Bei mir können Sie demnach ganz beruhigt sein, ich bin anders.«

»Wirklich? Und was unterscheidet Sie von den anderen?«

»Nun, ich kann auf den richtigen Moment warten. Alles braucht seine Zeit. Und ich, meine schöne Letizia, habe Geduld. Apropos, darf ich Sie nach Hause bringen?«

Sie tat so, als müsse sie überlegen, auch wenn sie bereits entschieden war. Ja, sie wollte umworben werden, wollte Spaß haben und tanzen. Und Orlando Morosini wollte genau das Gleiche.

Obwohl sich die Situation durch den Einsatz der DELA-SEM, der Wohlfahrtsorganisation für jüdische Emigranten, verbessert hatte, wollte Letizia die Beziehung zu den Kindern nicht abreißen lassen, sie verbrachte ihre gesamte freie Zeit dort.

Morgens unterrichtete sie Italienisch, meistens im Freien, während die Kinder ihre Arbeiten verrichteten. Und sie sang mit ihnen Lieder, die gerade in Mode waren. Die Kinder waren begeistert, selbst die Kleinsten. Die Zeit hatte ihre schrecklichen Erinnerungen verblassen und ihre Ängste kleiner werden lassen, die Bilder, die sie malten, strahlten vor Farbe, viel Gelb und Orange, wie die Sonnenblumen auf den Feldern.

Am Ende des Tages, egal, ob es regnete oder die Sonne schien, wartete Orlando am Tor, um mit ihr spazieren zu gehen.

Letizia sehnte sich nach den gemeinsamen Stunden mit ihm.

»Und was würden Sie später gerne tun?«

Immer noch siezten sie sich. Dieser spielerische und doch formale Umgang gefiel ihr.

»Haben Sie schon Pläne?«

Sie wussten, was gemeint war. Die Zukunft, das Ende des Krieges.

Letizia hatte noch immer nichts von Teresa gehört. Ihre Freundin fehlte ihr sehr. Sie konnte nicht glauben, dass ihr lächerlicher Streit der Grund dafür sein sollte. Seitdem sie das letzte Mal miteinander gesprochen hatten, war kaum ein Jahr vergangen, aber es kam ihr wie ein ganzes Leben vor. Berenike hatte ihr über Fiammetta mitteilen lassen, dass ihr Angebot für die Finanzierung des Studiums immer noch bestand. Jetzt, da sich die Situation der Kinder in der Villa stabilisiert hatte, war ihre Anwesenheit nicht mehr notwendig. Zürich war eine sichere Option für die Zukunft. Die Hoffmanns, so hatte Fiammetta ihr immer nahegelegt, waren die Chance auf eine strahlende Zukunft.

»Ich wollte eigentlich studieren«, antwortete sie leise.

»Sehr überzeugt klingt das nicht.«

Das war sie tatsächlich nicht. Nicht dass ihr der Gedanke, auf die Universität zu gehen, missfiel, der entscheidende Punkt war ein anderer. Alles erschien ihr jetzt so sinnlos, ihre Prioritäten hatten sich geändert, die Welt war eine andere geworden. Nichts, wonach sie früher gestrebt hatte, schien ihr noch wichtig. Sie gingen Seite an Seite die Feldwege entlang, eingehüllt in ihren würzigen Duft. Es war ein heißer Tag, aber der Juli in Nonantola war häufig so. Letizia betrachtete das goldene Meer der Felder, die roten Mohnblumen, die Stockrosen. Es war alles so wunderschön, wenn nicht... Sie begann zu sprechen.

»Überall sehe ich Leid und Verzweiflung, Menschen, die ihre Familie, ihr Zuhause, ihre Arbeit verloren haben. Ich kann nicht an das Danach denken, ich versuche es, ich bemühe mich wirklich. Ich lächle, ich singe, und doch frage ich mich jeden Moment, worin der Sinn des Ganzen liegt. Warum? Warum geschieht das alles?«

Ihr war gar nicht aufgefallen, dass sie stehen geblieben war, ihre Hände waren zu Fäusten geballt, etwas in ihr war zerbrochen. Dann fand sie sich in einer Umarmung wieder, ihr Gesicht ruhte an Orlandos Brust, sie konnte sein Herz an ihrer tränenfeuchten Wange spüren.

»Darauf gibt es keine Antwort. Jeder Krieg ist sinnlos. Was auch immer der Anlass dafür sein mag, er bringt nur Tod und Zerstörung.«

»Aber Sie sind Soldat.«

Er nahm ihr Gesicht zwischen seine warmen Hände.

Letizia wollte sich am liebsten nie wieder von ihm lösen. Der Duft seiner Haut, die Wärme seines Atems.

»Ich konnte nicht einfach dabei zusehen, wie meine Heimat auf ihren Untergang zusteuert. Ein Mann, der seine Pflicht nicht kennt, ist kein Mann. Wenn der Moment gekommen ist, werde ich tun, was meine Pflicht ist.« Seine tiefe Stimme klang entschlossen. Und wenn er nicht mehr zurückkommen würde? Nein, das durfte nicht passieren.

»Wagen Sie nicht, mich allein zu lassen.«

»Niemals. Das ist ein Versprechen.«

Orlando strich ihr zärtlich übers Haar und küsste sie. Es war das erste Mal, dass er sich zu einer so intimen Geste hinreißen ließ. Letizia hielt den Atem an, die Augen geschlossen, die Stirn gegen seine Brust gepresst. Da begann er zu pfeifen, erst zögernd, dann wurde die Melodie sicherer. Letizia erkannte das Thema. Es war der *Csárdás* von Monti.

»Schenken Sie mir diesen Tanz?«

Überrascht hob sie den Blick. Er lächelte, und in seinen Augen fand sie das, wonach sie gesucht hatte, einen Moment des puren Glücks.

Orlando pfiff weiter, die Grillen stimmten ein, Letizia lächelte, die Wangen noch voller Tränen.

»Ja, immer.«

Er wurde plötzlich ernst. »Eines Tages werde ich auf dieses Versprechen zurückkommen, meine Liebste.«

»Eines Tages, Orlando Morosini, werde ich Ihnen antworten. Aber jetzt tanzen wir.«

Im sanften Licht der untergehenden Sonne begannen

sie sich zu drehen. Ein junger Mann in Uniform, eine zierliche Frau mit leuchtenden feuerroten Locken.

Als er aufhörte zu pfeifen, blickten sie sich tief in die Augen und umarmten sich innig. Sie blieben fast die ganze Nacht draußen, lange Stunden, die Letizia nie vergessen würde.

»Die Sonne geht auf, wir müssen zurück«, sagte Orlando leise.

»Danke.«

Er küsste Letizia die Hand. »Ich habe zu danken.«

Plötzlich waren Flugzeuge am Himmel zu sehen. Orlando zog Letizia zwischen die Bäume.

»Was ist?«

»Das sind Bomber.«

Letizia schmiegte sich an ihn. Sie wusste, was das zu bedeuten hatte. Sie wartete voller Angst, nach einer Weile sah man helle Blitze am Horizont.

Der ersten Explosion folgte eine zweite, dann eine dritte. Weit entfernt und todbringend.

»Bleiben Sie unten«, flüsterte Orlando.

Letizia kniete sich auf den Boden und legte die Hände über den Kopf, Orlando hielt sie ganz fest. »Sie bombardieren Bologna!«

Die Explosionen in der Ferne gingen weiter, Feuerzungen zuckten über den Himmel. Sie zitterten und hielten sich verängstigt im Arm.

»Oh Gott, oh Gott...«

»Kommen Sie, ich bringe Sie in Sicherheit, ich muss in die Kaserne zurück.«

Die Dorfbewohner hatten sich auf dem Kirchhof versammelt, die Hände vor den Mund geschlagen, die Augen voller Angst. Letizia sah, wie Orlando auf einen Lastwagen sprang, der auf ihn gewartet hatte. Beim Wegfahren suchte er ihre Augen. Diesen Blick würde Letizia ihr ganzes Leben nicht vergessen.

»Geht lieber nach Hause und löscht das Licht, hier seid ihr auf dem Präsentierteller. Danach verstecken wir uns im Wald«, sagte der Priester. Nach einer Weile trafen sich alle zwischen den Bäumen. Bei jedem Donnern, jedem Pfeifen zuckte Letizia zusammen. Auch wenn die Einschläge der Bomben weit weg waren, kamen sie ihr ganz nah vor. Mimma kniete neben ihr und starrte zum Himmel »Du hättest in deinem Schloss bleiben sollen. Ich an deiner Stelle hätte das jedenfalls getan.«

In den nächsten Tagen war alles anders. Flüchtlinge aus der Stadt strömten nach Nonantola, lange Prozessionen aus Karren, Fahrrädern, die meisten aber zu Fuß, Menschen, die ihr ganzes Hab und Gut in Bündeln bei sich trugen. Und Kinder, unglaublich viele Kinder. Die Dorfbewohner halfen ihnen, so gut sie konnten. Die Angst vor dem Krieg war jetzt allgegenwärtig. Man verfluchte den Himmel mit den feindlichen Flugzeugen, man verfluchte den Duce, der dafür verantwortlich war, man verfluchte den König, den Dämon und die Hölle, die Teufel freigelassen zu haben.

Schon bald wurde diese Missstimmung von einer Nachricht verdrängt, die Italien in zwei Lager trennte, aber in Nonantola als positives Zeichen aufgenommen wurde: Mussolini war abgesetzt worden und in Haft.

Die Leute strömten auf die Straße. Man tanzte bis tief in die Nacht, die Lieder, die man bis zu diesem Moment nur gesummt hatte, wurden lauthals geschmettert, während diejenigen, die zuvor am Ruder gewesen waren, jetzt schwiegen. Aber die meisten blickten optimistisch in die Zukunft. Endlich sah man Licht am Ende des Tunnels.

»Ist der Krieg zu Ende?«, fragte Elijah voller Hoffnung. Letizia drückte seine Hand.

»Hoffen wir's.«

Wie oft hatte sie das schon gesagt? Sie tat nichts anderes, was sollte sie auch machen außer hoffen?

»Wir dürfen die Hoffnung nie verlieren, was auch immer passiert. Versprichst du mir das?«

Der Junge lächelte. »Ja, Frau Lehrerin.«

Zur Normalität zurückzukehren, falls dieses Wort überhaupt noch einen Sinn hatte, war einfacher als gedacht. Die Felder mussten bestellt werden, bald würde die Erntezeit beginnen, und die Angst vor dem Hunger war seit den Bombenangriffen bittere Realität.

Erschöpft von der harten Arbeit, hatten die Bauern kaum Zeit, an etwas anderes zu denken.

Das Leben findet immer einen Weg, neu zu erblühen, dachte Letizia. Nach wie vor stand sie in Kontakt mit Fiammetta, die ihr zu äußerster Vorsicht riet. Sie ignorierte die Einladungen ins Schloss und entschied, den Unterricht bei gutem Wetter ins Freie zu verlegen. Wenn es regnete, würde sie ihre Schüler im Getreidespeicher neben dem Schulgebäude unterrichten.

Orlandos Sorge wuchs. Sie sah ihn jetzt nur selten.

Aber auch wenn er versuchte, es gut zu verbergen, registrierte Letizia die Veränderung in seinem Blick. Dort lag ein Schatten, eine Härte, die dafür sorgte, dass er ihr noch mehr ans Herz wuchs. Er verbarg ein Geheimnis, genau wie sie.

Wenn sie allein waren, konnte Letizia das noch deutlicher spüren. Dann hielt sie ihn ganz fest, ihr Atem und ihr Herzschlag wurden eins.

Nach und nach schlich sich der Tod immer mehr in ihr Leben, er lauerte in jedem Augenblick.

In der Villa war die Spannung mit Händen zu greifen, Jakub und die anderen Erwachsenen beobachteten die Kinder besonders aufmerksam und verboten ihnen, das Haus zu verlassen.

»Sie müssen raus. Wenn ihnen auch diese Freiheit genommen wird, dann wird sie das noch ängstlicher machen.«

»Letizia, wir sind Ihnen dankbar für alles, was Sie für uns getan haben«, erwiderte Jakub. »Sie und dieses Dorf waren gut zu uns, und möge Gott Ihnen dafür danken. Aber ich weiß genau, was passieren wird.«

Sie gingen den Fluss entlang, einige Kinder planschten im Wasser.

Letizia packte ihn am Arm. »Wie meinen Sie das?«, fragte sie voller Angst.

»Der Krieg ist mit dem Fall Mussolinis nicht zu Ende. Die Nazis werden kommen, darauf können Sie sich verlassen. Und auch hier wird es Opfer geben. Die SS wird alle Dörfer und Städte durchkämmen, die Juden werden die ersten Opfer sein, dann sind die anderen dran.«

»Wie können Sie so etwas sagen?«, fragte sie entsetzt.

Jakub verzog das Gesicht zu einem traurigen Lächeln. »Sie werden uns alle festnehmen, und dieses Mal wird es keine Rettung geben. Es wird nie aufhören.«

Letizias Herz raste, sie fuhr sich mit der Zunge über die Lippen.

»Aber das darf nicht passieren! Wie können wir das verhindern?«

»Wir müssen Italien so schnell wie möglich verlassen, aber ohne Dokumente werden wir an der ersten Kontrolle geschnappt. Ich weiß nicht, wie wir das schaffen sollen. Die DELASEM versucht, uns in die Schweiz zu bringen, aber die Zeit läuft uns davon, ich fühle es. Sie kommen und holen uns und bringen uns nach Deutschland oder wer weiß wohin.«

Letizia schüttelte den Kopf, das konnte sie nicht akzeptieren. »Nein, das darf nicht passieren.« Eine vage Idee formte sich in ihren Gedanken. »Wir werden eine Möglichkeit finden«, sagte sie, auch wenn sie keine Ahnung hatte, wie sie bei der Beschaffung von Ausweisen helfen konnte. Aber sie wusste, dass sie sich auf die Bewohner von Nonantola verlassen konnte. Sie würden die Kinder beschützen und alles tun, damit sie gerettet würden.

»Wie soll das gehen? Selbst wenn wir von der Gemeinde Papiere bekämen, müssen wir angeben, dass wir Juden sind. So verlangt es das Gesetz. Und dann werden sie uns verhaften.«

Letizia betrachtete die spielenden Kinder und schüttelte den Kopf. »Das ist nicht gesagt. Ich werde mit dem Arzt sprechen, ich bin sicher, wir finden eine Lösung.«

Eine Woche später bekam Jakub neue Papiere für alle Bewohner der Villa. Ausgestellt von der Gemeinde Nonantola, unterschrieben vom Bürgermeister. Sie waren perfekt, und niemand fragte nach ihrer Herkunft. Jetzt mussten sie nur noch auf die Anweisungen der DELASEM warten.

15

Violett. Sekundärfarbe aus der Mischung von Blau und Rot. Symbol für Reue und Reinigung. Die Farbe des Geheimnisvollen und der Magie. Fördert die Spiritualität.

Wie gerne wäre Stella geduldiger gewesen, aber es gelang ihr einfach nicht. Mit den Jahren und mit zunehmender Erfahrung hatte sich das zwar gebessert, aber noch immer wollte sie mit dem Kopf durch die Wand... Ein hitziger Drang zu überstürztem Handeln, ohne weiter über die Folgen nachzudenken. Als Kind hatte ihr das eine Reihe von Problemen mit ihren Lehrern und vor allem mit ihrer Mutter beschert. Dabei hatte ihre Mutter fast zu viel Geduld mit ihr gehabt.

»Noch immer nichts?«, fragte Luciana.

Stella stand fröstelnd an der Haustür und zwang sich zu einem Lächeln. »Die Sachen werden bald kommen, sie liefern in ein paar Stunden.«

»Was machst du dann jetzt schon draußen?«

Ich stelle mir vor, wie es sein wird.

Aber sie zuckte nur mit den Schultern und antwortete ausweichend: »Ich muss etwas überprüfen.«

Das stimmte natürlich nicht, sie hatte alles genauestens

durchgeplant. Aber sie wollte ein bisschen allein sein mit all den Ideen, die sie auf einem weißen Blatt Papier skizziert hatte. Sie hatte sich entschieden. Als Erstes hatte sie die Außenmauer abgebürstet, bis ihre Finger geschwollen waren, dann hatte sie den Vorstrich gemacht, immer abwechselnd mit der rechten und der linken Hand.

Sie war so voller Energie, konnte nicht stillhalten, am liebsten hätte sie getanzt. Sie musste das, was sie fühlte, als Bild umsetzen. Ihr Schaffensdrang war übermächtig.

Die weißen Mauern waren ein Teil ihrer Zukunft, bereit, die Linien aufzunehmen, die sich treffen, verbinden und dann wieder trennen würden, um neue Richtungen vorzugeben.

Die weißen Mauern erwarteten sie.

Sie würde sie als Leinwand benutzen und Bilder malen. In vielen strahlenden Farben, die Freude, Wohlgefühl und Glück verströmen sollten, für alle, die daran vorbeigingen.

Sie wollte die Mauern mit Farbigkeit, Poesie, Blumen und Schönheit füllen.

Wie die jüdischen Kinder, die ihre Träume und Wünsche zu Papier gebracht hatten. Zum ersten Mal verstand sie wirklich, was ihre Tante hatte sagen wollen.

Kunst wollte geteilt und weitergegeben werden.

An andere, aber auch an sich selbst. Vielleicht war das der Weg, ihr wahres Ich zu finden.

Letizias Vergangenheit blieb ein Geheimnis, und sie wollte sie nicht bedrängen. Und doch grübelte sie weiter, besonders nachts, und betrachtete die Bilder immer wieder. Sie hatte aufgehört, sich zu fragen, von wem sie stammten. Ganz sicher waren es Kinder. Aber sie konzentrierte sich jetzt auf etwas anderes, sie las die Bilder und versuchte, die Geschichten dahinter zu verstehen.

Gab es einen Grund, warum sie Kirschrot oder Karminrot verwendet hatten? Salbeigrün oder Minze? Sonnengelb oder Senf?

Sie wusste, dass die Farben der Ausdruck eines Seelenzustands waren, unbewusste Botschaften von innen nach außen.

Aber die Botschaft der Bilder war komplex und widersprüchlich. Angst, Wut, Panik, aber auch Glück. Widerstreitende Gefühle.

Und die Einzige, die eine Antwort darauf geben konnte, schwieg beharrlich. Stella hatte versucht, das Thema noch einmal aufzunehmen, natürlich ganz behutsam. Sie wollte keinesfalls einen weiteren Anfall riskieren. Die Untersuchungsergebnisse, die Alexander ihr vorgelegt hatte, machten ihr Sorge. Er hatte erklärt, dass Letizia für eine Frau ihres Alters in einem guten Gesundheitszustand war. Aber die wiederholten Ischämien führten zu bleibenden Schäden. Und eine davon könnte tödlich sein. Niemand wusste, ob und wann das passieren würde. Aber Stella spürte, dass sie der Sache auf den Grund gehen musste. Orlando wollte ihr etwas sagen, was auch Letizia betraf. Welchen Zusammenhang gab es mit Theresienstadt? Oder bildete sie sich das nur ein? Und dann war da noch diese Villa, an die sich Flaminia erinnerte. Wenn ihre Tante sich nur öffnen würde.

Sie mussten eine Möglichkeit finden, an sie heranzukommen.

Aber wäre der Preis nicht zu hoch? Wenn die Aufregung Letizia schaden würde?

Wenn ihr, Stella, die Erkenntnisse nicht gefielen?

Stella musste sich eingestehen, dass sie genau davor Angst hatte. Dass etwas Schreckliches dabei herauskommen würde. Sie schämte sich.

Auf der einen Seite wollte sie das Geheimnis der Bilder lüften, auf der anderen Seite aber hätte sie ihre Existenz am liebsten wieder vergessen.

Sie hob den Blick zum Himmel, der immer düsterer wurde. Die Situation erinnerte sie an ihre Kindheit, an ihre Anstrengungen, von ihrer Familie anerkannt zu werden. Ihre Wertschätzung zu erlangen.

Aber das war keine Liebe, auch wenn sich die Gefühle sehr ähnlich waren.

In der Liebe gab es keine Bedingungen. Deshalb würde sie akzeptieren, was immer sie herausfinden würde. Sie war nicht wie die anderen. Sie wusste, was Liebe war. Ließ sie sich nicht auch auf ihre Gefühle für Alexander ein?

Sie würde die Bilder behalten, aber Letizia nur Fragen stellen, wenn sie gesundheitlich dazu in der Lage war. Und wenn sie wirklich antworten wollte.

Sie hatte alle Zeit der Welt, denn sie hatte beschlossen, erst einmal in Bardolino zu bleiben. Das führte noch zu einem anderen Entschluss. Ihr letztes Gespräch mit Barbara hatte sie nicht losgelassen. Sie wusste nicht, warum, aber die Worte ihrer Freundin hatten sie zum Nachdenken gebracht. Sie wollte sie bei ihrem neuen Projekt dabeihaben und dieses Projekt, von dem sie hundertprozentig überzeugt war, mit ihr gemeinsam umsetzen, es mit ihr teilen. Und auch das Glück, die Freude und die Erfüllung, die es versprach – all das wollte sie nicht allein für sich behalten.

Der Gedanke zauberte ein Lächeln auf ihr Gesicht, und sie tippte eine Nachricht in ihr Handy.

Ciao, Barbara, wie geht es dir? Hast du kurz Zeit?

Stella, schön, von dir zu hören. Sicher! Heute haben wir zu, ich ruhe mich gerade ein wenig aus. Wollen wir uns irgendwo treffen?

Mehr hätte sie nicht erwarten können, dachte Stella.

Willst du zu mir kommen?

Gute Idee.

Perfekt.

Kaum hatte sie aufgelegt, hörte sie, wie sich ein Kleinlaster die Straße hochquälte. Endlich!

Sie winkte.

Der Fahrer breitete zum Schutz für das Pflaster eine Plane auf dem Boden aus und fragte: »Soll ich das hier abstellen?«

»Ja, danke.«

Obwohl der Mann protestierte, ließ sie es sich nicht

nehmen, beim Abladen der Farbeimer zu helfen. Sie stellten alles neben dem Gerüst ab, das Stella mit Lucianas Unterstützung aufgebaut hatte.

Jetzt war alles vorbereitet. Das Leben ging seinen Gang, aber sie spürte, dass noch etwas Besonderes in der Luft lag, ein Duft, ein Lied. Ein Passant blieb stehen, ging dann aber weiter.

Stella stieg auf das Baugerüst, um Ausschau nach Barbara zu halten, und entdeckte sie, wie sie langsam den Hügel heraufkam. Stella kletterte nach unten und ging ihr entgegen.

»Danke, dass du gekommen bist!« Sie umarmten sich.

»Machst du Witze? Ich habe nur auf deine Nachricht gewartet. Ehrlich gesagt hätte ich nicht gedacht, dass wir uns so schnell wiedersehen würden.«

Stella errötete, Barbara war schon immer sehr direkt gewesen. Sie verkniff sich einen Kommentar. Jetzt war alles anders. Sie war bereit. »Ich habe ein Projekt.«

Barbara lächelte und deutete auf das Haus. »Wandmalerei?«

Stellas Augen strahlten. »Ganz genau. Willst du mir dabei helfen?«

»Ist das dein Ernst?«

Stella spürte die Begeisterung, die in Barbaras Frage lag. »Danke, das bedeutet mir sehr viel.«

Sie lachten glücklich, Worte waren überflüssig. Ihre alte Freundschaft war noch immer da, sie hatte die ganze Zeit unter der Oberfläche geschlummert, um nun wieder ans Licht zu kommen.

»Willst du einfach die ganze Mauer bemalen, oder hast

du etwas Spezielles im Sinn?« Barbara betrachtete nachdenklich die Grenzmauer der Villa Marcovaldi zur Straße.

»Die ganze Wand.«

»Da hast du dir ja einiges vorgenommen, ein ehrgeiziges Ziel.«

Stella fiel wieder ein, wie sie Alexander von ihrem Traum erzählt hatte, in Sirmione zu leben, direkt am See. Er hatte nicht gelacht, ganz im Gegenteil, er hatte ihr gesagt, dass Träume genau so sein mussten: ehrgeizig.

»Stell dir doch mal vor, wie das aussehen wird, Barbara!«

»Meine Fantasie ist ein bisschen eingerostet, weißt du… Windeln wechseln, Fläschchen, Rechnungen und die Miete lassen einem wenig Zeit. Gib mir ein paar Minuten.«

Stella kicherte. »Die Skizzen sind in der Mappe, aber ich möchte erst einmal wissen, was du generell davon hältst.«

»Was genau hast du vor?«

Stella ließ das Projekt vor ihrem inneren Auge noch einmal entstehen, das Motiv und besonders die Farben. Das Bild sollte Ruhe ausdrücken, deshalb hatte sie sich für eine breite Palette von Blautönen entschieden, von Azur bis Türkis, dazu Heiterkeit, für die sie Orange, Cremeweiß und smaragdgrüne Töne gewählt hatte. Als Blickfang ein wenig Rosa.

Sie konnte es kaum erwarten loszulegen, hielt sich aber zurück, damit Barbara genug Zeit hatte, um sich in das Vorhaben einzufühlen. Sie fragte sich, wie es sein würde, wieder Seite an Seite zu arbeiten wie früher, als sie gemeinsam ein Bild ausgewählt und sich über ihre Gefühle ausgetauscht hatten.

»Helles Lavendel als Grundton, blühende Büsche als *Trompe-l'Œil* herabfallende Glyzinienblüten, Vögel und Schmetterlinge.«

Barbara lächelte. »Das sieht wie eine Einladung aus.«

Stellas Gesicht erstrahlte. »Ganz genau!«

»Die Idee gefällt mir«, sagte Barbara. »Die Einzelheiten können noch warten, wichtig ist, dass das Bild Harmonie ausstrahlt, Würde und Verbindlichkeit. Wir schauen uns an, wie es sich entwickelt, und passen es während des Arbeitsprozesses an.«

»Worauf warten wir noch? Du gibst die Anweisungen, ich setze sie um.«

Barbara lachte. »Und jetzt zeig mir deine Skizzen.«

Stella reichte ihr die Mappe. Sie tauschten sich über einige Details aus und vereinbarten das weitere Vorgehen.

Nachdem Stella die Rolle in den Eimer getunkt hatte, begann sie zögernd, fast ängstlich die Farbe aufzutragen, aber nach und nach wurde sie immer sicherer.

»Himmelblau als Hintergrund, das ist besser als Lavendel. Was meinst du?«

Stella kniff die Augen zusammen. Ihr gefiel es. »Ja, es passt. Ich würde sagen, wir können auch Weiß, Magenta und Dunkelgrau kombinieren.«

»Und Blumen, ich möchte Blumen.«

Stella nickte lächelnd: »Ja, Blumen wird es geben, aber wage es nicht, etwas Schwereres als einen Pinsel anzufassen. Sag mir, was du brauchst, und ich bringe es dir.«

Barbara wischte sich die Finger an einem Tuch ab. »Sobald die Zwillinge da sind, lasse ich mir die Haare rosa färben.«

»Das auch noch?«, fragte Stella lachend.

»Nicht *auch noch*, sondern *wieder*. Ich kann dir gar nicht sagen, wie sehr ich mich freue, dass ich Teil deines Projekts sein darf.«

Stella hielt inne und schaute auf ihre mit Farbe bespritzten Finger. Ihr Herz pochte vor Freude schneller. »Das musst du nicht. Ich verstehe dich auch so. Wie blöd, dass ich nicht früher darauf gekommen bin. So viel verlorene Zeit.«

»Weißt du nicht, dass die Dinge letztendlich dann passieren, wenn sie passieren sollen?«

»Weise Worte.«

Barbara zuckte mit den Schultern. »Gloria ist ein so braves Kind, aber seitdem sie auf der Welt ist, habe ich keine Nacht mehr durchgeschlafen. Wenn du drei Nächte hintereinander kaum geschlafen hast, hast du das Gefühl, den Verstand zu verlieren. Schließlich findest du dich damit ab und wirst weise – dir bleibt nämlich nichts anderes übrig.«

Stella konnte sich nicht vorstellen, wie es wohl sein mochte, ein Neugeborenes jede Nacht über so lange Zeit in den Schlaf zu wiegen, aber nach Barbaras Gesichtsausdruck zu urteilen, musste es ziemlich widersprüchliche Gefühle hervorrufen: Während sie von dem Stress erzählte, hatte sie ein breites Lächeln auf dem Gesicht.

Den ganzen Nachmittag arbeiteten sie, trafen Entscheidungen, verwarfen sie wieder und begannen von Neuem. Erst war die Wand weiß, dann hellblau. Während Barbara immer wieder auf die Entwürfe schaute, übertrug Stella den Himmel auf die Wand. Er sollte von einem besonderen Blau sein, was gar nicht so einfach umzusetzen war. Dann kam ihr eine Idee.

Mit der Fingerspitze malte sie einen Kreis, der nach und nach zu einem ausufernden Fleck wurde.

»Was ist das?«, fragte Barbara staunend.

»Eine Dimension, die sich ausdehnt. Und jetzt schau mal.«

Sie malte weiter, bis die ganze Wand voll solcher Flecken war.

»Wunderschön und irgendwie auch verrückt«, sagte Barbara.

Stella schüttelte den Kopf. »Nein, das ist nur Farbe. Ich habe mit vier Schattierungen gespielt und die Komplementärfarben ergänzt. Aber noch ist es nicht fertig.«

»Nein?«

Stella schüttelte den Kopf und malte mit einem dünnen Pinsel eine Reihe von Linien über jeden Fleck.

»Ist das eine Blume?«

»Vielleicht, das liegt im Auge des Betrachters.«

»Aber wie hast du das gemacht?«

Stella wusste nicht, was sie darauf antworten sollte. Das Bild war schon immer auf dieser Mauer gewesen, sie hatte es nur vor ihrem inneren Auge »gesehen« und reproduziert. Das war zugegebenermaßen eine etwas seltsame Erklärung, deshalb behielt sie es besser für sich. »Es war Intuition, wie alles andere auch, denke ich.«

»Wenn du das sagst ... Ich habe solche Intuitionen nicht. Das heißt, früher vielleicht schon, aber damals habe ich geraucht ...«, Barbara schien erst jetzt zu merken, was sie gerade gesagt hatte, und wurde rot. »Das hast du nicht gehört, oder? Außerdem war das in einem anderen Leben.«

Stella wusste nicht, ob sie lachen oder sich Sorgen machen sollte, und entschied sich für Ersteres.

»Für mich war das schon immer so. Zwischendurch habe ich diese Gabe verdrängt. Aber jetzt ist sie wieder da. Ich sehe Dinge, die es nicht gibt, oder besser gesagt, diese Bilder existieren nur für mich.«

»Das muss wunderbar sein.«

War es das? »Manchmal.«

Im Augenwinkel bemerkte sie eine Bewegung. Auf der anderen Straßenseite standen ein Mann und eine junge Frau und beobachteten sie.

Stella winkte ihnen zu.

Die junge Frau fasste Mut und ging über die Straße. Der Mann hingegen grüßte kurz, blieb aber stehen und starrte weiter zu ihr herüber.«

»Was machst du da?«, fragte sie. Sie war schmal und groß, mit schwarzen Haaren und schmalen Lippen und Piercings über dem Auge. Sie war hübsch und hatte etwas von der Barbara von früher, überlegte Stella. Auch ihre Freundin schien diese Assoziation zu haben, und sie sahen sich augenzwinkernd an.

»Wir bemalen die Mauer.«

»So bunt?«

»Warum nicht? Das Leben ist doch voller Farben.«

Die junge Frau verlagerte ihr Gewicht von einem Fuß auf den anderen. Auf ihrem Gesicht zeigte sich ein Wunsch, den Stella noch von früher kannte.

»Darf ich helfen?«

»Natürlich! Reich mir doch mal den Pinsel«, rief sie, und Barbara nickte zustimmend.

»Den hier?«, sie deutete auf den dicksten.

»Genau den.«

Als sie ihn Stella reichte, lächelte sie über das ganze Gesicht.

»Danke.«

»Ach, übrigens, ich bin Stella, und das ist meine Freundin Barbara.«

»Ich heiße Jennifer.«

»Nett, dich kennenzulernen. Du kannst gerne noch bleiben, wenn du willst.«

»Oh ja, kann ich hier weitermalen?« Sie deutete auf den Teil in cremigem Weiß. »Das sieht einfach aus.«

»Das ist es auch, du musst nur innerhalb der Ränder bleiben, du schaffst das, daran habe ich keinen Zweifel.«

Noch bevor sie nach dem Farbeimer greifen konnte, kam der Mann zu ihnen herüber. »Der sieht ganz schön schwer aus, ich helfe Ihnen. Was brauchen Sie noch?«

Stella war positiv überrascht und deutete auf das Gerüst. »Das müsste versetzt werden.«

»Kein Problem.« Mit sicheren Bewegungen rückte er das Gerüst ein Stück weiter.

»Sie können auch gerne bleiben und helfen, Signor...?«

»Alfio, ich heiße Alfio. Sehr gerne, ich bringe Ihnen alles, was Sie brauchen.«

Er rollte die Ärmel hoch und machte sich an die Arbeit. Als hätte er einen sechsten Sinn, wusste er genau, wo man ihn gerade brauchte. Sein besonderes Augenmerk galt der hochschwangeren Barbara. Wer war dieser Mann? Stella hatte ihn noch nie gesehen. Aber spielte das überhaupt eine Rolle? In diesem Moment waren sie alle gleich und unterstützten sich gegenseitig.

Nach und nach kamen die anderen Damen aus dem Haus, erst Luciana, dann Flaminia, die sich einen Stuhl bringen ließ, um nichts zu verpassen, und schließlich Letizia, die sich auf ihren Stock stützte.

»Unglaublich«, sagte Luciana, als sie ihren bärbeißigen Nachbarn erkannte, mit dem sie schon so manche Diskussion gehabt hatte, »der Hahn im Korb.«

Flaminia kicherte, während Letizia sich wortlos auf den angebotenen Stuhl setzte und Stella beobachtete.

Ein paar Stunden später war die Straße voller Menschen. Einige malten mit, andere gaben Tipps oder brachten heißen Tee, wieder andere etwas zu essen. Die Pinsel wanderten von Hand zu Hand, die Mauer erstrahlte in prächtigen Farben. Einige schüchterne Sonnenstrahlen brachen durch die Wolken und verwandelten das Bild in ein Kaleidoskop mannigfacher Schattierungen, das gemeinsame Werk einer Gruppe ganz unterschiedlicher Menschen.

Letizia fühlte, wie sie von Melancholie eingehüllt wurde. Eine solche Welle der Solidarität kannte sie aus der Vergangenheit. Damals allerdings war sie ein Teil des Ganzen gewesen. Die Gemeinschaft, die sie nun vor Augen hatte, weckte lange verdrängte Erinnerungen.

Sie würde Stella die Geschichte erzählen, beschloss sie. Sie würde ihr sagen, dass auch vor vielen Jahren Farben und die Malerei die Menschen zusammengeschweißt hatten. Was für eine dumme Idee zu glauben, die Vernichtung der Bilder könnte sie das Erlebte vergessen lassen. Sie hatte es versucht, aber gelungen war es ihr nie. Und hätte das überhaupt einen Sinn gehabt? Wenn es nur nicht zu dieser Katastrophe gekommen wäre. An der sie Schuld trug, eine Bürde, an welcher sie zeit ihres Lebens schwer zu tragen gehabt hatte.

In all den Jahren hatte die Schuld an ihr genagt, sie hatte nicht zugelassen, irgendwann wirklich glücklich zu sein.

Sie hatte sich an Orlando geklammert, hatte bei seiner inneren Stärke Zuflucht gesucht und gefunden. An seinem moralischen Kompass konnte sie sich festhalten. Er hatte immer gewusst, was richtig und was falsch war. Er war Soldat gewesen und hatte dem Tod wiederholt ins Auge gesehen. Er war ihr Fels in der Brandung.

Aber sie?

Stella winkte ihr zu und kletterte vom Gerüst.

Wie jung sie war, wie schön und wie zufrieden, dachte Letizia.

»Na, Tante, was sagst du?«

»Wunderbar.«

Luciana hielt Stella ein Brötchen hin. »Hier, iss.«

Sie zog die Handschuhe aus und biss herzhaft hinein. »Danke, ich habe richtig Hunger.«

»Das dachte ich mir. Aber sag mal, wie hast du Alfio zum Mitmachen gebracht? Er ist ein schwieriger Mensch.«

»Wirklich?«, fragte Stella. »Bist du sicher, dass du ihn meinst? Er ist richtig nett.«

Nur jemand wie Stella konnte Alfio Barbieri für sympathisch halten. Letizia lächelte. »Du hast Wunder bewirkt.«

»Ich? Das verstehe ich nicht.«

Bevor Letizia erklären konnte, wie gerührt sie war zu sehen, wie all die Menschen die Mauer in ein Kunstwerk verwandelten, bemerkte sie, dass ihre Nichte mit ihren Gedanken ganz woanders war. In einer Dimension, in der Fantasie und Vorstellungskraft an erster Stelle standen. In der die Farbe den Weg zur Seele zeigte.

»Sie sind so glücklich ...«

»Nicht wahr? Unglaublich, wie viele Menschen sich von der Malerei begeistern lassen.«

Nein, das war es nicht. Die Kunst war schon immer ein Katalysator gewesen. Was Letizia wunderte, war der Sinn für die Gemeinschaft, der Wunsch zu helfen. Nicht alle malten, einige schauten einfach zu, andere, wie Alfio, unterstützten die Maler, bauten das Gerüst ab und woanders wieder auf. Manche saßen einfach nur da, betrachteten den Fortgang der Arbeiten und plauderten.

»Das sind Zeichen für ein friedliches Miteinander. Und das ist gut ...«, sagte sie leise zu sich selbst.

Für Stella war es ein besonderer Abend. Glücklich und zufrieden wie schon lange nicht mehr, sah sie mit noch feuchten Haaren in den beschlagenen Spiegel. »Ich habe die Tür zum Bad offen gelassen«, murmelte sie. Der Wasserdampf war auf dem Glas kondensiert. Summend malte sie mit dem Finger Figuren auf den Spiegel, wie früher als Kind. Ein Haus, Bilder, die ihr wohlvertraut waren.

Plötzlich wich sie zurück, die Augen auf den Spiegel gerichtet. »Die Geschichten ...«, flüsterte sie. Alles hatte jetzt einen Sinn: Die Geschenke ihres Onkels, seine Andeutungen vor seinem Tod, die geheimnisvollen Nachrichten, die sie anfangs nicht verstanden hatte, die aber jetzt, im Licht der Ereignisse, eine neue Bedeutung bekommen hatten. Sie musste mit ihrer Tante sprechen, sie musste Bescheid wissen. Als sie nach unten ging, war es still. Flaminia hatte sich in ihr Zimmer zurückgezogen, Luciana würde erst am nächsten Morgen wiederkommen.

Stella wanderte durch den Flur.

Ihre Tante saß wie üblich im Sessel, die Hände im Schoß verschränkt, und schaute ins Feuer. Aristide lag schnarchend neben ihr. Sie blieb auf der Türschwelle stehen, ihr Mut begann zu schwinden.

»Weißt du, dass mein Gehör mit dem Alter besser geworden ist, Stella? Unglaublich, oder?«

»Tante ...«

Letizia drehte sich zu ihr um und deutete auf das Sofa. »Komm, setz dich. Warum kannst du nicht schlafen? Du musst doch todmüde sein.«

Das war der richtige Abend, dachte Stella. Jetzt oder nie. Sie brauchte Antworten. Sie setzte sich. »Es würde mir sehr viel bedeuten, wenn du mir die ganze Geschichte erzählen würdest.«

Letizia seufzte, ihre Augen versanken in ihren.

»Warum?«

Diese Frage hatte sie sich selbst viele Male gestellt. Sie musste wissen, was passiert war, aber auch, was ihr Onkel sich dabei gedacht hatte, sie auf diese Fährte zu setzen. »Es ist wichtig.«

Letizia blickte auf ihre zitternden Hände.

»Danach wird alles anders sein.«

»Warum fängst du nicht einfach an? Meinst du wirklich, es könnte irgendetwas in deiner Vergangenheit geben, was meine Liebe zu dir schmälern könnte?«

Sie schüttelte den Kopf. »So einfach ist das nicht. Ich bin dafür verantwortlich, dass etwas Schreckliches geschehen ist.«

Stella hielt die Luft an. Was könnte sie nur sagen, damit ihre Tante ihr vertraute?

»Hat es mit Theresienstadt zu tun? Warst du dabei?«

Letizia riss überrascht die Augen auf. »Im Konzentrationslager? Warum hätte ich dort sein sollen?« Sie schüttelte den Kopf. »Du hattest schon immer eine lebhafte Fantasie.«

Stella ließ sich nicht beirren. »Die Zeichnungen, die ich im Koffer gefunden habe, die mir Orlando geschenkt hat, stammen sie von dort? Hast du jemanden im KZ verloren? Willst du deshalb nicht darüber sprechen?«

Letizia starrte sie mit ungläubigen Augen an, als könne sie ihr nicht folgen.

»Nein, mein Schatz. Nur Gott allein weiß, warum sich die Bilder ähneln. Es ist die Geschichte, die dahintersteckt. Sie stammen von Kindern auf der Flucht, von kleinen, unschuldigen Seelen.« Sie seufzte.

»Was ist in der Villa geschehen, die die Kinder gemalt haben?«

Letizia schwieg eine Weile, als ob sie ihre Gedanken sammeln müsste. »Das erste Mal habe ich sie aus der Ferne beobachtet. Es brauchte eine Weile, bis ich den Mut hatte, mich ihnen zu nähern.«

Stella starrte sie an.

Letizia seufzte erneut, ihr Blick schweifte in die Ferne.

Die Erinnerungen, die sie so lange versteckt hatte, überfielen sie mit Macht.

Seit einer Weile schon beobachtete sie die Villa, die sich deutlich gegen den Himmel abhob.

Viel zu auffällig, dachte sie.

Selbst der Nebel, der sie einhüllte, konnte das markante Gebäude nicht verbergen. Nicht genug jedenfalls, nicht für lange.

»Wie viele sind es, hast du gesagt?«

»Keine Ahnung, aber macht das einen Unterschied?«

»Nein.« Es wären in jedem Fall zu wenig.

Sie hätte gerne Optimismus ausgestrahlt, aber ihr gelang nicht einmal ein Lächeln. Als ob ihre Lippen gelähmt wären. Starr wie ihr übriger Körper.

Die Frau neben ihr nickte. Auch sie wollte nicht reden. Sie gingen Seite an Seite, wie immer in den vergangenen Monaten.

»Wir werden alles bekommen, was diese Kinder brauchen.« Letizia umklammerte das Bündel in ihren Händen, als ob sie sich versichern wollte, dass es auch wirklich da war.

»Du hättest ihnen Brot bringen sollen, keine Zeichenblöcke.«

Sie antwortete nicht gleich. Der raue Ton ihrer Begleiterin war ihr vertraut. Seitdem Letizia im Dorf war, hatte Mimma ihre Skepsis und ihr Missfallen nie verhehlt. Als ob sie ihr Geheimnis kennen würde und wüsste, dass sie nicht aus Zufall hier war. Und doch saß sie jeden Abend in der ersten Reihe der Klasse.

»Das sind Kinder, für die auch das Künstlerische und Musikalische wichtig sind. Sonst können sie nicht träumen und hoffen.«

Letizia wusste nicht, ob sie Mimma mit diesen Worten erreichte. Hier auf dem Land bedeuteten sie nichts. Die Menschen waren schon bei Morgengrauen auf den Feldern, sie arbeiteten bis spätabends. Hier wurde gehandelt und nicht geträumt. Sie waren aufrichtige und geradlinige Leute, und sie respektierte das.

Mimma schnaufte, sagte aber nichts. Nebeneinander gingen sie in Richtung Villa, bis sie bemerkt wurden. Letizia winkte. Sie freuten sich, dass sie kamen, blieben aber in der Nähe des Hauses. Die Villa war ihr Anker, ihr Rückzugsort.

Jedenfalls im Augenblick.

Ganz vorsichtig ging sie auf die Kinder zu, sie wollte auf keinen Fall, dass sie Angst bekamen.

Ihre eigene Angst versuchte sie zu verbergen, nicht nach außen dringen zu lassen.

Sie legte das Bündel mit den Malutensilien auf einen Tisch am Eingang ab und schaute sich um.

»Hallo, wie geht es euch?«

Die Kinder reagierten schüchtern, zögernd streckten sich Hände nach ihnen aus. Niemand lächelte.

Letizia spürte ihre Verwirrung, die tiefe Trauer in ihrem Blick, und ihr Herz füllte sich mit Schmerz. Sie suchte nach einem Weg, sie zu erreichen, ihnen zu helfen.

»Wie heißt du?«, fragte sie einen Jungen, der etwas ab-

seits stand. Sie streichelte ihm über die Schulter, am liebsten hätte sie ihn in den Arm genommen, aber stattdessen schob sie ihn in Richtung Tisch, wo die Blöcke und die Farben lagen. Pinsel hatte sie zwar nicht mitgebracht, aber der Junge steckte einen Finger in die blaue Farbe und malte eine Horizontlinie. Dann drehte er sich zu ihr um.

»Danke«, sagte er auf Deutsch.

Er sprach langsam, seine Stimme vibrierte vor Angst, sie schien von weit weg zu kommen.

Wie dumm von ihr, dachte sie. Sie hatte Italienisch mit ihm gesprochen, dabei hätte sie wissen müssen, dass er nur Deutsch verstand. Sie hatte diese Sprache schon lange nicht mehr gesprochen, aber die Worte kamen ihr leicht über die Lippen.

»Jetzt seid ihr in Sicherheit«, sagte sie und lächelte. Er sah aus wie ein Engel.

»Wie heißt du?«

Er hob den Blick. »Elijah.«

Sein Gesichtsausdruck veränderte sich nicht. Er glaubte ihr nicht. Sie kniete sich vor ihm hin, die Kieselsteine bohrten sich in ihre Haut. Sie hatte nur dieses eine Paar Strümpfe, aber das war ihr egal. Sie blieb in dieser Position, bis sie die Arme des Jungen um ihre Schultern spürte. Als er sich in ihre Arme sinken ließ, sog sie seinen Duft ein.

»Alles wird gut, ich verspreche es dir.«

Er nickte und drückte den Kopf an ihre Brust.

Er ist nur ein Kind, dachte sie.

Nur ein Kind.

Dann schaute sie zu den anderen, die die Szene beob-

achtet hatten. Die Erwachsenen hielten sich abseits. Das Misstrauen in ihren Gesichtern erzählte von dem, was sie mitangesehen hatten und wovor sie geflohen waren.

Ihre Vergangenheit war Terror, ihre Zukunft ein Fragezeichen.

Die kleineren Kinder waren schüchtern und versteckten sich, dabei umklammerten sie die Hände der größeren. Ihre Füße steckten in abgetragenen Schuhen, die viel zu großen Pullover hingen wie Säcke an ihren mageren Körpern herab, unruhig blickten sie sich um.

Letizia zitterte, sie konnte die Tränen nicht zurückhalten. Mimma zog sie am Ärmel. »Hör auf, das sind doch nicht deine Kinder.«

Aber genau das war das Problem, dachte sie traurig. »Oh doch, das sind unser aller Kinder.«

Ein Eimer rollte scheppernd über den Boden, sie zuckte zusammen. Die Kinder kauerten sich wie Vögelchen um den jungen Lehrer, der, aufgeschreckt durch das Geräusch, nach draußen gerannt war. Er breitete die Arme aus, als wolle er sie alle beschützen.

»Hier seid ihr sicher«, sagte er.

Als er den Blick hob, konnte Letizia den Ausdruck seiner leeren Augen kaum aushalten.

»Ja, hier seid ihr in Sicherheit«, bekräftigte sie.

Die Lüge brannte ihr auf der Zunge. Niemand hier war in Sicherheit. Sie wusste das. Aber man musste trotzdem daran glauben.

16

Sepia. Die Mischung aus Rot, Grün und Blau, ein bräunlicher Farbton aus organischen Pigmenten, mit dem faszinierende Kontraste entstehen können. Warm, einladend und strahlend, die Farbe der Eleganz.

Letizia, September 1943

»Es ist vorbei, der Krieg ist vorbei!«

Letizia saß am Schreibtisch und korrigierte gerade Klassenarbeiten. Sie riss überrascht die Augen auf und trat ans Fenster. Ein Mann rannte durch die Straße und rief: »Badoglio hat den Waffenstillstand unterschrieben. Es ist vorbei, der Krieg ist vorbei!«

Ihr Herz schlug schneller, sie schaltete das Radio ein und setzte sich wieder.

Die Meldung wurde auf allen Frequenzen gesendet.

»Die italienische Regierung erkennt die Unmöglichkeit an, diese ungleiche Auseinandersetzung mit dem übermächtigen Gegner fortzuführen. Um weiteren schweren Schaden von der Nation abzuwenden, hat sie den Oberbefehlshaber der alliierten Truppen,

General Eisenhower, um einen Waffenstillstand ge-
beten. Der Bitte wurde stattgegeben. Aus diesem
Grund werden alle kriegerischen Handlungen sei-
tens der italienischen Streitkräfte gegen die alliierten
Truppen eingestellt. Diese werden allerdings auf alle
Angriffe antworten, die gegen sie gerichtet sind.«

Letizia schlug sich die Hand vor den Mund und weinte. Diese Worte bedeuteten gar nichts, das wusste sie. Das waren nichts als Lügen. Mit wild klopfendem Herzen dachte sie an die faschistischen Soldaten. Sie würden das niemals akzeptieren. »Was wird jetzt passieren?«, fragte sie sich, Angst stieg in ihr auf. Es war kühler geworden, deshalb zog sie die Wolljacke über und ging nach drau-ßen. An eine Mauer gelehnt, betrachtete sie die feiernden Menschen.

»Kein Tänzchen, Frau Lehrerin?«

Sie drehte sich zu Mimma um. Auch sie sah nicht glücklich aus, sondern wirkte eher noch besorgter als sie. »Nein, und du?«

»Erinnerst du dich daran, wie du gesagt hast, dass du dorthin zurückgehst, wo du hergekommen bist?«

Letizia nickte.

»Jetzt ist es so weit. Verschwinde, solange du noch kannst.«

»Frau Lehrerin, du hattest recht, man muss Hoffnung haben!« Elijah rannte auf sie zu.

Letizia sah ihn an. »Lauf zur Villa und sag dem Lehrer, dass ich später vorbeikommen werde.«

Elijah freute sich über den Auftrag, er konnte sich nur

selten nützlich machen. Er nickte und rannte davon. Sie sah ihm nach. Sie liebte alle Kinder der Villa, aber ihn hatte sie besonders ins Herz geschlossen. Nachdem er losgelaufen war, wandte sie sich an ihre Freundin.

»Das kann ich nicht, Mimma.«

»Umso schlimmer für dich«, der Blick der Frau war kalt.

Am nächsten Tag bewahrheiteten sich Letizias Befürchtungen. Die deutschen Truppen besetzten die Schaltzentralen der Macht, die italienischen Soldaten in den Kasernen, die überhaupt nicht mehr wussten, was sie tun sollten, wurden entwaffnet und leisteten erbitterten Widerstand. Es herrschte völliges Chaos. Die Erfahrenen setzten sich ab, einige schlossen sich den Invasoren an, andere wurden festgenommen.

In Bologna kam es zu Schießereien. Die Deutschen waren besser organisiert, disziplinierter und hatten keine Skrupel, das Leben der Zivilbevölkerung aufs Spiel zu setzen. Die Toten wurden einfach von den Straßen gezogen, das Blut abgespritzt.

In wenigen Tagen war der Norden Italiens von den Nazitruppen besetzt, die Hoffnung auf ein Ende des Krieges hatte einer schrecklichen Realität Platz gemacht.

Letizia schaltete das Radio aus, länger zuzuhören hatte keinen Sinn, es gab ohnehin nur Propaganda. Sie konnte es nicht mehr hören. Ihre Angst wurde immer größer. Auf der Straße traf sie Signor Giustino. Er war leichenblass, sein Blick war glasig.

»Uns erwarten dunkle Stunden, ich fürchte, alles, was

wir bisher erlitten haben, war nur der Anfang. Vielleicht sollten wir den Beginn des Schuljahrs verschieben.«

»Nein«, sie schüttelte den Kopf, »wir dürfen nicht zulassen, dass uns diese Leute auch noch die Hoffnung nehmen. Die Kinder müssen in die Schule, und wir müssen alles dafür tun, dass es weitergeht.«

Giustino hob den Blick. »Wie schön ist doch die Jugend. Tun Sie, was Sie für richtig halten, es kommt ohnehin, wie es kommen soll. Aber das sagen das Alter und die Resignation.« Sie schwiegen. Dann fügte er hinzu: »Dass ich das noch erleben muss! Ich war im Ersten Weltkrieg in Österreich interniert.« Er schüttelte den Kopf. »Mit einem zweiten Krieg hatte ich nicht gerechnet.«

Instinktiv strich sie ihm über den Arm und sah ihm fest in die Augen.

»Wir werden auch das schaffen. Gemeinsam.«

»Neues von Ihrem Leutnant?«, wechselte Giustino das Thema.

Sie schüttelte den Kopf, ihre Augen füllten sich mit Tränen.

»Vielleicht ist er geflohen?«, versuchte er, sie zu trösten.

Das glaubte Letizia nicht.

Orlando hätte sich nie seiner Pflicht entzogen, da war sie sicher. Das bedeutete, dass er womöglich gerade im Gefängnis saß, um zusammen mit anderen Soldaten, die ihre Waffen nicht freiwillig abgeben wollten, nach Deutschland deportiert zu werden.

Sie wollte nicht daran denken, dass ihm etwas passiert sein könnte. Eine Welt ohne ihn war für sie undenkbar.

Wieder wurde Bologna von schweren Luftangriffen erschüttert. Der Arzt, der Priester und der Bürgermeister organisierten die erste Hilfe für die Flüchtlinge, die auf dem Weg zur Küste in Nonantola strandeten, versorgten die Verletzten, spendeten Trost. Die Frauen kochten ihnen aus dem wenigen, das sie hatten, warme Mahlzeiten.

Du musst sofort ins Schloss zurückkommen! Ich schicke dir jemanden, der dich abholt, die Züge sind nicht mehr sicher. Oder ich komme selbst. Keine Diskussionen.

Letizia las mit lauter Stimme die Nachricht ihrer Tante, ein kalter Schauer lief ihr über den Rücken. Der Abend war außergewöhnlich warm, die laue Luft wehte durch das offene Fenster. Sie sah nach draußen und dachte an Teresa, an Berenike.

Sie wusste, dass es beiden gut ging, Fiammetta, die in Kontakt mit der Familie Hoffmann stand, hatte es ihr gesagt.

Teresa besuchte die Universität, sie war auch dort eine der Besten. Wie immer. Sie waren immer die Besten gewesen. Aber ihr Leben war nicht vom Horror des Krieges bestimmt, das hatte ihr das Schicksal erspart.

Plötzlich hatte Letizia Sehnsucht.

Sie dachte daran, wie glücklich sie hätte sein können, wenn sie Berenikes Rat gefolgt wäre.

Ein unbeschwertes Leben, ab und zu eine Prüfung, über interessante Themen plaudern und sich Gedanken darüber machen, welches Kleid man zu welchem Anlass anziehen sollte.

Mit Teresa Schokolade essen und sich vor Lachen den Bauch halten.

Sie musste schlucken, aber der Kloß im Hals blieb.

Wann hatte sie das letzte Mal so etwas wie Glück verspürt? Jetzt lebte sie in einem Zustand ständiger Anspannung, der Angst und der Entbehrung.

»Ich kann so nicht weitermachen!«

In sich fühlte sie den drängenden Wunsch, die Verzweiflung, die Trauer und den Schmerz abzustreifen. Sie wollte die blutigen Gesichter vergessen, die Verletzungen, die sie verarztet hatte. Der metallische Geruch nach Blut haftete an ihr, obwohl sie sich jeden Abend die Hände rot schrubbte. Sie fuhr sich übers Gesicht.

Aber sie konnte nicht gehen, sie konnte die Kinder nicht im Stich lassen.

Jeden Tag kam der Lehrer der jüdischen Kinder oder einer der Betreuer ins Dorf und wartete vor der Poststelle. Letizia tat so, als unterhielte sie sich mit den anderen Frauen. Bei dieser Gelegenheit erfuhr sie von der drohenden Ankunft der Nazitruppen. Während sich der Konvoi dem Dorf näherte, wurde die Villa evakuiert. Die Kleinsten fanden in Bauernfamilien Unterschlupf, wo sie nicht auffielen, aber die Großen zu verstecken war weitaus schwieriger. Der Arzt, der Priester und der Abt beschlossen sie im Seminar der Abtei unterzubringen.

Den Unterricht wieder aufzunehmen wäre zu gefährlich, die deutschen Soldaten durchkämmten systematisch das Dorf und beschlagnahmten alles, was ihnen in die Hände fiel: Getreide, Tiere, sogar Kohle und Holz. Die Mussolini-Jahre hatten die Bewohner erduldet, ohne groß zu klagen, aber diesen Soldaten gegenüber entwickelten sie einen tiefen Hass. Als Gerüchte über Razzien gegen Juden das Dorf erreichten, wuchs die Dorfgemeinschaft noch enger zusammen. Viele Familien boten ihre Hilfe an, obwohl sie bereits ein oder zwei Fahnenflüchtige oder Kinder aus der Villa aufgenommen hatten.

Je mehr die »Invasoren« die Bevölkerung drangsalierten, desto größer wurde der Widerstand, der passive und der organisierte.

Im Oktober änderte sich alles.

Die Alliierten rückten von Süden vor, die deutschen Besatzer mussten an die Front zurück.

Nonantola kehrte zur Normalität zurück. Die Felder wurden bestellt mit allem, was von den Beschlagnahmungen noch übrig war. Aus anderen Dörfern gelangten Eier, Käse und Fisch auf den immer größer werdenden Schwarzmarkt.

Jetzt war der Moment gekommen, die Flucht vorzubereiten.

»Sie müssen wie Schüler auf einem Ausflug aussehen, alle in möglichst gleicher gepflegter Kleidung. Innerhalb der nächsten zehn Tage werden sie in diesen Zug steigen müssen, eine andere Möglichkeit gibt es nicht. Die Zeit läuft uns davon! Jemand könnte reden, das wisst ihr besser als ich.«

Letizia saß zwischen Dolores und Mimma und hörte aufmerksam zu. »Es sind zu viele, sie werden auffallen.«

Jakub nickte. »Wir müssen sie aufteilen, zuerst die Kleinsten, es wird wie ein Ausflug aussehen. Bei den Größeren ist es schwieriger, die müssen wie Internatsschüler wirken.«

»Lasst uns gleich mit den Vorbereitungen anfangen.«

»Es gibt ein Problem. Wir haben kein Geld mehr, um die Kleidung und all das zu bezahlen, was wir brauchen«, erwiderte Jakub.

»Wir hätten sowieso kein Geld genommen. Bereite die Reise vor, Jakub. Binnen zehn Tagen wird alles fertig sein.«

Die DELASEM lieferte einen Ballen grauen Wollstoff für die einheitliche Kleidung, die Kissenbezüge kamen aus einem Kurzwarengeschäft, ein anderes lieferte die Knöpfe. Damit nicht auffiel, dass überall Frauen mit dem Nähen von Mänteln beschäftigt waren, arbeiteten sie alle in einem Raum zusammen. Stundenlang saßen sie mit gesenkten Köpfen über ihrer Näharbeit, voller Stolz und Kraft, so wie es nur Frauen sein können, die ein gemeinsames Ziel haben. Und dann war endlich auch der letzte Stich gemacht.

»Es ist alles fertig, sagt dem Arzt Bescheid.«

Am Morgen der Abreise gingen die Kinder in kleinen Gruppen zum Bahnhof. In ihren neuen Mänteln sahen sie richtig gut aus, Gepäck hatten sie keines. Letizia, die sich in den vergangenen Tagen nur schwer von Sara hatte verabschieden können, hielt sich abseits, sie konnte die Tränen nicht zurückhalten. Es zerriss ihr fast das Herz. Sie wollte nicht an den Moment denken, in dem sie sich von Elijah trennen musste. Wie sollte sie ohne ihn weiterleben? Ohne sein Lächeln, seine ständigen Fragen, das Vertrauen, das er zu ihr hatte? Immer wieder suchte und fand er ihre Hand.

Jakub ging auf sie zu und lächelte, dann setzte er sich neben sie. »Im Talmud steht, dass in jeder Generation sechsunddreißig Gerechte geboren werden. Niemand kennt die Auserwählten, sie selbst wissen es auch nicht. Menschen, auch aus armen Verhältnissen, die irgendwann in ihrem Leben das Volk Israels beschützen werden. Man sagt, dass auf ihren Schultern das Schicksal der Menschheit liegt, weil Gott sie für diese Aufgabe bestimmt hat. Ich habe sehr viel Glück gehabt, Letizia. Was auch passieren wird, warum und wo auch immer, ich werde mich Ihnen und diesem Dorf stets verbunden fühlen.«

»Von dieser Geschichte aus dem Talmud habe ich noch nie gehört.« Sie griff nach dem Taschentuch, das er ihr hinhielt, und betupfte sich das Gesicht. Ihre Tränen würde sie nicht trocknen können, es waren zu viele. Erst Orlando, jetzt die Kinder. Sie würde sie nie wiedersehen. Sie hatte das Gefühl, man hätte ihr das Herz herausgerissen, und an seinem Platz wäre jetzt ein Loch.

»Sara hat mir von Ihrem ersten Treffen erzählt. Sie sind ein wunderbarer Mensch, Letizia. Ich wünschte, ich hätte Sie unter anderen Umständen kennengelernt, dann hätte ich Sie um einen Tanz gebeten. Und wer weiß, vielleicht hätten Sie ihn mir gewährt.«

Sie lachte leise. Ob dieser schüchterne junge Mann sie lange ertragen hätte? Sie drückte ihm dankbar die Hand. »Versprechen Sie mir, besonders auf Elijah zu achten?«

Jakub schüttelte den Kopf. »Ich würde gerne sagen, alles wird gut, aber die Reise ist lang, und dem Kleinen geht es nicht gut.«

Letizia sah ihn angsterfüllt an. »Was ist passiert?«

»Seit gestern hat er hohes Fieber. Der Arzt hat getan, was er konnte.«

»Dann lassen Sie ihn hier, ich kümmere mich um ihn.«

Jakub schüttelte den Kopf. »Unmöglich. Wenn sie ihn finden...«

Letizia gab nicht auf. »Das stimmt. Aber ich werde dafür sorgen, dass man ihn nicht findet. Und wenn dieser schreckliche Krieg endlich vorbei ist, bringe ich Elijah zu Ihnen, egal wohin. Und wenn Sie dann immer noch wollen, tanze ich auch mit Ihnen.«

Er starrte sie an, als hätte sie den Verstand verloren. »Sie wissen nicht, was Sie da sagen, Letizia, Ihr grenzenloser Optimismus macht Sie blind. Machen Sie die Augen auf, nur ein einziges Mal! Diesen Typen ist alles egal, sie glauben an gar nichts, die Macht hat ihre Seelen krank gemacht, warum wollen Sie das nicht begreifen? Sie werden uns jagen wie Tiere, uns zur Strecke bringen und töten. Nicht nur uns Juden, auch Sie, weil Sie uns geholfen haben, Sie dummes Ding!«

Letizia hatte ihn noch nie so verzweifelt erlebt. Aber sie wich nicht zurück, auch wenn sie innerlich zitterte, obwohl sie wusste, dass jedes seiner Worte wahr war. Doch das war ihr egal, sie wollte nicht auch noch Elijah verlieren. »Dann schwören Sie mir, dass Sie ihn sicher über die Grenze bringen werden.«

Sie schauten sich lange an, dann murmelte Jakub etwas

in einer Sprache, die Letizia nicht verstand. »Sie wissen, dass ich das nicht kann«, meinte er schließlich.

Letizia musste lächeln, trotz der Trauer spürte sie eine Heiterkeit, die sie mit Hoffnung erfüllte. »Ich werde mich um den Kleinen kümmern. Schreiben Sie mir, wenn Sie mehr wissen. Uns wird es gut gehen, darauf gebe ich Ihnen mein Wort.«

17

Purpur. Eine Abstufung von Rot, eine Farbe sehr alten Ursprungs, die aus organischen Pigmenten gewonnen wird. Die Farbe des Adels. Lebendig, dynamisch, ein Symbol für Lebensenergie. Mit Grau, Violett und Weiß eine interessante Kombination.

Stella klopfte an Flaminias Tür. »Darf ich eintreten?«

Die alte Dame drehte sich um und nahm ihre Brille ab. »Sicher, komm rein. Ich dachte, du wärst mit deinem Verlobten unterwegs.«

»Nein… das ist nicht mein Verlobter.«

»Wirklich? Was denn dann?«

Stellas Miene verdüsterte sich. »Das weiß ich noch nicht.«

»Aber er gehört zu dir?«

Tat er das? Sie wusste es nicht. Sie hatten eine tiefe Verbindung, das konnte sie nicht bestreiten. Aber Alexander öffnete sich nur, wenn sie beide alleine waren; in der Gegenwart anderer war er verschlossen und nachdenklich. Anfangs hatte sie sich dabei gut und frei gefühlt, doch mittlerweile störte sie das. »Ich bin nicht hier, um über mich zu sprechen.«

Flaminia kräuselte die Nase. »Schade, über dich spreche ich am liebsten. Übrigens holt mich Rossella am Sonntag ab.«

»Verlassen Sie uns schon so bald wieder?«

»Na, hör mal, ich bin schon einen ganzen Monat hier. Die schönsten Ferien der letzten Jahre, das muss ich zugeben. Aber ich habe auch Pflichten. Es ist an der Zeit, mich zu verabschieden, es sei denn, du möchtest mitkommen. Nein, sag jetzt nichts. Ich weiß sehr wohl, dass du andere Pläne hast, aber die Hoffnung stirbt zuletzt. Zieh nicht so ein Gesicht. Ich erwarte übrigens, dass sich Rossella bei dir entschuldigt.«

Darauf legte Stella zwar keinen Wert, aber sie war neugierig. »Wie haben Sie das denn geschafft?« Flaminias Enkelin war eine stolze, selbstbewusste Frau.

»Ich habe damit gedroht, mein gesamtes Vermögen den Armen zu vererben.«

Stella lachte, aber als ihr Blick wieder auf Flaminia fiel, wusste sie, dass sie es ernst meinte. »Hauptsache, es ist alles gut gegangen.«

»Danke für alles, was du für mich getan hast.« Sie streckte die Hand nach Stella aus, doch die stand auf und umarmte sie.

»Ich danke Ihnen, Flaminia. Sie haben mich mit meiner Kunst versöhnt. Wenn Sie nicht gewesen wären ...«

»Nein, ich habe dir nur eine andere Perspektive aufgezeigt. Es war alles schon in dir drin. Es ist nicht gut, unser Ich zu unterdrücken, das ist der sicherste Weg ins Unglück. Wir müssen nur lernen, unser Inneres bestmöglich auszudrücken. Worüber möchtest du mit mir sprechen?«

Stella war immer noch gerührt und räusperte sich. »Erinnern Sie sich an die Zeichnungen, die ich Ihnen gezeigt habe?«

»Natürlich, ich bin zwar alt, aber mein Gedächtnis funktioniert noch.«

Stella unterdrückte ein Lächeln. »Daran habe ich keinen Zweifel.«

»Du Schmeichlerin.«

Sie würde diese Frau sehr vermissen, dachte Stella. Ein hintergründiges Lächeln malte sich auf Flaminias Gesicht ab. »Da du mir keine Details aus deinem Liebesleben erzählen willst, werde ich mir selbst etwas ausdenken. Aber wir kommen vom Thema ab. Was willst du mir über die Zeichnungen sagen?«

»Ich weiß, von wem sie stammen!«

»Wie hast du das herausgefunden?«

»Meine Tante hat mir eine verrückte Geschichte über eine Gruppe von Kindern erzählt. Und mit Theresienstadt hat das Ganze nur indirekt zu tun. Wissen Sie noch? Die Villa, von der Sie geredet haben.«

»Sprich bitte weiter.«

»Es waren nicht ihre Schüler, aber sie hing sehr an ihnen. Damals war sie noch keine zwanzig, eine junge Lehrerin, hin- und hergerissen zwischen ihrer Pflicht als Lehrerin und dem Wunsch, das Richtige zu tun. Im Dorf, in dem sie unterrichtete, gab es eine Villa, in der eine Gruppe von Flüchtlingen untergekommen war. Kleine und größere Kinder mit ihren Betreuern. Sie haben diese Bilder gemalt.«

»Ein Dorf? Und wo genau?«

»Keine Ahnung, das hat sie im Dunkeln gelassen.«

»Es ist wichtig, den Namen des Ortes zu kennen.«

»Ich weiß, und ich brenne darauf, mehr zu erfahren. Aber ich möchte sie nicht drängen. Es ist schwer für sie, darüber zu sprechen, aber es ist eine wunderbare Geschichte.«

»Und sehr interessant.«

»Ja, aber das Beste kommt noch. Nachdem Badoglio den Waffenstillstand unterzeichnet hatte und die Nazis die Macht übernommen hatten, haben alle Einwohner des Dorfes die Kinder beschützt. Sie haben sie als ihre eigenen ausgegeben und bei sich versteckt, auf dem Rathaus hat man falsche Dokumente ausgestellt, die Bezeichnung ›Jude‹ hat man einfach weggelassen, obwohl sie vorgeschrieben war. So konnten die Kinder fliehen, eine Aktion, die von vielen Seiten unterstützt wurde.«

Flaminia hörte interessiert zu. »Ich erinnere mich noch an die Geschichte, sogar an Details.« Sie hielt inne. »Wie schade, dass das Gehirn eher die schlechten als die guten Dinge speichert.«

So war es tatsächlich, dachte Stella. Sie konnte sich auch viel besser an die schmerzhaften Dinge erinnern. Aber diese Geschichte war so schön, so wichtig, dass sie sie erzählen wollte.

»Das ist eine der mutigsten und selbstlosesten Aktionen, von denen ich jemals gehört habe. Was die Menschen damals für ihre kleinen Schützlinge getan haben, ist großartig!«

»Vor allem unter den Umständen... Sie haben ihr Leben und das ihrer Familien riskiert.«

Eine Weile schwiegen sie, jede in ihre eigenen Gedanken versunken.

»Eine solche Selbstlosigkeit gibt dir den Glauben an das Gute im Menschen zurück.« Flaminia seufzte.

»Ja, absolut.«

»Und warum glänzen deine Augen so? Woran denkst du?«, fragte die alte Dame.

»Meine Tante hat noch etwas gesagt, was mich zum Nachdenken gebracht hat. Bevor sich die Situation zugespitzt hat, wollte sie die Zeichnungen ausstellen. Sie meinte, Kunst könne helfen, die Seele der Menschen zu heilen.«

»Damit hatte sie recht, auch da war sie ihrer Zeit voraus. Von ihr hast du also deine Hartnäckigkeit und deinen Scharfsinn.«

Ihre Mutter wäre mit dieser Feststellung gar nicht einverstanden gewesen, dachte Stella. Aber sie sagte lieber nichts dazu und wechselte das Thema. »Ich möchte eine Ausstellung organisieren. Und hier kommen Sie ins Spiel.«

»Ich?«

»Ja, ich möchte die Kinder von damals ausfindig machen und ihnen sagen, dass ich die Bilder habe. Sie sollen wissen, wie wichtig sie sind. Vielleicht möchten sich einige sogar beteiligen oder nach Italien kommen.«

»Hast du daran gedacht, dass sie bereits tot sein könnten oder mit der Vergangenheit abgeschlossen haben? Letizia hat ja auch eher abweisend reagiert.«

Da musste es noch etwas geben, ein ungelöstes Geheimnis, dachte Stella. »Ich möchte es herausfinden, damit die Welt erfährt, was damals passiert ist. Es ist wichtig. Und ich brauche Ihre Hilfe.«

Flaminia seufzte. »Das ist sehr schmeichelhaft. Aber auch wenn mir die Vorstellung gefällt, dass ich etwas zu diesem Projekt beitragen kann, und ich das positive Bild, das du von mir hast, nur ungern zerstöre, so wüsste ich wirklich nicht, was ich dabei tun könnte.«

»Aber ich weiß es. Sie haben doch diese Freundin auf dem israelischen Konsulat. Ich muss wissen, um welches Dorf es sich handelt. Ich brauche eine Namensliste, die muss es doch geben.«

»Es sind mehr als siebzig Jahre vergangen!«

»Deshalb müssen wir uns ja auch beeilen.«

Flaminia starrte sie entgeistert an und schüttelte dann den Kopf. »Irgendwo müssen wir mit der Suche beginnen, du hast recht. Reich mir bitte mein Handy, Ruths Nummer müsste ich gespeichert haben. Ich werde ihr die Geschichte in groben Zügen erzählen und sehen, ob ihr etwas dazu einfällt. Aber ich kann nichts versprechen.«

Stella zwinkerte ihr zu. Was du siehst, kannst du auch realisieren – haben Sie mir das nicht immer gesagt?«

»Verschwinde, du freches Ding, und lass mich in Ruhe arbeiten.«

Mit einem Lächeln auf den Lippen schloss Stella die Tür hinter sich. Ihre Tante würde sich bestimmt freuen, aber fürs Erste würde sie ihr noch nichts verraten, sie wollte sie überraschen.

»War das dein Plan?«, flüsterte sie, als sie am Porträt ihres Onkels vorbeikam.

Aber irgendetwas passte nicht. Was ihre Tante ihr über die Rettung der Kinder erzählt hatte, klang wunderbar. Doch sie hatte auch von Schuld und Verbrechen gesprochen. Deshalb war sie zusammengebrochen. Was war da noch? Was hatte sie ihr verschwiegen? Stella dachte noch ein wenig nach und gähnte dann. Sie war müde. Den ganzen Tag über hatte sie am Wandbild gearbeitet. Die Nachricht hatte sich im Dorf verbreitet, und sie hatte zahlreiche Anfragen bekommen. Alle wollten ihre Hauswände bemalt haben. Barbara und Alfio hatten mit der Gemeinde über eine Genehmigung gesprochen. Auf dem Rathaus war man interessiert gewesen, man wollte sie sogar unterstützen und Material zur Verfügung stellen. Stella aß eine Kleinigkeit, dann gönnte sie sich eine ausgiebige Dusche und machte sich daran, die Farbe von ihren Fingern zu schrubben. Während der Arbeit hatte sie sich irgendwann die Handschuhe ausgezogen, sie liebte die Farbe auf ihrer Haut und ihren Geruch. Jetzt sahen ihre Hände aus wie die ihres Vaters. Sie hüllte sich in ihren Bademantel und setzte sich aufs Bett. Sie hatte schon länger nichts mehr von ihm gehört, deshalb wählte sie seine Nummer.

»Stellina, mein Herz!«

»Hallo, Papa, wie geht es dir?« Sonst war er nicht so sentimental. Sie musste wohl einen guten Moment erwischt haben, seine Stimme klang fröhlich.

»Ich wollte dich gerade anrufen.«

Das sagte er immer, aber Stella verkniff sich eine Bemerkung. Er war guter Laune, und sie wollte sich den Abend nicht verderben. »Wirklich?« Einen Moment lang überlegte sie, ob sie ihm sagen sollte, dass sie wieder malte, aber da sprach er auch schon weiter.

»Du bist eine große Schwester geworden. Gestern

wurde dein Bruder Claudio geboren. Ein schöner Name, oder?«

»Gestern?«

»Ja, morgens um fünf, er ist schön wie der Sonnenaufgang.«

»Mutter und Kind sind wohlauf?«

»Nett, dass du fragst, June und dem Jungen geht es gut. Sie lässt dich übrigens herzlich grüßen. Noch ein paar Tage in der Klinik, dann kommen sie nach Hause.«

Im Hintergrund war ein energisches Wimmern zu hören, gefolgt vom kristallklaren Lachen einer Frau. Stella zuckte zusammen, dann lächelte sie.

Sie hatte einen kleinen Bruder. Ein Baby. Wärme stieg in ihr auf, eine tiefe Freude erfüllte sie. Aber auch ein starker Schmerz. Ihr Vater hätte ihr ruhig von sich aus Bescheid geben können. Wer weiß, wann sie es erfahren hätte, wenn sie nicht angerufen hätte?

»Ich freue mich, dass alles gut gegangen ist.« Sie mochte June. Da sie nahezu im gleichen Alter waren, hatten sie vieles gemeinsam, aber auch sonst hatte Stella sie schätzen gelernt. »Meine Glückwünsche. Schick mir ein Foto von Claudio, ich möchte ihn sehen.«

»Natürlich, mein Schatz. Das tue ich, aber jetzt muss ich Schluss machen. Pass auf dich auf.«

Sie wollte gerade auflegen, als Alberto sagte: »Ich habe ihn sogar gebadet, June meinte, ich hätte das richtig gemacht.«

Stella hörte eine Stimme im Hintergrund. »Umarme sie von mir.«

»Natürlich. Sie lässt dich auch umarmen. Und … Stella?«

»Ja, Papa?«

»Jetzt bist du nicht mehr allein, da wird immer jemand sein, der dich liebt. Du hast einen Bruder, mein Kind.«

Sie wischte sich die Tränen aus dem Gesicht. In ihr hielten sich Freude und Schmerz die Waage. »Danke, Papa.«

Sie legte auf und blieb noch einen Moment sitzen. Ihre Gedanken rasten. Sie war glücklich, das spürte sie, aber warum musste sie weinen?

»Ich habe einen Bruder«, sagte sie sich. Dann stand sie auf und holte ein gelbes Kleid mit rosa Tupfen aus dem Schrank. Lächelnd zog sie sich an. Sie konnte es kaum erwarten, Alexander wiederzusehen, in seinen Armen zu liegen. Sie wollte nicht nachdenken, sie wollte nur, dass er sie festhielt und küsste.

Die Farbe des winterlichen Sees würde Stella überall erkennen. Ein klares Blau, das so kraftvoll war, dass es sich über alle anderen Schattierungen legte. Während sie die Wasseroberfläche betrachtete, fragte sie sich, wie es möglich war, dass sie genau die gleiche Empfindung hatte. Vielleicht lag es am Licht, vielleicht war sie im Moment auch nur besonders empfänglich für Gefühle. Und das Telefonat mit ihrem Vater trug sicher auch dazu bei.

Aber sie war glücklich. Glücklich, dass ein weiterer Marcovaldi auf der Welt war.

Sie blickte aufs Wasser und tauchte die Finger hinein. Es war lauwarm trotz der kühlen Luft, ein angenehmer Kontrast. Alexander stand mit geschlossenen Augen neben ihr und lauschte dem Plätschern der Wellen.

Sirmione war ihr Rückzugsort geworden, dort trafen

sie sich immer öfter. Sie hatten sich die Ruinen einer römischen Villa ausgesucht, die von allen nur die Grotten des Catull genannt wurde, auch wenn der berühmte Dichter gar nichts damit zu tun hatte. Dort waren sie vor neugierigen Ohren und Augen geschützt und konnten ganz sie selbst sein.

»Welches möchtest du?«

Stella lächelte und hielt ihm die Tüte mit den Croissants hin.

»Du hast sie mitgebracht, also isst du sie auch.«

»Oh, es wäre eine Schande, sie verkommen zu lassen.«

»Das stimmt.«

Trotz der Kälte hatte Alexander sein Hemd aufgeknöpft, sie schien ihm nichts auszumachen. Aber Stella spürte, dass irgendetwas nicht stimmte. »Ist im Krankenhaus etwas vorgefallen?«

»Nichts Angenehmes und vor allem nichts, über das es sich zu sprechen lohnt. Hatten wir uns nicht darauf geeinigt, dass alles, was im Krankenhaus passiert ...«

Stella unterbrach ihn. »... auch im Krankenhaus bleibt.«

»Genau. Ich möchte darüber nicht mit dir sprechen.«

Sein Tonfall machte sie neugierig. »Und über was willst du mit mir sprechen?«

Alexander sah ihr tief in die Augen, griff nach ihrer Hand und führte sie an die Lippen. »Komm näher, dann zeige ich es dir.«

Sie hasste es, wenn er so war, wenn er sich hinter einer Fassade versteckte. »Du bist abwesender als sonst.«

»Und du hartnäckiger.«

Wie konnte ein so schöner Abend durch eine Kleinigkeit verdorben werden?

Ihre gute Laune war verflogen, sie war genervt. Er musterte sie weiter, und sie wusste, wo das enden würde.

»Ist es wegen deines Bruders?«, fragte er.

»Nein, was redest du denn da! Ich freue mich.«

»Aber das heißt nicht, dass er keine unangenehmen Erinnerungen geweckt hat.«

Stella schlug die Augen nieder. Wie konnte er so fern und unnahbar wirken und doch ihre Gedanken lesen? »Du hättest Psychologe werden sollen.«

»Um Himmels willen, nein!«

Stella wandte sich wieder zum See. Sie spürte seine Nähe, seine warmen Hände auf ihrer Haut, seine Lippen auf ihrem Nacken. Ein Schauer überlief sie.

»Entspann dich, Stella, alles wird gut.«

Er zog den Reißverschluss ihrer Jacke auf, und seine Hände glitten unter ihr Kleid.

»Warum sollen wir einen so schönen Moment mit unnützen Diskussionen verderben? Ich möchte nicht reden, ich möchte dich spüren.«

Er küsste sie, erst zögernd, dann immer drängender, und jetzt gab es nur noch ihre Leidenschaft, Haut an Haut. Das waren die einzigen Momente, wo er ganz und gar ihr gehörte, dachte Stella. Keine Worte, nur Berührungen, sie verloren sich ineinander, bis es keine Distanz mehr zwischen ihnen gab und sie verschmolzen, nicht mehr wussten, wo der eine aufhörte und der andere begann.

Danach lagen sie eng umschlungen auf der Decke, die

Alexander auf dem Sandstrand ausgebreitet hatte, und betrachteten die Sterne.

»Ich möchte wieder malen.«

»Das ist wunderbar.«

War es das? Stella wusste es nicht genau, da waren diese Erinnerungen, aufgereiht wie Soldaten bei einer Parade, und die Furcht vor dem, was passieren konnte. Aber nach dem Gespräch mit ihrer Tante hatte sich etwas verändert, oder besser gesagt, sie hatte sich verändert. Sie wollte nicht mehr auf einen Teil von sich verzichten.

Sie würde es irgendwie schaffen, ihre eigenen und die Wünsche der anderen miteinander zu vereinen. Und wer weiß? Vielleicht waren ihre Skrupel nur eine Entschuldigung dafür, sich nicht auszuleben? Hatte das nicht auch ihre Mutter bei ihrem letzten Telefonat gesagt?

»Wollen wir zurückgehen? Es wird langsam kalt, und ich habe morgen mehrere OPs.«

»Wie du willst.« Sie wäre gerne noch geblieben, aber Nähe konnte man nicht erzwingen, die bekam man geschenkt. Deshalb widersprach sie nicht.

Alexander half ihr beim Aufstehen. Er war immer höflich, immer kontrolliert. Sie fragte sich, wo der Mann war, mit dem sie eine einzigartige Nacht voller Leidenschaft verbracht hatte.

Sie betrachtete ihn, wie er alles zusammenpackte. Als er ihren Blick bemerkte, lächelte er sie an. »Gehen wir?«

Sie nickte. Hand in Hand und schweigend gingen sie zum Auto zurück. Aber Stella spürte, dass die Perfektion ihrer Beziehung seit ein paar Tagen einen Sprung bekommen hatte.

In der Villa war es still. Auf Zehenspitzen schlich Stella über den dunklen Flur, dann bemerkte sie das Licht. Sie öffnete die Tür und fragte überrascht: »Du bist noch wach?«

Letizia hob den Blick von ihrem Buch. »Ich habe die neunzig schon ein Weilchen hinter mir gelassen, mein Kind, da kann ich meine Zeit doch nicht mit Schlafen verschwenden, oder?«

Stella lächelte müde. Sie zog den Mantel und den Schal aus, dann kniete sie sich neben Letizia, legte den Kopf in ihren Schoß und streichelte Aristide.

»Was ist passiert, Stellina?«

Sie zuckte mit den Schultern. »Ich weiß es nicht.«

»Dann ist es nichts Schönes, aber auch nichts Schlimmes.«

»So ist es immer mit ihm. Ich rede und rede, er hört mir zu, stellt Fragen, scheint mich zu verstehen, und manchmal glaube ich auch, ihn zu verstehen, aber... ich weiß fast nichts über ihn.«

»Frage ihn doch. Du solltest nicht darauf warten, dass er etwas versteht, was es nur in deinem Kopf gibt. Er kann keine Gedanken lesen.«

»Das sollte er aber, oder?«

Letizia lachte. »Das ist ziemlich naiv. Männer sind einfache Geschöpfe, sie denken konkret. Du musst ihm klare und deutliche Botschaften senden.«

Wenn sie jetzt darüber nachdachte, hatte sie das tatsächlich noch nicht getan. »Er versteckt etwas vor mir.«

»Eine andere Frau?«

»Nein! Aber da ist etwas, das spüre ich.«

Letizia zuckte mit den Schultern. »Das lässt sich lösen. Aber wenn er eine andere hat, dann nimm die Beine in die Hand. Bei all den Männern, die es auf dieser Welt gibt, lohnt es sich nicht, seine Zeit mit einem zu verschwenden, der einen nicht will. Du suchst dir einen anderen, und der Tanz beginnt wieder von vorn.«

Stella lächelte. »So habt ihr das damals genannt? Der Tanz beginnt wieder von vorn?«

»Eine gute Freundin von mir, Teresa Hoffmann, hat das immer gesagt. Ich habe sie sehr gemocht, sie war wie eine Schwester für mich.«

»Möchtest du mir deine Geschichte zu Ende erzählen?«

Letizia strich ihr übers Haar. »Du gibst nie auf, oder?«

Stella griff nach ihren Händen. »Hilf mir zu verstehen.«

Ihre Tante hob den Blick und schaute an die Decke.

»Gut, gut. Ich werde dir die restliche Geschichte erzählen.«

Letizias Gesichtsausdruck war zu Beginn zögerlich, dann entschlossener und schließlich verträumt.

»Als ich das erste Mal unterrichtet habe, war ich noch sehr jung, das habe ich dir schon gesagt. Ich hatte große Angst, nicht vor den Kindern oder vor den Eltern, Tanten und Großeltern, die nach dem normalen Unterricht zu mir kamen. Es gab andere Dinge, die mir Angst machten.«

»Das verstehe ich nicht.«

»Nein, wie könntest du auch … Das waren schwierige Jahre, mein Schatz. Alles, was man tat, wurde beobachtet und beurteilt. Man riss dir Stück für Stück die Seele aus dem Leib, jeden Tag. Vor allem, wenn du eine Frau warst, und ganz besonders, wenn du eine junge Frau warst.«

Stella spürte Letizias innere Unruhe. »Das tut mir leid.«

Ihre Tante schien sie gar nicht zu hören. Sie war ganz in der Vergangenheit versunken. »Die Arroganz des Systems ließ nur einen Weg zu, und alles abseits dieses absurden Diktats war verboten. Niemand hatte das Recht auf eine eigene Meinung.«

»Sprichst du von den Kriegsjahren?«

Letizia schüttelte den Kopf. »Nicht nur. Unter dem faschistischen Regime gab es strikte Normen. Um unterrichten zu dürfen, musstest du in der Partei sein. Viele Lehrer weigerten sich und verloren ihre Stelle. Einige haben Italien verlassen müssen. Aber es gab auch andere, die sich an die Regeln hielten, wenn auch nur zum Schein. Ihnen gelang es, den Schülern das Zweifeln und selbstständige Denken beizubringen. Das habe ich auch versucht, weißt du? Das war unsere einzige Chance. Welche Alternative hatten wir denn? Wir konnten die Kinder nicht diesem falschen und grausamen System überlassen, in dem die Stärksten die Besten waren. Ein brutales System, in dem Amtsmissbrauch und Gewalt an der Tagesordnung waren.«

Stella hatte Letizias Geschichten immer geliebt, ihre Leidenschaft, ihre Faszination, die ansteckend wirkte. »Aber wie konntest du die Kontrollen überwinden? Ihr wurdet doch sicher überwacht?«

»Wie gesagt, ich war noch sehr jung und ziemlich hübsch.« Sie zwinkerte ihr zu. »Immer wenn ein Inspekteur kam, zeigte ich ihm genau das, was er sehen wollte: eine hübsche junge Frau, die nicht groß nachdenkt. Natürlich war es nicht leicht, immer zu nicken, die Propaganda zu ertragen, ohne etwas dagegenzuhalten. Aber wir hatten eine Abmachung, selbst mit den Kleinsten. Es war ein Spiel, bei dem alle mitmachten, denn wir wussten, dass es ein Verbrechen war, anderen die Freiheit zu rauben. Ich habe den Kindern immer nur die nötigsten Anweisungen gegeben, um die Inspektionen zu überstehen.«

Mit weit aufgerissenen Augen starrte Stella ihre Tante an. »Genial.«

»Viele Wege führen nach Rom.«

»Das klingt in diesem Zusammenhang etwas merkwürdig, aber ich denke, du hast recht. Und was ist dann passiert?«

Letizia ließ sich gegen die Sessellehne sinken, Aristide kuschelte sich in Stellas Arme. Sie wollte ihre Tante nicht drängen, sie sollte aber auch nicht aufhören zu erzählen.

»Meine Eltern starben, als ich noch sehr klein war. Ich wurde von einer Freundin meiner Mutter aufgezogen, einer Ordensschwester. Sie hätte dir bestimmt gefallen. Ich habe fast die ganze Zeit in einem Internat verbracht, in einem Schloss in den Bergen.«

»Ein Schloss?«

»Ein renommiertes Mädchenpensionat. Ich hatte eine Freundin namens Teresa... Sie war wie eine Schwester für mich.«

»Erzähl mir mehr darüber.«

»Sie war die Tochter eines schweizerischen Industriellen. Manchmal hat ihre Mutter die Schwester Oberin überzeugen können, dass ich mit ihnen die Ferien verbringen durfte. Nike… sie hieß Berenike und war eine außergewöhnliche Frau. Sie hat mir unter anderem auch Deutsch beigebracht. Sie verkehrte in den höchsten Kreisen Berlins und hatte einflussreiche Freunde.« Sie hielt inne. »Nike gehörte dem Widerstand gegen das Regime an, der deutschen *Resistenza*.«

»War sie Jüdin?«

»Nein, sie wurde in Berlin geboren. Sie war einer jener bewundernswerten Menschen, die alles getan haben, um die Machthaber zu bekämpfen. Die meisten denken, Hitler habe schalten und walten können, wie er wollte, aber das stimmt nicht. Es gab zahlreiche Widerstandskämpfer, Menschen, die sehr wohl verstanden, welche Pläne er verfolgte. Anfangs wollte niemand an die Massenvernichtung der Juden glauben. Aber unter denen, die es wussten, gab es Aufrechte, die gegen die Verhältnisse aufbegehrten.«

»Wie Nike?«

»Ja, wie sie.«

Stella griff nach Letizias Händen. »Was du mir bis jetzt erzählt hast, ist eine wunderbare Geschichte. Aber ich spüre, dass es da noch etwas gibt, das dich quält. Willst du nicht darüber sprechen?«

Letizia sah sie lange an. Dann schloss sie die Augen, Schmerz malte sich auf ihrem Gesicht ab. »Eines Tages werde ich dir davon erzählen, aber nicht heute. Ich bin zu müde.«

Stella strich ihr über die Schultern. »Ich werde immer an deiner Seite bleiben.«

18

Kupfer. Braun mit einer Tendenz zu Rot, eine der häufigsten in der Natur vorkommenden Farben. Sie ist warm und symbolisiert Kraft und Vitalität. Die Farbe des Konkreten.

Letizia, Oktober 1943

Dank Letizias Fürsorge sank Elijahs Fieber. Die anderen Kinder hatten die Grenze überquert, die Villa war leer, und die Situation im Dorf schien sich zu normalisieren. Wie von Jakub vorausgesehen, kam schon bald ein Nazikommando nach Nonantola, einige Offiziere mussten von den Familien aufgenommen werden, denen es häufig schwerfiel, die Arroganz und Rücksichtslosigkeit der Invasoren zu ertragen.

In der Öffentlichkeit versuchte Letizia zu vermitteln, aber wenn sie allein in ihrem Zimmer war, den Blick an die Decke gerichtet und das Herz schwer, überlegte sie, was sie tun konnte. Sie wusste von Frauen, die sich in der Gegend dem Widerstand angeschlossen hatten, und wenn sie nicht versprochen hätte, sich um Elijah zu kümmern, hätte sie sicher das Gleiche getan.

Düstere Gedanken hatten von ihr Besitz ergriffen. Sie

waren nach Orlandos Verschwinden aufgetaucht. Manchmal machte ihr die Fremde, die sie im Spiegel sah, regelrecht Angst, immer häufiger suchte sie nach Möglichkeiten, wie sie den Verantwortlichen für dieses Leid schaden konnte.

Die anmaßende Art der Nazis war unerträglich, ihre Grausamkeit machte sie krank. Das einzig Schöne in ihrem Leben war Elijah, der sie zum Lachen brachte und jeden Tag wichtiger für sie wurde.

»Frau Lehrerin, meinst du, dass wir das alles eines Tages vergessen werden?«

Plötzlich war das Fieber zurückgekommen, der Arzt meinte zwar, es sei nichts Schlimmes, aber Letizia machte sich trotzdem Sorgen. »Natürlich. Zum Glück. Die schönen Dinge sind immer strahlend hell und groß, sie brauchen viel Platz. Eines Tages werden wir einfach nicht mehr an das Böse denken. Es wird so sein, als wäre es nicht geschehen.«

Sie waren im Pfarrhaus, wo der Priester eine Kammer für den Kleinen hergerichtet hatte, die hinter einer Geheimtür versteckt war.

Letizia musste immer öfter an Orlandos Worte denken, dass im Krieg die Schwächsten und Hilflosesten immer am meisten zu leiden hatten. »Bei solchen Freunden«, sagte sie sich und dachte dabei an die ehemaligen Verbündeten, »braucht man keine Feinde mehr.« Sie verließ die Kirche und ging in Richtung Post. Die Nazis hatten den privaten Postverkehr verboten, aber sie hoffte, dass sie den Brief ans Schloss trotzdem abschicken konnte.

Sie hatte ihr Ziel fast erreicht, als ein dumpfes Grollen

zu hören war. Instinktiv presste sie sich gegen eine Hauswand. Auch die anderen Dorfbewohner suchten Schutz. Letizia schaute ängstlich in Richtung Himmel, aber von dort kam das Geräusch nicht. Eine Motorradstaffel und ein Lastwagen waren auf die Piazza gefahren und blieben dort stehen. SS-Soldaten in Kampfmontur schwärmten aus, die Maschinenpistolen im Anschlag, die Gesichter eiskalt. Letizia sah erschrocken zu, wie Türen aufgebrochen und Männer und Frauen auf die Straße gezerrt wurden. Wie gelähmt zwang sie sich, tief zu atmen und die Ruhe zu bewahren. Wenn sie jetzt zum Pfarrhaus laufen würde, dann würde sie Elijah verraten. Jakubs Warnung kam ihr wieder in den Sinn. Sie schob den Gedanken beiseite. Er war doch nur ein Kind. Noch heute Morgen hatte sie ihm einen frischen Schlafanzug angezogen und die Haare gekämmt, sie hatte das Gefühl, sie noch unter ihren Händen zu spüren. Er war ihr Engel. Ein Seufzen stieg in ihr auf, sie konnte die Sorge um den Jungen nicht mehr verdrängen.

Sie hatten ihm schon die Eltern genommen, Gott konnte nicht zulassen, dass ihm etwas geschah. Nein, es würde ihm nichts passieren. Sie schaute wieder zu den Soldaten, die ihre Hunde auf wehrlose Menschen hetzten und über die Angst derjenigen lachten, die am Boden lagen. Ein alter Mann, den sie kannte, hob die Arme, um sie abzuwehren, doch der Soldat, der ihn hinaus auf die Straße gestoßen hatte, schlug ihm den Gewehrkolben zwischen die Schulterblätter. Letizia sah, wie er zu Boden stürzte und sein Kopf auf das Pflaster knallte. Ein glänzend polierter Stiefel traf sein Gesicht, Blut spritzte. Sie erblasste und geriet in Panik. Das waren keine Menschen mehr, das waren Bestien, Mörder. Das waren Monster. Sie musste zu Elijah. Sie musste ihn wegbringen, besser verstecken. Sie durften ihren Schützling nicht finden.

Sie schob sich die Mauer entlang, immer darauf bedacht, nicht aufzufallen. Als sie um die Ecke gebogen war, rannte sie los. Die Kirchentür stand weit offen. Ihre Schritte hallten durch die Stille des Gotteshauses, das ihr so oft Ruhe und Frieden geschenkt hatte.

Als sie den Mann sah, erstarrte sie. »Nein!«, flüsterte sie verzweifelt.

Er lag mit dem Gesicht nach unten auf dem Boden, das Priestergewand offen, die weißen Haare mit Blut getränkt. Sie hatte das Gefühl, in Ohnmacht zu fallen. »Bitte, bitte, bitte.« Mehr brachte sie nicht heraus, ihre Lippen zitterten, ihre Pupillen waren geweitet. Sie kniete sich neben ihn. Als sie seinen Herzschlag spürte, löste sie sich aus der Erstarrung. Vorsichtig hob sie seinen Kopf an und legte ihn in ihren Schoß. »Was haben sie Ihnen angetan, diese Monster…«

Der Priester öffnete die Augen. »Der Junge«, presste er hervor. »Denk nicht an mich, kümmere dich um ihm. Ich habe getan, was ich konnte, ich habe mein Möglichstes getan.«

»Er ist in Sicherheit, sie werden ihn nicht finden.«

Der Blick des Priesters nahm ihr jede Hoffnung. »Er… ich habe versucht sie aufzuhalten, aber ich fürchte, sie haben ihn entdeckt…« Letizia zitterte so sehr, dass sie nicht sprechen konnte. Sie half ihm, sich aufzusetzen, versuchte dann, selbst aufzustehen, rutschte aber auf dem Blut aus und fiel wieder zu Boden. Sie versuchte es noch einmal, kniete sich hin, stand schließlich auf und machte schwankend einige Schritte. Dann ging sie hinter den Altar, auf die Tür zum Versteck zu. Als sie sah, dass sie weit offen stand, geriet sie in Panik. Sie trat ein, ihr Blick glitt suchend durch die Kammer. Das Bett war auf eine Seite gekippt, die wenigen Habseligkeiten des Jungen lagen verstreut auf dem Boden. Ein deutscher Soldat, fast selbst noch ein Kind, blätterte durch ein Buch. Er hob den Blick und lächelte dann. »Und, schönes Fräulein, was machst du hier?«, fragte er in gebrochenem Italienisch.

»Wo ist Elijah?«, fragte sie auf Deutsch.

»Ist das dein Mann?« Er zog eine Augenbraue hoch.

»Wo ist er, wohin hast du ihn gebracht?«, fragte sie nachdrücklicher. Der Soldat schlug das Buch zu und stellte es ins Regal zurück. »So spricht man nicht mit einem deutschen Mann. Versuchen wir es noch einmal. Wenn du mich höflich bittest, dann antworte ich dir vielleicht. Übrigens, woher sprichst du so gut Deutsch?«

Er stand jetzt direkt vor ihr. Hochgewachsen, gut aussehend, in gebügelter Uniform. Seine eiskalten blauen Augen ähnelten denen von Philip.

Er legte ihr die Hände auf die Schultern und zog sie an sich. Wie es vor einer gefühlten Ewigkeit ein anderer getan hatte. Letizia wehrte sich nicht, sie bekam kaum Luft. Sie blieb unbeweglich stehen, auch als sie seinen Mund auf ihrem Hals und ihren Lippen spürte und seine Finger ihre Bluse aufknöpften und dann weiter nach unten glitten.

Sie streckte die Hand aus und umfasste ein schweres

Kruzifix. Als er sie gieriger küsste, schlug sie es ihm mit aller Kraft auf den Kopf. Wie erstarrt sah sie zu, wie er zu Boden stürzte. »Wo ist Elijah?«, fragte sie erneut.

Er antwortete nicht, offensichtlich war er ohnmächtig.

Brennende Wut stieg in ihr auf. Hass. Letizia biss die Zähne aufeinander und hob den Arm, bereit, erneut zuzuschlagen. Plötzlich packte sie jemand am Handgelenk.

»Hör auf, mein Kind, hör auf. Und wenn nicht für ihn, dann für dich. Du willst deine Seele nicht für so jemanden verraten.«

Sie ließ sich das blutverschmierte Kruzifix aus der Hand nehmen. Als hätte sie jetzt erst verstanden, was sie getan hatte, schlug sie sich die Hand vor den Mund.

»Du kannst beruhigt sein, er ist nicht tot«, sagte der Priester, der jetzt neben dem Soldaten kniete.

Aber das war ihr egal, selbst wenn sie sich damit versündigte. Ihre Seele. »Elijah«, flüsterte sie.

»Als ich kam, war der Soldat schon hier, der Junge war verschwunden. Er sagte, sie würden nach Juden suchen, sie hätten Lastwagen dabei, um sie mitzunehmen.«

Letizia drehte sich auf dem Absatz um, stürzte nach draußen, dann rannte sie auf die Piazza. Die Lastwagen waren zu hoch, sie konnte nicht ins Innere sehen. Ohne auf die bellenden Hunde zu achten, kletterte sie wie im Fieber nach oben, ein Soldat zog sie zurück, sie fiel zu Boden, stand wieder auf, das Blut und den Schmerz ignorierte sie. Wieder versuchte sie, auf den Lastwagen zu klettern, rief nach Elijah. Nichts würde sie aufhalten, niemand würde ihr das Kind nehmen, das würde sie nicht zulassen.

Mimma stellte sich zwischen sie und die Soldaten, mit ausgebreiteten Armen versuchte sie, Letizia zu schützen, Dolores stellte sich auf die andere Seite, und weitere Frauen kamen hinzu. Ihre Freundinnen schirmten sie vor den Männern ab. Wie von Sinnen kletterte sie auf jeden Lastwagen, schrie den Namen des Jungen, bis ein Schuss durch die Luft peitschte. Sie drehte sich um. Eine Frau lag auf dem Boden, die Hände auf den Bauch gepresst, das Blut färbte ihr Kleid scharlachrot. Auf der Piazza wurde es still. Entsetzte Gesichter. Ein Hund bellte. Wie auf Kommando erhob sich ein Grollen, die wütende Menschenmenge setzte sich in Bewegung und kreiste die Soldaten ein.

Letizia bemerkte den Gewehrkolben nicht, der sie am Kopf traf. Sie ging in die Knie, hörte, wie ein Knochen brach, dann wurde alles schwarz. In ihr und um sie herum gab es nur noch Schmerz und Finsternis.

»Liebste, hörst du mich?«

Diese Stimme… Letizia versuchte, sie zuzuordnen. Jemand rief nach ihr, strich ihr über den Arm, sang für sie. In ihrem Zustand zwischen Bewusstlosigkeit und Wachsein sagte ihr jemand, sie solle die Augen öffnen, aber sie wollte nicht. Sie konnte nicht.

»Mein Schatz, sprich mit mir. Ich bin hier.«

Lippen weich auf den ihren. Sie hatte Durst, ein brennender Drang, der kaum zu stillen war. Vielleicht würde er ihr geben, was sie brauchte. Sie kannte ihn, sie vertraute ihm.

»Wasser«, flüsterte sie.

Die kühle Flüssigkeit rann ihr über die Lippen und füllte ihren Mund. Aber es war zu viel, sie konnte nicht alles schlucken und begann zu husten. Er hob sie hoch und lehnte sie an seine Brust. »Langsam, mein Schatz, langsam.«

Sie öffnete die Augen. Die Lider waren so schwer, so unendlich schwer. Aber es gelang ihr doch, sie erkannte ihre Umgebung, das geliebte Gesicht, nach dem sie sich so sehr gesehnt hatte. »Orlando.«

»Gott sei Dank«, sagte er, auch andere Stimmen waren zu hören. Letizia versuchte, sich auf die anderen zu konzentrieren, aber sie waren nur Umrisse, Konturen im Licht, nicht greifbar wie Fische im Wasser; wenn man versuchte, sie zu packen, glitten sie einem aus den Fingern. Nur er nicht.

»Ich bin da. Ich bin bei dir.«

Sie erkannte seinen Duft, den Geschmack seiner Lippen. Sie lächelte und glitt dann wieder in die wohltuende und schützende Dunkelheit zurück.

In den folgenden Tagen versuchte Letizia, in dieses Licht zurückzukehren, das ihr immer verlockender erschien. Er wartete auf sie. Er rief nach ihr. »Orlando.«

»Meine Liebste, sieh mich an.«

Sie öffnete die Augen. Es war keine Täuschung, er war tatsächlich da, küsste ihr die Hand. Seine Augen waren gerötet, die Haare wirr, sein Kinn von einem dichten Bart bedeckt. »Was ist passiert?«

Die Worte kamen nur mühsam, ihre Stimme klang krächzend. Als sie sich bewegte, durchfuhr sie ein stechender Schmerz, sie schrie auf.

»Nicht bewegen, Letizia, dein Bein ist gebrochen. Versuche, ruckhafte Bewegungen zu vermeiden.«

Sie nickte und sah sich um. Natursteinmauern, eine Lampe, die gelbliches Licht verbreitete. Und es roch nach Moder. Sie blinzelte ein paarmal und sah klarer.

»Sind wir in einer Grotte?«

Er nickte. »Hier finden sie uns nicht, wir sind in Sicherheit.«

Sie spürte ihre Erleichterung und lächelte. Aber da war noch etwas, das sie nicht greifen konnte. »Was ist passiert?«, wiederholte sie.

Er sah sie lange an. »Du erinnerst dich an nichts?«

Letizia schüttelte den Kopf. Der Schmerz zwang sie, die Augen zu schließen, sie stöhnte, aber dann war es vorbei.

»Die Soldaten... Was ist in Nonantola geschehen?«

»Es gab einen Überfall. Wir sind so schnell gekommen wie möglich.«

»Wir?«

Orlando lächelte sie an. »Wir überlassen unser Land doch nicht diesen Leuten. Wir sind italienische Soldaten.«

Sie sah ihn lange an. »Ich dachte, du wärst in einem Lager.«

»Du solltest mich gut genug kennen, um zu wissen, dass mich nichts und niemand von dir wegbringt.«

Letizia streckte einen Arm aus, das Herz voller Liebe, ihre Finger strichen über seine Stirn, seine Lippen und das bärtige Kinn. »Der Bart steht dir gut. Du siehst anders aus, richtig verwegen.«

»Aber ich bin es wirklich, mein Schatz.«

»Und die anderen?«

Orlando rückte die Decken zurecht. »Versuche, dich auszuruhen. Du musst schlafen, Letizia. Schlaf ist die einzige Medizin, von der wir genug haben.«

Sie nickte, und während sie in den Schlaf sank, erinnerte sie sich daran, dass sie Orlando etwas Wichtiges fragen musste.

Sie schreckte hoch, ihr Herz klopfte wild, ihr Hals war wie zugeschnürt. Um sie herum war es dunkel, nur eine Kerze brannte.

Sie war allein. Sie versuchte, sich aufzurichten, Schweißtropfen mischten sich mit Tränen. »Elijah«, flüsterte sie. Plötzlich war der Name wieder da und hatte alles andere beiseitegeschoben. Sie biss die Zähne zusammen, der Schmerz überfiel sie in Wellen, ihr wurde schwindlig, aber sie gab nicht auf. Sie durfte nicht. Sie musste es wissen. Mit der Hand stützte sie sich an der Wand ab und hinkte zum Höhleneingang.

»Warum bist du aufgestanden?« Orlando umfasste sie, damit sie nicht stürzte. Dann brachte er sie ins Bett zurück, falls man das notdürftige Lager, auf dem sie seit Tagen oder Wochen lag, als solches bezeichnen konnte.

»Der Junge, Elijah. Ich habe ihn in der Kirche gesucht, aber er war verschwunden. Er musste dort gewesen sein, sich versteckt haben. Er ist doch nur ein kleines Kind, Orlando, wir müssen ihn finden, wir müssen …« Sie brach ab und erkannte das Mitleid in seinem Blick. Da war noch etwas, das sie nicht wissen wollte. »Nein!« Sie schüttelte den Kopf, der Schmerz kehrte zurück. »Er lebt, er ist doch nur ein Kind. Jemand hat Elijah gesehen und ihm geholfen.«

»Es tut mir leid.«

»Nein, nein, das darf nicht sein. Ich habe versprochen, ihn zu beschützen. Es ist meine Schuld. Es ist alles meine Schuld«, presste sie hervor, während ihr die Situation in ihrer ganzen Brutalität bewusst wurde. Ihr wurde klar, was geschehen war, wenn man ihn gefunden hatte. Das kam einem Todesurteil gleich. »Es fühlt sich an, als hätte ich ihn getötet.«

Orlando schüttelte sie, er sah wütend aus. »Das ist absurd. Es sind die Nazis, die die Juden jagen, verstanden? Und sie haben auch Elijah mitgenommen. Dagegen konntest du nichts tun, sie hätten dich ohne mit der Wimper zu zucken umgebracht.«

Aber sie hörte ihm gar nicht zu. Sie dachte an Jakub, ihr letztes Gespräch. Und an ihr Versprechen. »Es ist meine Schuld.«

Orlando versuchte vergebens, sie zur Vernunft zu bringen. Jedes Mal, wenn er sie in der Grotte besuchte, lag sie zur Wand gedreht, gefangen in ihrem Schmerz, in ihrer Qual, die sich wie eine unheilbare Krankheit in ihr ausbreitete.

Bis er sie nicht mehr besuchte.

»Es ist in Ordnung«, sagte sie sich. Er hatte eine bessere Frau verdient. Sie war seiner nicht würdig.

Das Bein heilte nur schwer, aber sie konnte die Grotte verlassen. Letizia tat ihre Pflicht, kochte für die Flüchtlinge, verband die Wunden der Partisanen. Sie las ihnen vor, schrieb Briefe voller Liebe und Hoffnung für sie, die sie für sich nicht mehr hatte. Sie antwortete, wenn man sie etwas fragte, aber mehr nicht. Das innere Licht, das sie ausgestrahlt hatte, war verschwunden.

Zusammen mit Elijah.

Sie war gut darin, die Menschen zu pflegen, immer öfter ging sie von einem Lager ins andere, ihre Dienste waren hochwillkommen, Ärzte gab es kaum welche, und man musste sich arrangieren. Jetzt, da es ihrem Bein besser ging, fuhr sie meist mit dem Rad, aber eines Tages lag das Lager zu weit weg, und es war Orlando, der sie mit dem Wagen hinbrachte. Sie sah ihn unbeteiligt an.

»Wie geht es dir?«, fragte er.

»Gut. Und dir?« Sie wollte nicht reden, es fiel ihr immer schwerer. In ihrer Welt war alles grau. Und still.

»Du bist blass, isst du genug?«

Sie zuckte mit den Schultern. »Immerhin bin ich auf den Beinen.«

»Das meinte ich nicht.«

Letizia wandte den Blick ab. Sie wollte ihn nicht sehen, nicht hören. Warum musste gerade er ihr Fahrer sein?

»Ich war geduldig, ich habe dir Zeit gegeben, Letizia. Aber es sind Monate vergangen. Wie lange willst du dir noch die Schuld an etwas geben, für das du nicht verantwortlich bist?«

Sie schwieg und starrte weiter auf die Felder. Die Sonne ging gerade auf. Wenn sie jemand anhalten würde, könnten sie sich als frisch vermähltes Paar ausgeben. Orlando hatte ihr den Plan erklärt, erst am Abend würden sie im Lager ankommen. Letizia konnte es kaum erwarten.

»Such dir eine andere, Orlando. Ich kann dir nicht geben, was du willst.«

Abrupt hielt er an, stieg aus, ging zur Beifahrertür, öffnete sie und zog Letizia aus dem Wagen. Dann zwang er sie, ins Tal hinabzublicken. »Meinst du, du bist die Einzige, die etwas Wertvolles verloren hat? Schau her!« Er zwang sie, den Blick nicht abzuwenden. »Siehst du die zerstörten Häuser? Schwer ist das nicht, sie rauchen ja noch. Das war mal ein Dorf, dort lebten Bauern und Viehzüchter. Keiner von ihnen stellte eine Gefahr dar. Das waren Menschen, die friedlich gelebt, geträumt, geliebt und Tag für Tag dem Boden Nahrung abgetrotzt haben. Sie haben sie umzingelt, sind in die Häuser eingedrungen und haben alle, die sie gefunden haben, auf die Straße geschleppt. Kinder, schwangere Frauen, Kranke. Sie haben sie alle umgebracht. Der Kleinste war gerade mal vier Wochen alt. Sie haben ihm in den Kopf geschossen.«

Letizia stammelte mit weit aufgerissen Augen: »Nein ...«

Orlando hielt sie weiter fest.

»Glaubst du, seine Mutter war schuld, weil sie ihn nicht verteidigen konnte? Sag es mir, Letizia, war es ihre Schuld?«

Vier Wochen, ein Neugeborenes. Nein, das war unerträglich. »Nein«, schrie sie, »natürlich nicht!« Die Mauer, die sie um ihr Herz aufgebaut hatte, begann zu bröckeln, die Tränen flossen ihr übers Gesicht. Ein Schluchzer, ein zweiter, sie konnte sich nicht mehr zurückhalten.

»Lass alles raus, mein Herz. Lass es los.«

Eine gefühlte Ewigkeit lag sie in Orlandos Armen. Auch danach, als sie mit rot geweinten Augen und schmerzendem Hals aufblickte, ließ sie ihn nicht los. Das Leben fand eine Spalte in dem Panzer, in den Letizia sich gezwängt hatte, und schlüpfte hindurch. Erst nur zaghaft, aber dann immer stärker. Als sie aus der Starre erwachte, gingen sie ein Stück Hand in Hand. Zum ersten Mal begriff sie, was es wirklich bedeutete, einen Mann zu lieben. Und es war nichts Romantisches, nichts Süßes, es war etwas Nährendes, wie Atmen, wie Ruhe finden. Liebe kann man nicht verhindern, sie ist ein Grundbedürfnis, sie hält dich am Leben.

Sie stiegen wieder ins Auto und fuhren auf der schmalen Straße weiter. Emotionslos und ruhig sagte sie: »Am Tag des Angriffs habe ich einen Soldaten geschlagen.«

Er musterte sie von der Seite. »Ich nehme an, er hatte es verdient.«

»Wenn der Priester mich nicht zurückgehalten hätte, dann hätte ich ihn umgebracht.«

»Denk nicht mehr daran, Letizia. Das ist meine Aufgabe. Ich kann mit dem Tod umgehen. Du bist das Leben.«

Sie wandte sich zu ihm. »Wir müssen die Nazis besiegen, um jeden Preis.«

Er strich ihr übers Gesicht, flüchtig, aber voller Zärtlichkeit. »Das werden wir, da bin ich sicher.«

»Ja, das werden wir.«

19

Graublau. Ein Blau mit grauem Einschlag, das Verlässlichkeit, Eleganz und Faszination symbolisiert.
Ein hervorragender Kontrast zu Orange. Die Farbe der Klarheit.

Der Hintergrund war violett.

Vorsichtig und sorgfältig glitt der Pinsel darüber, goldene Striche, danach Schwarz, Grau und Purpur, die Farbe der Leidenschaft. Anschließend Orange und Gelb, gleißende Strahlen im Dämmerlicht. Jede Farbe stand für ein Gefühl, das in Stella tobte, die Hitze, die in ihr brannte. Es war sehr früh am Morgen, sie hatte noch Zeit, bis das Haus erwachte, bis das Leben wieder ihre Aufmerksamkeit verlangte, bevor die Pflichten sie dazu trieben, Pinsel und Farben beiseitezulegen, um sich ihren Mitmenschen zu widmen.

Sie ließ sich gehen, die Grenze zwischen ihrer Innenwelt und ihrer Identität verschwamm, alles wurde Sehnsucht und Verlangen. Ohne Sicherheiten, doch gleichzeitig hatte sie den Eindruck, absolut sicher zu sein. Ein irrealer Zustand, außerhalb jeder Logik, aber Stella hatte sich noch nie so lebendig gefühlt.

Malerei war pures Gefühl, alles andere war nebensächlich. Nur Gefühl.

Nur Sein.

Als sie das Bild vollendet hatte, senkte sie den Blick. Ihr Atem ging hektisch, ihr Herz raste. Jetzt wusste sie, was damals wirklich passiert war und wo, ihre Tante hatte ihr den Namen des wunderbaren Ortes verraten, der die Kinder beschützt hatte. Nonantola. Sie fühlte eine unendliche Bewunderung für die Bewohner und für Letizia, die sich selbst in Gefahr gebracht hatte. Sie hatte ihr Leben ihrem Ideal untergeordnet, der Liebe zu ihren Mitmenschen. Ihren Schmerz hatte sie viele Jahre in sich verschlossen.

Stella zog sich um. Der Himmel war bewölkt, deshalb wählte sie ein rotes Wollkleid und eine türkisfarbene Strickjacke als Komplementärfarbe. Sie betrachtete sich zufrieden im Spiegel. Ihre roten Haare glänzten, sie band sie zusammen, zupfte aber einige Locken heraus. Sie hasste Zwänge, alles musste weich und fließend sein, auch ihre Kleidung, ihre Frisur.

Bevor sie nach unten ging, um das Frühstück zu machen, kontrollierte sie ihre E-Mails. Als sie diejenige fand, auf die sie gewartet hatte, wäre sie vor Glück fast auf dem Bett herumgehopst. »Endlich!«

Das Historische Museum von Nonantola, das sie wegen der Bilder angefragt hatte, hatte geantwortet.

Sehr geehrte Frau Marcovaldi,

wir bedanken uns ganz herzlich für Ihr Angebot. Die Zeichnungen der Kinder auszustellen, zu deren Rettung unsere Gemeinschaft beigetragen hat, ist eine große Ehre. Ihre Offerte, Sie uns zu vermachen, damit alle davon profitieren können, erfüllt uns mit Freude. Der Präsentation für die Öffentlichkeit steht nichts im Wege. Wir hoffen, Sie bald persönlich zu treffen, um das Projekt in allen Einzelheiten zu besprechen.

Mit freundlichen Grüßen
Marianna Sartori

Gerührt schrieb Stella sofort eine Antwort. Dank der engagierten Arbeit dieser Menschen waren die Berichte, die Dokumente und die Erinnerung an die Kinder und die Villa heute der Allgemeinheit zugänglich. Ihr Plan nahm Formen an. Sie stand auf, griff nach ihrer Tasche und ging zur Tür. Sie wollte gerade das Zimmer verlassen, als ihr Blick noch einmal auf das Bild auf der Staffelei neben dem Fenster fiel, das sie zuvor gemalt hatte. Da war etwas in ihr, wie ein tief sitzender Schmerz, dem sie nicht nachgeben wollte. Es war nur eine Idee, eine vage Vorstellung. Aber heute war sie erwachsen. Sie konnte damit umgeben,

Sie konnte sich entscheiden.

Sie hatte das wöchentliche Telefonat mit ihrer Mutter vergessen. Rasch sah sie auf die Uhr. Roberta war immer schon früh auf, genau wie sie. Sie ging nach unten und machte sich einen Kaffee.

Während sie in kleinen Schlucken trank, dachte sie an ihren Vater und ihren neugeborenen Bruder. Wie würde ihre Mutter das aufnehmen? Sie griff nach dem Handy, um den Gedanken aus dem Kopf zu bekommen, wählte und wartete.

Roberta nahm das Gespräch kurz darauf an.

»Mein Schatz, bist du etwa aus dem Bett gefallen?«

»Ciao, Mama«, mehr sagte sie nicht.

»Was ist?«

Stella lachte in sich hinein. Die Stimme ihrer Mutter löste in ihr immer eine Mischung aus Unbehagen und Freude aus. »Ich habe mit Papa telefoniert.«

»Aha! Jetzt weißt du, dass du eine große Schwester bist, dein Wunsch hat sich erfüllt. Besser spät als nie.«

Stella konnte Zwischentöne schon immer gut erkennen, sie spürte die Worte, ohne dass sie ausgesprochen waren. »Du freust dich ja.«

»Warum sollte ich nicht, um Himmels willen? Ich wünsche deinem Vater das Allerbeste... inzwischen«, stellte sie klar.

Stella hörte eine gewisse Belustigung heraus. Was war passiert?

»Solltest du mir etwas sagen?«, fragte Stella und hörte genau in diesem Augenblick eine männliche Stimme im Hintergrund.

»Bist du nicht allein?«, hakte Stella nach.

»Das geht dich nichts an, mein Schatz. Aber ja... ich hätte dich angerufen, um es dir zu sagen.«

»Was zu sagen?«

»Ich … also, ich habe geheiratet.«

Stella war sprachlos. Einen Moment dachte sie, ihre Mutter wollte sie auf den Arm nehmen. Aber die männliche Stimme war nun mal da gewesen.

»Einfach so? Ohne Gäste?«, fragte Stella, dachte aber: Ohne mich?

»Ich hatte bei der anderen Hochzeit genug Gäste. Dieses Mal ist alles anders.«

Das klang lapidar und vor allem entschlossen.

Warum auch nicht? Und doch war Stella enttäuscht. Sehr enttäuscht.

Erst ihr Vater, dann ihre Mutter. Beide hatten ihr eigenes neues Leben, und sie gehörte nicht mehr dazu. Irgendwie war das der Gang der Dinge. Und doch fühlte sie sich ausgeschlossen, wie damals als Kind. Weil es niemals ein »Wir« gegeben hatte, eine echte Familie. Aber das war nur ihr Problem, sie allein hatte dieses Bedürfnis gehabt.

»Verstehe.«

»Ich wusste, dass du dich für mich freuen würdest. Danke.«

»Ich wünsche dir … ich wünsche euch beiden viel Glück.« Das waren nichts als Worte, und Stella spürte, wie ihr Schmerz anschwoll. Sie atmete tief durch. »Du hast es verdient, Mama.«

»Danke, aber erzähl mir von dir. Wie geht es Letizia? Hast du die Verbindung zu den Bildern aufgeklärt?«

»Ja, sie stammen von jüdischen Flüchtlingskindern, Tante Letizia war kurze Zeit ihre Lehrerin. Sie hegte tiefe Gefühle für sie.«

»Und was ist aus ihnen geworden? Sag nicht, sie sind in diesen schrecklichen Konzentrationslagern gestorben ...«

»Nein. Zum Glück konnten sie in die Schweiz fliehen.«

In Wahrheit wusste Stella nicht, ob ihr Letizia wirklich die ganze Geschichte erzählt oder doch noch etwas Entscheidendes weggelassen hatte.

»Ich fürchte, sie glaubt, gescheitert zu sein. Sie hat sich sogar schuldig gefühlt, obwohl sie alles Menschenmögliche getan hat. Ich weiß nichts Genaues, es ist nur so ein Gefühl.«

»In dieser Hinsicht seid ihr euch sehr ähnlich«, sagte ihre Mutter.

»In welcher Hinsicht?«

»Ihr seid die einzigen Menschen, die ich kenne, die Verantwortung für Dinge übernehmen, die sie nicht haben.«

»Das verstehe ich nicht, Mama. Was meinst du damit?«

»Jetzt komm schon ... Das weißt du sehr gut.«

Stella hatte das Gefühl, ihr Herz würde einen Schlag aussetzen, ihr Magen zog sich zusammen. »Ich fürchte, nein.«

Roberta seufzte. »Warum hast du aufgehört zu malen?«

»Ich ... das weißt du doch. Ich war erwachsen, ich konnte dir nicht mehr auf der Tasche liegen.«

»Wirklich? Ich dachte immer, es sei falsch verstandene weibliche Solidarität gewesen. Aber du warst erwachsen genug, um die Situation zu verstehen, und du hast eine Entscheidung getroffen.«

»Ich kann dir nicht folgen.«

Roberta hielt inne. »Ich denke doch. Im Grunde hat es mir immer leidgetan, dass du auf etwas verzichtet hast, was dich glücklich gemacht hat.«

Stella wusste nicht, was sie sagen sollte. »Ich... ich dachte, du könntest es nicht ertragen, wie ähnlich ich Papa bin.«

»Mein Schatz, das ist doch albern. Ich habe jedes Bild von dir aufgehoben, selbst die aus dem Kindergarten.«

Stella fuhr sich mit der Zunge über die Lippen. »Mama... ich male wieder.«

Schweigen, dann ein fröhliches Lachen. »Das ist eine wunderbare Nachricht, ich habe mich schon gefragt, wann du den Mut finden würdest, das zu tun, was du dir wünschst.«

Stella schloss einen Moment die Augen und lächelte dann. »Noch mal herzlichen Glückwunsch zur Hochzeit. Jetzt muss ich aufhören.«

»Pass auf dich auf, meine Kleine.«

»Ich hab dich lieb.«

»Ich dich auch, mein Schatz.«

Später bekam Stella eine Lieferung, auf die sie schon ungeduldig wartete.

»Danke, stellen Sie alles hier ab.«

»Soll ich Ihnen beim Auspacken helfen?«

»Nein, nein. Danke, das mach ich schon.«

Stella begleitet den jungen Mann nach draußen. Gemeinsam mit Luciana, die das Abladen beobachtet hatte, brachte sie die Kisten in eines der Zimmer im Erdgeschoss. Jetzt würde sie die Bilder einpacken und nach Nonantola schicken. Stella konnte es kaum erwarten, aber zuerst wollte sie sich die Bilder noch einmal ansehen.

Jetzt, da sie gerahmt waren, wirkten sie, wenn das

überhaupt möglich war, noch schöner. Die Farben strahlten, die Bilder hatten etwas Faszinierendes und Hypnotisches.

Stella war sehr zufrieden.

»Meinst du, damit können wir sie ein wenig aufmuntern?«, fragte Luciana.

Stella zuckte mit den Schultern. »Ich hoffe, Luci, sonst weiß ich auch nicht mehr weiter.«

Schweigend betrachteten sie die Bilder. »Der Schmerz negiert alles. Wenn du dich von ihm beherrschen lässt, nimmt er sich alles, und dir bleibt nichts. Du kannst ihm nur mit Lebensfreude begegnen. Freude ist wie das Weiß, das alles auflöst und heller macht, genauso muss auch das Gute sein, wunderbar wirksam.«

»Übrigens ist Alfio gerade da gewesen. Er hat erzählt, dass sie angefangen haben, im Nachbarviertel die Mauern anzustreichen. Barbara musste wieder ins Café zurück, deshalb hat er sich mit Jennifer und Riccardo zusammengetan.«

Sie erinnerte sich an Riccardo, ein schweigsamer, finsterer Typ, der ausdrucksstarke Gesichter malen konnte, die die Seele berührten. Er hatte ihr erzählt, er sei Straßenkünstler auf der Suche nach... Das hatte er nicht weiter erklärt, und sie hatte auch nicht nachgefragt.

Im Grunde waren sie alle auf der Suche, die Schönheit war ein Zugang zu vielen Orten, vor allem zu denen in der Seele.

»Bald wird es keine einzige weiße oder graue Mauer mehr geben. Wenn du und deine Freunde so weitermacht, ist das ganze Dorf bunt.«

»Und alle werden es sich ansehen.«

Luciana schüttelte den Kopf. »Das weiß man nicht. Ich gehe jetzt einkaufen. Bald kommen Flaminia und Letizia zurück.«

»Gut, dass Letizia die Bilder noch nicht gesehen hat, ich möchte sie überraschen. Später fahre ich nach Nonantola. Wenn alles gut geht, werden wir die Bilder bald ausstellen können.«

»Nimmst du sie alle mit?«

»Ja, Barbara hat mir ihr Auto geliehen.«

»Bist du zum Abendessen zurück?«

»Das weiß ich noch nicht, ich gebe dir Bescheid.«

Stella verließ das Haus, sie fröstelte. Die Luft war feucht, vom See stieg Nebel auf. Die bunten Mauern mit den lebensfrohen Motiven vertrieben ein wenig die Melancholie, die sie in sich spürte.

Ihr Handy klingelte. Sie erkannte die Nummer und runzelte die Stirn.

»Hallo.«

»Du wirkst überrascht.«

»Das bin ich auch. Ich dachte, du würdest heute operieren.«

»Ich bin gerade fertig geworden.«

»Ah, okay.«

»Erzähl mir etwas Schönes, was trägst du denn heute?«

Sie musste lächeln. Als sie gemerkt hatte, wie kalt es war, hatte sie sich noch mal umgezogen. »Hosen und Wolljacke.«

»Welche Farben?«

»Perlgrau und Violett.«

»Ich meine, dich vor mir zu sehen.«

Stella schloss die Augen. »Was ist passiert?«

Er zögerte. »Nichts. Du hast mir gefehlt.«

Sie seufzte. »Du hältst mich immer auf Distanz, ist dir das eigentlich klar?«

»Sagen wir es so. Ohne dich wäre alles düster. Was hast du heute vor?«

Stella wusste nicht, was sie antworten sollte, sie hatte keine Lust auf Wortklaubereien.

»Ich fahre nach Nonantola. Ich habe mich mit einer Dame in Verbindung gesetzt, die die Geschichte des Dorfes aufgearbeitet hat und die Erinnerung am Leben hält. Damit man nicht vergisst. Sie ist sehr an den Bildern der jüdischen Kinder interessiert, ich hoffe, sie hilft mir dabei, die Ausstellung zu organisieren.«

»Wann soll ich dich abholen?«

»Bist du sicher? Ich möchte nicht …« Alexander stöhnte so laut auf, dass sie lachen musste. »Na gut, komm, wann es dir passt. Ich bin fertig.«

»Prima, ich dusche noch, in einer halben Stunde bin ich da. Pack deine Tasche. Wenn du einverstanden bist, könnten wir irgendwo übernachten.«

Sie war überrascht. »Ja, gut.«

Sie legte auf, ein Lächeln lag auf ihren Lippen. Eine verlockende Idee, eine Nacht mit Alexander zu verbringen und alles andere zu vergessen.

Sie schlenderte durch die Gassen mit den neu gestalteten Hausfassaden und lächelte. Obwohl die Motive der Bilder ganz unterschiedlich waren, verband sie eine innere Harmonie, als ob ein Maler der Inspiration des anderen gefolgt wäre. Sie ging nach Hause, machte sich frisch und packte ihre Tasche. Als Alexander ankam, luden sie die Kisten mit den Bildern in den Kofferraum und fuhren los.

Mit dem Auto waren es knapp zwei Stunden bis Nonantola. Alexander hatte den BMW genommen, der seiner Meinung nach bequemer war als der Land Rover. Stella musste ihm zustimmen.

Es versprach ein milder Tag zu werden, und sie begann sich zu entspannen. Alexanders Begrüßungskuss hatte sie wieder mit der Welt versöhnt.

Stella wünschte sich ein paar ruhige Stunden, deshalb vertagte sie die Fragen, die sie ihm gerne stellen wollte, auf später. Dafür wäre noch genug Zeit.

An einer flüchtigen Beziehung war sie nie interessiert gewesen, das brauchte sie nicht. Anfangs war sie von Alexander fasziniert gewesen, er bot alles, was sie sich wünschte, und noch mehr. Dann war ihre Beziehung irgendwie ins Stocken geraten. Sie wollte mehr, er nicht. Der Graben war offensichtlich.

»Hast du noch Hunger?«

Sie waren Richtung Parma unterwegs und hatten an einer Trattoria gehalten. Stella liebte die emilianische Küche.

»Machst du Witze? Ich platze. Gnocco fritto und Tagliatelle al ragù. Und Torta soffice. Einfach herrlich!«

Sie sprachen über ihre Lieblingsgerichte, und sie spürte, dass auch Alexander nach Frieden suchte. Am frühen Nachmittag fuhren sie weiter, und ihre Vertrautheit war zurück. Stella erzählte ihm Letizias Geschichte, von ihrer

Bewunderung für dieses Dorf, das die Kinder geschützt und gerettet hatte. Und sie erklärte ihm, wie wichtig es ihr war, ihrer Tante dabei zu helfen, sich von den Schatten der Vergangenheit zu befreien.

Plötzlich fragte Alexander: »Zeigst du mir dein Bild?«

Stella schaute ihn verblüfft an. »Interessiert dich das wirklich?«

»Was ist denn das für eine Frage? Natürlich. Es ist von dir, oder? Ich möchte es sehen.«

Sie nickte und blickte nachdenklich aus dem Fenster.

Nonantola war ein beschaulicher Ort, der Stella vom ersten Augenblick an faszinierte. Sie hatte das Gefühl, in einer der Geschichten ihrer Tante angekommen zu sein.

Der alte Dorfkern neben der Abtei, deren wuchtige Natursteinmauern sich majestätisch vor dem Himmel abzeichneten, die Gassen mit Kopfsteinpflaster, all das hatte immer noch etwas Mittelalterliches. Auf beiden Seiten lagen kleine Werkstätten und Lokale.

»Schau, das muss der Sitz des Museums sein.« Sie deutete auf das Schild. Nachdem sie sich ein paarmal verlaufen hatte, war sie froh, ihr Ziel gefunden zu haben. Alexander hatte sie aufzogen und vorgeschlagen, künftig die Reiseplanung zu übernehmen. »Wie wäre es mit Venedig?«, hatte er gefragt, und Stella hatte versprochen, darüber nachzudenken.

Sie wurden von einer Dame um die fünfzig mit silbergrauen Locken namens Marianna empfangen, die Stella auf Anhieb sympathisch war. Als sie ihnen Fotos der Kinder zeigte, entdeckte Stella ihre Tante.

»Das ist Letizia.« Marianna setzte die Brille auf. »Wenn

es nicht unmöglich wäre, könnte man Sie beide für dieselbe Person halten!«

Alexander schaute sich das Foto an und bestätigte: »Die Ähnlichkeit ist wirklich erstaunlich.«

»Ich habe noch weitere Fotos. Das ganze Dorf hat sich engagiert, wissen Sie? Auch meine Großmutter und ihr Bruder. Die Geschichte mit dem Jungen war natürlich schrecklich.«

Stella legte die Fotos auf den Tisch. »Welcher Junge?«

»Der Einzige, der nicht entkommen konnte.«

»Aber warum nicht?«

»Er war krank und zu schwach für die Reise. Die Kinder verließen Nonantola in kleinen Gruppen. Die erste Etappe fuhren sie mit dem Zug, aber dann mussten sie lange zu Fuß gehen. Man entschied, dass er im Dorf bleiben sollte, aber er wurde von der SS entdeckt und deportiert. Man fand seinen Namen in den Todeslisten von Auschwitz.«

Stella wurde schwindlig, sie hatte das Gefühl, Letizias Schmerz am eigenen Leib zu spüren. Sie dachte an das, was ihre Tante ihr erzählt hatte, und an ihren Verdacht, dass sie ihr etwas verschwiegen hatte. Jetzt wusste Stella Bescheid, alles ergab einen Sinn »Er konnte nicht mit den anderen fliehen.«

»Nein, die Reise hätte er nicht überstanden.«

Stella begann die Tragweite der Tragödie zu erfassen, die Schuldgefühle, Letizias Versprechen, sich um das Kind zu kümmern, das sie nicht einhalten konnte. Von diesem Trauma hatte sie sich nicht wieder erholt. Die einzige Chance, damit zurechtzukommen, war, den Schmerz zu verdrängen. Deshalb hatte Orlando ihr versprochen, die Bilder zu vernichten. Aber das hatte er nicht getan und sie stattdessen ihr vermacht.

Stella hätte Letizia jetzt am liebsten in die Arme geschlossen und getröstet. Sie kannte ihre Tante gut, sie wusste, wie sehr sie sich alles zu Herzen nahm, wie grenzenlos sie lieben konnte. Wie verzweifelt musste sie gewesen sein! Sie hatte sich die Schuld am Tod des Kindes gegeben und den Verlust nie überwinden können.

»Danke. Was können Sie mir noch über die Kinder sagen?«

»Wir wissen, dass sie über die Schweiz nach Spanien gereist sind. In Barcelona haben sie ein Schiff bestiegen und sind 1945 nach einer nicht enden wollenden Reise in Palästina angekommen. Eine Geschichte voller Schmerz, aber auch voller Hoffnung.«

»Und eine, die alle kennen sollten«, ergänzte Stella mit tränenfeuchten Augen.

20

Koralle. Ein lebhaftes Orange, das für Heiterkeit und Vergnügen steht. Ein Symbol für Optimismus. Die Farbe der Frische und des Sommers.

»Pass auf dich auf, mein Mädchen.«

Stella umarmte Flaminia, hinter der mit unbewegtem Gesicht ihre Enkelin Rossella stand. Ihre Entschuldigung war die oberflächlichste gewesen, die sie jemals gehört hatte, im Grunde war es aber egal. Sie wusste, dass Rossella freiwillig niemals gekommen wäre.

»Vielen Dank für alles.«

»Nein, ich danke dir. Ich habe mich von Letizia schon verabschiedet. Übrigens«, sagte Flaminia und reichte ihr ein Blatt Papier, »das hat Ruth über die Kinder herausgefunden, deren Namen Marianna dir gegeben hat. Ruth hat mit verschiedenen jüdischen Organisationen gesprochen. Viel ist es leider nicht.«

In eleganter Handschrift waren einige Namen und Adressen aufgelistet.

»Es ist ein Ausgangspunkt, und in Nonantola versucht man auch, ihren Aufenthaltsort herauszufinden.«

»Halte mich bitte auf dem Laufenden.«

»Ganz bestimmt.«

Als sie kurze Zeit später abgefahren waren, blieb Stella auf der Straße stehen, denn sie war noch immer aufgeregt. Endlich konnte sie das beenden, was ihre Tante begonnen hatte.«

Marianna hatte sie am Vorabend angerufen und ihr mitgeteilt, dass die Ausstellung in einem Nebengebäude der Villa stattfinden würde, wo die Kinder gewohnt hatten. Es wäre eine gute Gelegenheit, noch einmal die abenteuerliche Geschichte ihrer Flucht zu erzählen. Auch wenn sie wusste, dass es hoffnungslos war, suchte Stella den Namen des deportierten Jungen auf der Liste. Mit einem Kloß im Hals dachte sie daran, was passiert wäre, wenn es anders gekommen wäre.

Sie wischte sich über die Augen. Sie musste packen, denn Alexander würde gegen Mittag kommen und sie für ihr Venedig-Wochenende abholen. Sie konnte es kaum erwarten. Seitdem sie gemeinsam in Nonantola gewesen waren, schienen sich die Dinge wieder zum Besseren zu entwickeln. Er war nach wie vor sehr verschlossen, ihre Nähe war vor allem körperlich. Sie müssten mehr miteinander sprechen, sich besser kennenlernen.

Sie wählte ihre Garderobe sorgfältig, strahlende Farben, legere Hosen, bequeme Schuhe, eine Jacke. Dann schminkte sie sich.

Nach Barbaras Erklärungen über die Farbtypenlehre achtete sie mehr darauf, welche Farben zu ihr passten. Sie hatte intuitiv schon immer zu den passenden Farben gegriffen, aber jetzt legte sie gezielt ihr Augenmerk darauf. Barbara hatte ihr erklärt, dass jeder Mensch aufgrund seiner Hautfarbe, der Augen- und Haarfarbe zu einem bestimmten Typus gehörte, dem man eine Jahreszeit zuordnen konnte, Sommer, Herbst, Winter oder Frühling. Bei jeder Farbe gab es Schattierungen und Abstufungen, einige harmonierten besonders gut miteinander und unterstrichen die Ausstrahlung.

Für sie als Farbenliebhaberin hatte der Gedanke etwas Faszinierendes.

Im allerletzten Moment packte sie auch noch ein Abendkleid ein. Sie lachte. Vielleicht konnte sie Alexander überzeugen, sie zum Tanzen auszuführen. Das würde ihr gefallen.

»Verflucht, ich bin zu spät!«, sagte sie mit Blick auf die Uhr. Sie rannte die Treppe hinunter und stellte die Tasche neben die Tür. Meist war Alexander pünktlich.

Sie ging ins Wohnzimmer. Letizia wirkte wie ein Gespenst, ein Schatten ihrer selbst. Stella setzte sich neben sie. Aristide leckte ihr die Hand.

»Ich fahre bis morgen Abend weg, passt das für dich?«

Ihre Tante hob den Blick. »Natürlich.«

Ihr Gesicht war ausdruckslos, fast starr. Stella dachte, sie hätte auch sagen können, sie würde zum Nordpol reisen. Sie fragte sich, ob die Ausstellung der Bilder wirklich eine gute Idee war und sie aus ihrer Lethargie reißen könnte.

»Geht es dir gut?«

»Ja, mach dir keine Gedanken. Geh, wohin du willst, und amüsiere dich.«

Stella streichelte ihr über die Hand, dann schaute sie wieder auf die Uhr und auf ihr Handy, das sie bei sich trug. Wenn Alexander ihr eine Nachricht schickte, würde sie es hören.

»Luciana wird bei dir bleiben, okay?«

Letizia schaute in den Garten und nickte.

Stella küsste sie auf die Wange, stand auf und ging wieder nach oben. Sie würde die Zeit, in der sie auf Alexander wartete, für Recherchen nutzen. Sie schickte Marianna eine Mail mit den Adressen, die Flaminia ihr gegeben hatte. Sie antwortete sofort; sie würde die Daten mit ihren Listen vergleichen. Sie erinnerte sich daran, dass einige der Kinder vor vielen Jahren nach Nonantola gekommen waren, um das Dorf zu besuchen. Ob damals ihre Adressen aufgenommen worden waren, wusste Marianna nicht. Sie hoffte, in den Archiven des Museums das eine oder andere zu finden. Vor der Gründung der Institution waren die Dokumente und Zeugnisse von damals in verschiedenen Archiven gesammelt worden, einige davon gehörten Privatpersonen. Stella dankte ihr und fuhr mit ihrer Netzrecherche fort. Sie gab jeden Namen, jede Adresse in die Suchmaschine ein. Einige Ergebnisse waren auf Englisch, andere auf Hebräisch. Sie würde Alexander um Hilfe bitten.

Wie spät war es eigentlich?

Eine Stunde nach der verabredeten Zeit. Merkwürdig. Sie fragte sich, ob es vielleicht einen Notfall im Krankenhaus gegeben hatte, und rief ihn an. Aber er nahm nicht ab. Sie schrieb ihm eine Nachricht. Dann widmete sie sich wieder ihren Recherchen. In den sozialen Netzwerken waren die Gesuchten sicher nicht vertreten, deshalb konnte sie auf diese Quellen nicht zurückgreifen.

Die Zeit verging. Sie aß mit Luciana und Letizia zu Mittag, die sie fragend ansah und dann wieder in ihre Lethargie verfiel.

Nach dem Abräumen warf Stella einen Blick auf ihr Handy. Alexander hatte ihre Nachrichten gesehen. Warum hatte er nicht geantwortet?

Wahrscheinlich war ihm doch noch etwas dazwischengekommen. Sie konnte es kaum erwarten, ihm von ihren Erkenntnissen zu erzählen. Sie wählte seine Nummer. Es klingelte. Einmal, zweimal, dreimal, fünfmal, zehnmal. Dann hörte sie auf zu zählen und legte auf. Sie presste das Handy gegen die Lippen und schrieb noch eine Nachricht.

Geht es dir gut?
Ruf mich so bald wie möglich an.

Sie spürte eine undefinierbare Unruhe, die sie aber beiseiteschob. Sie musste Vertrauen haben und nicht immer gleich an das Schlimmste denken. Barbara hatte recht, wenn sie sagte, sie sei zu emotional.

Sie würde sie besuchen und Aristide mitnehmen, der bestimmt etwas Auslauf gebrauchen konnte.

»Komm schon, Faulpelz, wir drehen eine Runde.«

Der Hund schien begeistert und zog heftig an der Leine. Wenn sie nicht umgerissen werden wollte, musste sie mit ihren Grübeleien aufhören.

Die Wandmaler waren gerade im alten Ortskern unterwegs und widmeten sich einem baufälligen Anwesen, dessen Eigentümer niemand kannte.

»Ihr könnt nicht einfach eine Wand bemalen, wenn ihr die Erlaubnis des Besitzers nicht habt«, warnte Alfio.

»Hier ist seit Jahrzehnten niemand mehr aufgetaucht«, widersprach Jennifer, doch Alfio ließ sich nicht umstimmen, es gab eine lebhafte Diskussion.

Stella hatte eine Idee. »Warum streicht ihr die Wand nicht einfach in der alten Farbe an? Wenn der Besitzer doch noch auftauchen sollte, wird er sicher nichts dagegen haben. Und wenn er sein Einverständnis gibt, geht es schneller mit dem neuen Anstrich, und alles ist wieder einheitlich.«

Während sie noch diskutierten, legte Barbara ihr die Hand auf die Schulter. »Alles in Ordnung?«

Stella blickte ihre Freundin an. Was sollte sie antworten? Unter ihrer Haut kribbelte es, ein leichtes Unbehagen machte sich breit, das sich merkwürdig anfühlte. »Ja. Was malst du gerade? Kann ich dir helfen?«

»Warte, ich hole dir einen Kittel.«

Seite an Seite arbeiteten sie bis zum Abend an einem Bild. Das Motiv war ein Baum in Sepia. Barbara malte die Blätter, die im Wind wehten, Stella ließ sie anschließend durch die Luft flattern, sodass sie wie Schmetterlinge aussahen. Die anderen Maler bewunderten ihr Werk.

»Wunderschön, wie Gedanken, die sich befreien und davonfliegen.«

Stella wurde erst in diesem Moment klar, dass sie genau das hatte zeigen wollen. Barbara nahm sie in den Arm. »Wollen wir alle zusammen essen gehen?«

»Warum nicht?«

Sie trafen sich in der Pizzeria, plauderten, lachten,

tauschten Gedanken aus. Jeder hatte eine Idee für den nächsten Tag, das nächste Bild. Außer Stella, die nur so tat, als folge sie ihren Gesprächen. Dabei hatte sie gefühlte tausend Mal auf ihr Handy geschaut, Alexander alle zwei Stunden angerufen.

Und er hatte nicht geantwortet.

Als sie nach Hause kam, war es bereits spät. Sie ließ sich ins Bett sinken und starrte an die Decke, tausend Fragen im Kopf.

»Was zum Teufel ist passiert? Warum hat er nicht zurückgerufen?« Sie wollte wieder nach dem Handy greifen, ließ es dann aber. »Nein«, murmelte sie, »jetzt reicht es.«

In der Nacht konnte sie ihre Unruhe fast körperlich spüren, das Fehlen, die Leere.

Es musste etwas passiert sein.

Oder es war einfach etwas zu Ende gegangen.

Sie hatte Stunden damit verbracht, die Schritte ihrer Beziehung noch einmal durchzugehen, hatte jede Minute beleuchtet, verstand aber immer noch nicht, was der Grund für sein Verhalten sein könnte.

Er hatte sie gebeten, ihm zu vertrauen, ihr versichert, immer für sie da zu sein.

Sie hatte ihm vertraut.

Alexander hatte sich nicht gemeldet, obwohl er ihre Anrufe gesehen, ihre Nachrichten gelesen hatte. Er hatte sie versetzt. Das klang fast lächerlich, aber sie wollte nur weinen.

Sie duschte, Wut stieg in ihr auf, ihr Hals war wie zugeschnürt. Noch im Bademantel und mit tropfnassen

Haaren, griff sie nach einer Leinwand, stellte sie auf die Staffelei, rührte die Farben an und begann zu malen, stundenlang, eingeschlossen in ihre ganz eigene Welt.

»Stella, darf ich reinkommen?«

Sie drehte sich um. »Natürlich, Luciana, komm rein.«

Die alte Dame öffnete die Tür. Sie wirkte besorgt. »Ist alles in Ordnung?«

Stella nickte. »Wie spät ist es?« Sie hatte komplett das Zeitgefühl verloren, wofür sie letztendlich dankbar war, denn jetzt spürte sie wieder diesen intensiven Schmerz, den sie für einige Stunden verdrängt hatte. Wenn sie malte, war alles andere zweitrangig »Entschuldige, ich habe vergessen, das Frühstück zu machen. Ich nehme an, Letizia ist schon auf?«

»Ja. Bist du sicher, dass es dir gut geht? Du siehst schrecklich aus.«

Sie zwang sich zu einem Lächeln. »Alles gut, ich komme gleich runter.«

Nachdem sie Letizia ein wenig Gesellschaft geleistet hatte, arbeitete Stella ein paar Stunden am Computer. Sie hatte noch keine Antworten, und auch von Marianna kam bislang nichts Konkretes. Sie hatte nur ein paar Dankesbriefe gefunden, die vor dreißig Jahren geschrieben worden waren.

Dann kam alles wieder hoch. Auch wenn sie sich noch so sehr bemühte, ihre Gedanken gingen immer in eine Richtung. Was zum Teufel war passiert? Warum meldete sich Alexander nicht?

Sie ging nach unten, sie hielt diese Unsicherheit nicht

mehr aus. Sie suchte nach Luciana und fand sie im Gemüsegarten. »Kannst du mir dein Auto leihen?«

Luciana hob den Kopf, das gerötete Gesicht voller Erde. »Natürlich, die Schlüssel sind da, wo sie immer sind.«

Stella nickte und ging ins Haus zurück.

Ich wollte mich nicht einfach abfinden.

Sie durfte sich nichts einreden. Sie hatte keine Ahnung, was mit Alexander los war, sie musste positiv denken. Es gab sicher einen guten Grund für sein Verhalten. So war es bis jetzt immer gewesen, oder? Sie zwang sich, tief durchzuatmen und zu lächeln. Sie würde zu ihm nach Hause fahren, mit ihm reden, und alles würde sich aufklären. Probleme waren nichts als Hindernisse, die nur darauf warteten, gelöst zu werden.

Es war so schön hier am See.

Während sie in Richtung Sirmione fuhr, warf sie einen Blick auf das Wasser, das zu atmen schien. Es war nicht azurblau wie sonst, sondern platinfarben.

Die spiegelglatte Oberfläche begleitete ihren Weg.

Die Farbe Grau war für sie ein Gefäß, in das man seine Gefühle legen und zu sich selbst finden konnte, Kräfte für den Neubeginn sammeln konnte. Aber wollte sie überhaupt neu beginnen? Es war doch gut so, wie es war.

Ihr ging es gut so.

Zum ersten Mal spürte sie einen Anflug von Angst. Sie fuhr von der Küstenstraße ab und parkte auf einer Piazza. Ihre erste gemeinsame Nacht kam ihr in den Sinn, als sie ins Kinderkarussell gewollt und Alexander ihr amüsiert zugesehen hatte.

Alexanders Wohnung lag am Seeufer, nur Anwohner durften dort parken. Stella ging langsam und zwang sich, einen Schritt vor den anderen zu setzen, obwohl sie am liebsten gerannt wäre. Plötzlich sah sie ihn. Er stand auf dem Kiesweg vor dem Haus, einen Koffer in der Hand, vor dem offenen Kofferraum seines Autos. Als er sich umwandte und sie erkannte, erstarrte er.

Stella blieb stehen.

Plötzlich wollte sie nicht mehr mit ihm reden, ihn nicht einmal ansehen.

Sein Gesichtsausdruck sprach Bände. Kalt und abweisend. Aber sie ging weiter auf ihn zu.

»Du reist ab?«

Alexander nickte. »Ja, ich gehe nach England zurück.«

Mehr sagte er nicht, das Gesicht wie aus Stein gemeißelt, die Hände zu Fäusten geballt, die Lippen aufeinandergepresst.

»Ist etwas passiert?« Sie hoffte es so sehr. Egal was, sie würde ihm helfen, ihn unterstützen. Sie wollte nicht auf diesen Mann verzichten. Nicht einmal auf sein Schweigen. Nicht auf seine Leidenschaft, die Berührung seiner Lippen. Sie hatte sich ihm geöffnet, hatte ihre Gefühle offenbart, die Liebe, die sie immer unter Kontrolle gehalten hatte.

»Nichts, was dir Sorgen machen müsste.«

Sie fühlte sich, als hätte er ihr ins Gesicht geschlagen, er wies sie brüsk zurück. Nicht zum ersten Mal. Aber vorher hatte sie es nicht sehen wollen.

Sie wich zurück.

Schritt um Schritt.

Erneut hatte er sich verweigert.

Dieses Mal endgültig.

Sie erkannte es an seinem Gesicht, dem verkrampften Kiefer, der Kälte in seinem Blick.

»Ich bin nicht der Mann, für den du mich hältst.«

Seine Stimme klang weich, hatte den Akzent, den sie so liebte. Sie sah ihn an. »Du hast recht, Alexander. Der bist du nicht.«

Sie wich weiter zurück. Was hatte sie dieses Mal falsch gemacht? Sie wollte ihm diese Frage stellen, aber überlegte es sich dann anders.

Nein. Sie hatte nichts falsch gemacht.

Besser gesagt, sie war ein Risiko eingegangen.

Machten das nicht alle Liebenden? In der Liebe gab es keinen Fallschirm.

Sie wusste, wie es ausgehen konnte.

»Ich wünsche dir, dass du findest, was du suchst«, flüsterte sie.

Dann drehte sie sich um und rannte davon.

Sie hatte die Flucht ergriffen, bevor sie der Instinkt dazu trieb, ihn um eine Erklärung zu bitten, denn die gab es nicht, die Liebe folgte keinen Regeln. Denn selbst wenn er aus Mitleid bei ihr geblieben wäre, hätte ihre Liebe keine Zukunft gehabt.

Die Erinnerung an das Betteln ihrer Mutter, ihr Vater möge bleiben, war tief in ihr Gedächtnis eingebrannt. Oh ja, sie wusste genau, wie es geendet hätte, wenn er geblieben wäre.

Sie rannte immer schneller, und als sie Alexanders Fluchen hinter sich hörte, drehte sie sich nicht um.

Sie wollte nichts mehr hören, sie wollte nur... Sie wusste es nicht. Aber das war die Geschichte ihres Lebens.

Wie heilte man ein gebrochenes Herz? Indem man es verbarg. Indem man lächelte und den Schmerz ignorierte. Stella tat so, als wäre nichts gewesen. Sie ging mit Freunden aus, lachte und spielte ihre Rolle. Als hätte sie zwei Leben: eines der lebenslustigen Siebenundzwanzigjährigen und ein anderes düsteres und schmerzhaftes. Ihr Leid versuchte sie, auf die Leinwand zu bannen. Sie hatte sechs Bilder gemalt. Sie standen in der Waschküche, dem wärmsten Ort des Hauses, um zu trocknen.

Barbara hatte mit einem befreundeten Galeristen gesprochen und ihm Fotos der Bilder geschickt, so beeindruckt war sie von ihnen gewesen.

»Ah, das muss er sein.«

Barbara hatte darauf bestanden, dabei zu sein. Stella hatte Zweifel. Daraus konnte eigentlich nichts werden. Tausende von talentierten Malern hätten ihren rechten Arm dafür gegeben, in der Galerie Mocenigo in Venedig ausstellen zu können. Und die hatten nicht erst kürzlich wieder mit dem Malen angefangen.

»Dann beschwer dich aber nicht, ich hätte dich nicht gewarnt«, sagte sie und öffnete die Haustür.

Ein groß gewachsener, elegant gekleideter Mann mit kurzen Haaren lächelte sie geschäftsmäßig an.

»Sie müssen Stella sein.«

Sie brauchte ein wenig, um sich zu fassen, sie kannte diesen Mann, sie hatte sein Bild schon in einer Zeitschrift gesehen. »Es ist mir eine Ehre«, stammelte sie.

»Lassen wir die Formalitäten, darf ich dich Stella nennen? Ich bin Giovanni.«

»Natürlich, komm, setz dich doch.«

Er sah sich beeindruckt um. »Ein wunderbares Haus, Barbara hat mir gesagt, dass du aus einer berühmten Familie stammst. Natürlich kenne ich einige Werke der Familie Marcovaldi aus Privatsammlungen.«

Stella lächelte. »Das mag sein.« Mehr sagte Giovanni über Alberto nicht. Sie war erleichtert.

»Ich kann es kaum erwarten, die Bilder zu sehen. Wollen wir?«

»Gerne, ich gehe am besten vor.« Dieser Mann war alles, nur nicht schüchtern, dachte sie. Sie warf einen Blick auf Barbara und Luciana, die sie von der Tür aus beobachteten. Letizia wartete hinter ihnen. Sie wollten in der Küche bleiben, und das war auch besser so.

Die Bilder standen vor der weißen Wand im Flur im ersten Stock in einer Reihe. Das Licht fiel direkt auf sie und ließ die Farben strahlen. Der Galerist begann, auf und ab zu gehen, neigte den Kopf mal in die eine, mal in die andere Richtung. Die Minuten vergingen. Stella zitterte vor Ungeduld. Dann schaute er sie an und anschließend wieder auf die Bilder.

»Ja.«

Nur dieses eine Wort, dann schwieg Giovanni Quintavalle wieder.

Nach endlos scheinenden Minuten sagte er schließlich: »Ich nehme sie alle.«

Stella zwinkerte. »Alle?«

»Genau. Sie haben etwas... Beunruhigendes. Etwas derart Ausdrucksstarkes habe ich schon lange nicht mehr gesehen. Was ist dein Preis?«

Stella war sprachlos, instinktiv wollte sie ihm das Ganze überlassen, aber das tat sie nicht. Sie hatte sich viel zu lange auf andere verlassen, sie musste jetzt herausfinden, was sie wirklich wollte.

»Das weiß ich nicht, aber ich möchte das letzte Wort haben.«

Giovanni musterte sie, dann trat ein anerkennendes Lächeln auf sein Gesicht. »Solange ich widersprechen darf, gerne. Schließlich sind wir Geschäftspartner. Das erscheint mir nur gerecht. Wollen wir die Details bei einem Abendessen besprechen?«

Erneut verließ sie der Mut, dann aber richtete sie sich auf und sagte: »Warum nicht? Wo?«

»Ich hole dich ab.«

»Ich würde gerne mit dem eigenen Auto kommen.«

»Du bist eine interessante Künstlerin, Stella Marcovaldi. Ich freue mich, deine Bekanntschaft gemacht zu haben. Die Adresse schicke ich dir aufs Handy.«

»Dann bis später.«

Noch immer ganz benommen, ging sie in die Küche zurück, wo Barbara, Luciana und Letizia schon warteten. »Also?«

»Er will alle.«

»Kompliment!«

»Ja, es ist unglaublich.«

Letizia wirkte zufrieden. Luciana holte eine Flasche Prosecco. Barbara nahm einen Saft, und alle stießen an.

»Auf deine Karriere, deine Bilder, deine wunderbare Malerei.«

Stella war gerührt von so viel Liebe und Zuneigung.

Jetzt musste sie nur lernen, sie anzunehmen.

Später, auf dem Weg zu Barbara nach Hause, war Stella immer noch perplex.

»Glaubst du, dass Schmerz sich ins Gegenteil verwandeln kann?«

Barbara strich ihr über den Arm. »Ja, das ist möglich. In diesem Leben ist alles möglich. Wir tun, was wir können, manche Probleme scheinen unlösbar. Aber du musst dich entscheiden. Im Grunde wird unser Schicksal von unseren Entscheidungen bestimmt, wenn man recht darüber nachdenkt.«

Etwas Ähnliches hatte ihr schon einmal jemand gesagt, und damals hatte es ihr nicht gefallen. Aber es stimmte.

Entscheidungen zu treffen hatte Folgen. Diesen zu begegnen bedeutete leben.

21

Kornblumenblau. Eine Schattierung von Blau, steht für Verlässlichkeit, die Unausweichlichkeit des Schicksals und den Wunsch, sich selbst treu zu sein. Die Farbe der Melancholie.

Stella stieg aus dem Zug und blickte sich um. Dann erkannte sie Marianna, die neben dem Bahnhofsportal auf sie wartete. Sie lächelte und winkte.

Marianna winkte zurück und lief auf sie zu.

Sie freute sich wirklich, sie zu sehen, dachte Stella.

Die lange, beschwerliche Fahrt hatte sie genutzt, um ihre Notizen zu ordnen. Was aus einer emotionalen Laune heraus entstanden war, hatte sich in ein konkretes Projekt verwandelt, das ihr große Freude machte.

Sie würde einige Tage in Nonantola bleiben, auch wenn sie ihre Tante nicht gerne so lange allein ließ.

Das letzte Mal war sie mit Alexander hier gewesen.

Der Gedanke machte sie traurig. Sie hatten keinen Kontakt mehr, wenngleich sie glaubte, ihn ein paarmal bei ihren Spaziergängen am Seeufer gesehen zu haben. Aber dem hatte sie nicht weiter auf den Grund gehen wollen. Sie war mit klopfendem Herzen weitergegangen, fest entschlossen, ihn zu ignorieren.

Wie gerne wäre sie eine dieser Frauen gewesen, die mit ihren Ex-Freunden reserviert, aber freundlich ein paar Worte wechseln konnten. Die sich austauschten, um die Leere zu füllen. Aber ihre Leere war noch voller Schmerz, voller Bedauern und Verlangen.

»Wie war die Reise?«

Sie hakten sich unter, aus ihrer Arbeitsbeziehung war in den vergangenen Monaten eine Freundschaft geworden. »Es hat lange gedauert, bis die erste Mail kam, dann ging es Schlag auf Schlag, jetzt sind wir bei achtzehn.«

»So viele?«

»Kaum zu glauben, nicht wahr? Achtzehn Überlebende, die nun selbst Kinder und Enkel haben. Und sich immer noch gut an Nonantola und die Tage in der Villa erinnern können. Sie haben sich sogar nach ehemaligen Freunden erkundigt. Niemand hat die Zeit hier vergessen. Einige haben uns weitere Adressen vermittelt, es ist wie ein Schneeballsystem ...«

Stella blieb stehen und zog einen Zettel aus der Tasche. »Ich habe mal aufgelistet, wie ich mir die Veranstaltung vorstelle. Während der Zugfahrt war ich so aufgeregt, dass ich zu Papier und Stift gegriffen und alles festgehalten habe.«

Marianna überflog die Notizen. »Sehr gut, das wird eine wunderbare Ausstellung. Das Konzept liest sich gut, mach dir keine Gedanken.«

»Meinst du, man findet auch in Nonantola noch Überlebende, die damals geholfen haben?«

Mariannas Lächeln erlosch.

»Ich fürchte, die meisten sind inzwischen verstorben, aber versuchen können wir es. Ach, übrigens, wie geht es deiner Tante? Vermutet sie etwas?«

»Nein, das glaube ich nicht. Sie schließt sich immer mehr in ihre eigene Welt ein.« Stella seufzte, sie machte sich große Sorgen. Immer öfter sprach Letizia mit sich selbst. Anfangs hatte sie gedacht, sie würde mit Aristide reden, aber dann hatte sie bemerkt, dass sie mit Orlando redete und überzeugt schien, er würde ihr antworten. Sie hatte ihm sogar von dem Galeristen aus Venedig und den Bildern erzählt, die sehr gefragt waren. Wie es schien, war Orlando verblüfft. Letizia hatte mit ihm diskutiert, denn sie war der Meinung, dass das eine gute Entscheidung war.

Auch Stella hatte das Spiel mitgespielt, so getan, als lebe ihr Onkel noch, in der Hoffnung, dass es ihrer Tante half. Was war schon dabei? Das Ganze hatte etwas Tröstliches.

Stella hatte spontan daran gedacht, sich an Alexander zu wenden, er hätte ihr sagen können, was aus medizinischer Sicht das Beste war, schließlich kannte er Letizias Gesundheitszustand.

Aber sie hatte ihn nicht angerufen, sie würde eine andere Lösung finden.

Und wer weiß, vielleicht war er auch noch in London, vielleicht war er sogar ganz dorthin gezogen.

Sie konnte inzwischen mit dem Schmerz umgehen, ihren Drang zu weinen im Zaum halten. Wenn sie nicht malte, konzentrierte sie sich auf ihre Farben. Sie suchte nach ihnen, vergrub sich in ihnen, nährte sich von ihnen. Himmelblau, Türkis, Karminrot. Alle denkbaren Schattierungen. Sie listete die Primärfarben auf, trennte sie von den Sekundär- und Tertiärfarben. Sie suchte nach den Komplementärfarben, bewunderte die Kontraste, erfand immer neue Schattierungen, die sie dann in ihre Bilder integrierte. Langsam ließ die Anspannung nach. Die Trauer verließ sie nie ganz, aber sie konnte wieder durchatmen.

»Ich hoffe, wir können unser Projekt realisieren«, sagte sie und zwang sich zu einem Lächeln. Sie hoffte es mit einer Kraft und einer Leidenschaft, die sie noch nie zuvor gespürt hatte. Bis jetzt hatte sie immer Aufgaben zu erfüllen gehabt, aber keine eigenen Ziele definiert. Die Hinterlassenschaften ihres Onkels hatten ihr Leben verändert. Es war, als hätte sich ein Mechanismus in Gang gesetzt und eine Kettenreaktion ausgelöst, die sie bis nach Nonantola gebracht hatte.

Orlandos Geschenke hatten sie auf den Weg der Wahrheit geführt. Sie hatte das Rätsel um Letizias Vergangenheit gelöst, Licht ins Dunkel ihres Schmerzes gebracht, der ihr ganzes Leben überdeckt hatte.

Orlandos Geschenke hatten alles verändert.

Sie bedauerte nichts, nicht einmal, Alexander kennengelernt zu haben. In gewissem Sinne war er der Gipfel dieser verrückten Situation.

Sie waren auf der Piazza stehen geblieben, wo sich die Tragödie um den kleinen Elijah abgespielt hatte. Damals hatte es Verletzte gegeben, Menschen, die verschleppt wurden und nie wieder aufgetaucht waren. Jedes Mal, wenn Stella daran dachte, durchfuhr sie ein Schauer des Schreckens. Was geschehen war, zeigte die Grausamkeit, zu der Menschen fähig waren, in all ihren Facetten. Und doch hatte sich ein ganzes Dorf aufgeopfert, das eigene Leben und das ihrer Familien in Gefahr gebracht, um ein Zeichen für selbstlose Liebe und Gerechtigkeit zu setzen.

»Komm, lass uns weitergehen. Ich möchte dir gerne die anderen vorstellen. Wir sind alle sehr gespannt.«

Letizia war früh aufgestanden. Sie fühlte sich voller Energie. Nachts hatte sie von Orlando geträumt, von den glücklichen Tagen, als sie nach ihrer Hochzeit durch Europa gereist waren. Nach dem Aufwachen hatte sie noch immer den süßen Geschmack dieser Zeit auf den Lippen. Ach, die Jugend! Wie ihr dieser Mann fehlte ...

»Was hast du heute vor?«, fragte Luciana.

Sie hatte den Wäschekorb in der Hand und war auf dem Weg nach draußen, um die Wäsche aufzuhängen, obwohl sie einen Trockner hatten. Aber warum sollte sie Luciana darauf hinweisen? Sie schaute sie nur missbilligend an.

»Ich möchte mir die Wandmalereien ansehen, von denen alle sprechen. Ich habe nur die in der unmittelbaren Nachbarschaft gesehen.«

»Warte im Garten auf mich, ich hänge erst die Wäsche auf und begleite dich dann.«

»Warum denn? Ich komme gut allein zurecht.«

Luciana zog die Augenbrauen hoch. »Wenn dir etwas passiert, bringt deine Nichte mich um.«

Letizia lachte. »Ich bin fast fünfundneunzig, um Himmels willen! Was soll mir schon passieren? Jeder Tag, den ich noch erlebe, ist ein geschenkter Tag.« Und ehrlich gesagt hatte sie allmählich genug, sie war bereit zu gehen.

Schon lange. Der einzige Mensch, der ihr wirklich am Herzen lag, war Stella. Sie hatte recht gehabt, und sie war ihr aufrichtig dankbar. Sie hatte nicht aufgegeben, sich ihr widersetzt, sie herausgefordert und schließlich dazu gebracht, das Geheimnis zu lüften. Seitdem sie ihr alles erzählt hatte, fühlte sie sich besser. Sie war ruhiger geworden, als ob das geteilte Leid ihr etwas von der Last genommen hätte.

Die Situation durch Stellas Augen zu sehen hatte sie getröstet. Vielleicht hätte sie sich gedanklich früher von Orlando lösen sollen. Aber sie war so tief in ihrem Schmerz, in ihren Schuldgefühlen vergraben gewesen, dass sie den Kontakt mit der Realität verloren hatte.

Sie humpelte in den Garten. Als sie schon an der Tür war, rief Luciana nach ihr.

»Über das Sterben würde ich an deiner Stelle noch mal nachdenken, meine Liebe. Es ist dir vielleicht nicht aufgefallen, aber deine Enkelin braucht dich jetzt mehr denn je. Ihr Vater kümmert sich um seinen neugeborenen Sohn, ihre Mutter hat gerade geheiratet, und keiner hat es für nötig gehalten, sie in Kenntnis zu setzen. Ich weiß, sie ist erwachsen, aber so etwas verletzt einen trotzdem. Und du weißt sehr gut, dass du diese Leere gefüllt hast, ihr Vater und Mutter gewesen bist. Sie war schon immer hochsensibel. Vielleicht sind Kreative und Künstler für Gefühle besonders empfänglich, aber Tatsache ist, dass sie immer trauriger wird.«

Letizia ahnte, was mit Stella los war, aber das behielt sie für sich. Sie diskutierte mit Orlando jeden Tag darüber; dass es mit Luciana jetzt auch noch losging, fehlte ihr gerade noch. »Du hast recht, Stella ist erwachsen, sie muss selbst über ihr Leben entscheiden, wie wir alle. Wie jede Frau.«

Sie drehte sich um, ihre Worte hallten in ihrem Kopf wider. »Verdammt, Orlando, zum Glück bist du tot, sonst würde ich dich mit meinen eigenen Händen erwürgen. Ich frage mich, was du damit erreichen wolltest, das Mädchen dermaßen in diese Sache hineinzuziehen.«

Natürlich fühlte sie sich besser, aber um welchen Preis? Wären die Bilder nicht aufgetaucht, wäre Stella jetzt irgendwo auf der Welt unterwegs. Stattdessen war sie hier. Mit gebrochenem Herzen.

Sie setzte sich auf die Bank, Aristide stand neben ihr. »Ganz ruhig, du musst dich nicht so aufregen.«

Was war nur mit dem Hund los? Er heulte und jaulte und sah sie mit seinen großen, tränenden Augen an. »Du etwa auch? Das hat mir gerade noch gefehlt, die anderen haben schon genug auf mich eingeredet.« Sie atmete mit offenem Mund, plötzlich hatte sie das Gefühl, ihre Brillengläser seien beschlagen. Sie zwinkerte. Sie hatte doch gar keine Brille auf. Dann fiel ihr Blick auf die offene Gartentür. Stella hatte den Garten in Ordnung gebracht, den Efeu zurückgeschnitten und die Beete neu bepflanzt.

Während sie den Blick weiterschweifen ließ, verstärkte sich das Gefühl, im Nebel zu versinken, auch die Geräusche waren gedämpft. Und dann sah sie ihn.

Einen blonden Jungen, der ihr von Weitem zuwinkte.

»Mein Gott, Elijah. Willst du mich abholen?« Sie lachte und weinte zugleich. »Und ich dachte immer, du würdest das tun, Orlando.« Sie quälte sich hoch, stützte sich auf den Stock und machte einige Schritte, dabei hatte sie es eilig, den Jungen zu erreichen. »Vermaledeite Beine«, murmelte sie. Sie wusste, dass Elijah da war, draußen vor dem Tor auf sie wartete. Dann erstarrte sie. Nein, es ging nicht, auch wenn sie es sich so sehr wünschte. Noch nicht.

»Ihr müsst noch ein bisschen warten.«

Der Gedanke an Stella hämmerte in ihrem Kopf wie auch Lucianas Worte.

Sie machte noch ein paar Schritte, die Müdigkeit durchströmte sie und lähmte ihre Bewegungen. Sie senkte den Blick.

»Ich weiß, Orlando, ich habe dich angefleht, mich zu dir zu holen, aber seitdem du den Stein ins Rollen gebracht hast, mein Lieber, geht hier alles drunter und drüber. Einer muss die Stellung halten und aufräumen, meinst du nicht?«

Sie hörte ein Geräusch hinter sich. Elijah? Sie würde alles dafür geben, den Jungen wiederzusehen. Sie fuhr herum. Er war es, er sah aus wie ein Engel, als wäre die Zeit stehen geblieben. Und sie war jung, fast noch ein Mädchen, sie fühlte sich leicht und glücklich. Sie lächelte ihn an. »Es tut mir leid, mein Schatz.«

»Was sagst du?«

Luciana stand neben ihr und blickte sie verblüfft an.

Letizia schwieg und sah zum Himmel. Er war so blau, so wunderschön. Ihr Lächeln vertiefte sich, sie legte beide Arme um sich. Der Stock fiel auf den Boden, sie selbst sank ins Gras. Bevor alles um sie herum schwarz wurde, hörte sie noch Orlandos Stimme.

Das Krankenhaus war seine zweite Heimat, der Ort, wo er hingehörte. Auch wenn er gedacht hatte, dass er nach dem, was vorgefallen war, nicht dorthin zurückkehren würde. Alexander hatte verstanden, dass Menschen zu helfen das Einzige war, das seinem Leben Sinn gab.

Er hatte gerade mit seiner Schicht begonnen, es lag nichts Besonderes an, nur ein paar Routineuntersuchungen. Er würde auch selbst einen Eingriff durchführen. Den Fehler, der alles infrage gestellt hatte und ihn mehr gekostet hatte, als er zugeben wollte, würde er nicht noch einmal machen.

Die letzten Wochen waren schwierig gewesen. Er hatte Stella aus seinem Leben verbannt, und sie hatte ihm nicht verziehen.

Er fragte sich, was sie wohl gerade machte.

Er kannte ihre Gewohnheiten, vielleicht würde er am Abend an den See fahren. Vielleicht hatte er Glück und würde sie aus der Ferne sehen. Er ging über den Flur, grüßte zwei Kollegen und betrat das Behandlungszimmer, wo der nächste Patient schon wartete.

Der empfing ihn mit einem Lächeln. »Guten Tag, Herr Doktor, wie geht es Ihnen?«

Er reichte ihm die Hand. »Mir geht es gut, aber Sie sind der Patient, Signor Melis. Ich habe das Gefühl, Sie halten Ihre Diät nicht ein. Wenn das so weitergeht, muss ich Sie stationär aufnehmen.«

Der Mann seufzte. »Das liegt an meiner Frau, sie verwöhnt mich dermaßen, ich kann sie doch nicht enttäuschen. Sie wäre sicher beleidigt.«

Alexander unterdrückte ein Lächeln. »Ich schlage

Ihnen einen Pakt vor. Ich verordne Ihnen eine neue Diät. Und ab heute kochen Sie.«

Der Mann lachte, aber als er merkte, dass Alexander es ernst meinte, verstummte er und rutschte nervös auf dem Stuhl herum.

»Entspannen Sie sich, wenn der Anfang mal gemacht ist, ist es gar nicht mehr so schwer.«

Ein Krankenpfleger kam herein, brachte Salben und Binden, Alexander wechselte den Verband und wies Signor Melis noch mal eindringlich auf seine Diät hin.

»So, fertig.«

Der Mann seufzte. »Sie machen das wirklich gut.«

»Wenn Sie Ihre Diät nicht einhalten, bekommen Sie es das nächste Mal mit Giulio zu tun.« Er deutete auf den Krankenpfleger, der mit strenger Miene zustimmte.

»Wenn Sie Doktor Zollers Anweisungen nicht folgen, werden Sie schon sehen.«

Der Patient schüttelte den Kopf. »Schon gut, schon gut, so viel Aufregung wegen eines Cannolo.«

»Das war ein Cannolo zu viel.«

Alexander verabschiedete sich und warf die Latexhandschuhe in den Müll. Dann setzte er sich an den Schreibtisch und notierte etwas in der Krankenakte.

»Bist du fertig?«, fragte eine Kollegin.

Er sah zu ihr auf. »Fast. Warum? Brauchst du Unterstützung?«

»Es geht um deine Bekannte.«

Er hörte auf zu schreiben. »Bekannte?«

»Ja, die Frau aus Bardolino, die so heißt wie deine Mutter.«

»Letizia Marcovaldi?«

»Ja, genau die. Sie wird gerade untersucht, sie ist bewusstlos. Ich dachte, das solltest du wissen.«

Alexander sprang auf. »Wer hat die nächste Schicht?«

»Marco, aber er ist noch nicht da.«

»Ich mache das, trommele die Mannschaft zusammen, ich brauche euch in fünf Minuten. Die Akte?«

»Hier.«

Er griff danach und las. Er brauchte all seine Kompetenz, all seinen Mut. Letizia war eine alte Frau, einen Eingriff würde sie kaum überleben.

Er eilte in die Notaufnahme, und wie immer, wenn die Situation besonders kritisch war, wurde sein Kopf frei. Seine ungeteilte Aufmerksamkeit galt der Patientin.

Einige Stunden später wich die Anspannung. Er hatte Letizias Zustand immer wieder kontrolliert, diese Frau hatte eine eiserne Konstitution. Er war verhalten optimistisch.

»Glückwunsch, das hast du gut gemacht. Als sie eingeliefert wurde, war sie in einem sehr kritischen Zustand, da hätte niemand etwas auf ihr Überleben gegeben.«

»Nein, eher nicht.« Er wusste, dass der Kommentar und das Schulterklopfen des Kollegen gut gemeint waren, aber er ertrug diese Sprüche über das Leid eines Patienten nicht. Diese Berufsauffassung hatte er von seinem Großvater, für den jedes Einzelschicksal besonders gewesen war.

»Ist jemand von der Familie da?«

»Ja, ich habe schon Bescheid gegeben, sie wartet.«

»Ich gehe sofort zu ihr.«

Alexander zog sich um und wusch sich die Hände. Als er den Warteraum betrat, atmete er tief durch. Er hatte nicht gedacht, Stella unter diesen Umständen wiederzusehen. Seine Hände zitterten, und er vergrub sie in den Taschen seines Kittels.

»Doktor! Wie geht es Letizia?«

Alexander schob die Enttäuschung beiseite, als er Luciana auf sich zueilen sah.

»Wir haben das Schlimmste abwenden können, sie ist stabil.«

»Was ist passiert?«

»Es handelt sich um eine ischämische Attacke, eine komplizierte Situation. Sie ist jetzt auf der Intensivstation.« Er lächelte aufmunternd.

»Gott sei Dank. Ich muss Stella Bescheid sagen, sie wird außer sich sein.«

Alexander sah sich um. »Ist sie nicht hier?«

»Nein, als es passiert ist, war sie ... unterwegs.«

»Verstehe. Gehen Sie nach Hause, Letizias Zustand ist stabil. Ich bleibe bei ihr. Wenn sich etwas ändert, gebe ich Bescheid.«

»Versprechen Sie das, Herr Doktor?«

Sie hatte seine Hände umfasst und sah ihn flehend an.

»Sie haben mein Wort.«

Er sah ihr nach, suchte nach einem Stuhl und ließ sich darauf sinken. Ihm war schwindlig, er hatte das Gefühl, die Geschichte würde sich wiederholen, ein anderer Patient, eine andere verzweifelte Frau. Aber das letzte Mal war es ein junger Mann gewesen, er hatte den Kindern versprochen, dass alles gut gehen würde. Aber er hatte ihn nicht retten können. Bis zu diesem Moment hatte er sich immer für unfehlbar gehalten, als Arzt wie als Mensch.

An dem Tag, als er mit Stella nach Venedig hatte fahren wollen, hatte er eine offizielle Vorladung erhalten. Die Kommission des St. Mary Hospital in London, wo er bis zum Vorjahr gearbeitet hatte, war zusammengekommen und hatte ihr Urteil gesprochen.

Dieser Vorladung hatte er folgen müssen. Er hätte es ihr sagen müssen, aber er hatte es einfach nicht geschafft.

Deshalb hatte er den Flug nach London gebucht. Er würde sie informieren, wenn er mehr wüsste, hatte er sich vorgenommen.

Aber das war nur ein Aufschub gewesen; als er Stella wiedergesehen hatte, war es für eine Erklärung schon zu spät gewesen. Er hatte geschwiegen, sich nicht gerechtfertigt und tatenlos zugesehen, wie alles zwischen ihnen zerbrochen war. Vielleicht waren ihre Gefühle doch nicht stark genug gewesen.

Aber dann hatte sich der Fall gelöst. Er und sein Team waren freigesprochen worden, die ärztliche Kunst hatte in diesem speziellen Fall nichts ausrichten können, hier hatte das Schicksal entschieden. Seiner Weiterbeschäftigung im Krankenhaus in London hatte nichts mehr im Wege gestanden, ein entsprechendes Angebot lag vor. Seine Stelle in Italien war ohnehin nur begrenzt. Aber er hatte sich noch nicht entschieden.

Alexander stand auf, trank einen Kaffee und rief seine Schwester an. Er brauchte eine Pause, musste eine vertraute Stimme hören. Obwohl seine Schicht schon vor einer ganzen Weile geendet hatte, blieb er im Krankenhaus. Er machte sich frisch und ging auf die Intensivstation.

»Wie geht es der Patientin?«, fragte er die Nachtschwester.

»Sie ist nervös, ich wollte Sie gerade anrufen.«

»Ich kümmere mich um sie.«

Er trat an Letizias Bett. Sie wirkte so zerbrechlich, so schutzlos. Von sich selbst überrascht, begann er zu beten. Seufzend fuhr er sich mit der Hand übers Gesicht und betrachtete sie genauer.

Etwas stimmte nicht, Letizia war unruhig, aber die Messgeräte zeigten nichts Besorgniserregendes an. Er nahm ihre Hand. »Ich bin hier, Letizia. Keine Sorge.«

Sie schien etwas ruhiger zu werden, und Alexander dachte an Stella. Er lächelte gequält. Nicht auszudenken, wenn Letizia etwas passieren würde.

Er bereitete ein Beruhigungsmittel vor und setzte es der Infusion zu. Dann hörte er sie sagen: »Elijah, Elijah, wo bist du, mein Kind?«

Alexander beugte sich zu ihr hinunter und hörte sie ab. Dann setzte er sich neben ihr Bett. »Ich bin hier, Letizia.«

Wieder griff er nach ihrer schmalen Hand, unter der faltigen, pergamentenen Haut zeichneten sich deutlich die Venen ab.

»Stella braucht Sie, strengen Sie sich an.«

Letizia schien zwischen den Bettlaken zu verschwinden,

man hatte ihr die Haare zu einem Zopf geflochten, im Profil ähnelte sie ihrer Nichte.

Sie fehlte ihm, dachte Alexander wehmütig. Ihr Lächeln, ihr verträumter Blick, der immer ein wenig in die Welt der Farben versunken war. Ihm fehlte die Wärme ihrer Haut, ihre Hingabe, kurz bevor er sie küsste. Warum hatte er sie gehen lassen? Warum war er in Selbstmitleid versunken, statt sie in seinen Gewissenskonflikt einzuweihen? Warum hatte er nur sich selbst gesehen?

Erneut schaute er zu Letizia.

Was sie wohl erzählt hatte … Ob Stella inzwischen Bescheid wusste? Sie war unterwegs, vielleicht schon auf dem Weg nach Bardolino. Er fragte sich, was sie vorgehabt hatte, nachdem er gesagt hatte, er würde Italien verlassen.

War da ein Geräusch? Er blickte auf den Monitor. Aber dort war alles stabil. Das Geräusch kam aus seiner Jacke, die er neben der Tür abgelegt hatte. »Ich bin gleich zurück, bleiben Sie ganz ruhig liegen.«

Als er das Handy aus der Jackentasche holte, sah er die Nachrichten und die Anrufe. Er schluckte und rief zurück. »Stella.«

»Alexander, meine Tante …«, ihre Stimme brach.

»Ganz ruhig, ich bin bei ihr, sie ist unter Beobachtung.«

»Wird sie sich erholen?«

»Stella, ich … ja. Sie wird wieder gesund. Ich verspreche es dir.« Er schloss die Augen.

»Danke.«

Er wartete, bis sie aufgelegt hatte, dann ging er zu Letizia und setzte sich wieder.

»Elijah.«

»Ich bin hier.«

Dann geschah etwas völlig Überraschendes. Sie schlug die Augen auf und starrte ihn an. »Alexander, es ist Zeit, dass du zurückkommst.«

Er zuckte zusammen, und bevor er etwas sagen konnte, hatte sie die Augen schon wieder geschlossen.

22

Platin. Eine Abstufung von Grau. Das Symbol der Neutralität, der Erholung, des Nicht-beteiligt-Seins. Die Farbe des Stillstands.

Obwohl auf der Intensivstation Besuchsverbot herrschte, konnte Alexander für Stella eine Ausnahmegenehmigung bewirken, da Letizia im Moment die einzige Patientin war. Gleich am nächsten Morgen war sie da, um sich nach ihrem Zustand zu erkundigen. Sie saß mit gefalteten Händen im Wartezimmer und stand sofort auf, als sie ihn kommen sah.

»Man hat mir gesagt, dass du sie behandelt hast.«

»Es war meine Schicht«, log er.

Sie nickte. »Danke.«

»Sie wird noch auf der Intensivstation bleiben, das ist eine Vorsichtsmaßnahme in ihrem Alter. Aber es geht ihr besser. Bald wird sie verlegt werden, und wenn alles planmäßig verläuft, ist sie in zehn Tagen wieder zu Hause.«

»Kann ich zu ihr?«

»Ich begleite dich.«

»Das ist nicht nötig.«

Er ignorierte ihre Reaktion und seine Enttäuschung. Ihre Kälte tat ihm weh. »Komm, hier lang.«

Sie schwiegen, bis Alexander auf einen Kittel zeigte. »Zieh den bitte an.« Er wartete, bis sie sich umgezogen hatte. Sie hatte abgenommen. Hatte er ihr jemals wirklich ins Gesicht gesehen? Er war froh, dass sie überhaupt mit ihm sprach.

Stella kam aus der Umkleide, das Grün des Kittels unterstrich ihre Blässe. Er sah sie aufmerksam an.

»Geht es dir gut?«

»Sehr gut.«

»Du hast abgenommen?«

»Bitte? Was fällt dir ein...? Ich möchte meine Tante sehen, Alexander. Sonst nichts.«

»Natürlich, warte, ich helfe dir.«

Sie wich zurück, bevor er sie berühren konnte, und nahm ihm die Schutzmaske aus der Hand. »Das schaffe ich allein.«

»Wie du meinst.«

Alexander tippte den Code ein und wartete, bis sich die Türen öffneten.

»Ist sie bei Bewusstsein?«

Er nickte. »Sie ist wach und hat nach Elijah gefragt. Ist das ihr Sohn?«

Stella zuckte zusammen. »Nein, das ist ein jüdischer Junge, eines der Kinder, die die Bilder gemalt haben.«

Mehr musste sie nicht sagen, er wusste genau, worum es ging, sie hatten oft darüber gesprochen.

»Die Erbschaft deines Onkels.«

»Genau.«

Er nickte wieder. »Ein besonderer Name«, fuhr er fort, aber sie hörte gar nicht mehr zu. Sie stand jetzt vor Letizias

Bett und beugte sich über sie. Die alte Dame schien ihre Anwesenheit zu spüren und öffnete die Augen ein wenig, dann lächelte sie. »Du bist schon zurück, meine Kleine?«

»Man kann dich keine Minute allein lassen, schon machst du Dummheiten.«

»Es war nur ein kleiner Anfall, nichts Besonderes. Alexander hat mich wieder in Form gebracht.«

»Sicher, nur ein wenig Ruhe, und schon geht's Ihnen besser.«

»Siehst du?«, sagte sie zu Stella.

Alexander zog sich zurück. »Ich bin in fünf Minuten wieder da. Bis später.« Er musste hier raus. Jedes Mal, wenn er sich Stella näherte, wich sie zurück.

Er gab der Krankenschwester die Anweisung, die beiden nicht zu stören, und trat dann auf den Flur. Andere Patienten warteten, das Leben ging weiter. Er hatte eine Entscheidung getroffen. Und doch spürte er diese Leere in der Brust. Alles um ihn herum schien monoton, hatte die gleiche Farbe. Niemand zeigte ihm mehr, wie bunt die Tage sein konnten, niemand trug Kleider in Regenbogenfarben. Doch, nicht niemand. Sie. Nur sie.

Die Zeit wurde ein Problem.

Stella verstand es in dem Moment, als sie ihre Tante aus dem Krankenhaus nach Hause holte. In ihrem Blick leuchtete jetzt ein anderes Licht, schwächer als sonst. Es schien, als hätte sie sich noch ein bisschen Zeit geliehen.

Alexander hatte sein Versprechen gehalten. Die Krankenschwestern hatten erzählt, wie aufopferungsvoll er sich um Letizia gekümmert hatte, manche hatten gedacht, sie sei eine Verwandte von ihm, aber Stella wusste, dass das seine Art war.

Zwischen ihnen hatte sich nichts geändert. Jedes Mal, wenn Alexander sie anschaute, mit ihr sprach, spürte sie, wie sich etwas in ihr spaltete. Eine Seite in ihr sehnte sich nach seinem Körper, seinem Atem, seiner Art, sich zu bewegen. Ihr Körper brauchte ihn so sehr. Die andere Seite hatte seine Kälte, seine Unnahbarkeit und seine Distanz nicht vergessen. Sie hatte sich schon einmal geirrt und einen hohen Preis dafür gezahlt. Und sie wollte aus ihren Fehlern lernen. Das sollte sich nicht noch einmal wiederholen.

»Ich kann sehr wohl laufen.«

Stella ignorierte die ärgerliche Stimme ihrer Tante.

»Das sind die Regeln«, erwiderte sie, während sie den Rollstuhl weiterschob.

»Ich werde mit Alexander sprechen, das ist Quatsch, ein paar Schritte schaden doch nicht.«

»Jetzt komm schon, genieß das schöne Wetter. Sobald es dir besser geht, kannst du machen, was du willst, das hast du sowieso immer schon getan. Ich wünsche mir nichts mehr, als dich gesund und munter zu sehen, das kannst du mir glauben.«

Letizia dachte nach, dann trat ein Lächeln auf ihr Gesicht.

»Du hast ja recht. Erzähl mir von Barbara.«

»Sie ist ständig erschöpft und reizbar. Es kann nicht mehr lange dauern. Keine Ahnung, wie sie das mit drei kleinen Kindern machen will. Allein die Vorstellung versetzt mich in Panik.«

»Ich kenne mich da nicht aus, das einzige Neugeborene, das ich in Händen gehalten habe, warst du. Und du warst so brav, die reine Freude.«

Stella schob sie noch ein Stück weiter, von hier aus konnte man den See erkennen, der an diesem Tag ähnlich aufgewühlt war wie ihre Gedanken. »Das Leben überrascht uns immer wieder, nicht wahr?«

Letizia legte ihre Hand auf Stellas Arm. »Immer. Und wir treffen Entscheidungen, wir verzichten. Und so weiter. Im Grunde ganz einfach.«

»Verzichten lohnt sich nicht.«

Letizia lachte. »Als ich noch so jung war wie du, habe ich mir die gleiche Frage gestellt.«

»Und hast du eine Antwort gefunden?«

»Ich habe das gemacht, was ich musste und konnte, ohne weiter darüber nachzudenken. Und wenn du es unbedingt wissen willst, manchmal habe ich auch geschummelt.«

»Ach was…« Stella war amüsiert, wurde aber sofort wieder ernst. »Giovanni hat einen Vertrag mit einer Galerie in New York gemacht, im Sommer werde ich dort meine Bilder ausstellen. Und ich soll eine Weile vor Ort sein.«

»Ach. Und was willst du wirklich?«

Stella seufzte. Diese Frage hatte sie sich schon so oft gestellt. »Ich will einfach nur verstehen.«

»Das ist mein Mädchen.«

Stella beugte sich über sie und küsste sie. »Lass uns zurückgehen, es wird kalt.«

»Was ist übrigens mit meiner Überraschung?«

Stella seufzte und lachte dann. »Letizia, Überraschungen heißen so, weil sie überraschend sein sollen.«

»Mal davon abgesehen, dass ich nicht gerne überrascht werde, bin ich sicher, dass du irgendetwas vorhast. Und ich bin stolz auf dich, das sollst du wissen.«

»Ich hoffe, das sagst du hinterher auch noch.«

»Nach was?«

»Nach der Überraschung.«

»Unverschämtheit!«

Luciana wartete zufrieden lächelnd an der Gartentür, Aristide war außer sich vor Freude, alles war so einfach. Und so schön.

Schließlich hatten sie entschieden, dass die Ausstellung in der Villa stattfinden sollte. Es war der perfekte Ort, hier hatten die Kinder gelebt. Das Gebäude strahlte Liebe und Wohlwollen aus, es hatte etwas Magisches. Man konnte sich kaum vorstellen, dass die Nazis hier ihre Gräueltaten verübt hatten. Besser nicht daran denken.

Der große Tag war da, alles war bereit.

Stella war aufgeregt und ließ den Blick in alle Richtungen schweifen, Marianna stand am Eingang, empfing die Gäste und brachte sie zu ihren Plätzen.

Der Empfangsbereich war im Erdgeschoss. Dort würde die einführende Rede gehalten werden und eine anschließende Diskussion stattfinden, an der auch Stella beteiligt war. Die Bilder hingen im Wintergarten, wo die besten Lichtverhältnisse herrschten. Zwischen den Pflanzen in allen möglichen Grüntönen wirkten die Bilder noch farbenfroher. Jedes einzelne erzählte eine Geschichte, und wenn die Besucher davor stehen blieben, hatte man den

Eindruck, als wollten sie den Hintergrund herausfinden.

»Alles in Ordnung, Tante Letizia?«

Letizia war zu gerührt, um sprechen zu können, sie nickte nur. Seit ihrer Ankunft am gestrigen Abend war sie in der Vergangenheit versunken. Natürlich hatte sich vieles verändert, aber sie erkannte einiges wieder, und mit diesen Bildern kamen die Erinnerungen.

Ihre alten Freunde waren alle nicht mehr am Leben. Es gab nur noch sie. Die stolze Mimma mit ihrer speziellen Art, ihre Freundschaft zu zeigen, Giustino, die kleine Vanna, die sich um Sara gekümmert hatte: Alle waren schon lange tot.

»Es ist ein Problem.«

»Was sagst du, Tante?«

»Nichts, ich habe nur mit mir selbst gesprochen. Du weißt, dass es mir gefällt.«

Stella strich ihr über die Schultern. »Ich bin froh, dass du dich entschlossen hast, die Bilder der Gemeinde zu vermachen.«

Sie zuckte mit den Schultern. »Das wollte ich schon viel früher tun, aber die Zeit war noch nicht reif dafür.«

»Du wirkst verärgert.«

»Tatsächlich?«, fragte Letizia. »Viele Menschen können nicht mehr dabei sein, zu viele. Ich wäre glücklich, wenn auch mein Platz an einem anderen Ort wäre. Aus vielerlei Gründen.«

Stella musterte sie stirnrunzelnd. »Dein Platz ist hier.« Sie deutete auf die Besucher. »Schau nur, wie begeistert die Leute sind.«

»Pah! So viel Lärm um nichts! Ich wollte die Bilder verbrennen, weißt du noch?«

»So ein Quatsch. Wenn du das wirklich gewollt hättest, wären sie heute nicht hier. Du wusstest, dass Orlando sie aufgehoben hatte.«

»Aber ich hatte keine Ahnung, dass er sie dir hinterlassen wollte! So ein Unsinn!«

Besser so, dachte Stella. Was danach mit ihr geschehen war, war wie ein Wunder, eine Wiedergeburt gewesen. Sie hatte sich geöffnet, die Farben, die Schönheit, alle wunderbaren Dinge wieder in ihr Leben gelassen, die sie zwar immer begleitet hatten, auf die sie aber verzichtet hatte. Ganz abgesehen von Alexander.

»Ich bin froh darüber.«

Eine Weile schwiegen sie. Der Saal füllte sich zusehends.

»Schönes Kleid«, lobte Letizia anerkennend.

Stella strich sich den Rock mit den winzigen roten Blumen glatt. Die Farbe gab ihr Mut und Kraft. Genug, um diesem herausfordernden Tag zu begegnen, der sie glücklich, aber auch nachdenklich machte. Dem Mann zu begegnen, der sie nach Nonantola gebracht hatte.

»Gefällt es dir?«

»Sehr. Viele Gäste tragen Schwarz, weil es unverfänglich ist, das macht mich unsicher. Ihnen fehlen Charakter und Fantasie«, murmelte sie. Sie schaute sich um und entdeckte Alexander, der allein durch den Saal ging. Er trug einen eleganten Anzug.

»Warum gehst du nicht zu deinem Arzt und lässt mich ein bisschen in Ruhe?«

»Das ist nicht mein Arzt.«

»Und warum hast du ihn dann mitgenommen?«

»Was redest du denn da? Alexander macht, was er will, niemand kann ihn von etwas überzeugen, woran er selbst nicht glaubt. Er hat sich aufgedrängt. Er hat gesagt, dass du Bardolino ohne ihn nicht verlassen darfst.«

Dummes Mädchen. Glaubte sie etwa, was sie da sagte? Glaubte sie wirklich, dass er wegen einer alten Frau wie ihr hier war? »Er wirkt nicht gerade glücklich.«

Stella sah zu ihm hinüber, dann wandte sie den Blick wieder ab. »Es war seine Entscheidung, ich ... *wir* haben es nicht geschafft.«

»Du sprichst nur für dich, nicht für ihn. Niemand entscheidet sich grundlos für die Einsamkeit oder das Leid. Es gibt immer einen guten Grund. Und man muss entscheiden, ob es sich lohnt, danach zu forschen. In meinem Fall hast du das getan, und er hat dir geholfen.«

Stella ging nicht darauf ein, sie sagte: »Ich schaue mal, ob Marianna Hilfe braucht. Wenn du bei meiner Rückkehr nicht mehr hier bist, rufe ich die Polizei, ich schwöre es.«

Letizia lachte, Stella wurde ihr von Tag zu Tag ähnlicher. Sie seufzte und beobachtete, wie auch Alexander zu Stella hinübersah. Mal schauen, wie sich die Dinge entwickeln würden. Nach einer Weile setzte sich Alexander wieder.

Sie fuhr sich mit der Hand übers Gesicht und rollte die Augen. Diesen jungen Leuten von heute fehlte eindeutig der Mumm.

»Die Männer wissen nicht mehr, wie man einer Frau den Hof macht«, murmelte sie. Ihr Orlando hätte sich geschämt. Die Leute hatten vor allem Angst. Angst zu leiden, Angst, sich zu freuen, Angst zu lieben, Angst, ein

Risiko einzugehen – und damit ging ihnen die Essenz des Lebens verloren. Sie rollte zu Alexander hinüber, der aufstand und ihr entgegenkam.

»Ist alles in Ordnung?«

»Sehe ich aus, als ginge es mir schlecht?«

»Nein, aber das hier ist anstrengend, Sie sind noch in der Rekonvaleszenz.«

Letizia zuckte mit den Schultern. »Es ist Stellas Fest.«

Er schüttelte den Kopf. »Es ist Ihr Fest.«

»Vor siebzig Jahren hätte ich dir recht gegeben. Du weißt ja, wie man so schön sagt, der Zug ist abgefahren ...«

»Sie haben etwas ganz Besonderes getan, Letizia. Sie und all diese Menschen aus Nonantola haben jüdische Kinder gerettet. Ich bin selbst Jude, wissen Sie. Ich habe es nicht erzählt ...«

Letizia musterte ihn aufmerksam. »Ich hatte nie einen Schüler namens Zoller, aber ich habe das Gefühl, dich von irgendwoher zu kennen, mein Junge.«

Er wollte etwas erwidern, unterließ es aber, als er Stella auf sie zukommen sah.

»Da ist sie ja. Setzen wir uns?«, fragte Letizia und deutete auf die reservierten Plätze.

23

Pfirsich. Eine Schattierung von Orange. Steht für Weichheit, Entspannung und Heiterkeit, ein Symbol für die Rückkehr in die Kindheit. Die Farbe der Spontaneität.

Auf jedem Stuhl lag ein Namenskärtchen. Alexander nahm rechts neben Letizia Platz, Stella links. Sie war nervös, bis sie die Hand ihrer Tante auf ihrem Arm spürte.

Der Saal füllte sich rasch, das Stimmengewirr übertönte die Hintergrundmusik. Hin und wieder hörte man einen Fetzen *Csárdás* von Monti. Letizia fragte sich, ob das Stellas Idee gewesen war. Diese Musik weckte Erinnerungen an eine glückliche Zeit, an einen Ball. An mehr als einen.

Sie schloss kurz die Augen und schaute sich dann um. Der Bürgermeister begrüßte die Vertreter der Institutionen, den Priester zu seiner Rechten und den Rabbi gleich daneben. Der jüdische Gelehrte war bereits hochbetagt, er verneigte sich lächelnd zu Letizia hin. Eine nette Geste, dachte sie und winkte.

Er erinnerte sie an Jakub.

Der Bürgermeister las einen Brief der Jüdischen Gemeinde in Italien vor, in dem sie sich bei den Einwohnern von Nonantola für ihre selbstlose Hilfe während der

NS-Besatzung bedankte. Als er die Zeichnung hochhob, die ein Urenkel des Künstlers beigelegt hatte, ging ein Raunen durch die Menge.

Letizia begann zu zittern. Sie spürte, wie sich eine Hand auf ihre legte, und wandte sich zu Alexander, der sie anlächelte.

»Es wird alles gut«, flüsterte er.

Sie antwortete nicht. Einen Augenblick lang dachte sie an Elijah. Wenn er nur hätte gerettet werden können. Sie hätte alles für ihn gegeben, sogar ihr eigenes Leben. Der Bürgermeister bat eine Frau namens Leah auf die Bühne, eine alte Dame mit einem gelassenen Lächeln, um das Letizia sie beneidete. Sie ging bedächtig und mit hochkonzentrierter Miene. Und mit Entschlossenheit. Auf diese Weise hatte sie jedes ihrer Ziele erreicht, da war sie sicher. Letizia fragte sich, ob sie ihr damals begegnet war, suchte nach vertrauten Zügen in ihrem Gesicht. Aber als sie zu sprechen begann, schlug ihr Herz schneller, und sie ließ sich von der Stimme gefangen nehmen.

»Wir waren zu viele, um zusammen zu reisen, deshalb wurden wir aufgeteilt. Die erste Etappe fuhren wir im Zug. Jedes Mal, wenn wir Soldaten begegneten, stockte uns der Atem vor Angst, wir wagten es nicht, uns anzusehen. Wenn sie uns als Juden erkannt hätten, wäre es das Ende gewesen. Wir waren noch Kinder, aber wir wussten genau, was damals vor sich ging.

Als wir aus dem Zug stiegen, wanderten wir zum Fluss Tresa an die Grenze zur Schweiz. Dort trafen wir eine Gruppe englischer Soldaten, die aus einem Lager geflohen waren. Ich erinnere mich noch, dass der Fluss wegen der starken Regenfälle Hochwasser führte. Ich hatte schreckliche Angst, viele weinten. Einer der Soldaten schwamm auf die andere Seite und machte ein Seil fest. Das war nicht viel, aber es reichte. Wir klammerten uns mit ganzer Kraft daran fest und schafften es ans andere Ufer. Uns war kalt, wir waren klitschnass, aber wir waren in Sicherheit. Die Schweiz, unsere Rettung, war nur wenige Schritte entfernt.«

Aus dem Zuschauerraum war Schluchzen zu hören, manch einer wischten sich eine Träne aus den Augen.

Letizia hielt den Atem an.

Orlando hatte ihr damals versichert, dass alle es über die Grenze geschafft hatten und sie später nach Palästina ausgereist waren. Das hatte ihren Schmerz und ihre Seelenqual gelindert. Doch jetzt, als sie die Frau reden hörte, stieg die alte Wut wieder in ihr auf. Denn all das hätte nie geschehen dürfen.

Während sie weiter zuhörte, krallten sich ihre Finger in die Wolldecke, die ihr Stella über die Knie gelegt hatte.

»Nur die kleinen Kinder wurden aufgenommen, und Susan, die schwanger war. Ich... Wir waren schon größer, älter als sechzehn. Und wir wurden abgelehnt.« Sie hielt inne, Letizias Atem ging schneller. Jemand reichte Leah ein Glas Wasser, sie trank ein paar Schlucke und fuhr dann fort. »Niemand wollte zurück, wir hatten die Schmuggler bezahlt und kein Geld mehr. Also versuchten wir, die Grenze an einer anderen Stelle zu überqueren. Einen ganzen Tag und eine ganze Nacht versteckten wir uns im Wald. Im Morgengrauen umarmten wir uns, niemand wusste, was geschehen würde. Aber eines war klar: Irgendwie würden wir es in die Schweiz schaffen.«

Das Publikum wurde unruhig, ein Seufzen lief durch den Raum.

»Als wir am Maschendrahtzaun ankamen, sahen wir, dass sich Leute im Schatten auf der anderen Seite versteckten. Ich weiß noch, dass wir alle furchtbare Angst hatten, verhaftet zu werden. Aber die Männer halfen uns durch den Zaun. Ich habe nie erfahren, wer sie waren, sie sagten ihre Namen nicht. Sie hoben den Draht hoch, legten Säcke auf den Boden, damit wir uns nicht verletzten, wir Kinder schlüpften hindurch. Dann brachten sie uns in ein Haus, gaben uns zu essen, und wir verbrachten die Nacht in einem Heuschober. Es war warm und duftete herrlich.« Ihre Stimme brach, im Zuschauerraum hätte man eine Stecknadel fallen hören können. Dann räusperte sie sich und sprach weiter. »Am nächsten Morgen kam ein Laster, der uns an den Bahnhof von Lugano brachte. Dann fuhren wir mit dem Zug nach Zürich. Wir waren gerettet.« Wieder hielt sie inne. »Ich habe fünf Kinder, mein ganzes Glück. Und sie haben wiederum Kinder. Sie alle sind auf der Welt, weil in dieser Nacht jemand für mich den Zaun hochgehoben hat.«

Leah war eines der Kinder aus der Villa, Letizia konnte es kaum glauben und wischte sich die Tränen von der Wange.

Sie schaute sich um und suchte nach Gesichtern, die zu ihren Erinnerungen passten. Hin und wieder berührte Alexander Letizia an der Schulter, einer Hand oder am Arm, Stella auf der anderen Seite tat das Gleiche.

In der allgemeinen Rührung betrat ein Mann die Bühne. Auch er war hochbetagt und konnte nur mühsam gehen.

Als er sich umdrehte und in ihre Richtung nickte, versetzte es ihr einen Stich ins Herz. Konnte das Jakub sein? Der Mann begann zu sprechen, und Letizia konzentrierte sich auf seine Stimme.

»Wir waren die letzte Gruppe. Die anderen waren zum Glück schon weg, denn die Situation hatte sich in diesen Tagen verschärft. Wir konnten nicht länger bleiben. Die Mädchen trugen Mäntel, sie sahen richtig elegant und hübsch aus. Daran kann ich mich noch gut erinnern.«

Jemand lachte, dann wurde es wieder still. »In kleinen Gruppen liefen wir zum Sammelpunkt, wir waren etwa vierzig. Die Fahrt im Zug war schwierig. Jedes Mal, wenn wir nach unseren Papieren gefragt wurden, blieb uns fast das Herz stehen. Dass sie nach Deserteuren suchten, ahnten wir nicht. Eine Gruppe Schüler auf einem Ausflug war für sie nicht relevant. Das war unsere Legende.« Er hielt inne, als ob er in seinen Erinnerungen kramte. »Als wir an den Fluss kamen, der so viel mehr Wasser führte als erwartet, weinten wir vor Verzweiflung. Wir Größeren hätten es vielleicht schaffen können, aber die Kleinen? Sie hätten die Tresa niemals durchqueren können. Aber wir konnten sie ja nicht einfach zurücklassen. Entweder alle oder keiner. Das sagten wir uns immer wieder.«

Der Mann schilderte das Geschehen so plastisch, dass man hätte glauben können, selbst dabei gewesen zu sein.

»Wir beschlossen, eine Kette zu bilden, zwei Jungen, ein Mädchen und so weiter, bis wir am anderen Ufer waren. Die Kleineren klammerten sich an die Größeren, unsere Habseligkeiten ließen wir einfach liegen. Ich habe alles verloren, meine Briefe, meine Notizen, meine Fotos. Ich habe geweint.«

Wieder waren Schluchzer aus dem Publikum zu hören. »Als wir die Soldaten sahen, schien die Situation ausweglos, es war dunkel, sie kamen aus dem Nichts. Schwarze Uniformen, schwarze Helme. Ich hatte panische Angst, andere wollten sich ins Wasser stürzen. Hatten wir den ganzen Weg umsonst zurückgelegt? Es hatte den Anschein, als ob sie uns erwarteten. Und so war es in gewissem Sinn auch. Aber es waren keine Nazis. Die Uniformen waren nur Tarnung! Die Schweizer Soldaten schafften es mit viel Mühe, die völlig verängstigten Kinder aufzusammeln, zogen sie aus den Verstecken und lösten sie von den Ästen, an denen sie sich festgeklammert hatten. Zu meiner großen Erleichterung hatten wir es schließlich alle geschafft. Auch wenn wir unser letztes Hab und Gut verloren hatten, wir waren am Leben. Man brachte uns in die Kaserne, aber das spielte keine Rolle. Ich dachte nur: Egal, wohin sie uns bringen.

Wir waren keine Gefangenen, auch wenn wir bewacht wurden. Sie gaben uns zu essen, warme Kleidung, aber sie ließen uns nicht aus den Augen und nahmen uns die Papiere ab. Die Kleinen wurden sofort weggebracht, man versicherte uns, sie würden in die Obhut von guten Menschen gegeben werden, wir würden später erfahren, an wen. Das war eine schwere Zeit, ich habe viel gebetet. Irgendwann ließ uns der Kommandant auf den Hof kommen. Uns war klar, dass die Schweiz uns ausweisen konnte, das war in der Vergangenheit immer wieder passiert. Ich wusste, dass ich mich nicht in Gefangenschaft nehmen lassen würde, aber was würde aus den Kindern werden? Was, wenn mir etwas passieren würde? Der Kommandant hielt seine Ansprache, es war offensichtlich, dass er nur seine Pflicht tat und Befehle befolgte. So wie wir es auch getan hatten. Es schien, als sei alles verloren, als müssten wir zurück, aber dann hieß es, wir könnten bleiben. Das war zu viel für mich, ich fiel in Ohnmacht.«

Einige Anwesende lächelten, sie schienen die Geschichte bereits zu kennen. Letizia wischte sich die Tränen aus den Augen.

»Gott hatte große Pläne für seine Kinder«, sagte der Mann, bevor er dem nächsten Zeitzeugen das Podium überließ. Und der wiederum dem nächsten. Alle erzählten ihre Geschichte. Aus verängstigten Kindern waren selbstbewusste Männer und Frauen geworden. Sie hatten ihren Platz in der Welt gefunden, hatten geheiratet und Kinder bekommen.

Das Erlebte wurde von einer Generation zur nächsten weitergegeben und würde nicht in Vergessenheit geraten.

Letizia wusste, dass es in Israel einen Park gab, wo für jeden »Gerechten« ein Baum gepflanzt worden war, für jeden, der den Juden in der Nazizeit geholfen hatte. Orlando hatte ihr vor vielen Jahren davon erzählt. Ein Baum für den Priester, den Arzt, den Vertreter der DELASEM. Sie fragte sich, ob es auch einen Baum für Berenike Hoffmann gab. Eines Tages war sie mit ihrem Mann spurlos verschwunden. Teresa hatte es ihr viele Jahre später erzählt, als Letizia sie endlich gefunden hatte. Sie waren von einem »Freund« eingeladen worden und niemals zurückgekehrt. Das wusste sie von Philip, den sie in Zürich wiedergetroffen hatte, damals, als sie noch zur Uni gegangen war. Auch er und sein Bruder und seine Eltern waren im Widerstand gewesen. Berenike und Friedrich waren Opfer des Naziregimes geworden, ihnen war hingegen die Flucht gelungen, sie hatten Deutschland gerade noch rechtzeitig verlassen können. Teresa hatte erzählt, dass viele ihrer Bekannten gefoltert worden waren, unter dem Verdacht, die Sache der Nazis verraten zu haben oder zumindest etwas darüber zu wissen.

Letizia und Teresa hatten um Berenike und Friedrich geweint, um all die geliebten Menschen, die sie verloren hatten. Um ihre zerbrochenen Träume. Doch ihre Freundschaft war unwiederbringlich zerstört gewesen.

Auch von Fiammetta fand sich keine Spur. Die Schule war von der SS beschlagnahmt worden, die dort ihr Hauptquartier eingerichtet hatte. Aufgrund unerklärlicher Umstände explodierten die Bomben, die das Gebäude vor der Ankunft der Alliierten zerstören sollten, zu früh und töteten die ganze SS-Division. Ob Fiammetta ihre Finger im Spiel gehabt hatte? Ein Grund mehr, ihr höchsten Respekt zu zollen. Fiammetta war für Letizia schon immer etwas Besonderes gewesen. Sie hatte sie sehr geliebt. Wenn jemand einen derartigen Plan hätte umsetzen können, dann sie. »Ich bin trotzdem eine gute Christin, das steht fest«, hätte sie wahrscheinlich gesagt. Nicht im Sinne von Güte und Barmherzigkeit, sondern von Gerechtigkeit.

Diese Teufel mussten in die Hölle zurückgeschickt werden, aus der sie gekommen waren.

Der Rabbiner schilderte die Reise der Kinder durch

halb Europa, die nur dank der vielen Organisationen, die in diesen Jahren Juden zur Flucht verholfen hatten, überhaupt möglich gewesen war. Eine Frau, die selbst aus Deutschland geflüchtet war, hatte viele Juden nach Palästina bringen können, vor allem Kinder. Letizia erinnerte sich vage daran.

Aber ihren Namen kannte sie nicht, Berenike und Fiammetta hatten ihn nie erwähnt. Sicher eine großartige Frau, eine von denen, die die Welt brauchte. Die Stimme des Rabbiners ließ bittersüße Erinnerungen in ihr aufsteigen.

Alexander berührte sie am Arm. Warum lächelte er sie so an, warum standen alle auf? Nein, dachte Letizia. *Nicht alle.*

»Karl Heiner, Rudolf Grossman, Sonja Hilb, Mala Beer...«

Sie kannte diese Namen.

»Das ist nicht möglich...«, flüsterte sie.

Alexander drückte ihre Hand. Sie drehte sich zu Stella. Warum weinte sie?

»Albert Greets, Benno Halder, Kurt Lask...«

Alle schauten sie an. Alle waren aufgestanden, Alte, Junge, sogar die Kinder. Jeder gehörte zu einem Namen. Sie wusste, dass es sich um die Nachkommen der Kinder aus der Villa handelte. Menschen, die nie das Licht der Welt erblickt hätten, wenn ihre Eltern oder Großeltern nicht gerettet worden wären.

»Das ist nicht möglich... Das ist nicht möglich.«

Aber es war so.

Sie sah es in ihren Blicken, ihrem Lächeln. Nach all

diesen Jahren hatten sich die Kinder der Villa samt ihren Familien in diesem Saal versammelt.

»Sie sind es«, murmelte Letizia. »Orlando, siehst du sie? Sie sind es, mein Liebster.«

Sie wollte jetzt nicht weinen. Dazu gab es keinen Grund.

»Ciao, Maestra.«

»Ciao.«

Die Menschen begrüßten sie, dankten ihr, lächelten sie an. Irgendwann blieb ein kleines Mädchen vor ihr stehen und hielt ihr ein Taschentuch entgegen. Der einstmals weiße Stoff war vergilbt, man erkannte eine Blumenstickerei auf dem Leinen.

»Sara«, flüsterte sie.

Das Mädchen lächelte und begann, auf Englisch auf sie einzureden, sie verstand kein Wort. Alexander schaltete sich ein, Letizia stellte Fragen, und er übersetzte.

»Es gehört ihrer Urgroßmutter und ist das Geschenk eines Engels. Eine Frau hat ihr die Geschichten der griechischen Götter erzählt. Es ist für Sie.«

Letizia streckte ihre zitternde Hand aus, sie war tief bewegt, schaute dem Mädchen tief in die Augen und lächelte. »Vielen Dank.«

Als Nächste kam eine Frau zu ihr, danach ein Mann, der nur gebrochen Italienisch sprach.

»*Ciao, bella mia!*«, presste er hervor.

Alle sprachen voller Wärme und Hochachtung mit ihr. Schließlich wurde der letzte Name verlesen. Der Junge, der Letizia so ans Herz gewachsen war, hatte nicht überlebt. Ihr Engel.

»Elijah Cohen.«

»Elijah?«, fragte Alexander verblüfft. »Haben Sie im Krankenhaus nach ihm gerufen?«

Stella legte den Finger auf die Lippen, aber Letizia fasste sie am Arm. »Er muss es wissen.«

»Was?«

»Elijah ist tot. Man hatte ihn mir anvertraut, und ich habe versagt. Ich habe ihn nicht schützen können.«

»Letizia, du weißt genau, dass es nicht deine Schuld gewesen ist. Die SS hat das Dorf durchsucht, sie haben ihn gefunden und verschleppt.«

»Bist du da sicher?«

»Sein Name steht auf der Liste der in Auschwitz umgebrachten Juden.«

Alexander dachte nach, er wirkte unsicher. »Verstehe.«

Die Veranstaltung dauerte noch eine ganze Weile, Letizia kam alles, was geschehen war, wieder in den Sinn, die Verzweiflung, aber auch die schönen Zeiten voller Liebe und Hoffnung. Eine Geschichte mit Höhen und Tiefen, Licht und Dunkel. All die Menschen in diesem Saal trugen sie in sich.

Als Letzte sprach Stella.

Sie erzählte, wie die Idee zur Ausstellung entstanden war, wie man die Bilder gefunden hatte und wie dankbar sie Marianna für alles war.

»Ich dachte, es sei wichtig, den Faden wieder aufzunehmen. Den Kreis zu schließen, um neu anfangen zu können. Ich dachte, dass alle das Recht haben sollten, diese Bilder zu sehen. Die Kunst verbindet und bewegt, in ihr findet man die Schönheit, die wir so nötig brauchen, die für unsere Seele lebensnotwendig ist. Wenn Sie die Bilder in all ihrer Farbigkeit genau betrachten, können Sie ihre Geschichte lesen. Erinnern bedeutet Verstehen, Wissen und Lernen, damit das, was passiert ist, sich nicht wiederholt.« Das Publikum dankte ihr mit lang anhaltendem Applaus.

Letizia spürte Alexanders Hand auf ihrem Arm.

»Kämpfen lohnt sich immer«, flüsterte sie ihm zu.

»Auch in aussichtslosen Fällen?«

»Vor allem dann.«

Er nickte und schaute zu Stella. Er würde sie nie aufgeben, um keinen Preis der Welt.

»Ja, Sie haben recht.«

Letizia seufzte, natürlich hatte sie recht!

Der Rabbiner kam wieder auf die Bühne und hielt eine Urkunde aus Pergament in der Hand. »Heute ehren wir ein Dorf und seine Bewohner. Viele von ihnen haben bereits einen Platz im Park der Gerechten unter den Völkern. Unsere besondere Anerkennung gilt einer Frau, die hier unter uns weilt. Einer Lehrerin. Für dich sind wir hier, Letizia Marcovaldi.«

Applaus brandete auf.

»Was geht hier vor?«, fragte Letizia benommen.

»Mit dieser Medaille, die deinen Namen trägt, wirst du in die Liste der Gerechten unter den Völkern aufgenommen.«

Der Rabbi kam auf sie zu, neben ihm ging ein sehr alter Mann, der ihr erst die Hand küsste und dann die Medaille überreichte.

»Jakub?«, fragte Letizia hoffnungsvoll.

Er lächelte. »Ich bin sein Bruder. Er hat mir viel von dir erzählt, er wäre sicher gerne persönlich zugegen, damit du dein Versprechen einlösen kannst. Leider war sein Herz zu schwach, und er ist seit vielen Jahren tot. Ich bin an seiner Stelle hier.«

Letizia lächelte. »Wir haben viel gestritten. Ich habe ihm einen Tanz versprochen.«

»Ich weiß.« Wieder küsste er ihr die Hand, dann verbeugte er sich.

Letizia fuhr mit den Fingerspitzen über die Medaille. Es war so viel Zeit vergangen. »Hatte er ein gutes Leben?«

»Ja, er war sehr glücklich.«

Das war schlussendlich das Wichtigste. Glück.

»Danke«, flüsterte sie.

»Danke dir«, erwiderte Jakubs Bruder.

Der Abend endete mit einem Büfett aus italienischen und israelischen Spezialitäten. Es duftete köstlich, man hörte Geplauder und Lachen. Das Leben ging weiter. Letizia dachte erneut an die Frau, die die Flucht der Kinder organisiert hatte. Eine unbekannte Heldin im Dunkeln, aber das machte sie nicht weniger wichtig.

»Können wir jetzt gehen?«, fragte sie Alexander.

»Natürlich.«

Sie warteten auf Stella. Ihre Wangen waren vor Aufregung gerötet, sie sah wunderschön aus. Sie beugte sich nach unten und küsste ihre Tante auf die Wange. Letizia strich ihr über das Gesicht. »Du hattest recht, deine Überraschung ist gelungen, ein wunderbares Geschenk.«

»Danke, Tante.«

»Danke dir, mein Herz.«

Letizia drehte sich zu Alexander. »Was machen wir denn noch hier? Willst du hier Wurzeln schlagen?«

Als ob ihm erst jetzt bewusst geworden wäre, was passiert war, machte er einen Schritt auf Stella zu.

»Ich mach das schon.«

Sie trat zur Seite.

»Wie du meinst.«

Sie sah den beiden nach und ging zurück.

24

Rot. Eine kraftvolle Primärfarbe, die Energien freisetzt. Rot steht für intensive Emotionen, stimuliert die körperliche und geistige Energie. Die Farbe der Leidenschaft, des Ungestüms, der alles verschlingenden Kraft.

Letizia wollte zurück nach Bardolino. Stella protestierte, sie wäre gerne noch länger in Nonantola geblieben, aber die alte Dame ließ nicht mit sich reden. Widerspruch war zwecklos.

Alexander hatte sich nicht eingemischt, auch wenn Stella ihn flehend angesehen hatte. Es hatte ihn Mühe gekostet, ihr zu widerstehen. Aber er spürte, dass Letizia am Ende ihrer Kräfte war. Und er war in erster Linie Arzt.

»Ich setze mich mit Letizia nach hinten.«

»Sicher.« Er wusste, dass sie nicht neben ihm sitzen wollte, und das traf ihn sehr. Er hatte bereits das Gepäck eingeladen und half Letizia auf die Rückbank, sie schien schon fast zu schlafen, auch wenn er hätte schwören können, dass sie alles im Blick hatte.

»Hier«, sagte er und reichte Stella eine Decke, »falls ihr kalt wird.«

Sie hielt kurz inne und griff dann danach. Alexander

346

setzte sich ans Steuer. Es würde eine lange Nacht werden. Er fuhr los.

Es herrschte reger Verkehr, in den Straßen Nonantolas waren Pärchen unterwegs, die sich an der Hand hielten und lachten. Er fragte sich, was diese Männer an seiner Stelle tun würden. Warum konnte er sich nicht einfach erklären? Er wusste nur zu gut, dass er den Albtraum ein zweites Mal durchleben würde, wenn er Stella alles erzählte, was in London geschehen war. Und er wollte nicht zurück-, sondern nach vorne blicken.

»Sie ist eingeschlafen.«

Alexander war überrascht, er hatte gedacht, sie wolle nicht mit ihm sprechen.

»Sicher?«

Er hatte vergessen, wie sanft ihr Lachen war. Es durchzuckte ihn, und er fühlte sich so lebendig wie schon lange nicht mehr. Ein Lächeln trat auf sein Gesicht, und er schämte sich fast ein bisschen, dass es ihm mit einem Mal so gut ging. »Bei deiner Tante weiß man nie.«

Er hielt in einer kleinen Parkbucht und wartete. Nachdem Stella ausgestiegen war und sich neben ihn gesetzt hatte, atmete er tief durch. Er wusste nicht, warum sie zu ihm gekommen war, er wusste überhaupt nichts.

Sein Herz klopfte schneller, auf seinen Lippen lag ein glückseliges Lächeln. Er fuhr wieder los.

»Es tut mir leid«, begann er.

Wie lange hatten ihm diese Worte schon auf der Zunge gelegen? Bleischwer.

Jede Sekunde.

Stella wirkte angespannt und straffte die Schultern,

aber sie blieb sitzen. Vielleicht hatte ihm das den Mut gegeben, sie endlich auszusprechen.

Erneutes Schweigen, dann flüsterte sie: »Mir auch.«

Er war überrascht, trotzdem erwiderte er: »Ich weiß.«

Und so war es auch. Er wusste es, hatte es sofort gewusst, der Schmerz, der sich auf ihrem Gesicht abgezeichnet hatte, war ihm nicht verborgen geblieben. Er hingegen hatte versucht, seine Gefühle tief in sich zu vergraben und sie nicht nach außen dringen zu lassen.

Stella drehte sich zu ihm um, ihre Augen blitzten.

»Warum? Warum hast du das getan? Warum hast du alles weggeworfen?«

Er antwortete nicht, jedenfalls nicht gleich. Vielleicht hätte er ihr die ganze Geschichte an ihrem ersten Abend erzählen sollen. Alles, was er jetzt sagen konnte, jeder Erklärungsversuch, würde wie eine Rechtfertigung klingen. Ein verzweifelter Versuch, um sie zurückzugewinnen.

Das wollte er nicht. Er wollte nicht, dass sie wusste, wie viel es ihn kosten würde. Dass es ihn alles kosten würde.

»Hattest du jemals das Gefühl, dich vor dir selbst verstecken zu wollen?«

Sie zuckte zusammen und starrte gegen die Windschutzscheibe.

Es hatte zu regnen begonnen, dicke Tropfen rannen über das Glas.

»Du hast gesagt, dass es dir leidtut, und vielleicht ist das ja auch so. Vielleicht ist es aber auch nur eine deiner sibyllinischen Andeutungen. Wie dem auch sei, ich will alles wissen. Das schuldest du mir, Alexander.«

Das stimmte, aber er spürte, dass auch sie etwas zurückhielt, und hatte plötzlich wieder Hoffnung. Denn wer selbst kein reines Gewissen hatte, war eher gewillt, einem anderen zu verzeihen.

»Ich habe einen Menschen auf dem Gewissen...«

» *Was?* «

Es war ihm vorher klar gewesen, dass sie das schockieren würde, aber als er ihre entsetzte Stimme hörte, ihren fassungslosen Blick sah, wurde seine Verzweiflung noch größer.

»Ein Patient. Oder besser gesagt, ich glaube, dass ich für seinen Tod verantwortlich bin. Gott vergib mir, es tut mir so leid. Das alles klingt völlig falsch.«

Stella winkte ab. »Von Anfang an, und lass nichts aus.«

So hatte er sie noch nie erlebt, so selbstsicher, so entschlossen. Wenngleich er es trotz ihrer offensichtlichen Zerbrechlichkeit und der bunten Kleider schon immer gespürt hatte. Stella war eine starke Frau, sie lebte bewusst jeden Augenblick, konnte sich anpassen und verlor nie die Essenz des Lebens aus dem Blick.

Deshalb hatte er sich in sie verliebt.

Deshalb hatte er ihr nicht sagen können, was wirklich passiert war.

»Er hieß Frank Berkeley, war achtunddreißig Jahre alt, hatte eine Frau namens Margaret und drei Kinder. Der siebenjährige David, Loran und Ada, sie geht noch in den Kindergarten.«

Er verstummte. Die Qual der letzten Tage war noch immer nicht gewichen, auch wenn er in seinem Innersten wusste, dass er niemanden umgebracht hatte. Aber seine Ohnmacht blieb.

»Weiter«, drängte sie.

»Das OP-Team stand schon bereit, als ich kam. Ein Routineeingriff, es ging um den Austausch einer defekten Herzklappe. Ich war nur durch Zufall vor Ort, der zuständige Kardiologe hatte sich das Knie ausgerenkt, und ich hatte gerade Zeit.« Er hatte immer Zeit. »Der Eingriff dauerte drei Stunden und fünfundzwanzig Minuten. Perfekt, wie aus dem Lehrbuch. Ich war sehr zufrieden mit mir. Ich scherzte mit seiner Frau, sagte ihr, dass sie ihn am nächsten Tag besuchen könne. Aber es gab nie einen nächsten Tag. Er starb noch in der Nacht.«

Stella strich ihm über die Hand, nur eine flüchtige Geste, die ihm guttat. Am liebsten hätte er ihre Hand genommen, ihre Finger geküsst. Aber stattdessen starrte er weiter geradeaus.

»Sie riefen mich zu Hause an, ich fuhr sofort ins Krankenhaus. Da lag er, starr und kalt, mit einem Laken zugedeckt. Es war nichts mehr zu machen.«

»Oh Gott, Alexander, es tut mir so leid.«

Sie schaute ihn mitfühlend an, und er musste sehr an sich halten, um sie nicht zu küssen.

»Was danach passiert ist, weiß ich nicht mehr so genau. Es war eine schwierige Zeit und sehr aufreibend. Es gab eine sorgfältige Untersuchung. Margaret kam zu mir, sie verlangte eine Erklärung. Aber ich wusste es nicht, Stella. Ich wusste es nicht.«

Etwas in ihm zerbrach, ein Geräusch, das aber nur er hören konnte. Um ihn herum war alles still. Dass er weinte, merkte er gar nicht.

So lange, bis sie ihm eine Hand auf die Schulter legte.

Die Tränen liefen über sein Gesicht bis zu seinem bärtigen Kinn, die unbeschreibliche Verzweiflung, die er die ganze Zeit zurückgehalten hatte, löste sich mit ihrer Berührung, sein Atem wurde ruhiger.

»Warum hast du mir das nicht erzählt?«

»Weil ich dir nicht hätte ins Gesicht sehen können, wenn du erfahren hättest, was für ein Mensch ich wirklich bin.«

Der Regen war stärker geworden. Alexander fuhr langsamer. Blitze durchzuckten den Himmel und schienen ihn entzweischneiden zu wollen. Wasser überflutete die Straße.

»Und deshalb bist du nach Italien gekommen?«

Er nickte. »Ich durfte das Krankenhaus in London nicht mehr betreten, deshalb habe ich die Vertretungsstelle angenommen. Ich kannte die Gegend, sprach fließend Italienisch, ich hatte jeden Sommer am Gardasee verbracht, Sirmione war meine zweite Heimat. Ich wollte weg von allem, weit genug, um mich zu verstecken, zu verstehen. Ich musste eine Erklärung finden, wenn es denn eine gab.«

»Und gab es die? Die Erklärung... hast du sie gefunden?«

Er schüttelte den Kopf. »Sie bringen dir bei zu glauben, dass für jedes Symptom die richtige Behandlung existiert, dass es für alles eine Lösung gibt. Die Wahrheit ist, dass wir immer nur unser Bestes geben können.«

»Wenn es anders wäre, wären wir Gott, meinst du nicht?«

Er musste ihr Verständnis ignorieren, damit er weitersprechen konnte. Er sah sie nicht an.

»Am Tag, als wir übers Wochenende nach Venedig wollten, hat mich meine Schwester angerufen. Ich hatte eine Vorladung zur Anhörung. Die Untersuchungskommission hat festgestellt, dass Frank auch ohne OP gestorben wäre.«

Stella schlug sich eine Hand vor die zitternden Lippen. Dann sah sie ihn an. »Ich hätte dir beistehen können.«

Er antwortete nicht. Ihre Entschlossenheit faszinierte ihn. »Das konnte ich nicht riskieren.«

»Warum?«

Er wandte sich zu ihr. Weshalb verstand sie nicht? »Warum, Alexander?«

»Weil...«, er konnte nicht weitersprechen, dann presste er hervor: »Weißt du das nicht? Ich liebe dich, Stella.«

»Nein, Alexander. Liebe ist, Probleme miteinander zu teilen, Liebe ist Vertrauen. Und das gab es zwischen uns nicht. Du wolltest mich, und ich wollte dich, keine Frage. Aber das reicht mir nicht. Das ist es nicht, was ich will. Es tut mir sehr leid.«

Ihre Stimme war nur noch ein Flüstern, leise, aber unmissverständlich.

Sie hatte ihr Urteil gesprochen.

Alexander antwortete nicht, es hätte auch keinen Sinn gehabt.

Im Haus war es warm. Seit dem Tod der Großeltern hatten es die Zollers immer gut in Schuss gehalten. Alexander zog die Jacke aus und ließ sie aufs Bett fallen, dann löste er die Krawatte und knöpfte das Hemd auf. Er schaute ins Esszimmer, wo sein Vater eine exklusive Auswahl an Spirituosen aufbewahrte. Zuerst wollte er sich betrinken, aber dann begnügte er sich mit einem Gläschen.

Das würde er später trinken, aus Genuss und nicht, weil er es brauchte.

Er duschte lange. Er hatte noch zwei Tage frei und keinerlei Verpflichtungen. Danach ließ er sich aufs Sofa sinken und starrte an die Decke. Er wusste nicht recht, woran er war. Einerseits war er froh, dass er sich Stella anvertraut hatte, aber andererseits fragte er sich, warum. Er wusste genau, was sie davon hielt, er hätte genauso gut weiter schweigen können.

Sie glaubte ihm nicht.

Sie glaubte ihm nicht, weil sie anders war, weil sie Liebe anders definierte. Das würde er nie verstehen. Sie waren Antipoden, er war die Dunkelheit, sie das Licht. Es passte einfach nicht.

Er seufzte.

Er dachte an die Feier, an Letizia Marcovaldi, eine einzigartige Frau. Einzigartig wie ihre Nichte.

Er hatte es Stella nicht gesagt, aber er hatte sich auf den ersten Blick in sie verliebt, richtig bemerkt hatte er das allerdings erst, als es zu spät gewesen war. Als er diese Leere gespürt hatte, die er nicht füllen konnte, eine Leere, die ihm den Geschmack und die Farben raubte, alles wertlos machte, während das Leben mit ihr das genaue Gegenteil gewesen war.

Liebe. Das Wort war so zart, so einfach, und entsprach so gar nicht der unbändigen Kraft des entsprechenden Gefühls. Die Liebe und das Leben passten einfach nicht zusammen.

Alles war immer gleich. Und doch ganz anders.

Er fuhr sich mit der Hand übers Gesicht. »Was soll ich

nur mit dir machen, Stella?«, murmelte er. Er war müde und ausgelaugt, konnte sich nicht entscheiden, ob er weiter drängen oder es auf sich beruhen lassen sollte. Er wusste, dass sie ihn begehrte, spürte ihr Verlangen. Aber er wusste auch, dass sie entschlossen war, ihr eigenes Leben zu leben.

Das sollte er auch tun. Und zwar endgültig.

Im Guten oder im Schlechten, mit ihr oder ohne sie.

Das Leben würde weitergehen.

Für sie beide.

Er schloss die Augen und dämmerte vor sich hin, dachte noch einmal an die Ereignisse in Nonantola, an die Menschen, an die Kinder. An Letizia, diese wunderbare Frau. Ohne Frauen wie sie wäre die Welt ärmer. Viel Zeit hatte sie nicht mehr, sie hatte einen Aufschub bekommen, das Ende war unvermeidbar, und es war nah. Nur eines bereute sie. Ein Schmerz, der sie nie losgelassen hatte.

»Elijah, Elijah Cohen.«

Dieser Name ging ihm einfach nicht aus dem Kopf, seitdem er ihn auf der Feier gehört hatte.

Letizia und Stella hatten ihm gesagt, der Junge sei in Auschwitz gestorben, und doch… konnte es eine Namensgleichheit sein?

Er setzte sich auf und sah sich um. Dann fiel sein Blick auf ein Foto über dem Klavier. »Großvater«, murmelte er. Auf dem Foto war er noch ein Kind, blonde Haare, ein engelsgleiches Gesicht.

»Mein Engel.« So hatte Letizia Elijah genannt. Letizia, der Name seiner Mutter.

Plötzlich rief er: »Verdammt!«

Er hastete in das Schlafzimmer seiner Großeltern, das noch immer so aussah, wie sie es verlassen hatten. »Wo könnte sie sein?«, fragte er sich, öffnete die Schranktüren, zog Schubladen auf, bis er auf einem Einlegeboden eine Kassette fand. »Da ist sie.« Er klappte sie auf, kippte ihren Inhalt aufs Bett, durchsuchte die Dokumente, Heiratsurkunde, Geburtsurkunde… Endlich fand er, was er gesucht hatte. »Elia Fabbri.« Dann las er weiter, und Freude durchflutete seinen Körper.

Vor seiner Adoption hatte sein Großvater den Namen Elijah Cohen getragen. Das Dokument war 1946 ausgestellt worden, kurz nach Ende des Zweiten Weltkriegs. Es konnte nicht anders sein, so viele Zufälle gab es nicht.

Er lachte, erst leise, dann immer lauter, griff nach dem Handy und den Autoschlüsseln. Während er nach unten ging, rief er Stella an.

»Alexander?«

Er musste sie geweckt haben, aber das war unwichtig. »Elijah Cohen ist nicht tot. Er ist zwar gestorben, aber nicht so, wie Letizia es glaubt.«

Stille, dann ein Seufzer. »Was bedeutet das?«

»Was ich gerade gesagt habe. Ist deine Tante schon auf?«

»Nein, natürlich nicht, es ist fünf Uhr morgens, normale Leute schlafen um diese Zeit.«

»Ich komme zu euch, sperr mir die Tür auf.«

»Was?«

Er antwortete nicht, legte auf und begann zu pfeifen.

Stella hätte ihn gerne gefragt, wie schnell er gefahren war, so früh hatte sie ihn nicht erwartet. »Ich will es gar nicht wissen«, sagte sie sich und ging mit ihm in die Küche. »Ich hoffe, es ist sehr, sehr wichtig.«

Er zog die Augenbrauen hoch, sie sah ihn an, wie bei ihrem ersten Treffen, als er sie für eine wenig aufmerksame Mutter gehalten hatte. Wie viel Zeit war seitdem vergangen!

»Glaubst du, sonst wäre ich hier?«

»Glauben?« Sie musterte ihn verblüfft. »Ich glaube an gar nichts mehr.«

Sein Gesicht verfinsterte sich. Der Espressokocher pfiff. Alexander nahm ihn vom Feuer, griff nach zwei Tassen vom Abtropfgestell und goss ein. Er hielt Stella eine Tasse hin und nahm sich die andere.

»Fühl dich wie zu Hause.« Obwohl es abweisend klang, war sie gar nicht verärgert, sie war... was eigentlich? Sie wusste es nicht. Seitdem Alexander ihr alles erzählt hatte, ging ihr ein Satz nicht mehr aus dem Kopf: *Hattest du jemals das Gefühl, dich vor dir selbst verstecken zu wollen?* Ja, das hatte sie gehabt, und genau das war ihr Problem. Alles in ihr sträubte sich dagegen, Verständnis für ihn zu haben. Sie war wütend, verletzt und müde. Sie wollte ihr Leben zurückhaben.

»Lies das«, er hielt ihr ein Blatt hin.

Stella schaute es an. Das Papier war vergilbt, aber die Schrift war gut zu lesen, die elegante Handschrift stammte aus einer anderen Zeit.

Nachdem sie die Namen gelesen hatte, öffnete sie die Lippen, schaute ihn, dann wieder das Blatt an, ihr Herz schlug schneller. »Kann das wahr sein?«

Alexander lächelte. »Mein Großvater war Jude, er hieß

Elijah Cohen, nach der Adoption durch meine Urgroßeltern Elia Fabbri.«

Stella blinzelte. »Aber er war doch auf der Liste der Opfer des Konzentrationslagers.«

»Das kann ich mir auch nicht erklären, aber er wurde offensichtlich gerettet. Ohne Letizia und die anderen Helfer wäre ich jetzt nicht hier, stell dir das mal vor.«

In diesem Augenblick verstand Stella. Der Kreis schloss sich. Letizia, Elijah, Alexander. Er hatte sie gerettet. Ihre Tante war am Leben, weil sie vor langer Zeit ein Kind gerettet hatte, eines unter vielen.

»Was ist passiert?«, fragte sie.

»Was passiert ist? Das weiß ich genau. Allerdings habe ich nie darüber nachgedacht. Das ist eines dieser Dinge, die man einem bestimmten Kontext zuordnet, einem konkreten Ereignis. Außerhalb dieses Umfelds vergisst man es einfach.«

»Könntest du bitte etwas deutlicher werden?«

Alexander legte seine Hand auf ihre und sah sie an. Sie zog die Hand nicht weg, er streichelte ihre Finger und umfasste sie. »Eines Morgens fanden meine Urgroßeltern einen Jungen am Straßenrand, er war barfuß, trug nur einen Pyjama und hatte Fieber. Mein Urgroßvater war Arzt und brachte ihn sofort in das Krankenhaus, in dem er arbeitete. Nach einigen Wochen erholte sich der kleine Patient. Er nahm ihn mit nach Hause und gab ihn als Verwandten aus, als Kriegswaisen. Später fanden meine Urgroßeltern heraus, dass er ganz allein auf der Welt war, Eltern, Großeltern, Onkel und Tanten, Cousins, alle tot, ermordet in den Lagern. Von ihnen war nur eine Wohnung in Leipzig geblieben. Später fragten sie ihn, was er machen wolle, er stehe ihm frei, überallhin zu gehen. Oder bei ihnen zu bleiben. Und ihr Sohn zu werden.« Er hielt inne, in seinen Augen standen Tränen. »Entschuldige, aber das ist eine so rührende Geschichte, auch wenn ich sie schon so oft gehört habe, muss ich immer weinen.«

»Das verstehe ich, erzähl weiter.«

»Mein Urgroßvater wollte, dass alles seine Ordnung hatte, deshalb wurde aus Elijah Cohen Elia Fabbri.«

»Das könnte aber auch einfach eine zufällige Namensgleichheit sein«, gab Stella zu bedenken.

Alexander schüttelte den Kopf. »Mein Großvater sprach Italienisch, weil eine Lehrerin es ihm beigebracht hatte. Und meine Mutter heißt Letizia, weil er diese Lehrerin nie vergessen hat. Die Daten stimmen, die Namen stimmen. Ich glaube an Ockhams Rasiermesser-These.«

»Das Prinzip der Parsimonie«, sagte Stella, »die einfachere Erklärung ist immer die richtige. Elijah Cohen … sie hat ihn mehr als siebzig Jahre beweint. Warum haben sie sich nicht wiedergefunden?«

Alexander zuckte mit den Schultern. »Er war damals nur ein Kind, auch wenn er die Lehrerin in Nonantola gesucht hätte, wäre sie nicht mehr dort gewesen. Du hast selbst gesagt, dass sie nicht aus dem Dorf stammte und es nach dem Krieg verlassen hat wie viele andere auch. Ich weiß aus Erfahrung, dass Menschen alte Erinnerungen, besonders die schmerzlichen, nicht gerne wiederaufleben lassen.«

Sie zog die Hand zurück, eine Weile saßen sie schweigend da und sahen sich an, dann sagte sie: »Und jetzt? Wie geht es weiter?«

Alexander fuhr sich mit der Hand übers Gesicht. »Jetzt sagen wir es ihr.«

Sie warteten, bis Letizia aufgestanden war, frühstückten gemeinsam, auch wenn sie kaum einen Bissen herunterbekamen. Das Ganze war einfach zu verwirrend. Als Letizia wegen all der ungewohnten Aufmerksamkeit misstrauisch wurde und ihnen drohte, trotz des Regens spazieren zu gehen, gaben sie ihr das Dokument.

Letizia sagte nichts.

Sie wusste, wie eine Adoptionsurkunde aussah, sie hatte in ihrem Berufsleben häufig damit zu tun gehabt. Der Name war in eleganter Handschrift mehrmals vermerkt.

Sie rieb sich die Augen, als ob sie klarer sehen wollte.

»Das verstehe ich nicht.«

»Ich schon«, erwiderte Alexander.

Sie musterte ihn und murmelte: »Deine Augen.«

»Ja, meine Mutter hat immer gesagt, es sind die meines Großvaters.«

»Deine Mutter?«

»Sie heißt Letizia, der Name einer Frau, die er nie vergessen hat. Sie war seine Lehrerin.«

Langsam fügte sich alles zusammen, das Déjà-vu-Gefühl, als sie ihn das erste Mal gesehen hatte, die spontane Sympathie, alles bekam einen Sinn. Und auch Orlandos Erbschaft.

Ihr Orlando.

Sie fragte sich, ob die Geschenke für Stella genau das hatten bewirken sollen, was jetzt eingetreten war.

»Orlando hatte nach unserer Hochzeit Recherchen zu den Kindern angestellt. Er hat mir versichert, dass es *alle* nach Israel geschafft haben, er ist sogar nach Zürich gereist, um dort Nachforschungen anzustellen. Als ich gedroht habe, ihn zu verlassen, wenn er weiter nach Elijah sucht, hat er offiziell aufgegeben. Aber nie wirklich. Und ich habe ihn gewähren lassen; vielleicht wäre ja doch noch ein Wunder geschehen.«

Ihr Blick fiel wieder auf die Urkunde.

»Es war schwer, ihn zu finden, er war gut versteckt«, sagte Alexander.

Elijah war nicht gestorben, dachte Letizia. Er hatte überlebt, war Arzt geworden, sein Enkel saß vor ihr.

»Bitte, erzähl mir von ihm.«

Alexander nickte lächelnd und begann.

Und schließlich lächelte auch sie.

Später, als Letizia sich ausruhte, gingen Stella und Alexander in den Garten. Der Himmel war immer noch wolkenverhangen, aber es regnete nicht mehr.

»Was wirst du jetzt machen?«, fragte er.

Stella zuckte mit den Schultern. »Ich denke, es ist Zeit zu gehen.«

»Und wohin?«

Sie sah ihn an. »Du weißt, dass du mir diese Frage schon einmal gestellt hast?«

»Damals kanntest du die Antwort noch nicht.«

»Stimmt, aber ich habe mich verändert.«

»Ich weiß, wie wir alle.«

Sie lächelte. »Danke für alles.«

Er wich zurück. »Ich will deine Dankbarkeit nicht«, schrie er und verlor einen Moment lang die Beherrschung.

Stella sah ihn ungläubig an. »Was willst du denn dann?«
Spontan zog er sie an sich und küsste sie.

»Einen Kuss, hundert, tausend Küsse, das will ich.«

Stella ließ sich einhüllen von seiner Wärme, dem intensiven Blick, dieser unerwarteten Antwort. Sie konnte kaum atmen, nicht mehr klar denken.

»Stella, meine Liebste …«

Sie könnte es tun, dachte sie, sie könnte …

Ihre Hand hob sich wie von selbst, ihre Finger fuhren die Konturen seines Gesichts nach, von den Augenbrauen über die Wangenknochen bis zu den Lippen. Dort hielt sie inne.

Alexander spürte, wie sie zögerte.

Er verstand. Sie vertraute ihm nicht. Sie würde ihm keine zweite Chance geben.

»Adieu, ich wünsche dir das Allerbeste.«

Sie wartete seine Antwort nicht ab.

Sie kehrte ins Haus zurück und schloss die Tür.

Er blieb eine Weile stehen, starrte auf das feuchte Kopfsteinpflaster, dann ging er.

Epilog

Lass mich, lass mich meine Seele in Farben baden, lass mich den Sonnenuntergang schlucken und den Regenbogen trinken.

Khalil Gibran

Neugeborene haben etwas ganz Besonderes. Das hatte Stella gedacht, als sie Barbaras gerade auf die Welt gekommene Zwillinge sah, und auch jetzt, als sie ihren Bruder im Arm hielt, der genau ihre Augen hatte, war sie ganz sicher.

Sie würde alles für Claudio tun, alles.

Und das veränderte ihre Sicht auf die Welt.

Ihr Bruder war für sie von Anfang an ein zartes Grün mit einem hellen Fleck gewesen, eine ganz eigene Schattierung, strahlend und voller Leben. Sie liebte alles an ihm.

»Ich freue mich, dass du ihn sofort ins Herz geschlossen hast. Ich hatte Bedenken, es dir zu sagen, in dem Wissen, wie sehr ich dich als Kind vernachlässigt habe.«

Stella küsste Claudios zur Faust geballtes Händchen, das eine ihrer Haarsträhnen umklammert hielt.

»Wenn du glaubst, ich wäre nicht eifersüchtig, dann muss ich dich enttäuschen, Papa. Das bin ich, aber ich bin auch verrückt nach ihm.« Sie hob den Blick und lächelte. »Man muss den Schmerz aushalten, um das Leben in seiner Gänze leben zu können. Verrückt, oder?«

Alberto faltete die Zeitung zusammen, die er gerade gelesen hatte, und legte sie neben sich. Aristide schlief, er hatte ein Plüschtier zwischen den Pfoten. Immer wieder stibitzte er Claudios Kuscheltiere, er bildete sich wohl ein, der Kleine wolle mit ihm spielen. Das war fast so mysteriös wie Letizias Gespräche mit ihrem toten Ehemann. Oder Orlandos Geschenke für Stella, die sie zu Alexander geführt und geholfen hatten, das Geheimnis um Elijah zu lüften. Der Kreis hatte sich geschlossen.

»Es ist merkwürdig, aber oft verstehen wir die Dinge erst, wenn sie längst vorbei sind. Oder besser gesagt, wir können sie erst dann akzeptieren. Wenn auch nicht immer voll und ganz. Manchmal gelingt es Menschen sogar, Dingen einen Sinn zu geben, die gar keinen haben.«

Stella lächelte, legte die Lippen auf Claudios Bauch und pustete. Er lachte, und sie dachte, wie einfach die Liebe doch sei.

»Und es gibt nichts, was ich sagen oder tun kann, damit du deine Meinung änderst, meine Kleine?«, fragte Alberto.

»Nein, wir haben doch schon darüber gesprochen. Giovanni ist ebenfalls einverstanden, es ist an der Zeit, dass ich meine Ausstellungsbesuche beginne.«

Er stand auf und setzte sich neben sie. »Ich habe mit diesem Mann gesprochen … Giovanni Quintavalle.«

»Und? Was willst du mir damit sagen?«

»Ich bin einverstanden, wie er deine Karriere fördern

will, er wirkt äußerst kompetent. Und ich bin sehr stolz auf dich, du bist eine große Künstlerin, das Strahlen deiner Seele wird durch deine Bilder sichtbar.«

Gerührt wurde Stella klar, dass Alberto das erste Mal auf diese Weise mit ihr sprach. Aber nicht als Vater, sondern als Künstler, auf Augenhöhe.

Er nahm das Kind auf den Arm, und als es protestierte, schüttelte er den Kopf und sagte scherzhaft: »Ihr fangt schon an, euch gegen mich zu verschwören.«

»Das ist noch gar nichts«, erwiderte Stella und strich ihren Rock glatt. »Lass ihn mal drei Jahre alt werden, da werde ich ihm ein paar richtig freche Sprüche beibringen.«

»Und dabei siehst du so lieb und freundlich aus...«

Heute trug sie Türkis und Rosa, ihre Abschiedsfarben.

»Darf ich dich wenigstens zum Bahnhof begleiten?«

»Lieber nicht.«

Sie hatte sich bereits von allen verabschiedet. Letizia hatte protestiert, aber Stella hatte versprochen, an Weihnachten zurückzukommen. Sie hatte ihr schwören müssen, das hatte sie etwas beschwichtigt, besonders als sie erfuhr, dass auch Flaminia einen längeren Aufenthalt in der Villa plante.

»Brauchst du noch etwas?«

Stella umarmte Alberto und küsste ihn auf die Wange.

»Nein, Papa, ich habe es dir doch schon gesagt, du hast mehr als genug getan. Du bist ein Schatz, danke.«

Das war keine Höflichkeitsfloskel, das war ehrlich gemeint. Seine Versöhnungsgeste in Richtung Roberta hatte sie sehr bewundert, das Hochzeitsgeschenk, das er ihr geschickt hatte, zeugte von Wertschätzung. Ein Gemälde, eines seiner besten. Die beiden pflegten mittlerweile kein herzliches, aber zumindest ein zivilisiertes Verhältnis und telefonierten einmal im Monat miteinander.

»Ruf mich an, wenn du da bist, ja?«

»Versprochen.«

Sie stand schon auf der Schwelle, als sie sich noch einmal umdrehte. »Papa?«

»Ja.«

»Ich hab dich lieb.«

»Ich dich auch, mein Schatz. Ich bin sehr stolz auf dich. Du bist eine große Künstlerin, vielleicht bin ich auch ein bisschen eifersüchtig. Aber da du meine Tochter bist, werde ich das ertragen.«

Er lachte, und sie stimmte ein.

Sie umarmte ihn erneut, und mit Tränen in den Augen griff sie nach dem Trolley. Jetzt, da die Malerei wieder ihr Lebensmittelpunkt war, verstand sie ihren zerstreuten Vater besser. Und sie fühlte sich mit ihm verbunden wie nie zuvor.

Sie ging durch den Garten und sah von der Straße aus noch einmal zur Villa zurück. Die Wandmalereien ließen das Dorf in neuem Licht erscheinen. Das, was sie da mit Barbara, Alfio, Jennifer und all den anderen geleistet hatte, hatte vieles verändert. Die drei hatten inzwischen eine Gruppe gegründet, organisierten Malkurse, Ausstellungen und Seminare. Mit ihnen hatte Stella wunderbare und verrückte Abende verbracht.

Wie viel Zeit war vergangen, seit sie nach Bardolino gekommen war? Es erschien ihr wie eine Ewigkeit.

Alles in ihrem Leben hatte sich verändert.

Sie war mit einem Zeichenblock an den Gardasee gekommen, einem Farbkasten, weißen Blättern und vielen Problemen. Jetzt waren die Blätter bemalt, sie hatte eine Zukunft.

Ihre Bilder würden in ganz Europa in renommierten Galerien ausgestellt werden, und Giovanni war sicher, dass das erst der Anfang war.

Auch wenn der Erfolg guttat, hatte sie sofort gespürt, dass sie eigentlich etwas anderes wollte. Ihre Gedanken gingen nur in eine Richtung.

Das Ufer in all seiner Schönheit lag vor ihr, die Sonne spiegelte sich auf der glatten tiefblauen Wasseroberfläche. Sie liebte Blau.

Es war ihre Lieblingsfarbe geworden.

Sie lief weiter. Nach der Ausstellung in Nonantola war es ihrer Tante immer besser gegangen. Aber Alexander, der sie regelmäßig untersuchte, hatte vor zu großen Hoffnungen gewarnt, die Gefahr von Rückschlägen war ständig gegeben. Stella war dennoch optimistisch. Sie war sicher, dass der kleine Claudio dafür sorgen würde, dass ihre Letizia Marcovaldi noch einige Kraftreserven hervorzaubern würde, die sie irgendwo versteckt hatte. Bestimmt würde sie dem Jungen schon bald griechische Sagen vorlesen, wie sie es bei ihr getan hatte.

Ein Lächeln umspielte ihre Lippen, als sie sich an ihr letztes Gespräch erinnerte.

»Weißt du, welche Farbe das Bedauern hat?«, hatte Letizia gefragt.

»Schwarz?«

Sie hatte gelacht. »Schwarz ist eine Farbe, aber das Bedauern ist ein Zustand unüberwindbarer Leere, der aus
dem Wollen kommt. Es hat keine Farbe, verstehst du?«

Stella hatte nicht geantwortet. Auf der einen Seite, weil
Letizia recht hatte, auf der anderen, weil sie wusste, wohin
eine solche Diskussion führen würde. Und das schmerzte
sie.

Sie seufzte. Lag etwa schon der Duft nach Trauben-
most in der Luft? Sie hatte ein ganzes Jahr in Bardolino
verbracht, sie konnte es selbst kaum glauben. Ein Jahr, in
dem unglaublich viel passiert war. Sie dachte an die Worte
ihres Vaters. Er war stolz auf sie. Das tat gut und gab ihr
Zuversicht für die Zukunft.

Ihr erstes Ziel war Venedig.

Die Stadt, die sie so sehr liebte. Sie hatte schon lange
davon geträumt und wollte ihren Plan endlich in die Tat
umsetzen.

Ein weiteres Geschenk ihres Onkels.

Stella wusste natürlich, dass etwas anderes dahintersteckte. Luciana hatte ihr anvertraut, dass ihre Tante sie
beauftragt hatte, ihr eine Fahrkarte zu besorgen und eine
Woche in einem der schönsten Hotels von Venedig zu bu-
chen. Als Letizia ihr den Umschlag überreicht hatte, tat
sie so, als wisse sie von nichts.

»Was hat das zu bedeuten?«, hatte sie gefragt.

»Woher soll ich das wissen? Wieder eine Schnapsidee
deines Onkels, da musst du ihn schon selbst fragen.«

Sie hatte gelacht, dann aber innegehalten. Es war ihr so
vorgekommen, als wäre Orlando nie ganz gegangen, er
hatte das Leben verändert, besonders ihr eigenes.

Jetzt hatte Stella ihr Ziel erreicht. Erfolg, neue Freunde, Wertschätzung und Anerkennung. Sie war eine wichtige Persönlichkeit geworden, eine Frau, über die man sprach. Sie gab sogar Interviews. Und doch...

Als sie aus dem Zug stieg, sah sie sich um. Der kleine Bahnhof, in dem sie umsteigen musste, war genau so, wie sie ihn in Erinnerung hatte. Selbst das Licht schien das gleiche zu sein. Sie blickte in die Halle, wo sie Karims Eltern entdeckt hatte. Wer weiß, wo er geblieben war. Sie setzte sich auf dieselbe Bank wie vor einem Jahr, das Telefon in der Hand. Sie wählte eine Nummer und wartete.

»Stella.«

»Hallo, Alexander.«

»Bist du schon im Zug?«

Sie lächelte. »Wie ich sehe, hat dich meine Tante informiert.«

»Nimm es ihr nicht übel.«

»Wie könnte ich.«

»Venedig ist zu dieser Jahreszeit wunderschön.«

»Ich weiß.« Genau deshalb hatten sie damals diese Reise geplant, sie hatte sich die gemeinsamen Spaziergänge bei Sonnenuntergang vorgestellt, die Bootsfahrten, die Kunstwerke, die sie zusammen hatten ansehen wollen.

»Wirst du zurückkommen?«

Würde sie? »Ich weiß es nicht.«

Er seufzte tief. »Warum rufst du an?«

Stella strich den Rock glatt, es kostete so viel Mut, aufrichtig zu sein. »Du hast einmal gefragt, ob ich mich vor mir selbst verstecke.«

Er schwieg einen Moment. »Und...?«

»Die Antwort ist Ja. Ich habe es getan, als ich mich selbst nicht ertragen konnte.«

Alexander räusperte sich. Stella spürte, dass er berührt war. Ihre Lippen zitterten.

»Warum sagst du mir das gerade jetzt?«

Sie schluckte. »Weil ich Zeit brauchte, um es zu verstehen. Nur deshalb. Auch wenn wir dem Alter nach erwachsen sind, sind wir es nicht wirklich. Ich trage… etwas in mir. Ein Bild der Perfektion, meine Wunschvorstellung. Aber das ist nicht das Leben, und ich bin es auch nicht.«

»Verstehe.«

Mehr sagte er nicht.

Stella lächelte traurig. Sie hatte sich nicht viel erwartet, vielleicht einen Satz, der ihr helfen würde. Sie hatte einen Kloß im Hals. »Noch einmal danke für alles.«

»Ich habe dir schon mal gesagt, dass es nicht Dankbarkeit ist, die ich von dir will.«

Nein, er wollte ihre Küsse.

Stella fuhr sich mit der Zunge über die Lippen. »Ich… wünschte, es wäre anders gelaufen.«

»Bist du sicher? Sag mir, Stella, willst du das wirklich? Oder ist es nur so dahingesagt?«

Sie schüttelte den Kopf. »Das ist jetzt nicht mehr wichtig, oder?«

»Oh doch. Es ist das Allerwichtigste.«

»Aber wie…?«, Stella riss überrascht die Augen auf.

Er stand vor ihr, wie aus dem Nichts war er plötzlich aufgetaucht. Sie legte das Handy in den Schoß und schaute ihn an. »Was machst du denn hier?«, stammelte sie.

Er antwortete nicht.

Er setzte sich neben sie und beobachtete die Menschen, die aus dem Zug stiegen. Dann wandte er sich zu ihr, mit einem so ernsten Gesichtsausdruck, den sie noch nie an ihm wahrgenommen hatte.

»Wir haben eine Chance verpasst, aber jetzt sind wir hier. Du und ich. Vielleicht stehen die Zeichen dieses Mal günstiger. Wir müssen es nur wollen.«

Stella konnte den Blick nicht abwenden. »Vielleicht hast du recht.«

Er stand auf. Der Zug fuhr ab, Alexander schaute auf die Uhr. »Ich fürchte, das war der letzte.«

Stella sah überrascht auf und lachte. »Schon wieder?«

»Und jetzt?«, er sah sie abwartend an.

Sie ließ die Tasche zu Boden gleiten, und er nahm ihr Gesicht zwischen die Hände.

»Ja«, flüsterte sie.

Alexander küsste sie sanft. »Das wird eine lange Nacht.«

»Sie kann gar nicht lang genug sein, ich habe dir so viel zu sagen. Und ich möchte dir zuhören.«

Hand in Hand verließen sie den Bahnhof. Es hatte zu nieseln begonnen, und er zog sie an sich, Stella ließ den Kopf an seiner Brust ruhen.

Es würde ein langer Weg werden, aber sie hatten ein gemeinsames Ziel.

Das Wichtigste war, dass sie zusammen waren.

Der Rest würde sich unterwegs ergeben.

Nachwort

Ich bin eine unverbesserliche Optimistin. Selbst in den schlimmsten Nachrichten hoffe ich immer noch, etwas Positives zu finden. Das Absolute gibt es nicht. Ich bin davon überzeugt, dass jeder, der im tiefsten Herzen an das Gute im Menschen glaubt, selbst in einer hoffnungslosen Situation noch das Wunderbare entdecken kann.

Die Glücksmalerin basiert auf einer dieser außergewöhnlichen Geschichten.

Anfangs wollte ich eine andere Geschichte schreiben, es sollte um ganz andere Themen gehen. Aber bei den ersten Recherchen stieß ich auf eine berührende Episode, die mich fortan nicht mehr losgelassen hat.

Ich fand sie in Nonantola, einer geschichtsträchtigen Stadt in der Emilia-Romagna, die schon immer Wert auf das Wohlergehen ihrer Bürger gelegt hat, zum Beispiel durch eine genossenschaftliche Verteilung der Ackerflächen auf der Basis einer jahrhundertealten Tradition der Bauern, das vorhandene Land gemeinsam zu bestellen. Dort traf Anfang der 1940er-Jahre eine Gruppe jüdischer Kinder ein. Sie hatten eine lange, beschwerliche Reise hinter sich, hatten ihr Zuhause, ihre Familie, Schule und Freunde verlassen müssen, einige waren Waisen. Auf ihrer Flucht vor der lebensbedrohlichen Gefahr durch ganz

Europa waren sie auf der Suche nach einem sicheren Ort, in dem sie bleiben konnten. In dieser beschaulichen Stadt in der Provinz Modena fanden sie Aufnahme und Schutz, die Bewohner Nonantolas boten ihnen ihre Hilfe an und versteckten sie in ihren eigenen Familien, auch wenn sie das selbst in Lebensgefahr brachte. Sie halfen ihnen, in die Schweiz zu fliehen. Diese Kinder wurden erwachsen und bekamen selbst Kinder, einige kehrten nach Italien zurück, um Nonantola und die Villa Emma zu besuchen, das Haus, in dem sie damals einige Monate gelebt hatten.

Ist das nicht ein wunderbares Beispiel für die menschliche Größe? Wie könnte man davon nicht fasziniert sein? Diese Geschichte musste ich einfach erzählen. Ich sprach mit Elisabetta Migliavada über meine Idee, der Programmleiterin für erzählende Literatur bei Garzanti, erzählte ihr, wie sehr mich das Schicksal dieser Kinder und der Menschen berührte, die ihnen durch ihre selbstlose Geste geholfen hatten. Wie immer hat sie mich bestärkt, meinem Herzen zu folgen. Und deshalb verwarf ich mein bereits begonnenes Projekt und begann noch einmal von vorne.

Eine neue Handlung, neue Figuren, neue Schauplätze: Gardasee, Bardolino, Genua, Nonantola, Venedig. Ich habe bei diesen gut dokumentierten Ereignissen aus dem Vollen schöpfen können, aber da ich Romane schreibe, entspringt die Geschichte vor allem meiner Fantasie. *Die Glücksmalerin* ist stark von historischen Gegebenheiten inspiriert, aber die Figuren entspringen allein meiner Fantasie und existieren ausschließlich in meinem Kopf. Die Handlung um Stella Marcovaldi, ihre Großtante Letizia, ihr wunderschönes Haus in Bardolino, Orlandos Geschenke, Elijah und Alexander Zoller ist frei erfunden. Gleiches gilt natürlich auch für die Aufnahme Letizias in die Gruppe der Gerechten unter den Völkern. Die in diesem Zusammenhang erwähnten Namen und die Berichte der Kinder hingegen sind real. Ich wünschte mir sehr, das Lager Theresienstadt hätte es nie gegeben, aber dem ist leider nicht so. Tatsächlich existieren 5000 Bilder der dort festgehaltenen jüdischen Kinder, die man in Koffern gefunden hat. Selbst an diesem grauenvollen Ort war die Kunst ein Quell von Freiheit und Schönheit, dank der Farben fand die Seele Trost und Nahrung. Besonders erwähnenswert in diesem Kontext ist die Leistung von Friedl Dicker-Brandeis (1898–1944), einer österreichischen Malerin und Pädagogin, die als Jüdin Opfer des Holocaust wurde.

Festgehalten hat die Geschichte der Kinder der Villa Emma Josef Indig Ithai, ihr außergewöhnlicher Lehrer, dessen Tagebücher später unter dem Titel *Anni in fuga. I ragazzi di Villa Emma a Nonantola* (Giunti, Florenz 2004) erschienen sind. Eine weitere Quelle ist das Sachbuch von Mirella Serri, *Bambini in fuga* (Longanesi, Mailand 2017).

Die DELASEM (*Delegazione per l'Assistenza degli Emigranti Ebrei*), eine jüdische Widerstandsorganisation, war zwischen 1939 und 1947 in Italien aktiv. Goffredo Pacifici, eines ihrer aktivsten Mitglieder, organisierte die Flucht der Kinder und begleitete sie bis zur Schweizer Grenze, um sie von dort in Sicherheit zu bringen. Er wurde in Ponte Tresa verhaftet und im August

1944 nach Auschwitz deportiert. Er hat die Shoah nicht überlebt. Recha Freier (1892–1984), Gründerin der *Aliyah Hano'ar* (Aliyah-Jugendorganisation), hat ebenfalls Tausenden von Kindern zur Flucht aus Europa verholfen, wie Klaus Voigt in seinem Buch *Villa Emma, Jüdische Kinder auf der Flucht 1940–1945* (Metropol Verlag, Berlin 2016) erzählt.

Salomon Papo, eines der Kinder der Villa Emma, wurde wegen seines schlechten Gesundheitszustands im Sanatorium in Gaiato di Pavullo versteckt und verhaftet. Er starb mit siebzehn Jahren in Auschwitz. Nach seinem Vorbild entstand die Figur des Elijah Cohen, des kleinen Schülers, den Letizia so liebte.

Der Priester Don Arrigo Beccari (1909–2005) und der Arzt Giuseppe Moreali (1895–1980), die sich in besonderer Weise um die Kinder gekümmert und sie versorgt hatten, wurden am 18. Februar 1964 in der Gedenkstätte Yad Vashem als Gerechte unter den Völkern geehrt. Der Person Don Beccari ist ein Buch von Enrico Ferri gewidmet, *La vita libera. Biografia di don Arrigo Beccari* (Mucchi, Modena 1997), Giuseppe Moreali hat selbst viele Schriften über die Schönheit seiner Heimat verfasst.

Bei einem aufmerksamen Blick in die Geschichte kann man zahlreiche wenig bekannte Ereignisse entdecken. Ich denke dabei an die unzähligen Menschen verschiedener Nationen, die im Widerstand aktiv waren, darunter auch zahlreiche Deutsche und Österreicher, die in ihrer Heimat versucht haben, gegen die Nazis zu kämpfen, und dabei ihr Leben und das ihrer Familien aufs Spiel gesetzt haben.

Über sie gibt es etliche Bücher, ich empfehle Michael Baigent und Richard Leigh: *Geheimes Deutschland. Stauffenberg und die Hintergründe des Attentats vom 20. Juli 1944* (Droemer Knaur, München 1994), Annette Dumbach und Jud Newborn, *Geschichte der Weißen Rose* (Herder, Freiburg 2002) und Mirco Caratteri und Iara Meloni, *Partigiani della Wehrmacht* (Le piccole pagine, Calendasco 2021).

Die Villa Emma ist ein herrliches Gebäude, das man auch besichtigen kann. Bei der gleichnamigen Stiftung, die ihren Sitz in Nonantola hat, findet man unter der Adresse www.villaemma.org viele Informationen. Sie organisiert auch zahlreiche Veranstaltungen, um die Erinnerung an das Geschehene lebendig zu halten. Ich selbst habe dort recherchiert, mir Videos angesehen, Dokumente eingesehen und Zeitzeugenberichte gelesen wie die außergewöhnliche Geschichte einiger Schneiderinnen aus dem Dorf, die den jüdischen Kindern Mäntel für ihre Flucht in die Schweiz genäht hatten.

Für mich war die Kunst schon immer ein Licht in der Dunkelheit, ein Quell der Lebensfreude. Ich bin in San Sperate aufgewachsen, einem Bauerndorf nahe Cagliari, das berühmt für seine Wandmalereien ist. Viele Häuserwände zieren Gemälde, und als Kind habe ich oft an dem Prozess teilgenommen, wie aus einer schmutzigen Wand ein Kunstwerk wurde. Einige Werke sind außergewöhnlich, wie die des Malers Pinuccio Sciola, eines der Väter der sardischen Wandmalerei und ein großartiger Künstler, oder auch die Bilder von Angioletto Pilloni und Raffaele

Muscas oder die von Paola Piras, die mir den Umgang mit Farben und Pinsel beigebracht hat.

Die Kunst heilt die Seele, und Farben sind ein untrennbarer Teil der Kunst. Farben sind Leben, wir sind von Farben umgeben und werden von ihnen beeinflusst, auch wenn wir es selbst oft gar nicht bemerken. Dieses Bewusstsein verändert alles und erlaubt, unsere Gefühle auszukosten. Versuchen Sie doch einmal, alle Farben aufzuschreiben, die Ihnen im Laufe eines Tages begegnen, das Ergebnis wird Sie überraschen.

Der Bahnhof, an dem Stella und Alexander sich begegnen, entspringt meiner Fantasie genau wie die Züge, die sich dort treffen. Gleiches gilt für die Villa Marcovaldi in Bardolino und ihre Umgebung und die von Barbara, Jennifer und ihren Freunden geschaffenen Wandmalereien.

Eine reale Geschichte in einen Roman zu verwandeln war nicht leicht. Meine Intention ging dahin, dem Mut einer ganzen Stadt ein Denkmal zu setzen und dabei meine Version der Geschichte von den Kindern der Villa Emma und von Nonantola zu schreiben. Ich hoffe, es ist mir gelungen.

Danksagung

DANKE ist ein seltenes und kostbares Wort,
ein Wort absoluter Schönheit, das sich selbst genug ist.

Lucy Dillon, Bis das Glück uns findet

Ich liebe es, die Danksagung zu schreiben. Das Buch ist fertig, und meine Gedanken schweifen zu denen, die mir während des Schreibens nahe gewesen sind, zu meiner Familie, die mich unterstützt, geliebt und ausgehalten hat, zu allen, die mir geholfen haben, manchmal nur mit einem Wort, mit einem Vorschlag, einem Rat, Taschentüchern, wenn die Tränen flossen, und wohlwollenden Worten, wenn ich Aufmunterung brauchte, jeder auf seine Weise. Der Moment des Dankes ist etwas Freudvolles und voller bewusster Wertschätzung. Es gibt unzählige wunderbare Menschen auf der Welt, und ich hatte das Glück, eine Vielzahl von ihnen zu treffen.

Mein erster Dank geht wie immer an meinen Mann Roberto, der Lebendigkeit in mein Leben bringt. Ich danke dir für deine Verrücktheit, die meine Fantasie beflügelt, bleibe, wie du bist. Ich danke meinen Kindern Davide, Aurora und Margherita, die mich lieben, auch wenn ich sicher nicht immer die beste aller Mütter bin.

Danke, Erika und Luca, ich liebe euch. Ich danke meiner Mutter Marisa und meiner Tante Paoletta, die meine Bücher als Erste lesen und strenge, aber gerechte Kritikerinnen sind. Ich wünschte, jeder hätte solche Menschen in seinem Leben. Ich danke meiner Familie, die immer für mich da ist. Danke, Alessia Gazzola, du weißt, warum. Francesco Abate, Matteo Porru, Ilenia Zedda und Valeria Usala. Mein Dank geht an Enrico Galiano, Francesca Spanu, Mirko Zilahy, Rosa Ventrella, Daniela Sacerdoti, Sara Rattaro, Valentina Cebeni und Silvia Zucca, unsere Gespräche über Literatur schätze ich sehr. Ich danke Paolo Lusci, weil er immer für mich da ist, Emanuela Katia Pilloni für ihre Nähe und ihre Unterstützung. Danke, Giuditta Sireus und Andrea Fulgheri, die mich bei meinen Lesungen unterstützen.

Danke an meine Freundinnen, Andreina, Lory, Ele. An Anna Ersilia Pavani, für das, was du bist und tust, und an Linda Kent, meine Zuflucht und meine Kraftquelle, meine Schwester im Herzen.

Außerdem danke ich Cristina Batteta, du bist mein Vorbild und in jedem meiner Bücher, danke, Susanna Zanda, für deine Leidenschaft und Kompetenz in Sachen Literatur, du bist eine großartige Bibliothekarin und eine geschätzte Freundin.

Ich danke Elisabetta Migliavada, die ich vor acht Büchern noch gar nicht kannte, für ihre Freundschaft, Stefano Mauri und Cristina Foschini für das Vertrauen, die Unterstützung und Wertschätzung. Ein herzlicher Dank geht an das gesamte Team von Garzanti, für seine Geduld, seine Voraussicht und seine Hilfe. Rosanna Paradiso, Giulia Marzetti, meine Wegweiser, Adriana Salvatori und Alessandro Mola, ihr macht alles schöner und einfacher. Ich danke auch Elena Campominosi, Graziella Cerutti, Monica Tavazzani und Barbara Carafa.

 Mein Dank gilt den Buchhändlerinnen und Buchhändlern, die meine Bücher empfehlen, und meinen Leserinnen und Lesern, die mir erlauben, das zu tun, was ich am liebsten mache, nämlich schreiben.

Ich danke meinem Rechtsberater Pompeo Polito, der mich geduldig und wohlwollend bei diesem Abenteuer begleitet hat, meiner Agentin und Freundin Laura Ceccacci und ihrem Team für ihre Geduld und ihre Ratschläge. Von Herzen vielen Dank an die Gemeinde Nonantola, stellvertretend an Bürgermeisterin Federica Nannetti, und an die Stiftung Villa Emma für die gute und freundschaftliche Zusammenarbeit.

Ganz besonders danke ich allen Leserinnen und Lesern, die mir geschrieben und mir ihre Geschichten erzählt, mich unterstützt und mich aufgemuntert haben. Ihr seid meine Kraftquelle. Schreibt mir, ich antworte gerne.

Instagram: Cristina Caboni
Facebook: Cristina Caboni autrice